W0220824

Hłasko

WILK

Marek
Hłasko
WILK

Opracowanie
i przygotowanie do druku
Radosław Młynarczyk

ISKRY

Opracowanie graficzne: Andrzej Barecki
Redakcja: Anna Młynarczyk
Opracowanie przypisów: Radosław Młynarczyk
Korekta: Dobrosława Pańkowska

Zdjęcie na okładce z archiwum miesięcznika „Stolica”

ISBN 978-83-244-0407-0 oprawa miękka
ISBN 978-83-244-0421-6 oprawa twarda

Copyright © by Wydawnictwo Iskry, Warszawa 2015
Copyright © by Radosław Młynarczyk

Wydawnictwo Iskry
al. Wyzwolenia 18
00-570 Warszawa
tel./fax 22 827 94 15
iskry@iskry.com.pl
www.iskry.com.pl

Książkę wydrukowano na papierze IBook 70 gram vol 2,0
dostarczonym przez Igepa Polska Sp. z o.o.

I

Uliczka była brudna. Uliczka przycupnięta drewnianymi, zapadłymi koślawo w ziemię domkami jak wszystkie inne ulice Marymontu: piaszczyste i krzywe, krzywe – jakby je ktoś pijanymi wyznaczał krokami.

Pasowały jednak te płotki i do krzywej latarni na rogu, i do ciemnego sklepu z piwem i warzywami. Schodziło się doń po wygryzionych, skrzypiących schodkach, piszczały drzwi, jęczał przeciągle dzwonek i gruba sklepiczarka Masołowska podnosiła znad kontuaru wyblakłe, senne oczy.

Pachniały mocno i mdławo warzywa, muchy kołysały się na lepach, a z blaszanego szyldu Haberbuscha[1] uśmiechał się reklamowo zażywny, rumiany staruszek z kuflem pienistego piwa w ręku. W miejscu nosa odprysnęła emalia i patrząc na staruszka, odnosiło się wrażenie, że szczury odgryzły mu wspomniany organ. Bo po ulicy przemykały tłuste, spasione szczury: chyba tylko one jedne syte na tej ulicy.

Najwięcej ich było w śmietnikach, pomiędzy którymi rozkraczały się Cygańskie Budy, przy ulicy, która nazywała się dumnym imieniem Marii Kazimiery[2]. W śmietnikach dzieci babrały się radośnie, wyszperywały stamtąd niepojęte skarby: puszki

1 Spółka Akcyjna Zjednoczonych Browarów Haberbusch i Schiele – jeden z największych browarów w przedwojennej Polsce, założony w 1846 roku.

2 Budy – zwyczajowa nazwa prymitywnych budynków zamieszkiwanych przez ludzi skrajnie ubogich; ulica Marii Kazimiery biegła pierwotnie przez cały Marymont. Zaczynała się nieco poniżej pętli tramwajowej, wychodząc na Kamedułów dopiero w Lesie Bielańskim.

po sardynkach, nadtłuczone butelki i poszczerbione, wyłysiałe grzebienie.

To wszystko. Zwykła ulica, marymoncka ulica. Nawet nie można napisać, że bruk był wyboisty i dziurawy – wcale go nie było.

Podczas gwałtownych jesiennych lub wiosennych deszczy ulica zamieniała się w olbrzymią czarną kałużę, po której dzieci puszczały łódki zrobione z gazety.

Było to zależnie od umowy: Morze Czarne, Ocean Atlantycki lub Zatoka Cudnej Przygody. I nad brudną kałużą unosiły się duchy straszliwych korsarzy, wąsatych, z kindżałami za pasem, płynęły buńczuczne fregaty, rozbrzmiewały krwiożercze okrzyki, huczały groźnie salwy spiżowych dział.

A armatą był mały, chudy Icek od Grynszpanów, który oprócz gruźlicy i wyświechtanej jarmułki na rudym łebku miał jeszcze cudowny dar naśladowania głosów ptaków, strzałów, a także tramwaju z wiaduktu. Rudek umarł którejś październikowej, rozchlapanej nocy, umarł – z wyrazem zdziwienia w niebieskich, prawie lazurowych oczach, oczach zgoła nieżydowskich, oczach – koloru nieba nad Zatoką Cudnej Przygody. Przygody, gdzie spieniona woda rozbija się o postrzępione, ostroszczyte skały, gdzie białe mewy biją skrzydłami o fale i wiatr huczy w dumne, korsarskie żagle.

Rozmaicie biegły uliczki marymonckie: w dół, łagodnie spływały do Wisły, i pięły się piaszczysto z wysiłkiem pod górę. Okrążały się wzajemnie łukiem i krzyżowały ze sobą jak ludzkie nieszczęścia. Stanowczo ludzie z Marymontu nie mieli zmysłu estetycznego – ludzie z ulicy Godowskiej, furmani ze stajni Lewańskiego na Szlacheckiej, szewcy z Pekinu na Warszawskiej i ci, dla których nie było miejsca pod słońcem – bezrobotniaki z Cygańskich Bud, których głównym zajęciem był brak zajęcia, i z innych, takich samych ulic: biednych, głodowskich[3]. A na ulicy Potockiej chlapało się w kałużach stadko kaczek, mlaskając płaskimi, czerwonymi dziobami. Na kaczuszki dybał w skupieniu kot siedzący na płocie. Mrużył do słońca zbójeckie oczy i wysuwał koniuszek ostrego języka. A na ulicy Kamedułów, gdzie jedną stroną ulicy waliły się rudery, a drugą płynęła mętna łacha, wyciągał się w niebo czerwony komin Warszawskiej Fabryki Wyrobów Blaszanych Bielany, którą ludziska nazywali – Blaszanka[4].

Przy tych ulicach krzywych i prostych, idących z góry na dół i z dołu do góry, długich i krótkich, prowadzących od jednej bidy do drugiej, w tym całym pokurczonym labiryncie głodu stały domki i domy rozmaite. Domy chwackie[5] i bogackie, murowane, przemawiające do oka solidną czerwienią cegły, stawiane pod winkiel i pion staranną rzemieślniczą ręką, i drewniane, krzywe chałupiny stojące z boku: zastrachane i jakby zawstydzone takim sąsiedztwem, a na ostatku jeszcze ni to domy, ni to budy, sklecone byle jak i nie wiadomo z czego, połatane blachą i skrawkami papy znalezionej na budowie, po prostu czort wie co, najeżone nieprzyjaźnie zardzewiałymi rurami od piecyków. I to stojące gdzie? Jak na pusty śmiech i urągowisko – przy ulicy Potockiej, ulicy, zdawało się z nazwy – hrabiowskiej.

---

3 Ulica Godowska pierwotnie była lewą odnogą ulicy Kamedułów; ulice Szlachecka, Warszawska – nieistniejące już krótkie ulice biegnące prostopadle do ulicy Potockiej, na lewo od Barszczewskiej; Pekin – zwyczajowe określenie miejsca przeludnionego, także noclegowni; stajnia Lewańskiego – nie udało się ustalić, czy to miejsce autentyczne. W spisie właścicieli posesji ulicy Szlacheckiej z końca lat 20. nazwisko Lewański nie występuje.

4 Blaszanka – Zakłady Przemysłowe Bielany, założone w 1931 roku, mieszczące się przy ulicy Kamedułów 71, na rogu Tczewskiej. Głównymi udziałowcami byli Kazimierz Socha i Antoni Więckowski. Specjalizowały się w produkcji chłodnic samochodowych, karoserii i gaśnic. Obecnie ulica Kamedułów to Gwiaździsta; łacha – dawne koryto rzeki wypełnione stojącą wodą. Tu: Łacha Potocka.

5 Chwacki – śmiały, odważny.

Na tej hrabiowskiej ulicy nigdy żaden hrabia nie mieszkał ani chyba nawet nie przechodził, bo musiałby ugrząźć w piachu i we własnym wstydzie. Owszem, trochę dalej – w Pekinie na Warszawskiej ulicy – był taki jeden, co twierdził, że pochodzi z nieślubnych hrabiów, tylko go zła matka porzuciła.

A obok, na ulicy Szlacheckiej, mieszkali dwaj bracia Zielińscy, o których pieśni śpiewano po więzieniach jak Polska długa i szeroka. Ci nie mieli żadnych pretensji do hrabiowskich tytułów i pałek: trzymali za mordę całą dzielnicę, a ulice, po których chodzili, były starannie omijane przez granatowych.

W cieniu ich sławy żyli sobie w krótkich przerwach pomiędzy więziennymi odsiadkami bracia Michalszczaki – złodzieje dolinowi, czyli fachowo mówiąc – szopenfeldziarze[6], oraz ojciec z synem Kosiorki – szpicle, żyjące z łaski pana komisarza Pogorzelskiego. Wyżej, na samym szczycie piaszczystej ulicy, mieszkał najsłynniejszy z najznakomitszych: bandzior Leon, którego zdrobniale, pieszczotliwie przezywano – Loluszka, bo podobno był to człowiek o gołębim sercu i zanim począł z nożem chodzić po prośbie, to dziesięć lat chodził za pracą: – „Ślusarz jestem, wielmożni panowie, na wojnie byłem, medal mam…" – ale się nie doprosił.

Cóż więcej można jeszcze napisać o pięknej dzielnicy Marymont?

Na Potockiej, koło wodociągu, drzemał całymi dniami magistracki dziad i pobierał od kobiet po groszu za kubeł wody[7]. Tym, co często i gęsto nie mieli ani grosza bożego, dawał bardzo rzadko za darmo, bo serce miał niemagistrackie.

---

6 Złodziej dolinowy – kieszonkowiec; szopenfeldziarz – złodziej sklepowy.

7 Na ulicy Potockiej mieściła się placówka opracowująca eksperymentalne metody oczyszczania ścieków. Proces wprowadzania wodociągów przebiegał na Marymoncie niezwykle powoli, stąd publiczny punkt poboru wody; magistrat – inaczej: majstrat, potoczne określenie wykonawczego organu władz miasta, także: siedziba władz.

Przy Potoku – knajpa Turalskiego, nieco dalej, na Bielanach – słynny Bochenek, gdzie nierzadko ludzie roznosili się na nożach o drobiazgi[8].

Było także boisko sportowe, założone przez tak zwane dobre panie z Koła Polek, gdzie RKS Marymont rozgrywał mecze piłki nożnej z Makabi, rozgrywał nie tylko za pomocą piłki[9]. Drużyna żydowska wychodziła po meczu na czworakach, a w następną niedzielę rewanżowała się analogicznie w rodzinnej Falenicy czy Otwocku.

Poza tym wiadomo: jesienią grząskie błoto, zimą jeszcze chłodniej i głodniej, aby tylko człowiekowi na gorsze, latem gorąco i jeszcze gorzej, bo nie było śniegu, do którego chodzili bezrobotni na magistrackie odgarnianie, a wiosną – niebo czyste i przejrzyste, niebo wesoło roześmiane.

Ale niebo jest wysokie, bardzo wysokie, i nie widzi twarzy ludzi, którym błękitnieje. Jednak jesienią, kiedy niechętne i szare wisiało ciężko nad Marymontem, wszyscy tęsknili do tamtej bezkresnej ultramaryny: i robotnicy od pana dyrektora Więckowskiego z Blaszanki, ordynarnie wzbogaconego chama, który ich oszukiwał po pańsku, i robotnicy ze Śmigłówki[10], których oszukiwał i żałował po chamsku trochę par excellence inteligentny,

8 Bar Turalskiego mieścił się przy ulicy Potockiej 48; Restauracja Bochenek – znana w całej Warszawie restauracja na Kamedułów w okolicach Kolegium Księży Marianów. Cieszyła się dobrą sławą, zdolna była pomieścić kilkaset osób.

9 Koło Polek – kobieca organizacja patriotyczna udzielająca pomocy materialnej polskim żołnierzom. Z czasem działalność zgromadzenia objęła także wspieranie inicjatyw edukacyjnych i kulturalnych; RKS Marymont Warszawa – założony w 1911 roku klub piłkarski, związany ze środowiskiem socjalistycznym; Makabi Warszawa – żydowski klub sportowy założony w 1915 roku.

10 Śmigłówka – potoczna nazwa Fabryki Śmigieł, Wyrobów Drzewnych i Metalowych Włodzimierz Szymański i S-ka, położonej na sąsiadującej z Blaszanką działce. Śmigłówka zajmowała się produkcją między innymi śmigieł dwupłatowych i kajaków.

szpakowaty pan dyrektor, i ci, dla których nie było miejsca pod słońcem – z Cygańskich Bud, i smutny nożownik Loluszka, którego oszukał cały świat, a przecież papiery miał, na wojnie był i order dostał – za ojczyznę.

Tu, na tej ulicy, wśród domków bajkowych, bo prawie każdy wyglądał jak tamten ze złej bajki o kurzej łapce i zaginionych sierotkach, urodził się Ryszard Stanisław Lewandowski.

Mieszkała sobie na piaszczystym Marymoncie dziewczyna. Dziewczyna średnia, ani za bardzo ładna, ani za brzydka, ot, po prostu dziewczyna – chciałoby się powtórzyć za kimś – nijaka. W tej nijakości było jednak coś, co upodobał sobie szczególnie, też nijaki, Stanisław Lewandowski – z zawodu furman, też z Marymontu, chłopak – jak to mówią – po wojsku i niczegowaty.

Upodobał sobie widać bardzo, bo nie tracąc czasu, poszedł w konkury. Konkury to też wiadomo: kino Uciecha aż na Złotej ulicy, gdzie wyświetlano dla ubogich filmy o bogatych nieszczęśliwych ludziach, w słoneczną, pogodną niedzielę – wirująca, kolorowa karuzela w lasku pod Młocinami, huśtawki zapierające dech, woda sodowa z malinowym sokiem po dwa grosze za szklankę i wspólne pięciominutowe zdjęcia na tle olejnych wodospadów, pustyń i pałaców o przedziwnym zaiste wyglądzie[11].

Jechali więc na te Młociny pękatym parostatkiem nabitym spoconymi ludźmi po ostatnią możliwą szparkę. Statek sapał, trzeszczał i jęczał brudnym kominem, jakby mu wszystkie swoje troski ludzie marymonccy powierzyli. Koło biło ciężko o wodę. Lewandowski i dziewczyna stali oparci o burtę, wpatrzeni

---

11 Kino Uciecha – przedwojenne kino przy ulicy Złotej 62–72; Las Młociński – nadwiślański las na północnym skraju Bielan, popularne na początku XX wieku miejsce rekreacyjne.

w przewalające się pod nimi zielonkawomętne fale. Milczeli, statek sapał, ludzie wzdychali z gorąca, toczyła się szeroko rzeka. Od czasu do czasu ręce ich spotykały się nieśmiało na mosiężnej poręczy: mała dłoń dziewczyny i mocna, korowata dłoń Lewandowskiego, upiększona na małym palcu artystycznie wykonanym sygnetem, przedstawiającym trupią czaszkę przebitą w poprzek sztyletem, wzdłuż – krzyżem i na dobitce – strzałą. Wzmiankowany sygnet stanowił pamiątkę z czasów wojskowych i przedmiot szczerej zazdrości kolegów.

Dłonie leżały na barierze. Dziewczyna spuszczała wtedy oczy, Lewandowski dziarsko chrząkał, a rzeka, cóż, rzeka szumiała.

Po godzinie jazdy wyspa krótkiego szczęścia – Młociny. Wesołe miasteczko, harmider kolorów, wesołe miasteczko dla smutnych ludzi, krzyczące magikami i człowiekiem wężem lub dziewicą piłą. A pod karuzelą rzyga jakiś słaby żołądkowo, który nie wytrzymał tempa. Chodzą ze swymi pannami żołnierze, obejmując je nisko lewą ręką, bo prawa musi być stale gotowa do daszka[12].

Przy strzelnicy z napisem „Ćwicz oko i dłonie – będzie w ojczyzny obronie!” młodzi ludzie z fantazją składają się do pryskających butelek i szybko wyskakujących znikąd zajączków ze smutnymi mordkami.

Przed gabinetem śmiechu, czyli tysiąca luster, stoi chudy facet o zapijaczonym wyglądzie i proponuje wszystkim, aby się z siebie pośmiali za dwadzieścia groszy.

Nieco dalej przekrzykuje go inny, przekrzykuje piskliwym falsetem, który w niezrozumiały sposób dobywa się z ogromnego jak śmietnik magistracki brzucha. Proponuje przerażenie wywołane widokiem kobiety bez głowy czy też głowy bez kobiety:

---

12 Daszek – salutowanie.

przerażać się można za jedyne dwadzieścia pięć groszy. Dziewica piła, stara baba z wełniastą ondulacją, przegryza pięciocalowe gwoździe, dalej medium, czyli kobieta fatalna. Szwendają się natarczywe pstre Cyganki z taliami kart: „Daj powróżyć, daj rączkę, a szczęście zobaczę…".

Dzień świąteczny, parny i tłumny: kolorowe, zwiewne sukienki, mundury, głowy w kapeluszach i bez, rude, jasne i ciemne. Przy bufecie, gdzie sprzedają słodycze i różności, dwóch panów bije się laskami po głowach i gdzie popadnie. Trzeci mistrzowskim ruchem ujmuje za szyjkę butelkę po piwie. Trzaaask! Policja. Protokół. Komisariat.

Lewandowski z dziewczyną szli dalej, gdzie na dechach rżnęła do tańca strażacka orkiestra. Słońce błyszczało w mosiężnych instrumentach. Wirowali z zapałem w sztajerze, w poleczce i kołysali się w smętnym tangu: „Co wieczór w tej tawernie, uwodzi mnie misternie…"[13]. Nachylał się do ucha dziewczyny, ale zagłuszały go wrzeszczące trąby.

I potem, już za ostatnią złotówkę, największa atrakcja – papuga z zakrzywionym nosem i kolorowymi piórkami, smętnie stercząca na katarynce. Ptak mądry i uczony, z zamorskich krajów: „Serce skore do kochania, poznasz bruneta urodzonego pod znakiem Saturna, strzeż się zawistnej kobiety o czerwonych włosach, szczęśliwy dzień – wtorek, szczęśliwy kamień – opal".

Niedziela na Młocinach mijała jak piosenka. Znowu wracali zatłoczonym parostatkiem, patrzyli na wczesne, jesienne mgły, jak płynęły nisko na wieczorną rzeką. Mieli wrażenie, że tam zostało coś lepszego, ale nieuchwytnego jak kolor wirującej karu-

13 Sztajer – rodzaj skocznej polki; *Co wieczór…* – meksykańskie tango, którego tekst ujednolicił w 1934 roku Andrzej Włast.

zeli. Niedziela jak ładna piosenka, a jutro znowu: on na piątą rano do Lewańskiego, ona do olejarni na Gdańską[14].

Coraz gęstsze były wieczorne mgły. Przybierały barwę mleka, zamazywały brzegi, oblepiały zakopcony statek. Milczeli, żółte światła przepływały bokiem. Syrena brzmiała teraz słabo, bezbronna w białym tumanie.

Skończyło się lato, przepłynęło srebrnymi nitkami babiego lata, przechlapała między opłotkami błotnista, rozmazana jesień, śniegami przewaliła się zima i znowu niebo rozlało wiosenną farbką.

Przygarnęli wiosnę ludzie marymonccy. Zazieleniły się ogródki, jaskrawą zielenią krzyczały Bielany, rozpustna maciejka pachniała wieczorami, nad łachą kumkały żaby, polne koniki ćwierkotały i nawet znana złośnica – Kotrasowa – mniej wymyślała mężowi.

W końcu Stanisław Lewandowski, furman, powziął tak zwaną życiową decyzję. Wyglansował raz jeszcze kamasze, za słowem honoru, że nie przepije, pożyczył od szwagra przykrótki garnitur i oświadczył się z fasonem, na sztywno, z prawą ręką na drżącym sercu – według wzorów filmowych.

Oświadczyny przyjęto i jak to się mówi – Lewandowski został regularnym narzeczonym. Sygnecik z trupią czaszką przewędrował na inny palec. Papuga, cholera, miała nosa: bo pan Stasio był właśnie brunetem, postawnym jak ułan z pocztówki. Przyjemnie było popatrzeć, jak szedł tak z narzeczoną pod pachę wiosennym Marymontem: on ze sztuczną powagą i ciągle w szwagrowskim garniturze, ona – uwieszona u jego ramienia, zawsze z zerwaną

14 Olejarnia – założona około 1850 roku Olejarnia Warszawska, mieszcząca się przy ulicy Gdańskiej 33.

gałązką akacji w ręku: „Kocha – nie kocha, lubi – nie lubi, w myśli, w sercu, na ślubnym kobiercu...". Prawie zawsze wypadało na kobiercu.

Szczęśliwa para kłuła niektórych w oczy. I zapewne przez tę zazdrość kobiecą sąsiadka Kotrasowa ostrzegała złowieszczo przyszłą małżonkę:

– Nie wychodź za niego, pani kochana... Furman, a wiadomo, że każdy furman wypić lubi, życie pani zmarnuje. Wiem, bo moja siostra wyszła za furmana. Zresztą – rób pani, jak pani chce, ja tylko tak, z dobrego serca, po sąsiedzku.

Tu trzeba koniecznie dodać, że sama miała męża garbusa. Był to maleńki człowieczek, wiecznie zatroskany i smutny, jakby wszystkie nieszczęścia świata dźwigał w tej swojej szkatule. Wbrew temu, co ludzie mówili o garbusach – nie był wcale złośliwy ani skryty. Przeciwnie – garnął się do każdego jak dziecko. Na ulicy nie był lubiany, mówili o nim złośliwie, że chłopski filozof. I mały człowiek przemykał skrycie, podcinany złymi spojrzeniami.

Sąsiad Kotras oprócz garbu miał jeszcze w majątku kłótliwą żonę i stojak-szlifierkę do ostrzenia noży, który obnosił po mieście na swoich krzywych plecach i krzyczał: „Noooże ostrzę, nooożyczki...".

– Taak, furman...? A pani chłop ma garba! – powiedziała zagrożona w swoim szczęściu narzeczona, patrząc wrogo na tamtą.

Sąsiadka Kotrasowa aż przysiadła pod ciężarem tego argumentu. Kotras był jej trzecim mężem: dwaj poprzedni z zaświatów cieszyli się jej szczęściem, a przede wszystkim – nareszcie samotnością, bo Kotrasowa była babą dragoniastą, kłótliwą nie do wytrzymania. Ale obydwaj byli prości jak parafialne świece, więc Kotrasowa chciała się nieboszczykami zasłonić jak tarczą.

Zaraz jednak przypomniała sobie, że ludzie jej przypisują zasługę, że mężowie tak szybko odfrunęli z tego padołu, więc dała spokój. Powiedziała tylko nieśmiało:

– Mój? Mój... dopiero teraz dostał garba! – Narzeczona patrzyła drwiąco. – Właściwie to nie garb, tylko od noszenia stojaka go tak skrzywiło...

Narzeczona popatrzyła na jej włosy i przypomniała jej się przestroga papugi – ptaka mądrego. „Wiadomo, że każda ruda jest fałszywa" – pomyślała z satysfakcją. „Ale się dobrali, cholery: garbaty z rudą! Zazdrość jej, gangrenie, bo Stasiek jest jak róża podług tamtego...".

– Taki mnie pasuje i takiego sobie biorę – powiedziała stanowczo do ostatecznie już pognębionej sąsiadki. – A pani Kotrasowa niech lepiej swojego męża pilnuje, bo już cała ulica mówi, że to on właśnie pieniądze przepija u Turalskiego, a nie Stasiek! – odwróciła się i odeszła z godnością.

„Czekaj" – myślała Kotrasowa. „Czekaj, cholero: przyjdziesz ty do mnie po wyżymaczkę...!".

Pomimo tych intryg, które Kotrasowa zastawiała jak kłusownicy sidła, odbył się uroczysty ślub.

Uroczysty orszak ślubny, grzęznąc w piachu, dotaszczył się w końcu do kościoła. W tłoku panu młodemu ktoś gwizdnął portfel, fakt drugorzędnej wagi. Oprócz narzeczeńskiej fotografii w podkowie, misternie owiniętej różami, z napisem „Nie zapomnij o mnie", było tylko osiemnaście złotych, odłożone na miodowy miesiąc. Pal szczęść to osiemnaście złotych, ale Kotrasowa powiedziała:

– Nie będą mieli farta w życiu...

– Młodzi?

– Młodzi. Pod feralną wróżbą idą do ołtarza...

W welon spowita narzeczona już od ołtarza posłała im zabijające spojrzenie. Szepnęła do małżonka, który wpatrywał się z natężeniem w księdza:

– Obszczekuje nas ta stara cholera.

Pan młody zapytał gromko:

– Kto?

– Ciiicho! Kotrasowa... Ale sama po żelazko przylatuje...

Ksiądz przerwał im nosowym głosem:

– Czy ty, Franciszko z domu Kramżak, masz...

Na chórze śpiewał znany z pięknego głosu młodszy brat Zieliński – stopkarz[15], czyli taki, co ludzi nożem zastawia w ciemnej ulicy i prosi o pożyczkę na parę dni. Śpiewał z całego serca, aż witraże drżały, a ksiądz dygotał ze złości, bo myliły mu się słowa.

– Czy ty, Stanisławie Lewandowski, masz... – pytał groźnie ksiądz.

– Mam...

A ktoś z tyłu szepnął:

– Po co by się żenił, jakby nie miał? He, he.

Ksiądz wyciągnął ręce błogosławiącym ruchem nad głowami nowożeńców. Z chóru ze zdwojoną energią zaryczał Zieliński. Organista – tabaczkowy staruszek – szarpnął go za nogawkę.

– Panie Zdzisław, nie tak głośno! Bo mnie dobrodziej potem opieprzy... Przecież to ślub, a nie ksiuty na Bielanach! Taki głos dobry do wołania piachu, a nie do duchownej roboty...

– Szanuj się pan! – szczeknął mu Zieliński i zaryczał tak, że aż ludzie przysiedli.

Prosto z kościoła pomaszerowano do domu, gdzie dwie pary teściów przygotowały ucztę weselną na zsuniętych do kupy stołach. Goście usadowili się, szurając z hałasem nogami i krzesła-

15 Stopkarz – bandyta, złodziej.

mi. Rozlano raz, drugi, trzeci… Potem teść pana młodego, który pierwszy doszedł, usiłował wygłosić mowę weselną, ale mu przerwano i siłą posadzono na miejsce, bo się mylił i plątał w kwestiach zasadniczych. Chwilę siedział nadęty, a potem znowu zabrał się do wódki, ale pan młody zaprotestował energicznie:

– Niech teść przestanie, jak Boga kocham – powiedział szybko do starego, który pił przed, po i pomiędzy kolejkami.

Stary spojrzał z wściekłością, ale flaszki nie odstawił.

– Jest wesele czy nie? – zapytał dyszącym, groźnym szeptem.

– To co z tego, że jest? Zdąży się teść doprawić. Inni też lubią…

– Ale nie tak jak ja! – oznajmił pogodnie teść, rozlał sobie kolejkę, wypił, nawet troszeczkę zakasłał.

– Zabraknie!

– To się kupi u Masołowskiej. Ja zięcia proszę, niech mnie zięć nie denerwuje… – Podniósł się i zaśpiewał: – Góóóóraluuu, czy ci…[16].

– Najwięcej żal tego, że teść jest buras! – warknął pan młody. – Boi się życia, proszę gości.

Ale tamten nie słyszał. Śpiewał beczącym głosem. Pan młody popatrzył, popatrzył, potem machnął ręką z głuchą rezygnacją, zmarszczył groźnie czoło i sam zabrał się do picia.

W drugim końcu stołu rej wodził młodszy brat Zieliński, chłopak wesoły rzadko. Ten był ulubieńcem ulicy. Dolewał, żartował i poskubywał pod stołem jakąś druhnę, która piszczała radośnie. Sąsiad Kotras siedział smutny: żona hamowała jego zapędy. Wpatrywał się tęsknie w opróżniane flaszki, sam biedaczysko pił co drugą kolejkę: był chory na wątrobę. Przez okna zagląda-

---

16 „Góralu, czy ci nie żal…" – pierwsze słowa pieśni *Za chlebem*. Autorem tekstu pierwotnego jest Michał Bałucki.

ły ciekawskie dzieci, rozpłaszczały sobie noski na szybach: a może będzie jakaś draka? Może się pobiją jak w zeszłym roku u Sukiertów? Może starszy Zielińszczak dźgnie kogo? Ale starszy Zieliński siedział koło granatowego Makowskiego i rozmawiał z nim przyjaźnie. Uśmiechali się i przepijali do siebie.

– Uważasz pan – klarował Zygmunt tamtemu. – Burakowskie[17] napuścili na mnie takich trzech. „No nic – mówię. – Nie znacie jeszcze mojej ręki, łobuzy. Już ja was wykołuję dupą do wiatru!". Idę wieczorem...

– Wiem! – przerwał Makowski i uśmiechnął się przypochlebnie. – To przecież ja ich wtedy lipnie ratowałem, he, he, he... Zdarza się, panie Zygmusiu. – Mrugnęli do siebie zachęcająco.

– No cyk!

– Zdróweczko!

Łyknęli, otrząsnęli się niby to ze wstrętem, żeby wyglądało wytwornie, bo przecież to najznakomitsze figury na ulicy – stopkarz i glina. Potem Makowski nachylił się do ucha Zielińskiego.

– Uważaj pan! Jutro robimy u was kipisz[18]. Nie, nie nasz komisariat – zastrzegł się szybko. – Góra! Wszystko w porządku?

Było coraz goręcej – sto lat młodej parze! Brzękały cicho kieliszki. Goście śpiewali, krzyczeli, domagali się: „Kwaśne wino...!", choć wina wcale nie było, tylko monopolowa czysta, jak się należy, życiowo – po pół litra na łebek, grubo krajana kiełbasa z ćwikłą tudzież golonka z chrzanem. Ale tak wypadało krzyczeć, więc krzyczeli i pan młody całował uroczo zapłonioną małżonkę, śpiewał i dolewał, wytrzeszczał się słodko w aparat fotografa, chociaż go pożyczone lakierki cisnęły jak jasna cholera.

---

17 Buraków – wieś włączona w granice Warszawy w 1916 roku, znajdująca się na południowy zachód od Marymontu.

18 Kipisz – potocznie: rewizja.

W podróż poślubną nie pojechano, bo podobno w Biarritz[19] tego roku pogoda była niepewna.

Więc teraz już wiemy co i jak.

Tu urodził się z kolei Ryszard Stanisław Lewandowski. Marymonciak z dzielnicy – furmański syn z dziada pradziada. Na pierwsze ochrzczono go Ryszard, na drugie po ojcu wziął Stanisław. Oczywiście, co do imienia też były spory, ale matka się uparła: Ryszard i już. Nie powiedziała jednak nikomu, że przedtem, w panieńskich czasach, czytała taką książkę, której bohaterem był jakiś Ryszard, zdaje się, że hrabia.

Ten właśnie Ryszard był w oczach Franciszki z domu Kramżak symbolem czegoś lepszego, do czego się tęskniło jak do niedzieli na Młocinach. Ryszard i koniec!

Nowy obywatel przywitał świat krzykiem i potworną ilością mokrych pieluch. Gromada zaproszonych ciotek, kum i sąsiadek, z akuszerką na czele, była zachwycona.

– Panie Lewandowski – mówiły do ojca. – Przecież to cały pan! Zobacz pan te oczy, ten nos, to tak jak pański…

– A może jeszcze co innego? – wtrącał Zieliński. – He, he!

– …jak dwie krople wody. Ciu, ciu, ciu! – wołały tkliwie, pochylając się nad czerwonym brzydactwem.

Pan młody prężył się dumnie – cztery kilogramy po urodzeniu! – a Zdzisław, młodszy brat Zieliński, który, jak już wiadomo, był człowiekiem wesołym i nieskromnym, mówił o Ryśku, że to jest właśnie dobra, furmańska robota.

Chrzciny wyprawiono równie huczne, jak i wesele, bo ojciec był człowiekiem z życiowo-polskim fasonem – „Zastaw się, a po-

19 Biarritz – nadmorska miejscowość w południowo-zachodniej Francji, atrakcyjna dla turystów ze względu na górskie położenie.

staw się, psiamać...!" – i wypadało przecież godnie otworzyć drogę temu nowemu życiu.

Długo te chrzciny pamiętał cały Marymont. Z orkiestrą nawet, słyszał to kto – chrzciny z orkiestrą! Grał słynny muzyk – ślepy Kostek z Powązek, specjalnie na tę uroczystość przywieziony dorożką. Wszystko się opłaciło, bo naprawdę był to wirtuoz niemający równego sobie wśród marymonckich muzyków, a kto wie, może i na świecie.

Goście ledwo nabili się w ciasny pokój, z którego zawczasu graty wyniesiono do sąsiadki, owej intrygantki Kotrasowej, która i tym razem usiłowała zamącić uroczystość, twierdząc, że coś za wcześnie Pan Bóg pobłogosławił, ale wiadomo przecież, że rudy człowiek musowo jest fałszywy!

Zaproszono całą ulicę, nawet braci Michalszczaków, za którymi ciągle tęskniły kratki, a którzy obecnie dziwnym przypadkiem losu znajdowali się na wolności. Zielińskich na przykład zapraszano stale: byli to wyrokowcy słynni, z poważaniem na komisariacie i ulicy. Ale co tam, niech się Michalszczaki pobawią!

– Tylko chłopaki! – upominał ich szczęśliwy ojciec. – Grzecznie się bawić, spokojnie, żeby gościom nic nie zginęło... Bez poruty[20]...!

Na to znowu Michalscy byli za honorowi. Gdzie jak gdzie, ale na chrzcinach! Z początku chcieli się nawet obrazić, ale jak zobaczyli Lewandowską idącą z koszem butelek, po krótkiej, ale ciężkiej walce ze samymi sobą – ulegli.

Matka wybierała imię, a ojciec – kuma. Wybór padł na Zygmunta Zielińskiego. Rozmowa była krótka:

– Panie Zygmunt! Chcieliśmy pana na chrzesnego...

20 Poruta – w gwarze złodziejskiej: hałas, ujawnienie przestępstwa.

– Mogę – odpowiedział z powagą Zieliński. – Zasadniczo nie lubię dużego towarzystwa, ale dla was to zrobię, czemu nie.

Tak więc stało się, że ojcem chrzestnym małego Lewandowskiego został Zygmunt, starszy brat Zieliński, obok Loluszki najjurniejszy bandzior na cały Marymont, Słodowiec i Powązki, przed którym drżał nawet słynny Burakowski z Czerniakowa, nie mówiąc już o takich, jak granatowy dzielnicowy Makowski, który nieraz stawiał Zygmuntowi wódkę u Masołowskiej, żeby tylko było grzecznie i spokojnie na jego rewirze. Zebrani goście wyrażali pogląd, że naprawdę mały Lewandowski urodził się pod szczęśliwą gwiazdą: z Zielińskimi nikt nie zginął!

– Toaścik, proszę państwa! – komenderował Zieliński Zdzisław. – I cyk! Żeby się małemu dobrze żyło. Pij pan, panie Jurczak! Najlepszego i brzdęk! A teraz chórem zaśpiewamy…!

Kiedy ostatni gość wypełzł już na czworakach przez gościnne drzwi, matka zwróciła się nieśmiało do ojca:

– Jak myślisz, czy będzie mu w życiu dobrze? – westchnęła. – Żeby tylko był szczęśliwy…

I tylko sąsiad Kotras, pijąc rano wodę, bo go przepicie strasznie paliło, pomyślał, że nigdy jeszcze w swoim garbatym życiu się tak nie ubawił, jak wczoraj na chrzcinach małego Lewandowskiego, co to matka dla niego umyślała lepsze życie.

II

Na razie nic jednak nie zapowiadało, żeby Lewandowski miał, tak jak matka chciała, życie lekkie.

Pomiędzy ulicznymi opłotkami płynęło ono jak szara, mętna i skołowana rzeka, najgorsze, że nie wiadomo dokąd: czy do Blaszanki, przed którą ludzie wyczekiwali na pracę, czy do więzienia na Pawią ulicę, gdzie siedział teraz słynny Loluszka, czy do miasta cudów lub, jak ktoś woli inaczej, do bezrobotnych baraków przy Dworcu Gdańskim[21].

W tym życiu jak zwariowana kołomyjka trudno było znaleźć już nie drogę, ale choćby ścieżkę jakąś głodową. Rano, o bladym świcie, ludzie wychodzili do roboty. Jedni z rozpaczą – że idą tyrać za parę groszy, drudzy odprowadzali ich nienawistnym spojrzeniem, że w ogóle mają dokąd pójść. Wracali o bladym zmierzchu – noc go wygnała, noc go przygnała, a co lepsze – też nie wiadomo. Wychodzili do Blaszanki i Śmigłówki na Kamedułów, do olejarni na Gdańską, do Lewańskiego, paru aż na Wolę, paru do fabryki łóżek pana Januszkiewicza na Ciepłą[22].

A poza tym to naprawdę zupełnie zwyczajnie, jak to na Marymoncie przed rokiem trzydziestym dziewiątym. Czasem ktoś

21 Więzienie na Pawiej – istniejący od 1836 roku zakład karny, pełniący w dwudziestoleciu międzywojennym funkcję więzienia kryminalno-politycznego, popularnie nazywany Pawiakiem; Dworzec Gdański – oddana do użytku w 1880 roku stacja kolejowa, osobowa i towarowa.

22 Fabryka łóżek pana Januszkiewicza – Towarzystwo Akcyjne Zakład Wyrobów Metalowych Konrad, Jarnuszkiewicz i Spółka – założona w 1871 roku fabryka produkująca między innymi łóżka szpitalne. Główna siedziba znajdowała się przy ulicy Ciepłej 12.

z kimś się porżnął na noże, czasem policja zajrzała do akuszerki Aniołkiewiczowej. Kiedyś przylecieli do Masołowskiej, aby jej powiedzieć, że widziano córkę Helkę, jak się puszczała z żołnierzem w krzaczkach pod Cytadelą[23].

W noce następne cała ulica nie spała: tak ją bił stary Masołowski, ciągał po ziemi za włosy, kuł obcasami w grzeszne ciało. Ryczał:

– Za moją siwą głowę taki wstyd na całą ulicę...

I to jeszcze sklepikarska córka, bo żeby to jaka inna, ale właśnie sklepikarska! Więc bił bez litości.

Rysiek z kolegami mieli wtedy fajne używanie. Całymi godzinami wisieli u okna Masołowskich, rozpłaszczali sobie nosy na szybach i widzieli, jak Hela czołga się przed ojcem, obłapuje go za kolana, żeby tylko nie wyganiał, a on wali ją butami po twarzy, tak jak ojciec powinien zrobić z wyrodną córką. Nie po to przecież dawał co niedzielę pięć złotych na tacę, żeby teraz inni tego nie uszanowali.

Za parę dni Helka poszła z domu, jeszcze ze śladami ojcowskiej kary na ciele. Stary z wielkiej rozpaczy pił parę wieczorów, groził, że zabije, jak spotka, potem przyschło, ulica zapomniała, ksiądz Masołowskiego rozgrzeszył i tylko młodszy Zieliński, wracając po pijanemu nocą, czepiał się opłotków i śpiewał:

Ach, moja mamo,
jak pragnę Boga!
Chyba już rzucę,
kuuurewski staaan!

---

23 Cytadela Warszawska – twierdza wzniesiona przez władze rosyjskie po upadku powstania listopadowego, pełniąca funkcję więzienia politycznego. W okresie międzywojennym koszary Wojska Polskiego. Znajduje się w rejonie środkowowschodniego Żoliborza.

Lubił popić i pośpiewać ten młodszy braciszek Zieliński, o którym na ulicy mówiono, że to człowiek obyty i wychowany. Czasami siadał sobie z guzikówką[24] przed domem o brudnym marymonckim zmroku i śpiewał, śpiewał bez końca. A głos miał Zieleńszczak żałośliwy, idący tęskno prosto w ludzkie serca. Ludzie obstępowali Zielińskiego, harmonia płakała, popłakiwała też stara Masołowska za córki życiem złamanym przez ojcowską zawziętość. Potem przychodził Loluszka. Siadał obok niego i patrzył w ulicę pustym, na wskroś przezroczystym wzrokiem. Milczał. Potem rozklejał się jak dziecko, targał Zielińskiego i prosił nieśmiało:

– Graj. Tę… moją.

A Zieliński grał – *Winne serce pełne cichego smutku.*

Loluszka słuchał, płakał, potem wstawał i w skupieniu, bez słowa, zgarbiony odchodził.

Ja w miłość dziś nie wierzę,
Miłość to dzikie zwierzę,
Miłość ci wszystko zabierze,
Dla niej poszedłem kraść.
Ona się dzisiaj śmieje,
Z innym kochankiem szaleje,
Ja za kratamy mdleję,
Bo straszny wyrok mój…

Harmonia złodziejaszka Zielińskiego, ten instrument, w którym musiała pokutować jakaś dusza zaczarowana i nieszczęśliwa, wywabiała ludzi z walących się domków, z gównianek na Cygań-

24 Guzikówka – rodzaj akordeonu, po obu stronach harmonijki znajdują się guziki.

skich Budach, spraszała na jedną chwilkę zapomnienia, tęczą kolorową tłukła się w opłotkach, wyczarowywała nutkę szczęścia nieprawdopodobnego, bolesnego jakiegoś w tej szarzyźnie.

Ludzie stali, z uznaniem [kiwając][25] głowami.

– Marnujesz się pan, panie Zdziśku. Do kina pan pójdź, za artystę przedstawiać. Skąd do pana złodziejski fach...?

Była w tych mrocznych śpiewkach i rozpacz, i ból, czasem pragnienie czegoś lepszego, i dziesięciogroszowa tęsknota za karuzelą na Młocinach – dla młodszych, i pragnienie, żeby w końcu życie przestało być karuzelą – dla starych.

Potem harmonia milkła, ludzie rozchodzili się po drewniakach i znowu zostawały tylko Cygańskie Budy, krzywa latarnia na winklu, liszajowate, walące się płoty i dzień odarty z tęczy, szary, kołowaty, codzienny, jak ciężkie przekleństwo, o które trzeba się modlić.

Tak mijały pierwsze lata życia, o których jest tyle słonecznych piosenek, wierszyków i powiastek, które opowiadają siwe nianie i dobre babunie, powiastek utkanych z księżycowego światła.

Lewandowski biegał nad Wisłę przysłuchiwać się, jak klną piaskarze, kradł owoce wawrzyszewskim badylarzom, szukał w sobotę pijanego ojca, dostawał w tyłek od matki – że nie znalazł, i od ojca – że jednak udało mu się odszukać, podglądał pary migdalące się w Lasku Bielańskim, zbierał po ulicy pety, głodował, uczył się w szkole[26].

Najczęściej jednak grali w piłkę, czyli w kopanego. To trzeba rozumieć jak najbardziej dosłownie: czyjaś bosa noga wykopy-

---

25 Wszystkie dopiski objęte kwadratowymi nawiasami – R.M.

26 Wawrzyszew – dawna wieś położona na terenie Starych Bielan; badylarz – potocznie rolnik; Las Bielański – zalesiony obszar znajdujący się we wschodniej części Bielan, pomiędzy Wisłą a ulicą Marymoncką.

wała piłkę w niebo. Ze szmat piłkę, obwiązaną sznurkami i drutami, skopaną jak los ludzki na tej ulicy, ulicy, dla której nawet słońca było szkoda.

Czasami, ale tu trzeba zaznaczyć, że było to już wielkie święto, szedł z chłopakami do kina. I znowu dziesięciogroszowa tęsknota, znowu marzenie kupione za pół złotego. Zresztą – niekoniecznie kupione, czasami udawało się na gapę, czy też „kolega z tyłu ma bilety...".

Lewandowski patrzył rozszerzonymi z zachwytu oczyma, jak Ken Maynard[27] bił w szczękę przemytników i pruł przez prerię na swoim wspaniałym koniu.

Bohaterowie z ekranu popadali czasem w tragiczne opresje, ale zawsze wychodzili cało.

Z nich wszystkich strzelających, skaczących i zwyciężających najwięcej ukochał Rysiek Maynarda. Ten zapadł mu głęboko w serce. Był to kowboj wysoki, barczysty i silny, śmiały jak wiatr stepowy, jak tornado, które też poskramiał. Bronił słabych farmerów przed przedstawicielami towarzystw kolejowych, którzy chcieli im podstępem zabierać ziemię, odnajdywał nowe pokłady złota w Klondike, strzelał, mając zawiązane oczy, z pięćdziesięciu metrów w samo serduszko karcianego asa. Nie było przepaści, której by nie przeskoczył, najbardziej spienionej rzeki nie do przepłynięcia ani watahy podstępnych Indian, której nie potrafiłby wysłać do krainy wiecznych łowów. I tego wszystkiego potrafił dokonać jeden człowiek.

Rysiek Lewandowski zaczął gorączkowo marzyć o wigwamach, lassach i szerokiej prerii. Wystrugał sobie drewnianego colta i czaił się na koleżków za opłotkami. Szukał też gorączko-

---

27 Ken Maynard – amerykański aktor znany z kreacji westernowych, wystąpił między innymi w *Gwieździe Północnej* (1925) i *The Wagon Master* (1929).

wo prerii, nad którą mógłby zawładnąć. Nie było. Były śmietniki, pożółkła trawka i chude, na wszystko zobojętniałe krowy, które za nic w świecie nie chciały przyjąć do wiadomości, że są mustangami i bizonami.

I Kena Maynarda nie było. Chyba tylko ośpiewany w kryminałach Zygmuchna Zieliński. Ale gdzie on tam! Chłop niski, szeroki w zadzie, z mordą dziurawą po ospie i colta nie miał, tylko sprężynowego cyganka[28] firmy Gerlach. I kowboj – to był szlachetny nieznajomy, a tego już każdy szpicel znał!

Pomyślał: – „Trudno!". Z braku tamtego bohatera zadowalał się tym rodzimym. Słuchał krwawych przechwałek, relacji o rozmaitych kipiszach i dintojrach[29], chodził ślad w ślad za Zygmuntem, wyczekiwał na niego pod knajpami, obserwował bójki i rozprawy. Trzeba było wiedzieć wszystko co i jak, jeśli się chciało samemu zostać bohaterem.

Widział wtedy słynną bójkę Zygmunta z Burakowskim z Czerniakowa, bójkę, o której potem ułożono nową serię piosenek. Bili się koło barek, sam na sam, otoczeni tylko koleżkami, z których nikt ani ręką nie ruszył: co mieli, to mieli, ale tylko do siebie i nie wolno im było przeszkadzać. Krążyli wokół siebie w milczeniu jak dwa złe psy, z nadstawionymi czapkami w rękach, aby wyłapywać ciosy. Wtedy Zygmunt wypędził życie nożem z Burakowskiego. A był to chłop jak wagon, piaskarz, dwieście czterdzieści funtów wagi. Ale Zygmunt, chociaż mniejszy i nie taki krępy, podszedł go zręczniej, spod spodu, i przygągolił mu cygankiem w żywot. Ani do trzech Burakowski nie zliczył, już mu anielskie skrzydełka urosły.

Potem Zygmunt powiedział dobrodusznie do chrześniaka:

– Jak nie siłą, to sposobem, pamiętaj…

---

28 Cyganek – nóż, kozik.

29 Dintojra – inaczej: demtorie, sąd koleżeński złodziei.

Ale Rysiek czuł się tylko rozczarowany i zawiedziony. Bohater Teksasu zrobiłby to z większym fasonem: z grzmiącym błyskiem rewolwerów, ze zwycięskim okrzykiem, potem konie mknęłyby wichrem przez prerię, a oni się najzwyczajniej, jak wszyscy przyziemni ludzie, szlachtowali.

Niedługo zresztą nacieszył się Lewandowski wspaniałym chrzestnym. Bo oto do jednej z licznych o nim piosenek, układanych we wszystkich możliwych więzieniach, podobno nawet na Świętym Krzyżu[30], piosenek wlokących się jak tasiemiec nieszczęścia, przybyła nowa zwrotka:

Wtenczas kapusie chwycili browning,
Oddali strzałów trzydzieści dwa,
Upuścił noża – obsło się ciało,
Tak go policja zabiła...

Zygmunt Zieliński przeszedł do historii.

Na ulicy ludzie po swojemu tłumaczyli ten wypadek. Jak to ludzie: obojętnie i z gorącym przejęciem, ze smutkiem i z zadowoleniem, że nareszcie komuś innemu noga się powinęła i nieszczęście, które może jemu było przeznaczone, trzasnęło w kogoś innego. Jedni mówili, że to po prostu pech, inni, że dawno już Zielińskiemu się należało. Wiadomo: nosił wilk razy kilka, ponieśli i wilka. A sąsiad Kotras, który uważał się za mądralę i lubił po pijanemu mówić górnie i chmurnie, powiedział:

– Szlus! Wszystko ma swój kres.

Słowa te zabrzmiały groźnie i tajemniczo w uszach małego Lewandowskiego. Z Kotrasa ludzie się śmiali, ale i trochę oba-

30 Święty Krzyż – najcięższe więzienie w międzywojennej Polsce, mieszczące się na Łysej Górze w Górach Świętokrzyskich.

wiali, co tu dużo gadać: garbaci jednak są złośliwi i lepiej z nimi nie zaczynać. Stali tak przy opłotkach: ojciec, Rysiek, pokraczny Kotras i nawet zaspany dziad magistracki, który tkwił całymi dniami przy pompie, brał udział w rozmowie. Groszował tu już dwadzieścia pięć lat i miał prawo uważać się za domownika.

– Wszystko? – zapytał Kotrasa człowiek magistracki.

Kotras podłubał w nosie.

– Chyba – odparł z głębokim zastanowieniem i naciskiem, żeby wokół stojący ludzie wiedzieli, że to Kotras mówi. – Dobre i złe, tak samo i życie, dziadku. Teraz przynajmniej Zygmunt ma już spokój i szczęście święte…

– Ładne mi szczęście – mruknął ojciec Lewandowskiego. – Też pan gadasz! Zygmunta zabili kapusie, bo im policja kazała, za dużo już o nich wiedział. Szczęście, że nikomu nie życzę takiego.

Sąsiad spojrzał z boczku, z uśmieszkiem zdało się złośliwym, że to niby on mądry, a ojciec wcale życia nie zna.

– Szczęście, panie Lewandowski, to po mojemu zapomnienie – rzekł uroczyście. – Rozumie pan? A czy tutaj – powiódł ręką po ulicy – człowiek potrafi o czymś zapomnieć? A Zygmunta już nic nie obchodzi, już może się śmiać z tego wszystkiego.

Powiedli ludzie wzrokiem za ręką Kotrasa, spojrzeli na tę swoją ulicę, jakby ją pierwszy raz dopiero w złym śnie zobaczyli. Błoto, bo był to czas jesienny i chłodny, u Andrzejczaków dach się do połowy zawalił i jakieś gnaty nieskładnie sterczały na wszystkie boki, kałuże chlapały pod kopytami chudej szkapiny, a z komisariatu wracał gruby rzeźnik, pan Lipko, który poszedł na policję oskarżyć lokatorów, że mu nie zapłacili czynszu. I tak co dom, to głód, co dom, to jakaś rozpacz przez suche łzy, i w ogóle aż dziwne, że tyle zgryzoty i złego potrafi się pomieścić na jednej krzywej ulicy. Ale Lewandowski nie dał za wygraną.

– Ale o czym, sąsiedzie kochany – nastawał ze złośliwym uśmieszkiem, bo jak wszyscy nie lubił Kotrasa i chciał go zjeść w kaszy – o czym zapomnieć?

Garbuskowi nie zabrakło odpowiedzi. Uśmiechnął się i wszyscy ludzie widzieli, że to był uśmiech smutny.

– O wszystkim. O wszystkim, panie Lewandowski. Nie rozumiesz pan? O tym, że jutro będzie tak samo jak dzisiaj, jak teraz, i pojutrze też tak samo, i dalej, dalej, ciągle, zawsze tak samo, zawsze wiadomo jak, a nigdy dokąd – zapalił się, zaczął pomachiwać długimi rękami. – I pan będzie się kołował, i ja, i ten mały. – Wskazał palcem na Ryśka. – I w ogóle wszyscy, aż się zakołujemy na śmierć i nikt nam nigdy nie powie, po cośmy się kołowali i gdzie. Tfu! – Strzyknął śliną w opłotki.

Ojciec słuchał już zupełnie bezradny. Sam wiedział, że tak jest, ale nigdy by tego tak składnie w słowa nie ułożył. Rysiek też milczał, bo już zupełnie nie wiedział, czy to było bardzo mądre czy głupie. Sąsiad miał opinię dwojaką, a nawet trojaką, bo byli i tacy, co mówili, że trochę mądry i trochę głupi. I tylko człowiek magistracki nie dawał jeszcze całkiem za wygraną.

– No ładnie – seplenił starowina. – Tyle to ja też wiem. Ale powiedz pan, dlaczego tak musi być, wtedy będziesz pan u mnie mądry, to mnie pan powiedz, o!

– Tego nie wiem – powiedział sąsiad skromnie. – Nieuczony jestem przecież. Ale po mojemu tak wychodzi, że żeby całkiem zapomnieć, to by było dobrze. Ja tylko wiem, co bym zrobił, gdybym miał dużo forsy.

– Co? – zaciekawili się wszyscy. Gadany był garbusek, cholera!

– Ja? Kupiłbym sobie wódy, ale tyle, co w małym monopolu, i zaprosiłbym, psiamać, wszystkich, tę całą naszą kochaną ulicę.

Powiedziałbym: – „Pijcie, ile tylko ugodno!”[31]. I co byśmy wytrzeźwieli, to od początku, tak że nigdy na trzeźwo, już raz na sto dwadzieścia lat!

Wszyscy się roześmieli. Miał on pomysły, ten Kotras, niech go szlag trafi. Chłopski filozof niby, ale nie bójcie się. Nawet ojciec spojrzał na niego z sympatią: dobrze to wykalkulował.

Wtedy jeden młody w granatowym, wyszmelcowanym kombinezonie, co dotychczas stał w milczeniu, paląc głęboko papierosa, wtrącił się nagle do rozmowy:

– Źle pan myślisz.

Kotras uśmiechnął się słodko, bo nie lubił z kimś zaczynać, jako że [był] słabego zdrowia.

– Myśleć? To po to by to właśnie wszystko było, żeby nie myśleć. Gówno mi przyjdzie z myślenia, za przeproszeniem.

Tamten oparł się wygodniej o opłotki. Rysiek przyjrzał się uważnie jego twarzy. A była to twarz młoda, biorąca człowieka otwartością i dobrymi myślami, co żyła za wysokim czołem, i tylko dwie bruzdy, głębokie bruzdy w dół koło ust, legitymowały go, że właśnie z tej ulicy pochodzi i też zmartwieniami żyje.

– To niedużo pan w swoim życiu wymyślił, panie Kotras szanowny – powiedział drwiąco i sztachnął się jeszcze głębiej. – Właściwie to naprawdę porządne gówno. Cóż pan myśli, że ta nasza ulica to już przez cały świat biegnie?

Słuchający przysunęli się z zainteresowaniem, bo to były słowa jakieś nowe i szły nad kałużami, w górze, a ten młody jeszcze raz powtórzył:

– Naprawdę niedużo.

– Możliwość. Dla mnie starczy – odparł Kotras i odwrócił się ze złością, bo ludzie już słuchali tamtego.

---

31 Ugodno – z ros. do woli.

– Tylko tyle panu potrzeba do pańskiego szczęścia, panie Kotras: nie myśleć?

– Tylko tyle.

– Mało. Cholernie mało. Można się o coś zapytać?

– Ehhmm. – Kotras czuł, że tamten go zgasi, ale też nie wypadało się cofnąć. – Pytaj się pan.

– Dobra. A pan jak się nazywa?

Kotras spojrzał jak na głupka.

– Wiesz pan przecież, że Kotras, a nie Gucio Potocki. A po…

– A jeszcze?

– Ignacy. A po…

– Już nic więcej?

– Na drugie jeszcze Roman. A dla…

– A dlatego, że to wszystko jeszcze mało! Kotras, Ignacy, Roman. Pewnie, że to lepsze jak ten Gucio, ale to wszystko mało, tak jak pan powiedziałeś: gówno! A trzeba się nazywać: człowiek, jam człowiek jak cholera!

Żona wybawiła Kotrasa z opresji. Wyleciała przed dom, ruda i rozkrzyczana. Kotras skorzystał skwapliwie. Poczłapał szybko: maleńki, zastrachany człowieczek, który bał się każdego i wszystkiego, a już na sam widok granatowego policjanta chował się we własny garb, bo go kiedyś zbili bezlitośnie na pierwszego maja, chociaż, jak sam mówił, chciał się tylko przyjrzeć. Rysiek patrzył na jego wstrętny garb i czuł niechęć za te słowa szare i oślizgłe, jak wszystko zresztą na tej ulicy.

– Nie sprzeczaj się pan, panie młody – pouczył tamtego ojciec. – Trochę tej racji też miał. – Wahał się chwilę, potem dodał: – Chyba tak. Chyba miał. Jeśli szczęście, to jak to tam… zapomnienie, wtenczas nasza ulica jest szczęśliwa. A wiesz pan dlaczego? – Skrzywił się gorzkim jakimś uśmiechem. – Bo tutaj człowiek już za życia zapomina, że żyje i że jest człowiekiem.

Spojrzał tryumfująco na słuchaczy, jakby spodziewał się, że twarze pootwierają na te mądre słowa, bo przecież całe życie jego i drugich w nich się mieściło, tyle wiedział. Ale ludzie milczeli i tylko ten młody, co się ciągle uśmiechał w rozmowie z Kotrasem, teraz powiedział poważnie:

– A o tym właśnie zapomnieć nie wolno. Bo po mojemu to właśnie największe szczęście nie zapominać, że, cholera, człowiek jestem. Gdzie by nie było. Nie w takich miejscach jak tu ludzie o tym nie zapominają. – Też jakoś gorzko się skrzywił, potem dorzucił: – A Kotras, cóż? On tylko tak mówi, bo go życie bije.

– A mnie nie bije? – warknął ojciec.

– Jakież by ono było, gdyby nie biło? – zaśmiał się ten młody i zapalił nową mewkę[32]. – I mnie, i was, i wszystkich. To i my w nie uderzymy.

Lewandowski był ciekaw dalszego ciągu tej rozmowy, która początek wzięła od chrzestnego.

O tym młodym Rysiek wiedział, że nazywa się Rączyn i pracował kiedyś w ślusarskim fachu w Blaszance, ale obecnie też chodził nad Wisłę i do PUPP-u[33], gdzie takich jak on, bezrobotnych, liczyli na tysiące. Rączynowi ostrzyżona głowa świeciła jeszcze więzieniem, bo to był taki, co, jak Zielińscy mówili, głupio siedział, za politykę. Bo chociaż więzienie to nie żaden wstyd, tylko zwyczajna życiowa rzecz – co trzeci na ulicy był

32 Mewa – gatunek papierosów.

33 PUPP – Państwowy Urząd Pośrednictwa Pracy. Miał oddział na ulicy Powązkowskiej 8.

z wyrokiem – to jednak siedzieć i nic z tego nie mieć ani przedtem, ani potem to już tylko zwyczajne frajerstwo.

Było go Ryśkowi trochę żal i też go miał za frajera, chociaż podobał mu się, miał coś z kowboja – tak do gliny z kopytem zacząć sam na sam!

Ojciec machnął tylko ręką i odszedł: bo co miał rozmawiać z młodziakiem, co w ogóle życia nie znał, tylko te zakazane książki i towarzyszy swoich, przez których właśnie w Polsce jest źle. Ojcu też już niewiele zostawało, tylko ta flaszka wódki w sobotę po wypłacie – na zapomnienie, i kościół w niedzielę – żeby nie zapomniał o łasce boskiej. Bo tak samo jak i w szkole Ryśkowi, tak też ksiądz w kościele tłumaczył ojcu, a komu miał ojciec wierzyć, jak nie właśnie osobie duchownej?

O tym wszystkim zaczął Rysio usilnie myśleć, myśleć i dziwić się, co było zrozumiałą konsekwencją tego, czego nie chciał robić Kotras. Ale że Rysiek nie miał garbu na plecach i szmatu życia za sobą, więc dziwił się niepomiernie.

III

Do szkoły chodził raczej niechętnie: dużo ciekawsze było życie na ulicy. Ale trzeba było, więc chodził z zeszytami za pazuchą, kromeczką suchego chleba w kieszeni i żalem w sercu, bo wiosna, kwitną na Cytadeli kasztany, a tu pan nauczyciel zmusza do nauki.

Łysawy nauczyciel przychodził często podpity albo w ogóle nie przychodził, bo cierpiał na kamienie nerkowe. W rzadkich chwilach sprawności fizycznej i umysłowej – drzemał! I tak w stanie karkołomnej drzemki zastał go inspektor. Rozmowę, jaka się odbyła w kancelarii, cała klasa podsłuchiwała z zapartym tchem pod drzwiami.

– Dziwne jest pańskie pojmowanie obowiązków – miotał się tamten z kuratorium w dziurce od klucza. – Może pan mi przynajmniej odpowie: czego pan ich nauczył przez ten czas?

– Ich w ogóle nikt niczego nie nauczy.

– Dlaczego? – Inspektor podskakiwał jak gumowy zajączek dla dzieci. – Dlaczego?

Pan nauczyciel wyjaśniał z kamiennym spokojem:

– Nie przychodzą do szkoły – raz. Nie uczą się – dwa. Zeszłej zimy na całą klasę przyszło tylko siedmiu. To butów nie mają, to ciepłego ubrania…

– A pan co?

– Przecież powiadam, że tylko siedmiu…

Nauczyciel był wyraźnie zdziwiony, że ktoś nie rozumie najprostszych rzeczy, ale tamten przerwał mu gwałtownie:

– Ja się pytam, co pan zrobił w tej sprawie. Czy pan interweniował u rodziców? Czy starał się pan jakoś moralnie wpłynąć na rodziców, na rodziców, proszę pana! Szkoła i dom, rozumie pan!

– Interweniować? Gdzie? W składzie węgla chyba. – Tamten aż się zżymnął. – Do rodziców nie chodzę. To jest, proszę pana, Marymont!

– Dziwne – powtarzał z uporem inspektor. – Dziwne. Gdzie indziej dzieci się jednak uczą.

Był to młody człowiek, ten z kuratorium, i zdawało mu się, że potrafi zrobić dobrą robotę: wyrzucić tego łysego niemrawca, sprowadzić nowego nauczyciela i wszystko pójdzie dobrze.

Klasa dostała teraz panią. Pani oczywiście była młoda i oczywiście jasnowłosa, bo to była dobra pani, z tkliwym, wszystko rozumiejącym uśmiechem, naprawdę pani z elementarza. Mówiła:

– Cicho, dzieci, no ja was proszę, żebyście były grzeczne, no wasza pani was prosi…

„Jak znaleźć podejście do takich dzieci" – myślała dobra pani. „I jakie?" Jedne mają po dziesięć lat, drugie po piętnaście, bo zimują już po kilka lat, ot, choćby taki Felek Stolarczyk, co tylko wtedy chodzi do szkoły, jak nie może znaleźć jakiegoś zajęcia. A chodzi tylko dlatego, że go ojciec w domu bije i nie ma co ze sobą zrobić. Chłop szesnastoletni, wyrośnięty i barczysty, w nos się śmieje ze wszystkiego. A z głupiej historyjki o bocianie, którą usiłowała naprędce sklecić najwięcej.

– Komu pani będzie zalewać? – powiedział z porozumiewawczym uśmiechem i oko zmrużył. – Mnie? A ja to jestem znowuż palcem zrobiony, żebym wierzył w takie rzeczy?

Klasa ryknęła.

Na pauzie wezwała go do kancelarii i znowu cała klasa słuchała pod drzwiami, jak pani tłumaczy Felkowi, że nie mówi się „zalewa" ani tamtego drugiego świństwa, które nie może jej w żaden sposób przejść przez gardło, a jak nawet już wie o pewnych rzeczach, to nie powinien sam się martwić, bo w ten sposób pozbawia się wielu pięknych rzeczy i wiosny uczuć. I potem jeszcze tak pięknie, że Felek niby najstarszy, więc powinien dawać dobry przykład całej klasie, opiekować się młodszymi i bronić przed złymi psami, których na Marymoncie jest strasznie dużo i które już raz ją pogryzły, jak szła na skargę do rodziców Lewandowskiego, że synek jest dobry, tylko bardzo trudny do prowadzenia. O tym, że ją ojciec Ryśka wyrzucił na zbity łeb ze słowami: – „Poszła won, ścierwo. Uczyć mnie tu przyszła, stara kurwa magistracka!", pani zapomniała dodać.

Stolarczyk zgodził się na przykład, a następnego dnia pobili się do krwi kamieniami z Lewandowskim. Rysiek był wtedy wyznaczony na dyżurnego i nie chciał sprzątać klasy, więc Stolarczyk przestał prosić, a przeszedł do cięższych argumentów. Tarzali się tak z dziesięć minut, Rysiek był zawzięty jak ten pies, co ukąsił panią, i dopiero woźny musiał ich rozdzielać. Przy okazji wybili szybę, więc pani miała znowu okazję do smutnego stwierdzenia wobec całej klasy, że zawiodła się na Stolarczyku. Stolarczyk był innego zdania i mówił potem o pani, że głupia małpa i nie wie, czego chce. Jak porządek, to porządek, cholera!

Pani szlachetnym gestem zapłaciła za szybę z własnych oszczędności, a już za trzy dni szklarz musiał przyjść z dwoma pomocnikami i oszklić cały korytarz, to znaczy jedenaście okien, plus lufciki i ubikacje. Nawet był bardzo zadowolony, bo już dawno nie miał takiego ruchu w interesie, więc popili sobie w robocie, a jeden z pomocników śpiewał beczącym głosem.

W ciągu następnego tygodnia pani pozbyła się anielskiego uśmiechu, w ciągu następnych dwóch zaczęła bić po łapach, stopniowo doszła do uszu, przeważnie z lekka brudnawych, a po miesiącu rozchorowała się na serce i znowu klasa dostała nowego nauczyciela.

Nowy nauczyciel, młody, z jasną strzechatą czupryną, jak tylko wszedł do klasy, nawet nie odmawiając modlitwy, powiedział na wstępie:

– Cześć, chłopaki! – I nawet oko do nich zmrużył.

Potem rzucił z hałasem dziennik na stół i zaczął się przechadzać wśród ławek, za którymi siedzieli czujni i nieufni, bo przecież mieli już dobrych nauczycieli. „Teraz mrugasz – myśleli sobie – a potem tylko do kąta i do domu będziesz pisał w zeszycie, żeby rodzice czytali. No, poczekaj!”. I zaraz Lewandowski z Felkiem zaczęli się namawiać, jak by mu tu uprzyjemnić pobyt.

Ale tamten jak raz przystanął koło ostatniej ławki, w której tradycyjnie przesiadywał Felek. Przyglądał mu się nauczyciel uważnie, z rękami w kieszeniach, kołysząc lekko na nogach. Klasa czekała, a Lewandowski siedział zmartwiały z paroma kapiszonami pod obcasem, z których miał właśnie strzelić. Ale nauczyciel powiedział do Felka cicho, lecz tak, żeby wszyscy słyszeli:

– No i cóż, ty frajerze pompko? Byk już jesteś krasy, niedługo do wojska pójdziesz, a z szyją brudną chodzisz?

Felek zaczerwienił się gwałtownie, bo chichot poszedł po klasie, chciał coś odpowiedzieć, ale nauczyciel już poszedł dalej pomiędzy ławki. Chodził tak sobie, żartobliwe przygadując brudnoszyjcom, brudnouchom i tym, co mieli głowy jak kopy siana po deszczu. A jednemu tak śmiesznie przyciął, że Lewandowski nie wytrzymał, przycisnął butem i huknęło. „Teraz!!!” – pomyśleli wszyscy.

Nauczyciel nawet się nie obejrzał. Machnął ręką i powiedział:

– Znam. Kapiszony pod butem. Stare jak świat. Ja robiłem lepsze: pod katedrą zakładałem i lontem. Profesor skakał pod sufit.

Potem narysował na tablicy Felka Stolarczyka, niezbyt udolnie, ale Felek jakoś nawet wyszlachetniał, bo szyi nie było widać, i wtedy cała klasa roześmiała się radośnie, a Felek ponuro zacisnął zęby. Na pauzie snuli dalej z Lewandowskim złowieszcze plany. Ale tamten posłyszał i powiedział do nich:

– Cwaniacy! Bez głupich kawałów! Ja się znam na tym jak łysy koń i nie będę się gniewał, jeśli będzie dobry. Jak kiepski, to jeszcze ośle uszy ci dorysuję. A teraz powiedzcie: umiecie w piłkę grać?

No jak to? I zaraz Rysiek o fenomenie Zamora, że niczego więcej by nie chciał, tylko bronić tak jak on, potem rozchmurzony Felek, że Kałuża słabiej jakoś w tym roku gra i nie wiadomo, czy RKS Marymont nie wygra w niedzielę z Kolejarzem Pruszków[34], potem jeszcze Rysiek o Kenie Maynardzie i o tym, że Zygmuntowi Zielińskiemu nigdy by nie dali rady, gdyby go kochanka nie sypnęła. Ale niech pan się nie boi, już oni zrobią nad nią taką dintojrę, że popamięta... Nauczyciel się nie bał, tylko powiedział nagle złym, warczącym głosem i jakby do siebie:

– Jeszcze przedtem nad innymi powinni zrobić tę, jak tam... di, dro, dintojrę. Za to, że z dzieciństwa okradają. – I rozejrzał się szybko, czy nikogo nie było, a potem jeszcze Felkowi na ucho:

– A ty się naprawdę umyj, bubku, bo wyglądasz jak półdupek w lufciku.

---

34 Ricardo Zamora Martinez (1901–1978) – hiszpański piłkarz grający na pozycji bramkarza; Józef Kałuża (1896–1944) – polski piłkarz grający na pozycji napastnika; Kolejarz Pruszków – założony w 1923 roku klub piłkarski, dziś: Znicz Pruszków.

Metafora poskutkowała, bo Felek przyszedł następnego dnia z szyją po prostu śnieżną, można powiedzieć – łabędzią, i nawet wspomnienie butów, jakie miał na nogach, do glansu wyczyścił szuwaksem[35].

Odtąd klasa zaprzyjaźniła się z nauczycielem. Nie krzyczał, nie pisał do rodziców ani nie nakładał kar pieniężnych, w czym lubowali się inni. Za jedno tylko karał surowo – za kłamstwo.

– Patrzcie – mówił na takiego do całej klasy, a jasna czupryna jeżyła mu się złością. – Widzicie go? Mówcie teraz, jak go nazwać. Ty, Legutko.

Legutko wstał. Ciężko było powiedzieć coś na swojego kolegę, ale wyjąkał bohatersko:

– Frajer.

Nauczyciel pokręcił głową:

– Nie. Ty, Pękała.

Pękała długo myślał:

– Chłystek.

– Już blisko, ale jeszcze nie. Ty, Lewandowski.

Lewandowski od razu rąbnął:

– Glina! – Bo czy można już gorzej na człowieka jak glina?

Nauczyciel zmarszczył się, z trudem zahamował uśmiech.

– Cicho! No, to ja wam powiem. Tchórz! Boi się przyznać, a jeszcze na kolegę zwala. Widzicie, jak mu łydki drżą? Zbić głupi kałamarz to był bohaterem, a przyznać się nie ma komu. Krasnoludki, co? I do tego pod tablicą. Na miejsce! I nie pokazuj mi się na oczy!

Wszystko to bardzo nie podobało się księdzu, który uczył dużo solidniej, bo za pomocą linijki. Klasa o tym wiedziała, bo kie-

35 Szuwaks – czernidło do obuwia.

dyś sprzeczali się tak głośno, że aż na korytarzu huczało. Ksiądz o pokorze, a nauczyciel o odwadze cywilnej. Ksiądz o maluczkich, a nauczyciel pięścią w stół i że nie widzi tu żadnych maluczkich, tylko po prostu ludzi, którzy muszą to zrozumieć. I jeszcze coś bardzo cicho, a zaraz potem ksiądz wyleciał na korytarz i walnął drzwiami w pięć łepetyn.

Nauczyciel z jasną głową odszedł zaraz po pierwszym maja. A Zbyszek Gontarczyk, który mieszkał gdzieś blisko niego, opowiadał, że po pana przyjechali w nocy samochodem i zabrali w bransoletach. Potem ksiądz katecheta pięknie mówił o czerwonym szatanie, o czerwonej hydrze, o czerwonym podpalaczu i wszystkim w kolorze czerwonym, aż klasa zaczęła chichotać, bo ksiądz miał twarz już nie czerwoną, ale krzykliwie buraczkową, jakby kto bardzo długo bił na płasko mokrą ścierką. Ksiądz zrozumiał widocznie, bo przybladł i przeszedł na kolor czarny. Więc o czarnym piekle i smolistych diabłach, o katuszach, jakich mogą zaznać niewierzące duszyczki, i o czyśćcu, gdzie te duszyczki reperują jak podarte parasole u Bikszpajna na Godowskiej[36], a na ostatek o jakimś wielbłądzie, któremu gwałtem zachciało się przepychać przez ucho igielne.

Wszystko dlatego, że Lewandowski chciał się dowiedzieć, dlaczego pana, którego wszyscy lubili, zabrali gliniarze tak samo jak Rączyna i dlaczego akurat na pierwszego maja?

Nie tylko Rączyna i nauczyciela z jasną głową wygarniali z Marymontu ostatniej nocy tego kwietnia. Poszedł szewc Borkowski, którego ludzie przezywali z racji zawodu Skórą i tak już został w partii pod tym imieniem, Gadaja, co miał sześciu sy-

36 Zakładu Bikszpajna na ulicy Godowskiej nie udało się zidentyfikować. Nazwisko zostało prawdopodobnie zniekształcone.

nów, i chłopaków z Blaszanki: Kamińskiego Władka, Skarżyńskiego, co miał archanielskie imię Gabriel i ludzką nienawiść do wszystkiego, co nieludzkie, i jednego Lewandowskiego, co przez dwanaście lat zwiedzał więzienia.

Przyjechali – była to już piąta nad ranem, kiedy blade słońce wtaczało się na niebo. W trzy samochody, które nie chciały brnąć po piachu. Poczłapali wszyscy do Rączyna, który mieszkał przy samej łasze. Pierwszy szedł komisarz w płaszczu rozpiętym, wysoki, a blade słońce pętało mu się pomiędzy wyglansowanymi butami. Za nim paru tajniaków z twarzami wytartymi jak magistrackie wyżymaczki i granatowi. Z czujnymi rękami w kieszeniach na gnatach, których kolby były mokre. Sapali wszyscy jak zagonione stado psów i tylko wzdychali do siebie, że to droga ciężka i piasek, a nie żaden strach.

Przy komisarzu, jak dwa jamniki, biegli ojciec z synem Kosiorki. Jak jamniki, bo wszystko było w nich krzywe: i twarze, i lepkie uśmiechy, i dobre słowa wypowiadane w strachu. I już nie na płask bili przed Pogorzelskim krzywymi pyskami, tylko na sztorc, sunęli na ogonach, poszczekiwali i węszyli na czworakach, na trzech i na jednej. Merdali i odpychali się nawzajem, podskakiwali, pełzali błotkiem, żeby tylko pod rączkę komisarza się dostać: lulajcie, sukinsynki, lulajcie. A w ogóle – bardzo przepraszam jamniki.

Potem zawrócili w ulicę Lewandowskiego. Sąsiad Kotras czyhał zza opłotka, pobladł.

– Może po mnie idą? – zapiszczał złamanym głosikiem do Lewandowskiego i ojca, którzy też patrzyli na tę wybierankę.

– Za co? – spytał ojciec.

Garbata galareta nie mogła przemówić słowa.

– Za to – ślimaczył strachliwie – że wtedy na pierwszego maja, też na pierwszego maja, pa-pa-patrz-trz-ała-ałem n-na-na pochód[37]. Pobili mnie wtedy.

– Ale puścili wtedy bez niczego? Papiery badali?

– Pup-pu-pus... T-tak... N-n-ie.

Ojciec machnął ręką. To się dopiero sąsiad bał tych rannych ptaszków! No, no! Aż mu zęby dzwoniły w zimnym, rannym powietrzu.

Ale granatowi przeszli bokiem do Pekinu na Warszawskiej, gdzie czerwoni szewcy bili w kopyta jak w pańskie mordy. Kotras odetchnął, wyprostował się i powiedział usprawiedliwiająco, głosem jeszcze rozklekotanym:

– Co pan myślisz? Pan wiesz, jak mnie wtedy bili? Sam im pod rękę wpadłem, bo przecież uciekać nie mogę. Bili i krzyczeli: – „Już my cię wyprostujemy, ty!".

Odetchnął głęboko, jakby chciał jakąś zmorę spędzić z piersi. Podzwonił jeszcze trochę zębami, dobrze widać pamiętał te obietnice, potem dodał:

– I wiesz pan, co kazali mi robić? Przez stołek jeszcze skakałem i szczekałem: „Na pierwszego maja będę siedział w domu i pilnował dupy". Dopiero wtedy mnie puścili.

Ojciec mruknął niezrozumiale, bo żal mu się zrobiło kalekiego człowieka za takie poniżenie, co już nie ludzkie i nie zwierzęce, ale jakieś Kosiorkowe było.

– Ehmmm... – jakby kończył myślenie.

---

37 W Polsce międzywojennej pierwszomajowe pochody miały charakter nielegalnych zgromadzeń. Pokojowe przemarsze często przeradzały się w manifestacje niechęci wobec władz, toteż były brutalnie pacyfikowane przez policję.

Ale dla Ryśka to nie był koniec. To kazało myśleć. Nieskładnie, strzępkami zrozumienia, wystarczyło jednak tego, żeby zrozumieć niejasno, że coś jest inaczej jak w szkole, inaczej jak trzeba.

A na ulicy w dalszym ciągu działy się rzeczy tajemnicze i niesiążkowe. Rączyn wrócił zmasakrowany do domu, z domu do więzienia poszli bracia Michalszczaki, węszył Kosiorek – człowieczek o oczkach czarnych i rozbieganych, a na końcu ulicy młoda dziewczyna zadusiła dwudniowe dziecko, a potem sama chciała się otruć jodyną. Odratowali ją w porę, a potem wszyscy wybiegli przed opłotki, żeby zobaczyć, jak ją dzielnicowy Makowski prowadzi na komisariat, popychając szturchnięciami i kopniakami. Dziewczyna zakrywała oczy, ludzie ponuro milczeli i tylko sąsiadka Kotrasowa krzyczała radośnie za każdym szturchnięciem:

– Lepiej ją, lepiej tę wyrodnicę, panie dzielnicowy szanowny...! – I aż piszczała, gdy posterunkowy szarpał dziewczynę za włosy.

– Dalej, ty ścierwo! – wrzeszczał upojony władzą Makowski. – To dopiero ścierka – krzyczał do ludzi. – Puścić się umiała z jakimś łajdakiem, ale już dziecka wychować jej się nie chciało... Poszła, ty chamskie bydlę, ty gnoju, dalej, dalej i spokojnie...

– Dlaczego on ją bije? – szarpnął się do ojca Lewandowski.

– A co ma robić? – odparł filozoficznie rodziciel. – Granatowy, to bije. Od tego jest, żeby tłukł.

I dalej patrzyli, jak dziewczyna wyrywa się, a Makowski tłucze ją pięściami po głowie.

Nagle od opłotków oderwał się Rączyn. Wyskoczył na środek ulicy i stanął przed Makowskim. Tamten zdumiał się.

– Czego? – sapnął dychawicznie, bo go bicie zmęczyło.

– Puść pan ją – powiedział cicho Rączyn. – Ale już! No!

Makowski z wahaniem sięgnął do pasa. „Strzeli!” – zrozumiał Rysiek. Rączyn stał przed nim, z głową pochyloną do przodu na dosyć niskiej wysokości i znieruchomiał jak głaz, co za chwilę runie.

– Jezus Maria, strzela! – zaszumiały opłotki. – Chryste Nazareński! O Matko Cudowna! – krzyknął już ktoś, bo wytrzymać tego nie było można.

Mierzyli się oczyma. Ulica stała z boku. Tylko oni dwaj naprzeciw siebie i nikt za nimi. Strach przed czyjąś bliską śmiercią paraliżował ludzi. Strzeli!

Ale nie strzelił. Opuścił rękę i niepewnym już głosem spytał, niepewnym, bo Rączynowi źrenice zbiegły się w dwie czarne kropeczki, złe kropeczki, kłujące:

– Czego się pan wtrącasz? Za to można siedzieć!

– Za bicie bezbronnego jeszcze gorzej, to nie polityczna, panie Makowski, nie można. A pan jest tylko mundurniakiem, panie Makowski. – Zwrócił się do dziewczyny: – Idź sama, nie bój się, idź już sama…

Granatowy mruknął coś i odszedł z dziewczyną. Rączyn zgarbił się nagle, zapadł w sobie. Ludzie zaczęli cofać się pospiesznie za opłotki, bo teraz wstyd było, że tylko jeden odważny człowiek się znalazł na chamskiego glinę. Kotras powiedział cicho do Rączyna, ale Rysiek, który stał obok, usłyszał:

– W apostoła się pan bawisz, a to drogo kosztuje.

– Wiem – mruknął tamten. – Płaciłem.

Uchylił czapkę, pokazując ostrzyżoną głowę. Kotras cofnął się szybko.

– Panie – powiedział płaczliwie. – To polityka, to nie ma nic do rzeczy. Tylko ja chciałem powiedzieć, że po co się wtrącać. Czy to coś pomoże?

– Pewnie, panie Kotras, po co? – mruknął tamten.

– No. I taki rezyk...

Wtedy nagle Rączyn huknął, aż się Kotras zatoczył:

– Paszał mnie na chuj stąd!

Machnął ręką i odszedł.

– Bohater – mruknął urągliwie Kotras, ale cichutko, żeby tamten czasem nie zawrócił, i do Ryśka, który gapił się ciągle za Rączynem:

– A ty czego? Jazda!

Potem dowiedzieli się wszyscy, że ta dziewczyna odebrała sobie życie w komisariacie: bili ją wszyscy, dla zabawy, a najwięcej Makowski za swoją porażkę, a w nocy powiesiła się cichuteńko, bez krzyku i płaczku, żeby tylko tamci broń Boże nie wrócili i nie zaczęli badać od początku.

Życie toczyło się dalej całą ulicą, każdym drewniakiem i opłotkiem, przetaczało się jak mętna fala i nie wiadomo dokąd.

W Lewandowskim coraz bardziej budziła się ciekawość życia, chodził więc po Marymoncie, zaglądał w okna, za którymi mieszkali źli, bo nieprzyjaźni ludzie, błądził po Słodowcu[38], gdzie w norach wkopanych do połowy w ziemię mieszkali szewcy chałupnicy i to suche klepanie niosło się nad ulicą od wczesnego ranka do późnej nocki. Po Burakowie i Wołówce, dzielnicy chałaciarzy i handlarzy starszyzną[39]. Po zaułkach i ślepych uliczkach, cuchnących bidą, cebulą i od czasu do czasu z jakiegoś okienka smażonym tłuszczem.

---

38 Słodowiec – włączona w obszar Warszawy w 1916 roku osada sąsiadująca z Marymontem od zachodu.

39 Wołówka – północna, żydowska część placu Kercelego; chałaciarz – Żyd chodzący w tradycyjnym chałacie.

Wszędzie tak samo – szaro.

Dotarł wreszcie na Żoliborz. I tu się zachłysnął! Domami wysokimi zachłysnął się, przestrzenią i zielenią, słońcem, co grało w jasnych szybach. Białe bloki, zielone podwórka, czysto, ani jednego drewniaka i nawet w żadne okno nie można zajrzeć, bo i partery wysoko nad ziemią.

Poszukał rówieśników. I tu spotkało go rozczarowanie. Kopanego nie znali, w cymbergaja i stopkę[40] ani mru-mru, i w ogóle głupie były te dzieci: grzeczniutkie, nie dzieci, tylko zabaweczki jakieś. „Tak, mamusiu", „Słucham, mamusiu", „Już idę, nianiu"...

Zebrał grupkę i zaczął im opowiadać. Słuchały z otwartymi pyszczkami.

– I rozumieta, było tak. Jak Zygmunt poszedł na robotę z młodszym, to Burak z Czerniakowa ich obstawił. „To moja dzielnica – mówi do Zieleńszczaków. – Wytryniać!". „Twoja? – mówi Zygmunt. – To ja ci zaraz dam tak w łeb, że ci mózg przeleci przez żebra jak małpa przez kraty". I poszli. Idą, a tu, patrzyć, gliny: to Burak ich sypnął. „Taki jesteś szemrany dla mnie? – mówi Zygmunt i chodują z młodszym. – Czekaj, ja cię urządzę". No i potem go ukłuł.

– No to co? – dopytywali się tamci. – No to co, że ukłuł?

Lewandowski poczuł niesmak.

– Ich, wy neptki[41]! Ukłuć to znaczy się cygankiem w bandzioch i lulu. Ale słuchajta dalej. Wtenczas ta Hela, wieta, ta kochaniora Zygmunta, co ją rzucił, poszła na komisariat i mówi:

---

40 Cymbergaj – rodzaj gry ulicznej, której celem jest przemieszczanie po płaskiej powierzchni monety bez dotknięcia dwóch pozostałych; stopka – uliczna gra piłkarska.

41 Neptek – gwarowo: ktoś nieważny, nieistotny, inaczej: fajtłapa.

„Zygmunt jest za duży kozak". „Tak – mówią. – No nic, my zrobim u niego kipisz". A Zygmunt z kukułkami żył na lipko...

Tak go zastała jakaś niania czy ciotka. Rysiek siedział i opowiadał, grzeczne dzieci słuchały z wypiekami na twarzach. Podeszła bliżej, żeby dać mu landrynkę, bo zawsze lubiła dzieci, nawet obce, a ten chłopiec tak przyjemnie wyglądał, chociaż widać, że robotnicze dziecko.

– Zygmunt tylko krzyknął: – „Czekaj ty kurwo, cały Marymont mnie pomści". I dał dyla bykiem w okno. Kukułki za nim, a Zygmunt w gaciach ucieka do Bąkowskiego, a Bąkowski to alfons.

Słuchająca niania najpierw zbladła i krzyknęła:

– Jezus Maria! – Jęknęła jakoś głucho i zmiotło ją z miejsca.

Rysiek spojrzał zdziwiony.

– A to co?

– Nic – powiedziały. – To niania. Opowiadaj dalej – prosiły.

Teraz przyszła historia o Loluszce i hrabinie. Opowiedział i akurat produkował się piosenką, kiedy niania powróciła ze stróżem.

– To ten – powiedziała mdlejącym głosem, wskazując na Ryśka.

Człowiek z miotłą ujął Ryśka za kark i bez słowa pociągnął za sobą.

– Ty skąd? Nie rwij się, bo jak będę chciał, to nie puszczę. No?

– Z Marymontu – odparł Rysiek, wgryzając się w dłoń tamtego.

Dozorca syknął.

– Takiś. – I chciał go kropnąć miotłą przez łeb, ale rozmyślił się i zapytał:

– A czyj?

– Lewandowskiego – szarpał się Rysiek. – Puść pan, bo przyjdę i szyby powybijam kamieniami.

Dozorca przyjął groźbę ze spokojem. Puścił nagle rękę i powiedział do zaskoczonego Ryśka jakby ze smutkiem:

– A tu nie przychodź już, ja cię proszę, pętaku. Wyrzucać nie umiem i nie chcę, a robotę mogę stracić. Wiesz, co to znaczy – nie mieć roboty?

Chrząknął niezdarnie, bo w ogóle musiał być to człowiek nieruchawy, odwrócił się i poczłapał do stróżówki. Nagle przystanął i znowu zapytał:

– Głodnyś?

Ale Rysiek zgiął tylko rękę i pokazał mu, gdzie ma jego żarcie. Stał już daleko na ulicy i czuł się bezpieczny.

– O, tu babcia koszyk nosi!

Dozorca kiwnął głową i odszedł zgarbiony, kroczkiem wolnym i człapiącym, jaki ma każdy człowiek, co w życiu swoim tylko z miotłą tańcuje.

Coraz swobodniej bujał po świecie. Chodził ulicami głodnymi i pełnymi bogatych sklepów z pięknymi towarami. Po Burakowie i Stawkach[42], spacerował nawet ulicą Marszałkowską i podziwiał wystawy sklepowe, piękne samochody.

Najbardziej wyrozumiały był dla niego chrzestny, niestety, dzisiaj już tylko ogólnie szanowany nieboszczyk. Czasami w przystępie dobrego humoru dawał mu parę groszy i Rysiek biegł z gorącym sercem do Roxy albo Praskiego Oka[43]. Ale przeważnie do Roxy, na Wolę, gdzie wyświetlano tylko takie filmy,

---

42 Stawki – ulica na granicy Woli i Śródmieścia, nazwa pochodzi od licznych niegdyś stawów i glinianek, w okresie międzywojennym znajdowała się tu obszerna stacja przeładunkowa i liczne prowizoryczne baraki zamieszkane przez ludność żydowską.

43 Kino Roxy – przedwojenne kino na ulicy Wolskiej 14; Praskie Oko – przedwojenne kino na Zygmuntowskiej 10.

w których jeden trup przypadał na jednego widza i tej średniej statystycznej trzymano się konsekwentnie. Inaczej nie kalkulowało się rozpoczynać

I znowu wracał po takim filmie do domu, gdzie klątwy, głód i płacz matki. Długo wystawał przy opłotkach, zanim zdecydował się wejść.

Cicho już było na ulicy, cicho i pusto. W drewnianych domkach pełgały nieśmiało naftowe światełka, żółte, filujące, załzawione... Gdzieś wrzeszczał kot jeden i drugi, gdzieś od tramwaju nadtaczał się pijaniuteńki młodszy brat Zieliński i śpiew jego, głos rozpaczliwy, przeżarty, kołysał się ciemną nocą nad Marymontem. Płakało dziecko sąsiadki, z drugiej strony Kotrasowa wymyślała mężowi – życie swoje związała z głupim kaleką, a w Blaszance wyła na fajrant drugiej zmianie syrena.

Daleko na górze wysoki i jasny Żoliborz mrugał światłami czystych, dużych okien. Wysoki i jasny, mrugał urągliwie na mroczny, Wisłą przycupnięty, niski Marymont. Może kilometr, może dwa, a już zupełnie inaczej żyli tamci ludzie w tych jasnych domach.

Lecz cóż to za życie – bez żadnej przygody? Księżyc wystawał gdzieś ciekawie zza Cygańskich Bud, wystawał złotym, ostrobrzegim rogalem. Słychać było, jak wiatr jesienny szamocze się po szuwarach nad łachą i wypłasza stamtąd nocne ptaki, które nie chciały, a może, jak człowiek, nie miały dokąd lecieć.

Odwracał się, wznosił pięść i groził dalekim, jasnym blokom. I tylko niebo było jednakie dla wszystkich, i tych z bloków, i tych z ruder: wielkie, nieruchomo rozpostarte, gwiazdami poprzesiewane i jednako milczące dla wszystkich i na wszystko.

„Ucieknę" – pomyślał Lewandowski. „Ucieknę, ucieknę, ucieknę!".

Dokąd, to było jasne. Do Kena Maynarda, na prerię i pampasy.

Żeby był chrzestny, człowiek z paragrafami i ucieczkami oblatany, to byłoby się kogo poradzić. Ale tak, to cóż? Za Zielińskiego można się było tylko pomodlić, gromnicą w zaduszny dzień stuknąć o łaskę w niebie.

Tego chrzestnego wszyscy rówieśnicy z całej duszy zazdrościli Lewandowskiemu. Rówieśnicy oczywiście marymonccy, bo tamci z Żoliborza to nawet szkoda słów. I ciągle nie mógł się nadziwić, że tamci nie słyszeli o takim bohaterze jak Zieliński. Na Marymoncie i Słodowcu, na Powązkach i Czerniakowie, gdzie rozprawił się z Burakowskim, wszędzie, tylko ci w jasnych blokach nic o nim nie słyszeli, to dopiero głupi ludzie, no!

Niekiedy opowiadał chrześniakowi o swoich wyczynach, pokazywał tatuaże, którymi był pokryty cały, tak że wyglądał jak dobra książka z ilustracjami.

– Co to jest? – pytał Lewandowski chrzestnego, pokazując na poplątany emblemat krzyża, miecza i kotwicy.

– Grób marynarza – objaśniał Zieliński i dodawał skromnie: – To na Mokotowie: dwa lata, z tego pół odeszło za dobre sprawowanie.

– A to?

– Urkes, żydowski bandyta[44]. A to primabalerina carskiej opery – Olga Gromkopierdziejanka, to zdobycie Somosierry przez Kościuszkę, a to znowuż torpedowiec Rysy na manewrach z powodu święta morza…

---

44 Urkes – doświadczony złodziej o silnym charakterze, cieszący się powszechnym poważaniem.

– Wiecie, chłopaki – mówił potem Lewandowski do kolegów – on ma węża. Zaczyna mu się na dużym palcu u prawej nogi, idzie po łydce do góry, okręca się parę razy i łeb z żądłamy wystawia na piersiach. W kolorach odrobiony, wygląda jak żywy, przysięgam Bogu!

– A widziałeś żywego?

Żywego Lewandowski nie widział, ale czy Zygmunt dałby sobie wytatuować jakąś pokrakę? Wykluczone, za bardzo się szanował!

Tamci kiwali z niedowierzaniem głowami. Mieć takiego chrzestnego, no, no! I Lewandowski wypinał się dumnie.

„Jak uciec, jak uciec do tego szczęśliwego kraju?" – głowił się bezustannie. „Do tej Ameryki, wielkiej, szczęśliwej Ameryki, gdzie na rozległych stepach pasą się bizony, w Klondike skalista ziemia kusi złotem i ludzie, śmiali, wspaniali i odważni ludzie, chodzą bez wyjątku w skórzanych spodniach i szerokich kapeluszach".

Znowu upałami przepaliło się lato po piachach marymonckich, odpłynął już sierpień na srebrnych nitkach babiego lata i nadszedł czas jesienny, zimowy, czas głodny. Mgły i deszcze, ponure szarugi i błota nadpływały gdzieś zza łomiańskiego lasu razem z zapachem zgniłych liści, mocnym, wilgotnym zapachem. Po paru dniach jednak niebo rozjaśniło się nagle bladym słońcem i jesień spłynęła na ziemię złotym kolorem liści i srebrnymi jakby mgłami.

W Bielańskim Lesie drobniutka rdza obsypała liście drzew, które spadały gęsto, powoli, szeleszcząc cicho w chłodnawym już powietrzu, niesione lekkim wiatrem w dół, na drewniaki. Żołędzie chrupały pod nogami i młody kowboj Lewandowski latał pod Cytadelę, gdzie opadały kasztany. Na tych stokach tłukli się kasztanami po łbach w złodzieja i glinę.

Był wrzesień, nowy, szczęśliwy rok szkolny i znowu nowy nauczyciel, bardzo nieszczęśliwy, że musi pracować w takiej dzielnicy.

Tego roku po raz pierwszy Lewandowski zimował, razem z Felkiem Stolarczykiem, któremu już puszczały się wąsy i który dawno powinien zamienić się w sopel lodu z racji tych przezimowanych lat: już cztery razy usiłował bezskutecznie zdać do szóstej klasy. Obaj ze słuszną dumą uważali się za weteranów, patrzyli z góry na młodszych i rozpoczęli rok szkolny uroczystą awanturą, bo z ciemnego korytarza trzasnęli księdza kałamarzem, jak wchodził do ubikacji.

Po tej awanturze poszli na stoki Cytadeli, pobić się trochę kasztanami. Bili się tak może godzinę albo i więcej, w końcu znudziło to ich. Rozłożyli się wygodnie pod jasną brzozą i patrzyli w jesienny krajobraz. Na poligonie wewnątrz Cytadeli ćwiczyło wojsko: słychać było tupot nóg, powtarzający się chrzęst prezentowanej broni i zły krzyk kaprala.

Odchodziły niebem spóźnione ptaki, spóźniony w musztrze żołnierz meldował się posłusznie przez piętnaście minut, kapral ryczał, a brzoza, pod którą leżeli, miała białą jak mleko korę, odchodzącą już pasmami i upstrzoną w czarne cętki, gęsto, po prostu piegowatą jak Kotrasowa, kobieta ruda i z tej racji fałszywa.

O czym można myśleć, patrząc na odlatującego jesienią ptaka?

– Felek! Zrywamy się?

– Dokąd? – Stolarczyk spytał bez zdumienia, w ogóle bez jakiegokolwiek wzruszenia, bo był stateczny, nieruchawy i myśli swoje musiał dopiero odrąbywać z jakiegoś głazu, ciężko odrąbywać. A Lewandowski nie. Lewandowski od razu: ciach-mach i choćby mu potem mieli głowę odciachnąć, to zawsze był prędki jak sąsiadka do ślubnego garba.

– Do… do Ameryki…

Felek prychnął pogardliwie, bo zaczął już odrąbywać.

– Na co?

– Tam, na kowboi. No, chcesz?

Felek obrócił się na bok i puknął palcem w głowę.

– Nie daje rady. – I dodał rzeczowo: – A paszporty masz, a pieniądze?

– Bez paszportów – przekonywał gorąco Lewandowski. – Aby się tylko wtrynić na statek i już. Potem to frajer!

– Ty jesteś frajer. I po co tam pojedziesz? Zresztą, ja ci radzę – jak chcesz. Ja nigdzie nie jadę. Pamiętasz, co było z Szatkowskim? Złapali go i siedział w małolatce.

– Szatkowskiego nie złapali na rajzie[45], tylko za to, że kradł ze sklepów.

– A co byś robił, gdybyś był głodny?

Lewandowski nie wiedział, odrzekł jednak z pewnością siebie:

– Ja zwieję. Zobaczysz, że zwieję.

Felek znowu przyciął i pokłócili się na dobre.

Trzy dni milczeli i omijali się z wściekłą złością, szukając tylko okazji, żeby dyskusję ręcznie uzupełnić. Czwartego dnia na Lewandowskiego napadło trzech z najstarszej klasy, których ograł do ostatniego guzika w cymbergaja.

Obaliły na ziemię i tłukły chłopaki zawzięte, szewskie syny ze Słodowca. I bić się umiały nie gorzej od marymonckich. Nie wiadomo, jak by wrócił Rysiek do domu, gdyby mu Stolarczyk nie pospieszył z odsieczą.

45 Rajza – z niem. Reise – droga, podróż. Tu: ucieczka.

– To tak?! – krzyknął. – Trzech na jednego? W pojedynkę się lejta, wy cwaniaki.

I od razu zamalował jednego w ucho, aż tamtemu Wielkanoc się rozdzwoniła. Lewandowski drugiego za klapy i baranem, a trzeci buty zgubił, tak nawiewał.

– Za frajerzy jesteście na Marymont! – krzyknął za nimi.

Bo przede wszystkim honor dzielnicy, żeby tam nie wiem co. Stolarczyk nie mógł patrzeć, jak tamci swojego chłopaka obrabiają. Podali sobie ręce i wszystko zostało po dawnemu: jedna ławka, solidarnie dzielony kąt i w ogóle wszystko do spóły.

Szarymi mgłami sunął październik po ziemi szczęśliwej i mizdrzyła się polska złota jesień w całej swojej krasie i ozdobie. A już na Marymoncie, który imię swoje wziął od królewskiej żony[46], co miała tu pałacyk biały, wiosenny, była chyba ta jesień najpiękniejsza, już taka polska, taka kochana, że sił na nią nie było płakać. Wiatr tarmosił bezlistnymi gałęziami, zginał z chichotliwą złością, aż do ziemi zginał, na płask po prostu, żeby były jak Kosiorkowie – ojciec z synem – przed Pogorzelskim komisarzem, co zawsze z rannym słońcem przychodził. Niebo złe i chmurne przeglądało się szarymi skrawkami w brudnych kałużach, gdzie dzieci topiły swoje najlepsze marzenia o Cudnej Przygodzie, przeglądało się i chyba nadziwić nie mogło, że takie brzydkie. Deszcz z głodem wsiąkał i zacinał w drewniaki, coraz szybciej dogasało blade, chłodne słońce i ze słońcem kilkoro gruźliczych dzieci na Cygańskich Budach.

Z tą nazwą, Cygańskie Budy, to też tak dziwnie, jak z elementarzem. Bo przecież Cyganie to ognisko, narodek wesoły,

---

46 Nazwa Marymont wywodzi się od Góry Marii (franc. Marie Mont), gdzie mieściła się letnia rezydencja królowej Marysieńki Sobieskiej.

trochę złodziejski i wróżbiarski, a to na jedno wychodzi, kolorowy i rozśpiewany, co za pan brat jest ze słońcem, księżycem i psem bezdomnym. I jakaś poezja, zapach pól szerokich, trochę romantyzmu i jakiejś tajemnicy za piętnaście groszy z ręki przemocą wyśpiewanej.

A tu coś nie składało się jedno z drugim. Tu za nazwą Cygańskie Budy kryły się naprawdę budy, i to nawet nie psie, zrobione z niczego i strzępków wszystkiego, bez podłóg i okien, drzwi, zamiast których otwór zasłaniano workiem i czym się tylko rozpaczliwie dało, a ludek, który tu mieszkał nieludzko, nic nie wiedział o romansach i baronach cygańskich, którzy drwią ze świata.

Ludzie, po dniu odbydlęconym w robocie ciężkiej, stawali nad łachą i patrzyli w ciemne chmury, jak pętają się po jesiennym niebie o kolorze twarzy gruźliczej – szarosinym. Patrzyli w koślawy, pokrzywiony takimi samymi drewniakami praski brzeg, w poszarpaną głodem Pelcowiznę, która nie gorsza od Marymontu, bo też miała swoje miasto cudowne – Annopol, gdzie dwadzieścia tysięcy ludzi bez jutra tłoczyło się w drewnianych barakach, razem z głodem, robactwem i chorobą[47]. I tak patrzyli na siebie przez zamgloną rzekę i zamazane życie: ci z Marymontu i ci z Annopola, razem czekając na wiosnę, co zawsze przychodziła obojętnie roześmianym niebem, a razem z wiosną zwątpienie jak czarny ptak, który nie chce odlecieć. Bo wiosną, kiedy nareszcie pomarli już ostatni gruźlicy, co się spóź-

47 Pelcowizna – dawna osada, przyłączona do Warszawy w 1916 roku, znajdująca się przy prawym brzegu Wisły, pomiędzy Białołęką a Pragą-Północ; Annopol – osiedle prowizorycznych domków, złożone w większości z drewnianych baraków, tworzone od początku lat dwudziestych, zamieszkane przez biedotę, znajdujące się w obrębie dzisiejszej Białołęki, po przeciwnej stronie Wisły w stosunku do Marymontu. Podana powyżej liczba mieszkańców jest dużą przesadą. Na Annopolu mieszkało około 2,5–3 tysięcy ludzi.

nili jak jesienne ptaki z odlotem, spóźnili, a może nawet nie chcieli, bo tą wiosna nawet śniegu nie było do odgarniania, i w ogóle nic nie dawało się odgarnąć, a garnęło się tylko najgorsze.

Rysiek wraz z innymi dziećmi w szkole pisał wypracowanie na temat „Jak odczuwam naszą polską jesień?". Dostał wtedy czwórkę plus, może dlatego że odczuwał ją wyjątkowo dobrze nawet, bo woda lała mu się do wentylowanych wszystkimi sposobami butów. Ale on – żyjący tylko marzeniami – napisał coś o złotej właśnie jesieni, że to niby mgły snują się po tłusto zaoranych polach, mgły i dymy z ognisk, w których głupawi pastuszkowie pieką ziemniaki, pieką i śpiewają rozwlekłymi głosami na swojską nutę, a ziemniaki przecież zrodziła nasza polska, żyzna ziemia. Nauczyciel pochwalił go przed całą klasą – dla przykładu.

Nauczyciel pochwalił, ale klasa zdecydowanie nie. Na pauzie wrzeszczeli na Lewandowskiego:

– Gdzieś ty widział taką jesień, ty frajerze pompko?

– Moja rzecz, gdzie widziałem – bronił się zaciekle Lewandowski i już pięść szykował, żeby dać któremuś w nos. – Widziałem i już! Odwalcie się ode mnie!

– Na obrazku?

– Niech będzie, że i na obrazku. Zazdrość wam, co? – I groźnie do nich, od razu: – Odwalić się, bo dam w ryja, no!

I już by się stłamsili może i pokocili po ziemi, gdyby nie najstarszy wiekiem i poważaniem Stolarczyk, który wkroczył w tę sprawę.

– Zbujałeś, Lewandowszczak, z tą jesienią – zawyrokował i wszyscy rozstąpili się, jako że najstarszy. – To wszystko lipa, ja ci mówię!

Ale że Rysiek już z pianą na ustach w dalszym ciągu obstawał przy swojej jesieni, Stolarczyk dodał:

– Tę swoją czwórkę to możesz sobie wsadzić tam, gdzie wiesz. Czwórkę osobno i plus osobno!

Ledwo ich wtedy rozdzielili.

Potem Lewandowski ochłonął i sam przyznał im rację. Bo naprawdę, gdzie szukać takiej jesieni?

A wszystko to poszło o to, że Henek Pękała, jedno z niecygańskich dzieci na Budach, okazał się chory na płuca i kierownictwo zabroniło mu przychodzić do szkoły, żeby nie pozarażał innych dzieci.

– Jesień to najgorszy okres – powiedział kierownik. – Musisz to, chłopcze, przeczekać w domu.

I nic nie pomogły łzy Pękały i proszenia, żeby go zostawić, że będzie siedział w ostatniej ławce, sam jeden, a na pauzie za nic nie zbliży się do innych dzieci ani nie będzie się bawił.

Tymczasem Lewandowski napisał o złotych liściach, ognisku w szczerym polu i pastuszkach. Dostał dobry stopień, a Henek płakał – i tego klasa nie mogła Lewandowskiemu przebaczyć. Jesień dla wszystkich jednakowa i ty nam, bracie, nie wyjeżdżaj ze swoją czwórką, bo będziesz żałował za sto czterdzieści.

Odprowadzili Henka całą paką na Cygańskie Budy, ogarniając ramionami i pocieszając, bo płakał jak małe dziecko, i przyrzekli mu, że będą przynosić zeszyty i mówić, co jest zadane, a może w ten sposób roku nie straci. Bo Henek był pracowity, spokojny i pilny, bardzo chciał się uczyć na inżyniera, więc nawet klasa nie bardzo go lubiła za tę pilność. Ale teraz zapomnieli o wszystkim, żal było patrzeć na Henka, jak chlipie.

– Czekajcie – powiedział po tym Stolarczyk. – Tego nie można tak puścić, trzeba się pomścić.

– Na kim? – pytali, nie wiedząc, bo przecież nie na gruźlicy i nie na Henku. Więc zdecydowali: kierownik! Jeden za wszystkich, wszyscy za jednego. I Rysiek, który mistrzowsko strzelał z procy, dostał bojowe zadanie: szyby panu kierownikowi wprawić.

Zrobił to tak dokładnie, że na drugi dzień pan kierownik nawet do szkoły nie przyszedł, tylko pogalopował na miasto po szklarza.

Rysiek chodził tryumfujący, bo klasa przekonała się, że odważniak, nie nawala i gwiżdże na swoją czwórkę, a pan kierownik zły jak chrzan – szklarz go porządnie rąbnął po kieszeni.

– Jak który wyda – ostrzegał Stolarczyk – no to...! – Uśmiechał się marzycielsko, co to on już z takim gagatkiem zrobi: rąbankę à la Zieliński.

Więc wszyscy milczeli, nikt nie wydał, nosili tylko Pękale zeszyty i zadania – Leon Kucharczyk robił z nim matematykę, był w tym mocny – i wszyscy podtrzymywali w nim nadzieję, że jednak zostanie kiedyś tym inżynierem i taki dom postawi na Marymoncie, że aż Żoliborz się schowa ze wstydu pod ziemię. Na sto pięter wysoki!

I tak rósł ten dom na drożdżowych marzeniach ponad Budy, ponad Marymont i ten nieszczęsny, znienawidzony Żoliborz, dom jasny jak uśmiech tamtego pana w wysokie jesienne niebo, które choremu Pękale niosło śmierć.

IV

Jesienne wieczory zapadały szybko, ciemne, ogarniające wszystko szczelną powłoką, po dniach krótkich, mglistych, rozmazanych do ostatka deszczem i błotami. Toczyła się objęta piaszczystymi brzegami mętna szara łacha, nad którą drzewa i zarośla pochylały bezlistne, chude gałęzie. Nurcik drobny, lecz porywisty, podrywał piasek z oklapłych brzegów, niósł gdzieś do Wisły, rzeki polskiej kochanej, do morza, a życie? Do głodu, do roboty, śmierci czy jak Loluszkę – do kryminału? – nie wiadomo. W tym i sąsiad Kotras był głupi, a przecież miał ten swój rozum i trochę szkoły.

A ludzie, kroczkiem też drobniutkim, bo nie było dokąd i po co spieszyć, rozczłapywali skisłe błocko. Mroczno było na Marymoncie i Budach, a w tej rozmazanej ciemności pełgały tylko naftowe światełka, nieśmiało i strachliwie, z załzawionych okien, naftowe, bo elektryczności dzielnica nie znała. Tylko na Blaszance światła były mocne, biły na ulicę jasnymi, pewnymi snopami, razem z jękiem i postukiwaniem maszyn. Nocami wyły rozpaczliwie bezpańskie psy: na ludzi niedobrych, co pognali w taką pogodę, i na księżyc schowany ze strachu za gęstymi mgłami, co bezpańsko wędrowały sobie po brudnym niebie, muczały basowo krowy do wiosennej trawki, trawki żółtej już od początku świata, wydeptanej, a Zieliński młodszy rozdeptywał wszerz, wzdłuż i zygzakiem błotną ulicę, także śpiewał. Do czego – nie wiadomo. Może do jakiegoś szczęścia przez to zagubienie, może ze strachu przed kratkami albo przed krzywą ulicą, która gorzej niż kratki trzymała człowieka i kazała mu śpiewać ciemną nocą o jaśniejszych dniach, trzymała, nie popuszczając za nic. I głos ten tłukł się bezpańsko po opłotkach, pukał do każdego okienka, jakby prosząc o zmiłowanie, żeby go tylko na jedną noc wpuścić, ludzką ugłaskać ręką, a jutro znowu wróci za mgłę i szukać będzie znowu jakiegoś światełka.

W domu u Lewandowskich robiło się też coraz zimniej i czarniej, jak z zachodzącym dniem, co uciekał za Bielański Las. A dni zachodziły jeden po drugim, szybko, jakby się spieszyły, że nie zdążą w ciemny jakiś, ślepy tunel.

Ojciec na dziko chwytał się każdej roboty, już co by tam nie było, nie podeszło, a nie tylko furmaństwa. Bo przedtem ojciec uważał się za fachowca: do koni od dziecka był przyuczony, w wojsku też jeździł na furażu, furmańskie pozwolenie miał, więc głowę nosił wysoko, a z pętakami się nie bratał. A teraz wszystkie firmy i zakłady kupowały na gwałt samochody, a swoje szkapy sprzedawały na dryndy[48], jak się trafił kupiec. O tego też było ciężko jak o pogodę w listopadzie, bo taksówek było coraz więcej i publiczność odwracała się plecami do sałaciarzy[49]. Życie ojca gwałtownie okulało, jakby je koński szpat[50] połamał. Łapał więc, co mu podchodziło pod rękę: zastępstwo na dryndę w niedzielę czy przy rozwózce węgla, tragarstwo czy też załadunek, a w ogóle wszystko, co się tylko dało, byle te parę groszy wpadło do ręki, którą na próżno po wszystko wyciągał.

Wychodzili tak we trzech wczesnym rankiem, kiedy jeszcze mgła zamazywała twarze, a zimny wiatr od Wisły drążył, zdawało się, kości. We trzech: ojciec, Janek Rączyn, który też bez roboty chodził, i jeszcze jeden sąsiad z końca ulicy – Budziejewski

---

48 Drynda – warszawska dorożka.
49 Sałaciarz – w gwarze miejskiej: dorożkarz.
50 Szpat – choroba końska, której konsekwencją jest kulawizna tylnych kończyn.

Stefan. Ojciec brał czapkę, pięć papierosów w blaszane pudełko, papierosów przekrajanych na połówkę, dobre słowo od matki w serce, ale prawie nigdy śniadania w kieszeń. Wychodził z domu krokiem lekkim, jakby nadzieję i radość dźwigał na pochylonych plecach, mocno dźwigał i pewnie. Przystawał przed domem Budziejewskiego, gwizdał i dalej szli już we dwóch po Rączyna, który przycupnął sublokatorskim wyrkiem w ruderze za dziesięć złotych miesięcznie. Miał za te dziesięć złotóweczek miejsce przy oknie i widok szeroki, swobodny na łysiejącą mieliznami Wisłę i praski, Annopolem wyszczerzony brzeg. I rzeka też nie mogła przeciąć tej nędzy na dwoje, rozdzielić jakoś, bo płytka była w tym miejscu jak ojcowska nadzieja na robotę.

Matka patrzyła za nimi, jak ginęli za potockim rogiem: ojciec wysoki i ciężki, Budziejewski, człowiek wesoły jak ktoś, kto zawsze gwiżdże, że jakoś tam będzie, i Rączyn Janek, co głupio, politycznie siedział. Budziejewska żona też prowadziła ich krzyżem i dobrym spojrzeniem, jak tak człapali w coraz gęstszym przy końcu pochyłej ulicy błocie. A jesień była już późna, zewsząd osadzana przez zimę i jeszcze raz – coraz zimniej i głodniej.

Rysiek przesiedział zimę w domu jak stary dziad, co gnaciska sobie wygrzewa, tylko że przy wystygłym piecu. Przesiedział, bo z butów zostały tylko blaszki zdarte, a z zarobków ojca nie zostawało już na nic. Lewandowski dorwał się teraz do roboty przy węglu, gdzieś aż na Towarowej ulicy, gdzie plątaninę torów, platform i mętnych interesów ludzie warszawscy nazywali Syberią[51]. Był akurat sezon – kto tylko mógł, zaopatrywał się w węgiel i oj-

51 Na licznych bocznicach przy ulicy Towarowej na Woli od połowy XIX wieku rozładowywano wagony przemysłowe. Wzdłuż ulicy powstały prowizoryczne zabudowania, w których mieszkali najemni pracownicy, szabrownicy, służby porządkowe, słowem – wszyscy, którzy związani byli z przeładunkiem transportów. Nazwa Syberia nawiązuje do faktu, że z tego miejsca wywożono ludzi właśnie na Syberię.

ciec tachał na zgarbionych plecach ciężkie worki i kosze, do piwnic i na piąte piętra tachał za ledwie grosze. Bo ojciec zginać się w prośbie nie umiał, była dla niego cięższa jeszcze od metrowego worka, i te parę groszy przez gardło mu przejść nie chciało. A był to jego główny zarobek: węgiel dawali opałowcy z darmowym dostarczeniem i tak się ojciec zgodził na zarobek z kupujących: dadzą czy nie dadzą? Przeważnie nie dawali i Lewandowskiemu zostawało tylko dwadzieścia złotych lonu[52] tygodniowo od gospodarza. Matka wychudła na kosę, zrobiła się zła, brzydka i jędzowata, nawet dla Ryśka rzadko kiedy dobre znajdowała słowo. Innym ludziom z ulicy ani nawet tak się nie wiodło. Wesoły Budziejewski po dawnemu szukał roboty, szukał jej jak wczorajszego dnia, który nie wiadomo, w jakie gorsze odszedł. Razem z Jankiem Rączynem poszli pod magistracki oddział na Ciepłą ulicę, gdzie przyjmowali bezrobotnych do odgarniania śniegu. Dochodzili do okienka, już sobie serca grzali tym śniegiem, kiedy tam, w tłumie czekających, znaleźli się jacyś kapusie, a może nawet i nie kapusie, tylko też stęsknieni tej łopaty, głodną tęsknotą spragnieni – gdzieś z końca, poza pięćdziesięcioma, których przyjmowano, i donieśli, że Rączyn jest czerwony i że koleguje z panem komisarzem Pogorzelskim, a takich nie przyjmowano nigdzie, chyba tylko do piekła za księdzowskim papierkiem. Poza tym Rączyn był mizerak jedzony przez gruźlicę i prędzej mu pasowało do trumny się przymierzać jak do łopaty. Budziejewski wpadł we wściekłość, białej gorączki dostał prawie i ujął się za Rączynem. Granda wynikła pod magistratem, kołowanka i bójka, a Rączyn z Budziejewskim wrócili posiniaczeni – tak im dogodził Mały Kazio z kumplami, najwyższy chłop na całą Warszawę i chyba powiat, któremu zawczasu

52 Lon – w gwarze miejskiej: wynagrodzenie robotnika.

już magistrat szykował łopatę dwa razy większą, już nie łopatę, a taran po prostu. Za te podwójne zaszczycenie Mały Kazio odwdzięczał się magistratowi dziesięciokrotnie i Rączyn z Budziejewskim dobrze tę wdzięczność na własnej skórze ocenili.

W domu drugie tyle dołożyła Budziejewskiemu żona: bo po co jest głupi i za kimś obstaje, jak na jutro do jedzenia została tylko sama cykoria, a na wodę do kawy zabrakło już tego grosika. Magistracki człowiek przy pompie zaciął się teraz i nie dawał wody za darmochę, jakby ta zima i w nim też serce oblodziła i ścięła miłosierdzie.

W końcu czy też już na początku głodowego konania poszczęściło się ojcu Lewandowskiego. Znajomy gospodarz, jak nazywano właściciela stajni, przyjął go do roboty, bo mu jak raz furman odumarł i chciał mieć swojego człowieka, pewnego, żeby koni nie zamęczył na ludzi. Lewandowski po dawnemu cmokał na chabety: – „Wieee wy, taka wasza nie taka w chomąto trącana...". Nawet wdowie po znajomym furmanie z tej radości pięć złotków odpalił. Ale czuł się źle i nieswojo w tej robocie, nawet matce się zwierzał i zadziwiał, dlaczego tak jest, że swoją radością na cudzym nieszczęściu musi pojechać. A radować się ojcu chciało, jakby słońce plusnęło ciepłem po jesiennym świecie, nawet wódki czterdziestkę przyniósł do domu, Budziejewskiego skrzyknął i wypili – niech tam – na szczęście!

Gadali nad kieliszkiem o tym i owym, potem ojciec stęknął ciężko i jeszcze jedną od Masołowskiej przyniósł, wypili i Budziejewski rozpłakał się na głos jak małe dziecko, żałośnie. Roboty znaleźć nie mógł, żona go porzuciła, wróciła na wieś do rodziców, gdzie przycupnęli na jakimś jałowym hektarku. A cała kłótnia małżeńska o to właśnie poszła, że Budziejewski ujął się wtedy za Jankiem Rączynem. „Z tobą – krzyczała kobieta – żyć nie będę, i tak mi już je złamałeś, ty łobuzie...!". Że niby Budziejewski zawsze był nieżyciowy, za kolegą obstaje i zawsze będzie bity, choćby jak ten Rączyn, co głupio siedział i co ma z tego? Gruźlicę? A ona jest jeszcze młoda i chce trochę pożyć. Jeżeli chodzi o chleb, to nie ma żadnych przyjaciół. I uciekła.

– Zmarnuje się kobieta – płakał Budziejewski, obejmując głowę rękami. – Pod latarnię, powiedziała, że pójdzie, a głodować nie będzie, rozumiesz ty, Lewandowski? Zabiję ją i siebie. Jak żeśmy się poznali, to jeszcze jakoś inaczej, cholera, było, a teraz już nie wiadomo, w którą stronę i do jakiego Boga iść.

Poderwał się nagle z miejsca, wyciągnął przed siebie zdrowe, mocne ręce i krzyknął dziko:

– Co ja mam z tym zrobić? Co? Co? – I aż się zatoczył po pokoju.

Ojciec milczał, kiwał głową na potaknięcie, ale słowa pociechy znaleźć nie potrafił.

Budziejewski usiadł przy matce Lewandowskiego, położył jej głowę na kolana i zaczął gorzko płakać. Lewandowska głaskała go bezradnie po włosach.

– No czego, czego – powtarzała tkliwie, jak do małego dziecka, które oparzyło się podczas pierwszej wędrówki po niedobrym świecie. – Czego. Nie martw się pan, wróci, gdzie jej będzie lepiej jak z panem, no już, panie Stefan. Już dobrze, tak? – I Ryśkowi zdawało się, że matka wyciągnie skądś grzechotkę i potrząśnie Budziejewskiemu. – Nie trzeba płakać, nie płacz pan – mówiła i głaskała ciągle po jasnej głowie. – Taki ładny mężczyzna jak pan, wróci, ja mówię, że wróci, to znaczy się, że wróci. Gdzieżby znalazła takiego chłopa jak pan.

A Budziejewski naprawdę był mężczyzną pięknym: wysoki, jasny, z twarzą mocną, junacką i szczerym uśmiechem, co od razu drugiego człowieka po sercu musiał pogłaskać: chciał czy nie chciał. Wesoły był i dobrego charakteru, aż matka nie mogła się nadziwić, że żona tak podle z nim postąpiła. Sama trwała przy ojcu przez te wszystkie złe, a i dobrego było chyba trochę – jeszcze wtedy, za narzeczeńskich czasów. Minęło, ale przecież w sercu się chowa i nieraz na całe dalsze życie musi starczyć tego promyka, żeby oświecić, jak przyjdą lata złe, zaciemnione rozpaczą i głodem.

Budziejewski podniósł nagle zapłakane oczy. Uśmiechnął się wymuszenie, zawstydzony, że przecież trzydziestka prawie, a jak dziecko się popłakał.

– Jak myślisz, Lewandowski? – zapytał ojca. – Źle zrobiłem?

– Z czym?

– Że za Jankiem obstałem?

– Pomagać zawsze trzeba – orzekł ojciec. Zamyślił się, a potem dodał: – Ja sam nie wiem, nic już nie wiem, jak Boga jedynego kocham… Z jednej strony kolegę skrzywdzisz, chcesz czy nie chcesz, z drugiej kobitę, a pośrodku drogi nie widać.

Rysiek nie wytrzymał i wtrącił się do rozmowy:

– Co tam Mały Kazio! Zygmunt, żeby tam był, toby mu dał szkołę taką, że nie wiem co!

– Nie wtrącaj się, szczeniaku! – huknął ojciec i załomotał pięścią w stół, a matka z kąta dorzuciła: – Idź na dwór, Rysiu, polataj sobie trochę. Tu nic dla ciebie…

– Tak, polataj – przedrzeźnił ze złością Rysiek. – W czym, na bosaka?

I wyciągnął swoje nogi okręcone szmatami i sznurkami: o, macie, patrzcie, co z was za rodzice, że nawet butów na swoją nogę przez całe życie nie miał!

– Cholera! – mruknął ojciec i z pasją głowę odwrócił. Nawet napić się spokojnie nie można, bo zaraz coś wyskoczy i przypomni, że tego, owego i wszystkiego brak, tak przypomni, że nawet wódka nie pomoże. Żeby chociaż na jedną chwileczkę, ale też nie!

Zdjął z nóg swoje walonki i rzucił Ryśkowi.

– Na! Tylko przychodź niedługo, bo...! – I pokazał pasa.

Też nie był złym człowiekiem, ten ojciec. Tylko że głowy do życia za mocnej nie miał, a teraz zgubił ją już zupełnie i nie wiedział, w którą stronę się obrócić: w lewo czy w prawo, wszystko jedno – i tak wierzył, że na gorsze, więc czy można się dziwić, że słowa ciepłego ciężko się doszukiwał, że te wszystkie lata zepchnęły je bardzo głęboko? Kawalerskie czasy, kiedy jeździł z narzeczoną na młocińską karuzelę, minęły już dawno i nic nie zostało, chyba tylko drukowana przepowiednia smutnej papugi o krzywym dziobie, że dzień szczęśliwy – wtorek, a kamień – opal. Ale cóż to za szczęście takie nieszczęśliwe, kiedy każdy dzień tygodnia, roku i życia kamieniem na szyi zwisa? Bujda! I jak mógł, tak szukał ucieczki przed wygłodzonymi oczami małego Ryśka, przed jego bosymi nogami i pretensją. Tak jak Rączyn patrzył na swoje grube ręce, że też nikomu niepotrzebne i szczęśliwego losu nie potrafią jakoś wyciągnąć. A słowa? Dobre słowo czasem trudniej znaleźć w życiu jak pięćdziesiąt złotych na ulicy!

Rysiek wciągnął buty i poszedł na ulicę. Wieczór był znowu tęsknie, cicho i gwiaździście, a powietrze mroźne, suche parło się w płuca ostrym dechem aż do zachłystu. Odetchnął głęboko, znowu radość go gnała, że nareszcie na przestrzeni, a nie pod wyziębłym piecem przez długie, szare godziny. Począł iść na Kamedułów, gdzie mieszkał Felek Stolarczyk, tak samo uwięziony przez zimę jak ptak trzepotliwy w klatce. Poślizgiwał się i raz nawet nosem pojechał po śniegu, bo nogi latały na wszystkie strony w wielkich buciskach. Ale to nic. Żeby tylko takie mieć, a w ogóle, żeby ta zima się nareszcie skończyła.

Przy pompie na Potockiej zsiniały z zimna dziad zabijał mróz rękami, tylko huczało. Wyglądał jak chochoł: w obszernym kożuchu, czapie kudłatej, co ją dostał jeszcze w carskim wojsku, czapie nie byle jakiej, oszroniony cały na biało, ze sztywnymi od lodu wąsiskami, co sterczały zezłoszczone – jeden na Żoliborz, drugi na Bielany – już od lat, bo dziadzia nigdy pozycji siedzącej nie zmieniał. Rysiek skłonił się uszanowanie, bo człowiek magistracki nieraz na grosiki oko przymykał i trzeba było z nim grzecznie, żeby nie obrazić.

– Dobry wieczór, dziadziu!

Grzecznie to powiedział, tak jak się powinno mówić, jak w szkole uczyli. Ale dziad był w pieskim humorze, bo odburknął coś i zaraz sobie wsadził gdzieś wszystkie dobre wieczory na tym świecie. „Bo i pewnie" – myślał Rysiek, człapiąc dalej. „Cóż to w końcu dobrego, całe życie przy pompie przepilnować, mróz, deszcz czy upał". Aż żal się robiło dziadowiny, że zamiast w chałupie, przy piecu siedzieć i bajeczki wnukom snuć jak złotą pajęczynkę, trzaska na mrozie starymi gnatkami i użera się o te grosiki. A życie to też niekoniecznie dobra bajeczka, więc nie ma złotej wróżki, która by te grosiki ze słodkim sypała uśmiechem. Ot, wariactwo jedno, nic się nie zgadza, opakiem wszystko odwrócone jak kożuch na dziadku: ostrym włosem do człowieka, na sztorc, w ogóle – do szkoły nie ma po co chodzić! A przyjdzie wiosna, słoneczko dziadkowi przygrzeje w gnaty, to i serce mu odtaje. Ach! Żeby ta zima poszła już sobie do wszystkich diabłów!

Felka w domu Rysiek nie zastał: poszedł na dworzec taszczyć bagaże. Była to robota ryzykowna: z jednej strony czatowali gliniarze i tylko czekali na to, żeby wsadzić do małolatki za włóczęgostwo, z drugiej – bili numerowi tragarze[53] za konkurencję, bo

53 Tragarz numerowy – bagażowy.

Felek za dwa grosze oszczędnym, żydowskim kupcom dziesiątki klatek z drobiem przenosił i z tymi klatkami rozgdakanymi musiał lawirować pomiędzy litością jednych a pałkami drugich. Lawirował jak tylko mógł i w ten sposób udawało mu się czasem poderwać parę groszy dla domu.

„Pójdę do Pękały" – postanowił Rysiek i poczłapał na Cygańskie Budy.

Koślawa rozpacz tłoczyła się tutaj niezgodnie na obszernym podwórku, pomiędzy dwoma drewniakami złączonymi od tyłu jakąś stajnią. Rozciągał się stąd widok na puste poletko, zarośnięte w lecie wszelakim chwastem, pełne kopiastych stert śmieci i ni to jeziorek zielonkawych, mętnych, ni kałuż smrodliwych. W lecie drzemały tu stadka kaczek, szczypały wątłą trawkę jakieś cienie szkieleciaste, które wszyscy przez pomyłkę uważali za krowy, dlaczego – nie wiadomo, i tłuste prosiaki wytykały znad kałuż zachwycone, sympatyczne ryjki. Dalej, za zielonkawym wałem, rozciągał się już Lasek Bielański, który wkraczał jakby klinem: Wisłą, potem łysiejącymi zagajnikami na szarych wyrosłych piaskach, a z drugiej strony, z wysoka – ulicą Marymoncką. Teraz śmieci, osty i jeziorka niepozorne przykrył puszysty śnieżek i martwym pobłyskiem odbijał w gwiazdy światło księżyca. A księżyc wychylał się zza jasnych chmurek, spoglądał tylko na Cygańskie Budy i zaraz chował z powrotem, bo też widocznie patrzeć nie mógł.

Po drodze Rysiek spotkał zawiniętą w chustkę matkę Henka.

– Jest – odpowiedziała jakby zdumiona pytaniem Ryśka. No bo gdzie niby mógł pójść, jak od jesieni konał na gruźlicę? Na bal? – Idę mleka trochę pożyczyć od Malinowskich – wyjaśniła. – Oni mają krowę, a Heniowi trzeba codziennie, z masłem. Idź do niego, on się już dziwił, że nikt jakoś nie przychodzi. Tylko z daleka od Henia, Rysiu!

W pierwszej chwili po wejściu do izby Lewandowski nie mógł się zorientować, co i jak stoi. Niska była, mroczna, bo przecież bez okna, jak wszystkie budy, a tylko gdzieś w kącie naftowa lampka obejmowała kręgiem słabego żółtego światła kawałek ściany i cudowny obrazek. Twarz Chrystusa pływała w drgającym odblasku. Postąpił bezradnie jak ślepiec, krok i drugi, póki go Henek nie zawołał słabym głosem.

W słabym świetle zwykle chudziutka twarzyczka Pękały wydawała się po prostu nieistniejąca, tylko oczy świecące mocno niezdrowym, wilgotnym blaskiem nadawały jej życie. Lewandowski poczuł jakiś gwałtowny skurcz w środku. To ten Henek? Usiadł delikatnie na skraju wyrka. Przez postrzępioną kołdrę ostro i wyraźnie rysowało się chude ciałko tamtego. No tak. Rysiek przypomniał sobie, że przecież w klasie przezywano go Nitka.

– Dlaczego nie przychodziłeś? – zapytał Pękała z wyrzutem.

– Nie mogłem – powiedział Lewandowski i pokiwał głową. – Przecież wiesz, że butów nie mam.

– Ja też. Matka sprzedała.

– No a w czym pójdziesz do szkoły? – zapytał Lewandowski szybko, zanim zdążył skontrolować swoje myśli. Chciał coś jeszcze dodać, ale zrozumiał, że Henek już do żadnej szkoły nigdy nie pójdzie, i ugryzł się w język.

Ale tamten tego nie zauważył.

– Do szkoły? – powtórzył. – No, wtedy już będzie ciepło. Chyba od lata matka mi kupi nowe. – I aż się uśmiechnął do tych butów i szkoły.

– Pewnie! – potwierdził szybko Rysiek i żeby zeskoczyć z tego tematu, powiedział: – Kierownika już nie ma, wiesz.

– Nie ma? A skąd ty wiesz, przecież też nie chodzisz?

– Stolarczyk mi mówił, a jemu jeszcze ktoś. A za ciebie to szyby żeśmy mu sprawili, wiesz?

Henek westchnął cichutko.

– Wieeem... A ja leżę, widzisz.

Nagle złapał Ryśka za rękę, rozejrzał się szybko wokoło, jakby bojąc się, że zdradzi jakąś tajemnicę, i powiedział cicho, ze strachem:

– Rysiek. Ja chyba umrę.

Zacisnął na przegubie Lewandowskiego chłodną, wilgotną rękę. Rysiek nie umiał odpowiedzieć. Uśmiechnął się z przymusem do niego, ale Pękała tego nie zauważył, bo nafciak już dogorywał czarnym kopciem w sufit. Rysiek powiedział z przekonaniem, starając się, żeby to wypadło jak do dorosłego:

– Coś ty głupi, Henek? Zobaczysz, jeszcze na łachę pójdziem się kąpać, po owoc na Wawrzyszew, zobaczysz, zobaczysz!

Henek poruszył się słabo.

– Nie wolno mi się kąpać – powiedział ze smutkiem.

– No to po owoc – podtrzymywał Lewandowski. – Ty zostaniesz na ulicy, a my ci już narwiemy. Pamiętasz, tak jak zeszłego roku?

– Nooo...

Nagle Pękała ożywił się. Usiadł na łóżku i wtedy Rysiek zobaczył z przerażeniem, jak strasznie go ta choroba zjadła. Kości ostro przeświecały przez bladą skórę, żebra na wierzchu, a ręce – dwa kruche patyczki. Aż głowę chciał odwrócić, ale tamten złapał go za ramię:

– Na Żoliborz chodzisz?

– No teraz to nie.

– Szkoda – westchnął Henek. – Podobno budują na Krasińskiego nowe domy, wiesz? Rysiek! – prawie krzyknął.

– Co?

– Pójdź na Żoliborz, dobra? I zobacz, gdzie budują, dobra? Potem mi wszystko opowiesz, ty tak w dechę opowiadasz. Tylko, Rysiu, na pewno. Jutro pójdziesz?

– Nie mogę – Lewandowski potrząsnął przecząco głową. – O Jezu! Przecież wiesz, że nie mogę.

– Ale czemu? – zawołał Pękała.

– Bo tych butów nie mam przecież. A te – wysunął przed siebie nogi w kocich czy też siedmiomilowych – to ojca. Mogę dopiero pójść, jak przyjdzie z roboty i da. Jak chcesz, to mogę teraz iść.

Henek osunął się na łóżko.

– Teraz? Teraz ciemno, nic nie zobaczysz – westchnął. – Rysiek, żebyś ty wiedział, co ja bym dał, żeby móc jeszcze raz zobaczyć!

I Rysiek wiedział, że to pragnienie aż paliło go. Henek obłędnie marzył, że będzie tym inżynierem, co białe domy stawia, takie jak na Żoliborzu. Wychowany był w ciemnej, wilgotnej gówniance na Cygańskich Budach i Żoliborz z jasnymi, szklanymi domami był dla niego niebem. Wyżej nie sięgał, nawet nie przypuszczał, że jeszcze jest to „wyżej" i że w ogóle jest wyżej. Własne domy, z dziecinnych marzeń, a te przecież są bardzo strzeliste, budował sobie wspaniałe gmachy, tutaj – na Cygańskich Budach.

I Rysiek wiedział, że musi wysłuchać, musi, choć go to nudziło. Henek opowiadał, jakie to będą domy. Że właśnie wysokie, jasne i w ogóle powiedzieć tego nie podobna, takie piękne. A każde mieszkanie Henek pobuduje z balkonem, jasne, ach, Boże! Aż żywości nabrał i oczy mu się rozpaliły jak dwa wiosenne słońca. Żeby samemu można było kiedyś jeszcze takie domy budować, plany robić, rysować i żeby podług niego stawiali. Albo już nie plany, żeby chociaż cegłę kłaść: najpierw fundament – i Henek mówił Ryśkowi, jaka to jest ta cegła na fundament, potem coraz wyżej, wyżej, aż w niebo się wspiąć.

– Ja bym, braciszku, miasto zbudował – mówił zupełnie głośno, silnie, jakby ze zdrowych płuc, a nie strzępków, i wymachiwał, kreślił w powietrzu tymi swoimi patyczkami. – Każdy dom – pięćdziesiąt pięter! W jednym pokoju nie więcej jak cztery, no – pięć osób, ale już nie więcej, żeby się ludziom dobrze mieszkało. Kuchnia na cztery fajerki, jak się należy, w ogóle – co tylko chcesz!

Nagle przerwał i popatrzył błagalnie na Ryśka.

– Ty musisz iść – szepnął gorąco. – Dla mnie tego nie zrobisz? Tylko popatrzysz i potem powiesz mi wszystko. Rysiek!

– W czym? – Ryśkowi aż łzy się zakręciły.

– A w niedzielę?

– Co?

– W niedzielę twój ojciec robi?

– No pewnie! W niedzielę też, jakże.

Pomilczeli chwilę. Ciężko było, dusząco jak od zapachu świec woskowych na żałobnym nabożeństwie. Potem Lewandowski powiedział cicho:

– Jeśli chcesz, to ci powiem o Kenie Maynardzie. Jak odkrył taką lepszą melinę w mieście Chicago.

– Znam – szepnął Pękała. – Już opowiadałeś.

– A o tym, jak koniokradów złapał?

– Też. Wszystko już opowiedziałeś, a o koniokradach dwa razy.

Lewandowski zastanawiał się, czy nie dałoby rady jakoś tego do kupy skombinować: koniokradów z lepszą meliną w Chicago, i tak to Henkowi opowiedzieć, żeby nie poznał. Lewandowski był specjalistą w opowiadaniu filmów, cała klasa go słuchała z wypiekami. Tak by chciał coś Pękale opowiedzieć, ale naprawdę – co? Do kina nie chodził, teraz zima, Zielińszczak nic nie grandzi, więc o czym tu opowiadać? Zwiesił głowę.

Pękała zaniósł się gwałtownym, ostrym kaszlem. Potem sięgnął ręką pod łóżko i wyciągnął jakąś banerkę[54]. Splunął czerwono. Leżał przez chwilę w milczeniu, oddychając świszcząco, zachłystliwie – tak go ten kaszel wymęczył. Potem zaczął mówić znów o domach.

– W Ameryce, braciszku, są stupiętrowe. Mówią, że to drapacze chmur. Ale tam grunt skalisty, to można takie budować. A u nas nie, bo piachy. – Uśmiechnął się tryumfalnie. – Widzisz, jak ja wszystko wiem! U nas najwyżej – dwadzieścia pięter!

– A mówiłeś, że pięćdziesiąt! – przerwał Lewandowski.

Pękała tajemniczo się uśmiechnął, z przewagą nad Ryśkiem.

– Bo ja mam swój sposób, sam wykombinowałem! Zobaczysz, że postawię jeszcze na pięćdziesiąt pięter, ho, ho! Na razie nic nikomu nie mówię, tylko jak tak leżę, to sobie obmyślam.

Znowu rozkaszlał się długo. Gdzieś od Bielańskiego Lasu zerwał się gwałtowny wiatr, cisnął wichurą w Marymont, załomotał wściekle w Cygańskie Budy. Wszystkimi szparami wiało, z drewnianej kozy w kącie buchnęło kłębem dymu na izbę, iskrami, a cała klitka skrzypiała tylko, jęczała litośnie pod uderzeniami wiatru. Lewandowski aż przestraszył się, że za chwilę wiatr zniesie z powierzchni te kilka desek, rzuci jak ulicznym śmieciem, i zostanie z chorym Henkiem pod gołym niebem, a że wyobraźnię miał bujną, to znaczy zaraz sobie dopowiedział, jak by to wyglądało, gdyby tak Cygańskie Budy w nocy zniosło: ludzie w gaciach, koszulach, powyskakiwaliby na ulicę, o rany, jakie to śmieszne! Tylko ci, co nie opalają w ogóle i sypiają w ubraniach, ci to jeszcze najlepiej by na tym wyszli.

54 Banerka – regionalnie: puszka.

– Z czego się śmiejesz? – zapytał Pękała.

– Tak sobie – mruknął. – Ty, a takiego drapacza wiatr nie przewróci?

– Eee. Beton, stal. Żadna wichura nie da rady. Opowiedz mi coś – poprosił.

– Jak już wszystko znasz…

– Czekaj, czy Zielińszczak gra jeszcze?

– Na ulicy nie, bo przecież zima. Przyjdzie wiosna, to będzie grał.

– Tak jak przedtem – mówił do siebie Henek z uśmiechem, uśmiechem, bo to było dobre wspomnienie, ta harmonia Zielińskiego. – Jezu, jak on pięknie gra! – I do Ryśka: – A w każdym mieszkaniu radio i muzyka. Pamiętasz, jak on śpiewał o tym bandycie, co go narzeczona wydała policji?

– Pamiętam! Tylko całej nie znam, do tego, jak ona go wydaje.

I zaśpiewał. Tak jak Zieliński: rozciągliwie, z przeciągnięciem ochrypłym na ostatniej literze, żeby aż w sercu drapało:

Dla niej bandytą byłem,
Dla niej życieeee zgubiłeeem,
Przez nią w więzieniuuu gniłem,
Przez nią pięć osób siekierą zabiłeeeeeem!

– Dalej już nie znam – powiedział przepraszająco – ale na wiosnę Zielińszczak sam zaśpiewa.

Henek powiedział:

– Wiesz, czego bym tylko jeszcze chciał? Te właśnie nowe domy zobaczyć i posłuchać, jak Zieliński zagrywa. Co ja bym dał, Rysiu! Pójdziesz na Żoliborz? Bo wiesz – powiedział z niemałym uśmiechem – ja prosiłem matkę: poszła, ale moja matka nie umie opowiadać. „Domy i koniec" – powiedziała. A ty tak opowiadasz. A ja bym chciał wszystko, wszystko wiedzieć. Ja ciebie na wszystko proszę. Patrz.

Wyciągnął jakąś gazetę. Piękne pismo, ilustrowane, glanc papier. Nazywało się „Arkady"[55]. Henek pokazał mu domy, jasne ulice. Potem jakieś wille. „Willa w stylu zakopiańskim" – przeczytał Rysiek. – „Własność pana inżyniera B. Projektodawca architekt taki a taki". I dużo było tych domków – jasnych, kamieniem obkładanych, z dachami skośnymi i prostymi jak pudełko – na Mokotowie, Kępie i Dolnym Żoliborzu. A przed domkiem pani w szlafroku kwiecistym różyczki sobie podlewa. Piesek kudłaty przy nóżce waruje, a pani uśmiecha się do fotografa, bo czy jej źle w takim domu? Henek tłumaczył, wiatr gwizdał Cygańskimi Budami jak na organkach, a Henkowi aż twarz pojaśniała, tak chciał zostać tym inżynierem od jasnego budownictwa. On by zbudował Marymont – niech się tamte domki schowają, Żoliborz i w ogóle cały świat. Potem wyciągnął jakiś zeszyt i pokazał Ryśkowi swoje bazgroły. Dziwne to były domy, koślawo jakoś chyba zamyślone i nawet Lewandowski, który przecież kowboj, a nie inżynier, od razu widział, że taki dom stanąć nie może. Henek znowu kaszlał, a potem zapytał:

– Ładne?

– Jak cholera! – powiedział Lewandowski i odwrócił głowę od zeszytu z koszlonami[56].

– Wiesz co, Rysiek – powiedział z przekonaniem Pękała. – Ja będę żył, zobaczysz, że będę! A ty na tę szkołę byś ze mną nie poszedł?

Lewandowski spoważniał:

55 „Arkady" – miesięcznik artystyczny wydawany w latach 1935–1939.
56 Koszlon – przestarzale: coś niezgrabnego, koślawego.

– Ja, bracie, na kowboja!

– No jak chcesz. To też dobre, czemu nie. Ale najlepsza rzecz to budować, ja ci mówię. Pojedziemy razem do Ameryki, na stepach będziemy budować, dobra?

Rysiek zaniepokoił się.

– Na stepach nie! Po co? Buduj sobie gdzie indziej. Jak stepów nie będzie, to co komu po kowbojach.

– Racja!

Pożegnali się i Lewandowski wyszedł. Odwrócił się jeszcze i popatrzył na Cygańskie Budy. Waliły się pokotem, wiatr odrywał kawałki papy, bił śniegiem, przytłaczał do ziemi, na cholerny płask, nędzą, co ma mordę wyszczerzoną i rozchichotaną – w błoto! Wył rozpaczliwie bezpański pies, wiatr na drwinę Henkowym marzeniom i jakiś pijak walił w drzwi, wymyślając od najgorszych. Na prawo, lewo i w kółko – wszędzie to samo. Chałupy, chałupinki, drewniaczki i kto wiedział z dorosłych, że tu, na samym środku Cygańskich Bud, wali w niebo dom strzelisty, wysoki, śmiały. Ale dorośli nie znają się na takich rzeczach i my już o tym wiemy.

Błagalna prośba Henka, żeby pójść na budowę i zobaczyć, a potem wszystko fajnie opowiedzieć, ani przez chwilę nie dawała Lewandowskiemu spokoju: z całego serca by to zrobił, ale jak? Dla kolegi, dla dobrego kolegi, który zawsze z tą matematyką jakoś podciągał, no przecież bez wahania! I znów czternastoletni człowiek zamarzył o skrzydłach, choćby nawet z wosku, też by się nic nie stało, bo ziąb na dworze, aż krew ścinało.

Wyciągnął z kąta strzępy swoich butów, rzewne wspomnienie, i obejrzał krytycznie: może jednak da się coś zrobić? Zelówki odchodziły, kołki szczerzyły się jak mordy złego psa, w ogóle nie były to zelówki, tylko też wspomnienie, i to wspomnienie nie miało już od czego odchodzić. Już ojciec w tych butach wychodził wszystko dobre i złe, potem Rysiek jeszcze raz rozdeptał to dobre i zostało tylko samo złe, a na dodatek – zdarte blaszki i co drugie kółko od sznurowadeł. Przemyślnie powiązane sznurkami i drutami, a w ogóle nie buty, tylko ciatarachy jakieś zatracone – jedna rozpacz i wstyd palący. Ale Henek tam czekał, nie wiadomo, jak długo zostało mu tego czekania, i Lewandowski ciągle słyszał jego gorące żądanie – iść i zobaczyć.

Dopóki lato trwało, słoneczko, no to jeszcze jako tako: na bosaka chodził jak apostoł, bo wszystkie dzieci z Marymontu latały boso i nie było w tym żadnego wstydu – rzecz normalna, ludzka. Jesienią – trudniej, woda się lała, chlupotało i strzykało wszystkimi dziurami: po Ryśku, ojcu i handlarzu, od którego ojciec je kupił na Wołówce, także historyczne były, można powiedzieć, te dziury. Ale się chodziło. Zimą, w lżejsze mrozki i dni słoneczne, też drobnostka: okręcał nogi gazetami, szmatami – a wiadomo przecież, że papier dobrze trzyma ciepło – i też sobie jakoś radził. Ale kiedy tęgie mrozy ścisnęły, paskudne, to już w żaden sposób nie do wytrzymania. I musiał siedzieć w domu.

Przesiadywał tak godzinami, patrząc z ponurą tęsknotą przez załzawione okienko. Muchy jakieś niewymarłe tłukły się między szybami, brzęczały, biły skrzydełkami o szyby, w rozpacznej nadziei, że kiedyś jednak pofruną, i Lewandowski nie czuł się lepiej od tych muszek zagubionych.

Marymont zmieniał się zimą nie do poznania na lepsze. Domki i rudery, normalnie krzyczące ohydną szpetotą, pod kożuszkiem śniegu weselały jakoś, żywiły oko. Białe, migotliwie skrzące się w słońcu, jakby ktoś ręką hojną brylantami po nich sypnął, teraz naprawdę trochę bajkowe – i to z dobrej bajki. Drzewa uliczne też zatracały swoją anemiczność, zniknęły chude gałęzie, pyszniły się białymi, śniegiem iskrzącym napuchłymi kiściami. Wąska łacha tężała skuta lodem: Rysiek patrzył, jak inni ślizgają się, rysują łyżwami szklisty lód, i chociaż serce aż do bólu rwało do nich, musiał siedzieć i patrzyć w milczeniu na swoje bose nogi. To znaczy, że milczeć nie musiał, ale niby co miał mówić, jak było mu smutno i źle, pokrzykiwania tamtych na łasze doprowadzały go do jasnej rozpaczy, a ta myśl, że nie może tamtemu, który umiera, nawet tej przyjemności dostarczyć, pogłębiała tę rozpacz i w ogóle było strasznie, jakby Kena Maynarda zabili.

W końcu postanowił sobie: niech się dzieje, co chce, niech się niebo, psiakrew, zawali, a on buty musi zdobyć! Przede wszystkim dla Henka, bo Rysiek był kolegą dobrym, szczerym i dla dobrego druha wszystko by zrobił: świat podnieść, zakręcić nim wariacko jak pustym arbuzem w kołowankę – też fraszka! Bo co w końcu nie jest fraszką, jak się ma te czternaście lat? Amerykę odkryć, te Himalaje zdobyć, phi – też wielka rzecz! A tu przecież nie chodziło o żadną fraszkę, tylko o prośbę umierającą, żeby pójść i przynieść trochę tego jasnego życia.

Któregoś dnia ojciec przyszedł wcześniej z roboty i Rysiek pobiegł w ciężkich walonkach, jakby to były skrzydła, popatrzeć na budowę. Cicho tam było, pusto, bo murarze zimowym sezonem w domu siedzieli albo bili się o prawo do śniegu przed magistratem. A ojciec Budziejewskiego – kulawy staruszek, który spadł kiedyś z rusztowania – pod pomnik wieszcza[57] na Krakowskie chadzał z szatkownicą. I co tu oglądać, nie ma nikogo, tylko jakiś stróż po uszy zakutany w kożuch i nieżyczliwość pilnował sterty budulca. Mury świeże, czerwone, tak że zdawa-

57 Pomnik wieszcza – na Krakowskim Przedmieściu 24 grudnia 1898 roku – w setną rocznicę urodzin – odsłonięto pomnik Adama Mickiewicza.

ło się z mrozu, doły na wapno przykryte deskami i pustką jakąś, chłodem wiało od tych murów, co tak Henka nachodziły.

Zza parkanu przyglądał się bezradnie, fotografował wszystko oczami, żeby potem wiernie przekazać. Kręcił się, zaglądał i czmychał, aż go dozorca w kożuchu wysłał, rzecz jasna, do wszystkich diabłów. Wysłał, bo mu akurat wczoraj ktoś zwędził parę desek i gospodarz już przyobiecał obciąć to z wypłaty. A więc – „Do wszystkich diabłów, szczeniaku!”.

Z ciężkim sercem, niechętnie, że nic prawie nie zdziałał, powlókł się do Pękały. Bał się, że go rozczaruje. Ale co miał powiedzieć? Że puste mury, parę desek i dozorca, który wysyła do diabła? Przełykając ślinę, opowiedział mu wszystko. Widział, jak Pękała chwytał sercem każde słóweczko, po prostu pół słóweczka, żeby tylko nic nie uronić z Ryśkowego opowiadania o budowie. Rysiek skończył, westchnął głęboko i już chciał o czym innym, kiedy Pękała przerwał:

– Wiesz co, Rysiu? – powiedział cichuteńko. – Doktór był.

– Był? – ucieszył się Rysiek. – No to klawo! I co mówił?

– Mówił, że... że – Pękała namyślał się chwileczkę, a może nawet długą chwilę, jak się Ryśkowi wydało – że ja nie wyżyję. Słyszałem... słyszałem, jak do matki mówił za drzwiami. Myślał, że ja może nie słyszę. „Niech pani będzie dzielna” – tak powiedział i matkę, wiesz, po plecach... wiesz...

Odwrócił głowę do ściany. Lewandowski zrozumiał, że płacze, a wstydzi się swoich łez. Rysiek chciał coś powiedzieć, przytulić czy coś takiego, żeby tylko tamtemu pomóc, ale stał jak sparaliżowany, a słowa pociechy więzły mu w gardle. Po chwili krzyknął rozpaczliwie, aż tamtego poderwało:

– Doktór to chuj! – wrzasnął. – Co on ci gada, nie słuchaj go! – I znowu na doktora, tak że Zieliński by się nie powstydził. – Ja ci mówię, że będziesz żył! Poczekaj, tylko wiosna przyjdzie, zaraz ci się polepszy!

Zaczął go rozpaczliwie szarpać za chude ramię.

– Jak Boga kocham, że będziesz żył! To niemożliwe! Ty nie wiesz jak doktór? Aby tylko więcej forsy wziąć! No, Henek, Henek! O rany Chrystusa, ja ci mówię, że będzie wszystko dobrze! Henek! Ojciec był chory na nogę, a potem też, wiesz, i wszystko w porządku! Chcesz, to mu szyby wywalę zaraz! No, chcesz?!

Nie składały się do kupy te słowa pocieszenia. Sam dobrze wiedział bez doktorów-oszustów, że Heniek jest skazany: szkolny lekarz też tak mówił. Dlatego go ze szkoły…

– Jak Boga kocham! – krzyczał Lewandowski. – Jak Boga kocham, że będziesz żył. Jak Pannę Przenajświętszą, jak Chrystusa!

– Nie przysięgaj się – szepnął Henek i syknął, bo zabolał go rozpaczliwy uścisk Lewandowskiego. – Puść… Sam wiem, na co się przysięgasz?

– Bo ja też wiem, dlatego się przysięgam – ratował Rysiek, jak mógł. – Przecież na Boga bym się nie przysięgał!

– Bujasz! A szyby jak wywaliłeś staremu też się przysięgałeś, że nie ty!

– Ale nie na Boga! – zaprzeczał.

– Na Boga też!

– No to… – szukał jakiegoś słowa, pieczęci dla tej śmiertelnej, rzec można, przysięgi –… jak… jak… jak pragnę, widzisz, kowbojem zostać, no! Tak się jeszcze nie przysięgałem! Nigdy!

Tamten poruszał głową:

– Nie, nie wyżyję! To był dobry doktór, dwadzieścia złotych wziął. – Powiedział cicho do Ryśka: – Daj spokój! Umrę, wiem, że umrę, bo mi coś w środku – puknął się w piersi – tak mówi i mówi, że umrę. Tylko jeszcze jednej rzeczy bym chciał, a ty mi musisz pomóc. Musisz! Jesteś kolegą?

– Jestem! – walnął się w pierś, aż zadudniło głucho. – Przecież wiesz, że jestem. No, a o ciebie to kto kierownikowi szyby wywalił?

– Ty, tak jest, ty! – Chwilkę zwlekał, potem szybko: – Więc chcę iść samemu popatrzyć!

– Przecież chory jesteś! – krzyknął Rysiek. – Coś ty?!

– Mało ważne, zdrowy już i tak nie będę – oświadczył z powagą w głosie. – Ja wiem! Więc tylko chcę iść i jeszcze raz popatrzeć, jak ludzie budują, no! Ty sam wiesz, jakie ja mam do tego zamiłowanie – już miękko, żałośnie to powiedział. – Na miasto chcę popatrzeć, tam gdzie się bawiliśmy, gdzie w piłkę, i na łachę też. Nie odmówisz chyba, Rysiek!

Rysiek milczał. Przygwoździł go Pękała tą prośbą, obezwładnił po prostu. Ale czy można odmówić umierającemu koledze, który chce oczy nacieszyć tymi strzępkami dobrych wspomnień: mętną łachą, śmietnikami, gdzie razem wyszperywali skarby, ulicą, nie – Zatoką Cudnej Przygody, a najwięcej tymi domami, jasnymi domami na Żoliborzu, do których miał te gorące zamiłowanie. Nie można! Niech nacieszy te oczy wszystkim, co takie piękne na tym świecie – jutro już czy pojutrze będzie dla tego świata nijaki. Nie można!

– Więc jak? – zapytał gorączkowo.

– Razem pójdziemy – tłumaczył Pękała i znowu mu się oczy zapaliły radością. – Tylko, że ja... ja też butów nie mam, bo matka sprzedała na chorobę.

Pomyśleli chwilę. I Rysiek, i Henek, obaj, cholera, apostołowie! Potem Lewandowski klepnął się z rozmachem w czoło i krzyknął:

– Wiem! Na sankach cię zawiozę!

– Nie pójdzie! Tu tak, po Marymoncie tak, ale w mieście nie da rady. A ja bym chciał na całe miasto, na te nowe domy popatrzeć. Pójdziemy razem, bo ja sam nie dam rady. Słaby jestem – dodał wstydliwie.

– Więc buty – myślał głośno Lewandowski. – Dla ciebie buty, bo ja to wezmę od ojca albo jeszcze raz te swoje stare... No nic!

Podszedł stanowczo do niego, wziął jego wilgotne słabe ręce i uścisnął mocno.

– Ja ci te buty skombinuję, żebym sam miał zdrowie stracić, to ci skombinuję – obiecał twardo, patrząc na Henka z powagą. – I to też jak pragnę zostać kowbojem!

Uparł się, zaciął, i to pragnienie w nim zardzewiało. Sam sobie powiedział, przyrzekł, rękę oddał umierającemu koledze, że będą te buty, więc niech się niebo z piekłem zmiesza, a muszą być. No a poza tym – honor kowbojski to pies? Słowo i kobyłka u płotu!

Obmyślał w skupieniu tysiące najrozmaitszych sposobów, obracał je na wszystkie strony jak dziad darowany grosz – tak i wspak. Nic nie wychodziło. Zarobić się nie da, to jasne. Śmieszne nawet – ojciec nie mógł zarobić, a on? Dać też nikt nie da, więc co? Aż podrywało go do działania, słowo „obietnica" piekło, a tu nic.

Poszedł do Stolarczyka. Nie powiodło się – Felek leżał posiniaczony w domu, stękał, w kratkę posiniaczony, dokładnie: gliniarze go zbili za pętanie się po dworcu. Felek był szczęśliwy, że i tak dobrze się skończyło: mogliby przecież do małolatki zapakować, karą pieniężną uderzyć, a tak położy się parę dni i potem znowu – już na inny dworzec, po takie same guzy.

– To pożycz butów – poprosił Rysiek i powiedział na co. Przecież koledze Stolarczyk chyba nie odmówi? Skończył mówić i czekał, ale Felek też zwlekał ze słowem ostatecznym.

– Nie mogę! – powiedział w końcu i odwrócił oczy.

Lewandowski wstał. Nie podając ręki, cofnął się do drzwi, powiedział tylko:

– Pamiętaj! Od dzisiaj nie jesteś kolegą.

Chciał już wyjść, trzasnąć drzwiami w furii, ale go Stolarczyk zatrzymał. Może by i nie odmówił, na pewno nawet nie. Ale młodszy brat, który dotychczas siedział w domu, też poszedł szukać szczęścia, dla odmiany na Zieleniak[58]. Latał tam już od piątej rano, pomagał we wszystkim zawarszawskim badylarzom, pilnował towaru, latał po wódkę, spełniał tysiące najrozmaitszych posług. W ten sposób dostawał kilka groszy, trochę kartofli i jarzyn – co mu tam badylarz rzucił. Bo w domu u Felka drobiazgu było sześcioro, jeść to krzyczało, a ojciec końmi jeździł w magistracie na śmieciarce – dziewięćdziesiąt złotych miesięcznie. Więc Lewandowski poszedł i jeszcze przykro mu było, że najlepszego kolegę skrzywdził złym posądzeniem.

Pomyślał, że to nie będzie taka łatwa sprawa z tymi butami. Na dobitek wszystkiego nie miał przecież własnych, łaził po kominkach w ojcowskich, ale to tylko godzinkę, dwie najwyżej, ale czego przez ten czas można dokonać? Poślizgać się trochę, pigułą komuś przywalić, ale buty?

Jeszcze raz sięgnął do swoich. Nic, kompletnie strzępy. Włożył na nogi ze smutnym uśmiechem. No, nawet chodzić nie można, bo zelówki zawadzają o wszystko, co tylko na drodze. Pysk można złamać, a nie buty zdobyć. I jak to wygląda? Dziady

58 Zieleniak – potoczna nazwa Targowiska Banacha przy ulicy Grójeckiej. Głównym przedmiotem handlu były warzywa i produkty rolne, stąd nazwa.

na Powązkach, pod murem, mają lepsze buty – cmentarno-miłosierne. Przecież śmiać się będą na ulicy, jak zobaczą. I rzucił butami w kąt.

Ale tam przecież leżał chory Henek. Prosił, żebrał o to jedno spojrzenie na jasne domy. Rysiek pomyślał – „Trudno!". Włożył, omotał sznurkami, drutem po wierzchu ściągnął, aż go palce zapiekły, wszystko to razem grubo szuwaksem zapacykował, żeby jak najmniej było widać nędzę, co się bez przerwy wlekła u nóg, i jeszcze trzeba uważać było, żeby broń Boże nie zgubić.

Następnego dnia rano wyszedł na Marymont czysty i biały. Chałupki drzemały pokornie pod śniegiem, drzemały, a wiosną znów się wyszczerzą na człowieka, wróbelki szare z kusymi ogonami nurkowały, szukając pod śniegiem końskiego nawozu, a Las Bielański stał daleki, biały, uroczysty w tej bieli jak ksiądz przy ślubie. Jak się idzie po takiej białej kołderce, to aż człowiekowi żal swoich kroków i mimochodem uważa, żeby czego nie skalać, krzywdy tej puszystości nie zrobić.

Ale że wesoło było na świecie od tej białości, oczy cieszyły się silnym blaskiem, więc Lewandowskiego opuściły ponure myśli i poczuł przypływ animuszu – co tam, jakoś to będzie, nie takich rzeczy Ken Maynard, psiakrew, dokonywał!

Tak myślał i następnego dnia, kiedy też włóczył się po mieście, bezskutecznie się włóczył, zabiegał drogę pasażerom pod dworcem o bagaże, wyrywał walizki z rąk, proponował i przepraszał. Owszem, jedna pani pozwoliła mu ponieść, bo tak grzecznie poprosił, pozwoliła, a potem pogłaskała po głowie, zachwycając się rozczulenie, że są jednak grzeczne dzieci na świecie, a ona myślała, że już nic a nic – chamstwo same w narodzie. Lewandowski najeżył się, spojrzał tak, że paniusia szybko cofnęła rękę i odeszła, mamrocząc: – „Jest, jest chamstwo…!". I tak z każdym było, próbował jeszcze parę razy, dopóki go bagażowi z blachami nie zauważyli:

– Jazda stąd! Czego tutaj?! Ale już!

I Rysiek musiał rejterować jak niepyszny. Odwrócił się, odszedł zawstydzony i zgarbiony pod ciężarem niepowodzeń, które biły w niego gradem złych słów i dobrych paniuś. Słyszał jeszcze, odchodząc, jak do tego tragiera, który przegnał, podszedł drugi i robił mu wymówki:

– Może nic nie jadł, może głodny, nie można tak, Kaziu!

Ale Kazio miotnął tylko ciężkim przekleństwem.

– Całe miasto jest głodne, g…o mnie to obchodzi! A ja to jadłem?

– Ale to jeszcze dziecko… – tłumaczył tamten i Rysiek poczuł do niego nie wdzięczność, ale jeszcze większą niechęć jak do tego, co przegnał: co za dziecko? On sam uważał się za wszystko, tylko nie za dziecko, a tu masz! Tamci kłócili się i Kazio znów [rzucił] słowem ciężkim jak niezapłacony bagaż:

– A moje myślisz nie są głodne?

Bóg jeden wie, ile czasu by się jeszcze kłócili i obstawiali swoimi dziećmi, gdyby nie taksówka, z której wyszedł gruby jegomość z mordą czerwoną, spasłą, i krzyknął, pstrykając w palce:

– Hej, człowieku…

Tamci podbiegli na wyścigi:

– Słuuużę szszszszanownemu panu…!

I dalej sobie wyrywać te walizki, bo przecież całe miasto było głodne.

Wtedy Rysiek, może po raz pierwszy w swoich czternastu wiosnach, poczuł tak gwałtowną, dorosłą nienawiść, że aż go zdławiła wściekłością, skuła ręce w kułaki[59]. Nie na tego, co przegnał i złym chlasnął słowem, tylko na tę mordę czerwoną, brzuch cięż-

59 Kułak – pięść.

ki z taksówki, futro i pewną siebie tępotę na pysku. A już najwięcej na te słowa, co wcale nie były ludzkie: – „Hej, człowieku!” – tak jak na psa za kostką do nogi, albo jeszcze gorzej. Wtedy zrozumiał, że już nie skrzywdzono człowieka, ale najgorzej – poniżono. Jeszcze gorzej jak wysoki komisarz szpiclów Kosiorków – tamtych nikt nie uważał na serio za ludzi, ot, gniją i śmierdzą, błotkiem pełzają, a ci dwaj przecież pracują, też ludzie, też dzieci mają głodne. Bo przecież dwa miasta są w Warszawie: jasne domy i te Budy Cygańskie czy inne – na Annopolu, Żoliborzu czy Targówku, Szmulowiźnie – ale zawsze Budy i zawsze głodne.

Nie zdawał sobie sprawy, co to jest i dlaczego, wiedział tylko, że mógłby kamieniem w tę mordę zdzielić, na ślepo, a ręka na pewno by trafiła, krzyknąć – „Masz, hej, człowieku...!”. Niejasno jakoś, nieskładnie pomyślał, że pomiędzy tą mordą, umierającym Henkiem, jasnymi domami z panią w szlafroku a gówniankami w łachmanach jest jakiś związek, jakaś ferajna złodziejska, nić. Jaka – tego nie wiedział. Ale musiało coś być, bo dopiero na Stawkach rozluźnił kułaki i splunął zamaszyście, prosto w tamten pysk. A może na ojca, kiedy tłucze się dryndą za Michalaka w niedzielę, też ktoś krzyczy – „Hej, człowieku...!” – i ojciec czapkuje, podnosi, znosi, podsadza za parę gorszy i za to, że przez omyłkę nazywa się „człowiek”. I ta myśl żrąca spokój zawstydzała i powracała ciągle słowami – „Hej ty, człowieku, sukinsynskij, głodny człowieku...!”.

Wróciwszy do domu, zjadł, co tam było: kartoflany kompocik na trybkach[60], położył się, wstał, zaczął czytać jakąś książkę, ale te słowa ciągle dzwoniły mu fałszywie w uszach. Zdawało mu się, że ciągle widzi, jak tamci dwaj przerywają spór o dobre

60 Trybki – inaczej: trybowiny – niepożądane części mięsa, takie jak włókna, tłuszcz czy kości.

słowo i lecą z wywieszonymi językami – na złe. Zapytał ojca, bo nie mógł już wytrzymać:

– Ojciec! Czy jak ojciec jeździ za Michalaka w niedzielę, dryndą znaczy się, czy na ojca też ktoś krzyczy: „Hej człowieku...?!".

Lewandowski wytrzeszczył oczy:

– Czego chcesz?

– Bo... – I Rysiek opowiedział wszystko. Ojciec splunął, zaklął, aż matka drgnęła, potem powiedział:

– Już jak ja bym mu, łobuzowi, krzyknął, to o! – I ojciec ręką pokazał, co by zrobił: kozicą przez tłusty pysk, na białą pręgę.

Ojcu Rysiek uwierzył, bo ten miał rękę silną i skorą do pyska, nawet jak na koźle siedział, to też prosto, niepętacko, że przecież nie zwyczajny chabeciarz, tylko furman z papierami, z wojskowym kursem. No pewnie, że nie pozwoliłby tak krzyknąć na siebie! Poderwał się nagle i buchnął ojca w rękę.

Ojcem poruszyło, chrząknął zdziwiony, zląkł się.

– Coś ty? Szybę wybiłeś?

– Nic, nic, ja tylko tak sobie – wymamrotał Rysiek. Bo i jak tu ojcu powiedzieć, podziękować za to, iż właśnie nie jest tym „Hej-człowiekiem!"?

– Powiedz no – zagadywał podejrzliwie ojciec. – Szybę wybiłeś, czy co tam? Nie będę bił, no. – Paskiem w kąt cisnął.

– Nie, jak pragnę Boga, że nie! – walnął się kułakiem w pierś.

– Czego się bożysz?! – krzyknął ojciec. – I nie pętaj się po żadnych dworcach, bo ci...! – I znowu ręką sięgnął do pasa.

I do tego niejasnego rozumienia o domach jasnych i Cygańskich Budach przyszło nowe, zupełnie jasne: dlaczego ten ojciec nigdy słowa dobrego nie ma za pazuchą. Bo i jakie mógł mieć to dobre słowo, słowo ludzkie, jak dla innych przez całe życie był tylko „Hej-człowiekiem"?

V

Bili go we dwójkę; wściekle: straganiarz – twardo, kułakami, i jego żona rozwrzeszczana za tę krzywdę do rozdarcia – pazurami, za włosy i kopiąc po nogach. Po nogach, po twarzy, którą rozpaczliwie osłaniał, po plecach jakimś starym garnkiem, co się napatoczył pod mściwą rękę – żeby mogli, serce by wydarli. Nie miał już siły krzyczeć, pojękiwał tylko jak psiak, raz nawet ugryzł straganiarzową w rękę. Potem jeszcze jeden w kręgu patrzących, co dotychczas stał, paląc obojętnie papierosa, podskoczył, w mordę strzelił odlewem, bo tamtym już ręce ustały. I znów rzucili się na niego, tłukli i kopali, tak jak się bije młodszego złodzieja – na całe życie do zapamiętania. Cała Wołówka zbiegła się w złe kółeczko, podjudzała i szczuła na Ryśka:

– W mordę go, dobrze go panie Bączek, jeszcze raz – niech zasmakuje złodziejskiego chleba, mać jego była...!

W końcu ochłonęli. Straganiarz odsapnął głęboko, bo już tchu mu brakło z tego bicia, splunął, ale jeszcze nie puszczał: mało było. Uchwycił za koszulę przy piersiach, potrząsnął.

– Taak, złodziejaszku – wydychał. – Butów się zachciało, co? – I poprawił.

Rysiek nie mógł odpowiedzieć. W głowie huczało mu jeszcze po ciosach, kataryna jakaś tłukła się pod czaszką, bolało, a przed oczami skakały plamy jakieś i iskierki czerwone. „Złodziej!" – wyło targowisko. – „Patrzta ludzie, taki młody, a już! Jeszcze go raz, panie Bączek!". I Bączek znów poprawił, w ucho, aż zadzwoniło.

– Masz teraz!

Rysiek odskoczył. Okiem nieprzytomnym rzucił wokoło, czy nie ma jakiegoś kamulca, żeby zapłacić za te wszystkie poniżenia, ale nie było. Złe twarze były, gotowe rozedrzeć za chwilę na strzępy złodziejaszka. Zachwiał się, byłby upadł, gdyby mu ktoś z tyłu równowagi w plecy kułakiem nie dodał. Zachlipał. Wtedy dopiero zrozumiał, że ukradł. „Ukradłem!" – to słowo zabolało nagle gorzej od tamtych rąk, teraz, gdy zobaczył sam siebie w roli złodzieja. Stanął niezdolny do postąpienia jednego kroku.

– A tyś czyj?! – zapytał straganiarz i znowu doskoczył.

– Malinowski! – zełgał na poczekaniu i ręce podniósł do góry.

– Papiery masz? – badał tamten, świdrując oczami, a ludzie wokół mówili:

– Policjanta by trzeba, skocz no, Jasieński...!

„Małolatka!" – pomyślał Rysiek i szarpnął się wściekle w ręku straganiarza. Ale tamten trzymał mocno:

– Papiery ty masz?

Rysiek wzruszył ramionami:

– Nie mam, skąd? – I znowu się cofnął, bo pięść pana Bączka podskoczyła mu pod nos.

– Skąd? Ale buty to wiedziałeś, skąd ukraść, ty...

– O, już idzie – wołali ludzie. – Panie władzo, tu do nas! Nie słyszy, zawołajcie, zawołajcie...!

Rysiek szarpnął się wściekle ostatkiem sił i wtedy straganiarz zobaczył jego nogi. Jakaś iskierka błysnęła w jego oczach. Puścił.

– Woon!

– Nie dla siebie, nie dla siebie – próbował tłumaczyć Rysiek, cofając się niezdarnie, bo zewsząd padały razy. – Nie dla...

– Woon! – huknął tamten. – I po rękach całuj, że na komisariat nie zaprowadziłem.

Rysiek dał nura pomiędzy stragany. Umknął ścigany kopniakami, razami i tym najgorszym słowem – „złodziej". Dobrze, że Wołówka leżała daleko i nikt z Marymontu się nie napatoczył. A może był nawet kto, tylko nie zauważył? Jezu, jakby się ojciec dowiedział! Złodziej, złodziej!

I tak głupio wpaść o poszarpaną parę butów, która leżała może rok i jeszcze dziesięć mogłaby leżeć, a nikt by się nie pokusił: strzępy!

Idąc powoli obolałym krokiem, oglądając się co chwila, czy czasem glina nie wyskoczy, rozmyślał gorączkowo o wszystkim, co się stało, cofał się myślą i wybiegał naprzód, przewidując wszystko najgorsze. Ukradł, no ukradł! Nie odstanie się już, przepadło. Ukradł, bo przecież tego samego dnia spotkał matkę Pękałową.

– Heniuś miał w nocy krwotok – płakała. – Już długo nie wyżyje dziecko moje kochane... O Boże, za co taką matkę karasz...? – A potem do Ryśka, żeby mu prośbę tamtego jeszcze raz powtórzyć: – Heniuś prosił, przyjdź do niego... Niech mu się chociaż dobrze umrze, jeśli żyć Bóg nie zezwolił...

Wiele dni przedtem łaził po mieście, szukał, prosił – wszystko na nic. A tutaj ten krwotok, może już ostatni... Wtedy, jak to się mówi, postawił wszystko na jedną, czarną kartę – ukradnie! Nie ze sklepu, z wystawy, tylko na Wołówce, placyku ze wszystkim starym, zużytym, zeszmelcowanym na strzępy, z jakiejś sterty butów, butów, o które pies z kulawą nogą... I cóż takie buty? Złotówkę, może dwie, a ślepy – trzy. Najwyżej! Nikogo nie skrzywdzę, a przecież, do cholery – dla kolegi. Tymi słowami – „dla kolegi!" – zagłuszał sumienie, które pukało w jasną świadomość jak drzwi, za którymi ktoś jest, ale nie chce otworzyć. I teraz, gdy szedł, rozpatrywał wszystko – myśli rozbite i posiniaczone zbierał na jedną bolesną kupę.

Ciężko go ta decyzja kosztowała – ukraść. Niczym nie dawało się zasłonić tego słowa: szczerzyło złe zęby ze wszystkich pięknych słówek: kolega, umierający kolega, który jeszcze raz chce zobaczyć, jak inni budują życie, jeszcze raz chce trochę pomarzyć, z daleka posmakować lepszego jakiegoś. Bo przecież w tych domach jasnych mieszkali ludzie, mieszkali ludzie inaczej jakoś, lepiej, radośniej, i o tym chyba Henek marzył. Zamiłowanie miał do budownictwa, i to jakie! Rysiek po raz tysięczny pytał samego siebie – „Czy można odmówić?". Nie można! Zarobić też nie można, nikt nie da, niczego nie można, ale można jeszcze jednego spróbować – ukraść. A jeśli tego też nie można, jeśli nie wolno – grzech czy co tam jeszcze – to przecież tam kolega umiera z daleka od tych swoich marzeń, więc niech chociaż dobrze umrze. Śmierć na Ryśku nie robiła wrażenia: od małego widział, jak umierają, a gruźlica – rzecz codzienna, zwykła jak brak chleba. Więc chyba Pan Bóg rozgrzeszy. Postanowił – szlag trafi, ukradnie, nie dla siebie przecież, więc tylko połowa grzechu.

Ale tego wszystkiego było mało. Trzeba było znaleźć takie słowo, żeby samemu uwierzyć, że to nie kradzież, tylko… tylko co? I wtedy zapytał sam siebie tym najważniejszym życiowo pytaniem: Czy Ken Maynard by gwizdnął? Nie! Ale Ken postąpiłby szlachetnie: odebrałby bogatym – dał biednym. Tak jest! Ucieszył się, że jednak doszedł. Proste – straganiarze to przecież właśnie bogaci, więc już! Przede wszystkim i ponad – przygoda, Wielka Cudna Przygoda. No i czyn do pewnego stopnia nawet bohaterski, bo przecież właśnie dla biednych, no i wymagający odwagi. Czyż można patrzeć inaczej na świat, jak właśnie poprzez Wielką Przygodę, właśnie jak ma się czternaście lat? Nie można, tego nikt nie potrafi!

Tymczasem nie udało się. Tymczasem – nie kowboj szlachetny, tylko złodziej. Złodziejunio, co stare skoki na Wołówce chciał podiwanić. Nawet tego nie potrafił. Ale nie to było to najgorsze. Coś głębiej, boleśniej uderzało. Tamten świat z kina Roxy nie mieścił się w tym, wirował tylko jak bańka mydlana tysiącem pięknych barw, ale tylko bańka mydlana. Gdy się dotknąć – pryskała, pękała. I w tym świecie niekolorowym też coś źle zaczynało się dziać. Nie pryskał przy dotknięciu, gorzej – patrzył i bił. I to niepokoiło. Bo jeśli tam jest tak samo, w tej Ameryce? I też nie ma szlachetnych jak słońce i złych jak piekło, tylko tacy sami jak tutaj: zmęczeni, bez dobrego słowa, bo przecież całe miasto jest głodne. Ale to była myśl tak czarna i straszna, że nie dopuszczał jej do siebie: jest Ken Maynard, cholera, jest!

W domu matka załamała ręce.

– Coś ty, diable? O Jezu, do grobu mnie wpędzi! W kogo on się wdał, ten ancychryst?!

Dopiero w szczerbatym lusterku zobaczył swoją twarz: archipelag sińców uzyskanych za dobre serce i szlachetność kowbojską. Och, colta mieć i pomścić się na tych gadach z Wołówki. Taki wstyd! Szczęknął:

– To ci ze Słodowca. Bukińszczaki mnie tak urządzili... No nic – dodał, mściwie myśląc o straganiarzu. – Już ja im podziękuję!

I od matki też dostał po łbie. Jak tu być szlachetnym kowbojem? Jak ranę, że w takich warunkach pracować nie można?

Ale ze zdobycia butów nie zrezygnował, głucha zaciętość go opanowała, pasja. Nie w ten, to w inny sposób, bo przecież o te słowo nieszczęsne się rozchodziło, kowbojskie, fasoniarskie słowo! Od początku obmyślał i planował, buty zdobędzie, żeby tam nie wiem co stawało na drodze. Znów wypuścił się na miasto, znów na próżno. I gdzie jest ten szczęśliwy przypadek: majątek znaleziony na ulicy, wyratowanie spod rozszalałych kopyt końskich dziecka jakiegoś milionera albo chociaż tradycyjna dobra pani z tymi, jak tam… łakociami i właśnie ciepłym przyodziewkiem. Dobra Pani trafiła się, psiakrew, tam pod dworcem, po głowie przecież pogłaskała.

Łaził, węszył i coraz bardziej tracił wiarę w książki. Najpierw – grzeczna Ala, elementarz w pierwszej klasie. No, to jasne, że lipa. Ale tu nic razem nie pasowało, nie grało, a jeśli już zagrało, to chyba zgrzytem, kułakiem, sińcem. Tylko w Kena Maynarda wierzył mocno, niezbicie. A Henek umierał, dopalało się w nim życie.

W końcu dojrzała w nim ta decyzja ostateczna, rozpaczliwa – „Dam komu w łeb i buty zabiorę". Henek znów miał krwotok, nabazgrał parę słów i przez matkę przysłał – „Jasne domy, budowę chcę zobaczyć…". Trudno! A czy Ken Maynard, czy nie, to mnie mało obchodzi. Nie każdy może być szlachetny… I znów zacisnął pięści na wspomnienie Wołówki.

Marzec już się rozmazał, wiatrem ciepłym po Marymoncie zacinał, ziemia w dzień domarzała na chlapę i błoto, wieczorkiem wczesnym tężała i cienkie jak z papieru tafelki lodu chrupały pod nogami. Ale wyczuwało się już wiosnę w tym ciepłym oddechu, zapach pól, żywicy i śmietników, też balsamiczny. A dzień się wydłużał, odtajał, zda się, nie przemijał już tak szybko – z mroku w mrok, jak człowiek – noc wygnała, noc przygnała.

Zaraz po południu wyruszył na połów. Machnął ręką na wszystkie plany, nie obmyślał już niczego – jeszcze raz, ostatni, zdał się na ten szczęśliwy przypadek, który po życiu chodzi czy nie chodzi – trudno zgadnąć. Może omija tylko, jak żebrak policjanta? Czort z nim, a buty muszą być! Szczęśliwy przypadek?

Na razie sam chodził w podartych ciatarachach, woda przepluskiwała mu między palcami, można powiedzieć: nogami w wiosnę wrastał. Odwagę swoją dziecięcą, nadszarpniętą trochę przez tych na Wołówce i pod dworcem, wziął za pazuchę resztki złudzeń na szczęśliwy przypadek – i poszedł.

Chodził, pętał się pod kirkutem[61], potem koło żydowskiej szkoły, bo dzieci żydowskie podobno najtchórzliwsze, ale nie spotkał nikogo: albo dorośli, albo zupełnie małe pętaki – nie pasowało. Jednego tylko zobaczył, w tornistrze, ze śniadaniówką w łapie. Spojrzał tylko i błyskawicą zrozumiał: ten numer! Przygarbił się, ręce w kieszeń, że niby jeden ruch a strzeli, ale tamten, nie przejmując się czy nie przeczuwając śmierci za własne buty, spokojnie wsiadł do tramwaju i tyle z tego wyszło. Nawet się nie obejrzał.

Blade słońce zapadło gdzieś różowym odblaskiem i zmierzch coraz szybciej omotał ulicę i drzewa, błękitnawym cieniem wydłużył mur cmentarny. Wracać? Nie. Zacisnął zęby i poczłapał dalej.

W swojej dzielnicy nie chciał robić grandy, więc z kolei na Starówkę – po obute szczęście. Tu też mu się nie powiodło: na Dunaja, Bonifraterskiej czy Długiej[62] – wszędzie mieszkała bosa nędza. A te dzieci, co chodziły po ulicy dostatnio ubrane, grzeczne, ale pod opieką matek, ciotek, i pewnie tych, tfu! – dobrych pań. Potem przeszły całą kupą prowadzone przez czarno-białą zakonnicę, która napominała łagodnie, żeby broń Boże nóżką w kałużę nie stąpnąć.

---

61 Kirkut – prawdopodobnie chodzi o cmentarz żydowski mieszczący się przy ulicy Okopowej 49/51.

62 Wąski Dunaj, Bonifraterska, Długa – ulice warszawskiego Starego i Nowego Miasta.

– Koklusz[63], kochane dzieci i grypka, uważaj, Jureczku…

Szły te dzieci radośnie rozświergolone, rumiane, roześmiane – dzieci ze Śródmieścia, z tych domów jasnych, gdzie pani w szlafroku kwiatki przekrasne podlewa. Patrzył na szereg drobniutkich nóżek zamożnych, jak chrupią po śniegu – ostrożnie, bo grypka – spojrzał na własne szczątki już nawet nie wiadomo czego i czuł jak jego też coś depce – jego i Henkowe marzenia. Ślina zaschła mu w ustach. Z tężejącego śniegu, kaszki drobnej, ostrej, zbił twardą pigułę, zamachnął z całej siły, przyrżnął jednemu z nich, aż tamten przysiadł do ziemi i zakwilił.

– Macie i pies was trącał z waszymi butami!

Zawrócił na Marymont, bo nie było już dokąd iść. Z każdym krokiem od Śródmieścia, z każdym krokiem na krzywą ulicę wyzbywał się wiary w ten szczęśliwy przypadek. Została tam, rozdeptana jak śnieg butami grzecznych dzieci.

Dochodząc, już niedaleko swego domu spotkał najmłodszego syna rzeźnika Lipki – Władka. Razem chodzili kiedyś do szóstej klasy powszechniaka, kiedyś – bo teraz Władek na miasto jeździł, do gimnazjum. Ale chodzili i Rysiek przypomniał sobie, że tamten lubi się zakładać: o wszystko i o nic, aby tylko się założyć. Zbawcza myśl zaświtała mu w głowie. Zapytał powoli, przez zęby, hamując podniecenie:

– Te, frajer, może się założem?

Najmłodsza latorośl rogu Lipków drgnęła.

– Za co? – Rysiek już widział w jego oczach te buty i Henkową radość, że nareszcie pójdą. Powiedział powoli, niby to od niechcenia, z gorącą obojętnością:

– Ja wiem…? – przełknął ślinę. – Za… za buty, jak chcesz…

---

63 Koklusz – choroba zakaźna, głównie dziecięca, objawiająca się ostrym kaszlem. Nieleczona grozi śmiercią.

Władek gwizdnął, pokręcił przecząco głową.

– Za buty to skąd, nie daje rady. Za pióro mogę...

– Wypchaj się, braciszku, ze swoim piórem! – warknął Rysiek. – Na okrągło się wypchaj.

I już chciał odejść, kiedy tamten sam uratował sytuację:

– Czekaj, ale za co? – przypomniał sobie nagle. – O co?

Lewandowski zastanowił się głęboko. No bo o co, o co, do choroby...? Taka stawka jak buty wszystkiego zasadniczo warta. A miał je Władek prima, do Ameryki można by zajść: od razu widać, że nie z Kercelaka ani zza Żelaznej Bramy[64], tylko robione na stalunek przez szewców dniem i nocą postukujących w Pekinie.

– Jak chcesz, to pójdziemy o taki zakład – powiedział zdesperowany na strzępy, na głowę swoją gotów. – Pokażesz mi, które miejsce na chodniku chcesz, kreskę narysujesz, a jak ktoś przejdzie – kto by tam nie był – każdemu dam w ryja. No, chcesz?

Lipko staczał z samym sobą ciężką walkę wewnętrzną, widać było, jak marszczył swoją pulchną twarzyczkę. No pewnie, zobaczyć taką chryję!

– A mój stary co powie – łamał się ciągle. – A stary?

– Zbujasz, że ci w szkole gwizdnęli – podsuwał mu szatańsko Rysiek. – Mało to kradli jeden drugiemu?

– U nas nie kradną – powiedział z wyższością Władek. – To gimnazjum, bracie! Czekaj, ja już sam coś powiem... Tylko jak u ciebie zobaczy?

---

64 Kercelak – plac Kercelego, funkcjonujące do 1944 roku targowisko miejskie w rejonie ulic Chłodnej i Towarowej. Nazwa pochodzi od nazwiska właściciela większości placów, Józefa Kercelego; Żelazna Brama – historyczna brama wejściowa do Ogrodu Saskiego, także nazwa placu między Pałacem Lubomirskich a ulicą Marszałkowską. Od XIX wieku mieściło się tam targowisko miejskie, przed wojną zdominowane przez ludność żydowską.

Buty były żółte. Lewandowski obejrzał je krytycznie, zachowując spokój konieczny, choć serce waliło mu jak młotem. Zelówa gruba na dwa place, blaszkami okute na wszystkie strony, kółeczka od sznurowadeł błyszczą, chociaż szarawo już się robi. „Moje – pomyślał i poprawił się zaraz: – Ale dla Henka!".

– Zaciągnę szuwaksem na czarno. Zresztą – kartę ostatnią wyciągnął – jak nie chcesz, to nie trzeba. Obejdzie się cygańskie wesele bez marcepanu – smagnął go tym przysłowiem, chociaż pojęcia zielonego nie miał, co to marcepan.

– Dobrze. – Władek załamał się już ostatecznie. – Dobrze, ale dzieci się nie liczą. Na taki zakład mogę pójść!

– Tylko?

– Tylko dorośli!

Lewandowski spojrzał na kreskę, którą tamten rysował obcasem. Miejsce nadawało się znakomicie – tuż przed rogiem, parę kroków. „Zanim tamten, co nadejdzie, pozbiera się z ziemi – rozumował – to skoczę w Morawską[65], sto metrów dalej stajnie Lewańskiego, przelecę tyłem i już jestem w domu. Dobra! Mogą mnie ganiać, ile chcą, nie złapią...".

– W porządku – powiedział fachowym tonem. – Zdejmuj skoki!

– Tere-fere kuku! Najpierw uderz!

– Taak? A ty potem zwiejesz i tyle będę cię oglądał. Chcesz, to dobrze, a nie – to drugie dobrze – zaryzykował, drżąc w duchu, żeby się tamten tylko nie rozmyślił.

Dokłócili się w końcu tak: Lipko zdejmie jeden but i da Lewandowskiemu – obstawa i zastawa! Po kupiecku Władek stawiał sprawę, bez cudów. A po wszystkim spotkają się przed domem

---

65 Morawska – nieistniejąca dziś ulica, równoległa do Szlacheckiej i Warszawskiej.

Lipki i tam mu Władek wręczy do pary. Uczciwość przede wszystkim. Niech będzie i tak – zgodził się Rysiek. Pogroził:

– Tylko pamiętaj, że ja cię wszędzie złapię…!

Władek usiadł na ziemi i stękająco zdejmował but.

Lewandowski wsunął go za pazuchę i patrzył ze skupieniem w krechę na chodniku. Kto też nadejdzie? Może Zielińszczak? Może ojciec? Może dzielnicowy Makowski, co by było już najgorsze… I wtedy co? Bić albo nie bić? Duński królewicz nigdy nie był w takiej rozterce szarpany jak teraz Rysiek – z Władkowym butem za pazuchą.

Nie czuł strachu przed tym, który nadejdzie – przez pierwsze dziesięć minut. Gorący był z pośpiechu i radości, że nareszcie Henkowi zaniesie. Pójdą już jutro, nareszcie sobie popatrzy. No i co? Są jednak w życiu szczęśliwe przypadki, nie jest tak źle. Pognali, przegnali, pobili, ale teraz nareszcie samemu stuknie się kogoś. Jak Ken Maynard – bogatego dla biednego.

Potem zaczął stygnąć. Zmierzchło już solidnie i Władek stojący pod płotem jak bocian na jednej nodze denerwował się, że nikt nie nadchodzi. Mruczał, chciał już iść, dzwonił zębami, że starczy, ale Rysiek był nieubłagany.

– Poczekaj, zaraz ktoś nadejdzie.

I ten czas, kropelkami bojaźni odliczany ręką niewidomą, wlókł się pomału jak na ciężkie skonanie. Boczną ulicą przetaczał się wóz, na Godowskiej wyło dwóch pijanych, ale kreski nikt nie chciał przekroczyć.

Głos jednego pijanego urwał się nagle, widocznie upadł, bo drugi szarpał go, żeby szedł. Za chwilę sam zakołysał u wylotu ulicy i Rysiek wydzwonił zębami jego imię – Zielińszczak. Uczuł, jak sztywnieje cały, drętwieje na deskę niezdolny do postąpienia jednego metra. Władek zatarł radośnie ręce i pokicał na jednej nodze w bok, przezornie, żeby samemu nie oberwać. Ale pan Zdzisio był chłopakiem solidnym, nieporzucającym w biedzie, bo zatrzymał się nagle, zamruczał niezrozumiale i zawrócił po koleżkę. Lewandowski odetchnął, Władek zaklął i poskarżył się w głos, że zimno. „Dobrze ci, łebku jeden!" – pomyślał mściwie Rysiek. „Pomarznij sobie troszkę...".

Teraz nadchodziła już wyraźnie kursem na kreskę stara kobieta z tłumokiem zwiniętej bielizny na zgarbionych plecach. Człapała powoli zmęczonym krokiem, poślizgując się niezdarnie, śnieg skrzypiał – ni to złowieszczo, ni na litość. Lewandowski pomyślał: – „Ken Maynard... Gówno, Henek umiera!". Przełknął ślinę i zapytał obcym, skrzeczącym głosem:

– Bić?

Lipko skrzywił się:

– Taką to i ja potrafię.

Kobieta przeczłapała koło nich, spojrzała zdziwiona na Władka. Władek bocian powiedział z dumą do Ryśka:

– To Makarczykowa. Pierze u nas.

Specjalnie to powiedział, żeby Ryśka zezłościć. Bo Lipko dobrze wiedział, że u Lewandowskich nikt nie pierze. Zresztą: co tam było do prania?

Rysiek zrozumiał i zacisnął dzwoniące z zimna zęby: znowu wstyd i poniżenie. Złość go w tym momencie na Henka porwała, że to wszystko przez jego zachcenie. Tyle razy dostał po pysku, a teraz jeszcze ten synek dechowy. „No nic" – pomyślał. „Jak już te skoki wygram, to ci potem podziękuję... Nie obetrzesz się!".

A tamten drażnił w nadziei, że rozjuszony Lewandowski mocniej trzaśnie tego, co nogą niewinną przekroczy pechową kreskę.

– Ty frajerze! Myślisz, że tylko te jedne buty mam – dmuchnął dumnie. – Nie zgadniesz ile. Cztery pary! A teraz mi stary zrobi takie z cholewami, jak kowbojskie...

– Kowboje nie noszą butów z cholewami – wyszczękał wściekle Rysiek. – Gówno się znasz.

– Ty się gówno znasz! A ja będę nosił i co mi kto zrobi? Z zazdrości tak tylko gadasz. Wyglansuję sobie, zobaczysz – siadać jeszcze będziecie... I do łyżew mam osobne, śrubówki...

„Faktycznie, ma" – przypomniał sobie Rysiek. Oni z Henkiem i Stolarczykiem ślizgali się we trzech na jednej łyżwie, którą Rysiek znalazł na szmelcu i nawet całą spółkę do tej jednej łyżwy założyli, żeby się ślizgać kolejno i bez kłótni. Władek Lipko prześlizgiwał tylko koło nich, marchewkując na nosie. Tak samo i sanki. Lewandowski z kolegami zbijali sobie sanki ze znalezionych desek, blachą obijali płozy i puszczali się z górki na brzuchu. Wcale się toto nie chciało ślizgać: ciężkie i niezgrabne jak mowa o deszczu w pogodę. A Władck miał lcciutkie, z płozami pięknie w górę giętymi i jeździł sobie wygodnie jak w dorożce. Przejechać się nie dawał za nic. Lewandowski dobrze to rozpamiętał i zamiast tego, co przekroczy, Władkowi chciał nakłaść po tłustym, prosięcym pysku. „Ale nic" – powtarzał sobie, ciągle szukając usprawiedliwienia, że go jednak nie walnie: – „Henek, Henek, Henek...". Starał się nie słyszeć i patrzył tępo w krechę, słabo ją już widząc, bo zmierzch gęstniał z każdą minutą.

Nie można było tego nie słyszeć, bo tamten już wyraźnie go poniżał, grał sobie na wściekłości, bezbronnej wściekłości Ryśka. Władek też miał łepek nie byle jaki, po tatusiu: tylko spojrzał na nogi Ryśka i od razu wiedział, dlaczego te buty tak bardzo chce wygrać. Buty to fraszka! Powie jutro ojcu, że Rysiek go jakoś nabrał, stary pójdzie i zabierze, z awanturą jeszcze. Więc gadał, żeby już Ryśka zniszczyć zupełnie:

– Wesele Kryśki jak ojciec urządzi, to zobaczysz! Ludzie takiego nie widzieli! Gęby pootwierają. Nas – przecisnął na tym „nas" – stać na to, braciszku.

– Gówno mnie twoje wesele obchodzi – warknął Rysiek. – Odczep się, bo pożałujesz!

– Eee – odparł tamten z mrożącym spokojem. – Lipko nie z takich, co by miał żałować... Kogoś pożałować – mogę!

I dalej:

– Na przykład takiego, co jeść nie ma co, głodny chodzi. Pożałuję, pięć groszy dam na bułkę. Bo mnie – zachłysnął się chełpliwie – mnie stary codziennie daje piędziesiąt groszy na własne wydatki. „Ucz się – mówi. – Pokaż tym dziadom, co potrafisz, synku...". A ja mam miękkie serce i każdego żałuję. – Śmiał się w nos Lewandowskiemu. – Na przykład takiego biedaka, co butów nie ma, jest co żałować czy nie? Zima braciszku, mróz, a jemu palce wyłażą. Żałuję – westchnął. – Jakbyś znał takiego, to przyjdź do mnie, powiedz. Te parę groszy rzucę mu, rzucę...

Lewandowski już miał mu rzucić butem w mordę. Ale prośba Henka dźwięczała mu ciągle w uszach: – „Jeszcze ostatni raz, Rysiu...". Pohamował się.

– A ja też żałuję – powiedział. – Tchórza śmierdzącego najgorzej żałuję. Takiego, co boi się sam uderzyć i tylko patrzy i zazdrości drugim. – Zawahał się, potem dodał: – Taki się u mnie nazywa „Hej-człowiek". Do nogi go zawołam i przyjdzie. Gwizdnę – przyleci. Tupnę – ogon pod siebie i chodu. Tu, braciszku, więcej jest czego żałować, niee?

– Żałujesz? – prychnął tamten. – Żałujesz, a sam do nogi przylatujesz i nawet innego gryziesz – za buty!

Nie było nawet czasu pomyśleć, bo z tymi słowami „za buty" sytuacja zmieniła się całkowicie, chciałoby się powiedzieć – zadkiem do Władka.

Od drugiego rogu, od Potockiej, zaskrzypiały czyjeś ciężkie kroki. Szedł. Pan Lipko szedł we własnej cechowej osobie, a raczej: najpierw brzuch pana Lipko, potem dopiero sam pan Lipko – rzeźnik cechowy, poważany, z laseczką w ręku, po pańsku sobie stąpając, w meloniku wysztywnionym na głowie, zdawało się, że tylko czeka na czyjś ukłon, na „Moje uszanowanie szanownemu panu!" czeka – żeby się nie odkłonić.

– Ojciec – zastraszył się Władek. – O cholera...! Daj szybko buty, włożę, bo zobaczy.

Ale Rysiek przylgnął wzrokiem do tego pyska pana Lipki i myślał, że to niekoniecznie szczęśliwy, ale w każdym razie przypadek, żeby z siebie zrzucić to wszystko błotko, siniaki i uniżenia, i te pogłaskanie rączką – „psiapsiuś dobry, chłopczyk biedny". Widział Władka na sankach, siebie bitego za złodziejstwo na Wołówce. Niech lepiej umrze na bosaka jak w wyżebranych butach. Nawet po śmierci Lipko by spokoju nie dał, że na drogę niebieską buty mu rzucił, pożałował jak psa. I Rysiek uczuł, jak gardło mu się ścięło, uderzenie jakieś w samo serce, kopnięcie parszywe: na!

– Dawaj – gorączkował się tamten. – Dawajże... – I prawie ze łzami w oczach, a później już płaczliwym siorbnięciem: – Dawaj... o rany, Rysiek zgoda, zobaczysz, że nie pożałujesz...

Teraz dopiero skapował, jak źle się wybrał ze swoimi kpinkami. Lewandowskiego, całego Lewandowskiego, ogarnęła jedna mściwa i nieprzytomna myśl – za tamto wszystko, za kilometry niepotrzebnie rozdeptane.

Wyszarpnął zza pazuchy but, rozkręcił w młynek na sznurowadle, aż furkotało, i kiedy pan Lipko przekroczył, strzelił butem pana Lipkę, aż panu Lipce – zdawało się – łeb na drugą stronę musiał przelecieć. Potem tym samym butem oniemiałego ze strachu Władka, aż potoczył się na tatusia i razem, zgodnie jak przystało w cechowej rodzinie – pod płot.

Ale żeby wszystko wypadło z kowbojskim fasonem, dorzucił, podczas gdy oni jeszcze leżeli, bojąc się podnieść:

– Znaj pana ty łobuzie, pana... Ty, ty... człowieku!

Najgorszym słowem, najbardziej dla niego poniżającym, razem z butem rzucił mu w twarz. A oni jeszcze leżeli. W mordy struchlałe i spasione całą gorycz swoich niepowodzeń im rzucił, że też mógł zawołać, gwizdnąć: – „Hej, człowieku...!".

Puścił się pędem w Godowską. Z daleka dobiegły go przekleństwa i groźby:

– Do małolatki cię wsadzę, pętaku... – I widocznie pan Lipko przypomniał sobie o nieszczęsnej namiętności własnego syna, bo zaraz rozległ się ryk Władka:

– Taaatooo! Nie będę! O ranyyyy... – I plaskanie laseczki: raz, dwa, raz, dwa – cechowo, jak tylko rzeźnik potrafi – do kości.

Przystanął zadyszany koło stajni Lewańskiego. Wiedział, że tamci i tak go nie dogonią: Lipko już po paru krokach sapie jak szmelcowa lokomotywa, a Władek – cóż Władek dla niego? Z daleka tylko widział, jak rzeźnik z buraczkową twarzą wygraża mu laską.

– Hej, hej, człowieku! – ryknął na ostatek. – Człowieku, pocałujcie mnie w dupę. W dupęęęę! Człowieku, w dupęęęę!

Wypiął się, pokazał mu jeszcze ręką, co tylko można najgorszego ręką pokazać, jeszcze raz zaproponował całusa i poszedł – zwycięsko przed siebie, że niech to wszystko szlag trafi, a on tym kowbojem zostanie. To dopiero wstęp, on jeszcze pokaże, co potrafi. Dopiero teraz zrozumiał, czego dokonał: pobił figurę cechową poważaną na Marymoncie, żyjącą na blat z komisariatem. I tak go nazwał – „człowieku" – on się chyba wścieknie teraz, ten Lipko, ludzie się dowiedzą i nie będą go już inaczej nazywać, tylko: „Lipko-człowiek"… Dobrze mu tak.

Po drodze namyślił się: nie do domu, tylko do Zielińskiego. Wyspowiadał się ze wszystkiego i Zielińszczak, który nie gorzej żył z komisariatem, obiecał pomóc. A w domu ojciec od razu za klapy:

– Za coś go pobił? Co mam teraz z tobą zrobić szczeniaku?

Sąsiad Kotras, który się akurat napatoczył, bo żona go po coś tam przysłała, aż oczy przymknął z wrażenia:

– Nie bałeś się? Jezu, żeby się policja dowiedziała!

Nawet bał się powiedzieć „glina", tak żył ciągle w tym obłędnym strachu, że go jeszcze raz pobiją – jak wtedy, na pierwszego maja, za samo patrzenie.

I już sam nie wiedział, czego się boi najwięcej: policji, złej żony czy słów nieprzyjaznych, które biły najgorzej. A przecież złym człowiekiem nie był. Grzeczniutko tylko chciał, boczkiem – bo i gdzie kalece na środek się pchać? – żeby tym garbem swoim cholernym nikogo nie zawadzić, broń Boże. Więc dlatego nie „glina", tylko „policjant", albo nawet „pan policjant", razem z czapką do ziemi i zastrachanym uśmiechem.

W nocy, przewracając się na wszystkie boki i stękając, bo ojciec też wyraził mu swoje uznanie, myślał, że chyba jednak nadaje się na kowboja: odważny jest, nie nawala, jutro cały Marymont będzie mówić o tym wyczynie, a na Lipkę – „hej, człowieku!". Sińce bolały. Zapadł w sen głęboki i wymęczony, ale o czymże sen, jak nie o prerii?

Jeśli się wybiło szybę w szkole czy trzasnęło księdza kałamarzem w duchowną głowę, to – chociaż nie wolno – ale mówi się: „Jak pragnę Boga, że nie ja!”. Mówi się, bo zawsze sam siebie człowiek czternastoletni uważa za niewinnego i liczy, że Pan Bóg też to oceni, więc przysięga. Jeśli się daje słowo honoru ojcu, który stoi z pasem i z zamiarem, to jasna rzecz – przykre, ale jeśli trzeba, to i można. Lepiej bez honoru chodzić prosto niż honorowo połamanym. Tym bardziej że nie chodzi przecież o żaden honor, tylko o ogrodnika, któremu po raz trzysta siedemdziesiąty siódmy weszło się w owoc, więc w ogóle nie ma o czym mówić. Co ma tutaj honor? Nic nie ma. Więc chociaż przykro coś nie bardzo, ale łamie się te wszystkie zaklęcia jak wypalone zapałki. Ale jeśli się daje kowbojskie słowo honoru, wyciągnięte na wierzch z najgorętszych, najskrytszych marzeń, tego słowa złamać nie można, musi wystarczyć na całe życie. Raz dane a niedotrzymane uwiera jak nowe buty. A butów ciągle nie było.

Za to wiosna była. Niebo roześmiało się nagle, drzewa zakwitły nieśmiałą zielonością, nieśmiało i wstydliwie – że muszą rosnąć przy takiej akurat ulicy, a po ulicy w Zatoce Cudnej Przyrody – wielkiej po gwałtownych przednówkowych deszczach – chlapały się radośnie dzieci, inne – skakały w niebo i piekło o wiele dalej, niż trzeba, jakby chciały odzyskać całą odsiedzianą zimę. Bety jaskrawą czerwonością krzyczały na płotkach i oknach, a w ogóle kolorów przybyło nagle na świecie, jakby się paleta komuś rozmazała i farbki pomieszały na wesoło, bez składu: niebo jak ultramaryna, bety czerwone i drzewa rzecz jasna zielone, choć już przyprószone kurzem. Na którymś tam progu dziadulek zasiadł w gatkach i patrzył przed siebie pustym wzrokiem w ulicę.

Wiosna przyszła niespodziewanie, przygnana skądeś ciepłym wiatrem. Wiatr szedł wiosenny, nisko nad ziemią, ciągnąc za sobą duchotę śmietników i latryn, które tu pachniały niemiłosiernie. Jeśli z góry wysokim dechem spadł na ziemię, to przyniósł mdły zapach z olejarni na Gdańskiej, ciężki zapach, nie do odpędzenia. Wszystko to razem pachniało jednak wiosną, było szczęśliwo-zielone, więc Rysiek siedzący na bosaka przed domem (strzępy butów matka mu schowała, żeby nie poszedł gdzie na łobuzerkę), chociaż przygnębiony nicością swoich poczynań, to też zaczął pogwizdywać i tralllalować, bo przecież niebo miało kolor ultramaryny i z widoku tego nieba radosnego można było gwizdać jak z nut koncertem wiosennym. Nie wytrzymał, zerwał się i bosakiem poszedł w Marymont. Oblecieć trzeba było to wszystko, nie dać się ubiec.

Furman kłócił się z ospałą chabetą, przed Blaszanką leżała gromada mężczyzn oczekujących na drugą zmianę do kieratu, leżała, wystawiwszy zachłannie do słońca spragnione, blade twarze. Ulicą Kamedułów szarą gąsienicą ciągnęło wojsko na bielański poligon: szurgotanie nóg, kurz, wymuszony przez kaprala śpiew – wszystko to niosło się mętną chmurką nad wiosennym Marymontem.

– Jak tam, dziadziu? – zagadnął Rysiek człowieka magistrackiego przed pompą na Potockiej. – Wiosna, co? – Radośnie mu było, chciało się komuś zrobić coś dobrego. – Może po fajki dziadkowi pójdę, co?

– Żebyś ukradł – mruknął dziad. – Nie ma głupich…

Ale widać już było, że odtajał: kożuch powiesił, potem z powrotem założył i znów zdjął, podreptywał w kółko, czuło się, że miejsca sobie nie może znaleźć, że też by chciał tej wiosny jak najwięcej.

– Więc przynieść?

– Idź do diabła!

Rysiek niełatwo dawał się odpędzić. Bo przecież to w końcu wiosna, na którą się tak czekało, niech więc sobie dziadzio ulży.

– Wiosna jest, dziadziu – sztukował rozmowę. – Reumatyzm, znaczy się, nie dokucza?

– Eee tam, nie dokucza... – stęknął, przeciągnął trzeszczące gnaty. – Dopiero jutro, dwudziestego pierwszego, należy się, żeby była wiosna, a nie tam dzisiaj. Porządek, choroba. Za naczelnika Bobeckiego tego by nie było...

Bo to był człowiek magistracki i po magistracku, buchalteryjnie myślał: od – do, a pomiędzy nie wolno w żadnym wypadku, bo wyrzucą na pysk.

– To wiosna też za pozwoleństwem?

– Wszystko za pozwoleństwem! Znam ludzi, jak z Japończami wojowałem, to twojego ojca na świecie nie było. Bez pozwoleństwa nic nie może być. Inaczej wszystką wodę by mi rozkradli. Złotówka to złotówka, wiosna na dwudziestego pierwszego to na dwudziestego pierwszego...

„A idźże do diabła, dziadzie!" – pomyślał Rysiek i pobiegł dalej. Ludzie bladzi wylegli przed opłotki na wiosnę kolorową popatrzeć. Na trawie między śmietnikami grali już w piłkę, krzycząc jak na koniec świata, ganiały się ptaki szybkimi skosami w górę i dół, a sąsiad Kotras nie słuchając wymysłów żony, postawił stojak do diabła w kąt i poszedł z wędką nad łachę. Łowił te rybki, a jego ostry garb zwiastował już ulicy ostateczną wiosnę – nawet bez magistrackiego pozwoleństwa zwiastował.

I Zielińskiego też pijane kroki przyniosły dziś wcześniej na swoją ulicę. W koszuli z podwiniętymi rękawami, narzuconej niedbale marynarce i czapce na bakier zygzakował posuwiście i wymyślał wiosnę:

– Mówiła ciocia Zosi, że bocian dzieci nosi, niech ciocia nie buja, bo bocian nie ma…

Ludzie patrzyli zazdrośnie, a Zieliński – nic sobie nie robiąc z kobiet i dzieci – siusiał wiosennie pod drzewkiem, nawet nie przysłoniwszy ręką tego, co mu Bozia dała, taki to był już człowiek – wesołego charakteru. Mężczyźni śmieli się radośnie, kobietom nijako było coś mówić: rozumiały dobrze, że każdy chłop chętnie by się upił w taki dzień, jeśli nie wódką – to przynajmniej wiosną, od której kołysała się i szumiała głowa.

I wieczór ciepły spadł na zachłyśnięty wiosną Marymont. Słońce zachodziło czerwoną kulą w bielańskie drzewa, grając ostatnimi pobłyskami na strzępiastych chmurkach. Łyskało się na pogodę, nad łachą kumkały żaby i klął Kotras, bo ryba wiosenna też nie była głupia, na garbatą przynętę niełakoma. Potem Zieliński wziął harmonię i usiadł na progu. Grał, a ochrypły jego głos kołatał się po ulicy jakby wszystkim chciał oznajmić: – „Patrzajcie ludzie! Chociaż życie jest takie pieskie-niebieskie, to są jednak dni radosne jak ten dzisiejszy – tylko podskakiwać i niebo łapać w ręce, po dwa złote kilo. Świat – szanowna publiczności – to tylko źle potasowane karty (Zieliński ostatnio zagrywał w czarne-czerwone pod Żelazną Bramą) – a nasze są zawsze czarne! Grać i wygrywać, panowie! Prawa szczęśliwa, lewa wygrywa! Obstawiać i zastawiać, odjazd! Czarna przegrywa, czerwona przegrywa, każdy jeden chce i nie chce, też przegrywa, a wygrywa tylko taki jak ja: co i w mordę potrafi dać, przygiąć się i odgiąć – Zieliński Zdzisiek, chłopak marymoncki, co was wszystkich za wielkim poważaniem ma gdzieś!”.

Późnym wieczorem, kiedy Rysiek szykował się już do spania, zapukał sąsiad Kotras, wślizgnął się nieśmiało przez drzwi. Przyszedł po ojca, a że Lewandowskiego nie było, zadreptał niezdecydowanie w miejscu.

– Na łachę idę – powiedział do matki i machnął trzymaną w ręku wędką na prawdziwość tych słów: że nie wyciąga ojca na wódkę. – Myślałem, że pani chłop pójdzie może ze mną...

– W tym roku ryba słabo bierze – wtrącił Rysiek swoje trzy grosze. – Na łachę wcale nie ma po co chodzić... Na rzekę to prędzej. Albo z Wolańskim pogadać, żeby na stawy[66] puścił. Tylko tam czarna dama znowuż, a pan się boi...

Kotras udał, że nie słyszy tych słów. W gruncie rzeczy nie poszedłby za nic na stawy Wolańskiego, bo czarna dama – samo słowo – powodowało mrowienie w krzyżu.

– Nie złapię – powiedział, patrząc ze złością na Ryśka – to chociaż nogi pomoczę. Spuchły mi cholernie od tego łażenia, cały dzień tylko z tym stojakiem.

Pożegnał się i wyszedł. W przelocie Rysiek zerknął na jego buty i aż drgnął, okazja wyjątkowa, jedyna po prostu – „Sąsiad złowi rybkę, a ja mu buty".

Powiedział matce, że idzie na chwilkę do Stolarczyka, i wyszedł.

W gęstniejącym mroku rozchodziły się niewyraźnie domy ulicy. Drzewa traciły swój zarys, kontury miękły i całe, bez reszty, wrastały w ciemną noc. Tylko wyżej, na Marii Kazimiery, martwe światło księżyca wypływało gdzieś zza Cygańskich Bud i wysrebrzyło dachy i korony drzew jasnym powłóczystym światłem.

---

66 Stawy Wolańskiego – zbiorniki w rejonie ulic Rudzkiej i Dembińskiego. Dobra Ziemskie Majorat Ruda, czyli posesja ze stawami marymonckimi, należały wprawdzie do Leona Treferlbluma, ale w najbliższym sąsiedztwie tych stawów (osuszonych w latach trzydziestych), przy ulicy Marii Kazimiery 60, zamieszkiwał Paweł Wolański. Zapewne on bądź ktoś z jego krewnych był poprzednim właścicielem tych terenów.

Cienie rysowały się mglisto i też jakby srebrne, srebrnoszare, a całość wyglądała tak jak na olejnym lanszafcie wiszącym u Kotrasowej, pomiędzy fotografiami jej dwóch poprzednich świętej pamięci mężów, z których jeden był podobno pijak i łajdak, a drugi tylko łajdus. Tam też był księżyc odmalowany solidnie na srebrno, drzewo stare z koroną rozłożystą, szmaragdowy zakrętas rzeki olejnej, nad którą stała piękna panna z włosami rozpuszczonymi na wiatr, patrzyła smutno i tęsknie w tak zwaną toń. W ręku trzymała pęk cynobrązowych róż, a róże były jak żywe: kolec za kolcem, tak że od razu widać, że nie byle jaki Matejek[67] musiał ten obraz zaciągać. I na ulicy też było wszystko tak samo, tylko że brakło dziewicy smutno-pięknej w szacie powłóczystej. Za to od południa zdrętwiał na posąg w progu dziadulek w gaciach, patrząc przed siebie pustym wzrokiem, jakby się dziwił, że oto przyszło mu jeszcze jednej wiosny doczekać. Piękny nie był, smutny na pewno, a co do dziewicy – nie wiadomo. Wiadomo było, że jest wiosna. A wiosna szumiała ptakami, drzewami, pachniała już śmietnikami, które rozpaćkały się od słońca jak nowalijki, a łacha popluskiwała z cicha, drobiąc szmerek każdy w nieskończoność, tak jak to rzeka wiosną potrafi.

Rysiek poszedł nad łachę. Rosa wieczorna osiadła na trawie chłodziła przyjemnie obolałe od całodziennego latania stopy. Wieczór w nockę przechodził niepostrzeżenie, gwiazdy zerkały z wysoka, a od Wisły nawiewał rześki, pachnący wodorostami wiaterek. Mętna, zwykle żółtawobrudna woda była teraz piękna jak na obrazie, księżyc srebrzył się łuskowato, przepluskiwał drobniutkimi falami w wodzie wyjaśnionej i czystej, przy brze-

67 Matejek – prześmiewczo: Jan Matejko (1838–1893) – malarz, twórca narodowej szkoły malarstwa historycznego.

gach chwiały się ukośne cienie wiklin, a w zaroślach na drugim brzegu popłakiwały cienko i trzepotały skrzydłami nocne ptaki. Rysiek stał chwilę urzeczony olejnością tego obrazu i ciszą osiadłą wokół: mroczną, głęboką, aż szumiącą.

Rozchylając gałązki rękami, począł się przedzierać, gdzie przypuszczalnie siedział Kotras. Była to polanka samotna, osiadła na łysinie piachu, osaczona zewsząd gęstymi krzakami wikliny. Znał dobrze to ustronko: krył się tam podczas zabaw w policjanta i złodzieja. Uśmiechnął się: głupie, dziecinne. Teraz ma się już prawie piętnaście lat…

W ciemności zaszemrały gwałtownie czyjeś głosy. Lewandowski zdumiał się – a to kto? I to właśnie zdaje się z jego polanki dobiegały odgłosy czyjejś kłótni. Zaczął stąpać cicho, jak to robi Ken Maynard na indiańskich zwiadach, kryjąc się pod osłoną ich słów: kiedy zamierały – przystawał, kiedy szmerały na nowo – posuwał się kroczkiem lekkim jak lot motyla. Zaraz potem złość go porwała na własną ciekawość: jakaś dziewczyna ze swoim kawalerem – nie takie rzeczy się widziało, no, ale można ostatecznie jeszcze raz… Uśmiechnął się z głęboką wyrozumiałością człowieka piętnastoletniego: wiosna…

Kawaler siedział odwrócony tyłem i Rysiek widział tylko jego baniastą głowę, na której stroszyły się odstające uszy. Obejmował dziewczynę po wojskowemu, całym ramieniem poniżej pasa, tak jak to robią żołnierze na przechadzce z pannami w Bielańskim Lesie. Nachylony do jej ucha, szeptał coś gorąco, ale dziewczyna potrząsała przecząco głową i odszarpywała co chwila jego rękę, nachalną widać. Kotras musiał siedzieć gdzieś dalej, pewnie pod wypróchniałą wierzbą. A buty powiesił na gałęzi.

Ci przekomarzali się, on ją namawiał, ona w żaden sposób – nie, więc znudziło to Ryśka. Gwizdnął przeraźliwie na palcach i krztusząc się śmiechem, patrzył, jak parka z magiczną szybkością skoczyła przestraszona na nogi.

Wycofał się pomału i poszedł szukać Kotrasa. Garbusek siedział, tak jak Rysiek przypuszczał, pod smutną wierzbą, spływającą cienkimi gałązkami w dół. Promień księżyca przylgnął do wiciny kołysanej wiatrem i światło srebrzystym przesypem migotało między gałązkami drobniutko. Kotras siedział zadumany, milczący nad wodą i Rysiek widział jego białą koszulę wciągniętą na sweter – bo koniec marca był dopiero, zimnawo – majaczącą w mroku. Bo tu, gdzie Kotras siedział, niżej, mrok był i cień wierzby padał na wodę, szczelnie wyrżnięty przez księżyc. Tylko fale dawały słaby odblask na twarz łowiącego.

Kroczkami ostrożnymi, bezszelestnie podszedł go Rysiek od tyłu. Rzutem oka ocenił sytuację i szansę na zdobycie butów: Kotras siedział z nogami w lodowatej wodzie pochylony nad wędką i widać, że całym skupieniem zawisł na spławiku, ale buty trzymał obok siebie, na wyciągniętą rękę – jakby przeczuwał. Trzeba było czekać, jak księżyc zapadnie w ciemną chmurkę i dopiero wtedy buty przyhołubić długą gałązką. Położył się w sprężystej, sperlonej trawie i czekał cierpliwie. Drżał lekko, bo chłód potężny ciągnął jeszcze od ziemi.

A księżyc – przyjaciel Zielińskiego, Michalskich i samotnego Loluszki – ani myślał zapadać w chmurki, jak na złość. Wędrował w złotawej mgiełce lisiej czapy[68] po spokojnym, jasnym niebie, łukiem szerokim, milionkilometrowym, dochodził już do szczytów nieba, na wysokości niezrozumiałe. Przystanął na chwilę nad tym labiryntem nędzy, cuchnących podwórek i po-

68 Lisia czapa – zjawisko atmosferyczne polegające na przysłonięciu Księżyca warstwą chmur lub mgły. Powstała w ten sposób poświata nazywana jest właśnie lisią czapą.

krzywionych uliczek, mrugnął tylko w stronę gwiazd chmurką przelatującą, na drwinę czy litość – nie wiadomo, i potoczył się dalej – fryzjerski talerz, który ktoś buchnął i rzucił na niebo – nad Bielański Las. I las, który był przedtem pełen mroku i niebieskich cieni, stanął nagle w świetle srebrnym, jasnym aż do bólu oczu. Rysiek patrzył zadumany. Nagle chrupnęły czyjeś kroki, na cal od jego ręki. Skulił się przestraszony, a ciemna postać z wędziskiem poszła do brzegu, pod wierzbę Kotrasa.

– Ooo! – zadudnił niski bas i Rysiek poznał Rączyna. – Ho, ho, kogo ja widzę? Pan sąsiad? I nie boi się pan?

– Czego? – zapiał, nie ochłonąwszy jeszcze ze zdumienia Kotras.

– Jak to? Policja przecież może pana nakryć... Tak nie wolno łapać!

– Mam pozwoleństwo – odparł z wyższością Kotras.

– A ja nie – powiedział pogodnie Rączyn. Rozsiadł się wygodnie obok garbuska. Śmignął w powietrzu żyłką, plusnęła cicho i rozchodzące koła zmąciły lustro. Powiedział: – Nie mam, ale też będę łowił. Rybom właściwie wszystko jedno, nie uważa pan? A pan się nie boi?

– Czego? – zapytał po raz drugi Kotras.

– Jak to czego? Że policja przyjdzie i zabiorą nas. Pan też byłby winien, bo patrzy pan na kłusownika i nic. I to jeszcze jaki kłusownik: podpalacz kościołów, wróg religii, piewca wolnej miłości i tak dalej... Artykuł dupes łamany przez pupes i obaj przepadli: pan na piętnastokrotne rozstrzelanie siadłym mlekiem w tyłek, a o mnie w ogóle szkoda mówić. Nawet ryby by świadczyły na moją niekorzyść, jakby im defa[69] kazała. No, nie bój się

69 Defa – tajna policja, również potocznie: defensywa.

pan. – Klepnął go w plecy, aż garbusek zapadł jeszcze więcej w sobie. – Kotrasa Ignacego Romana nie wezmą!

– Może byś się pan tak przesiadł troszkę dalej, co? – szczeknął Kotras.

A Rączyn na to:

– Po co? Mnie tu bardzo dobrze... Nareszcie się czuję bezpieczny jak w noc sylwestrową... A to wszystko z racji pańskiego pozwoleństwa, że pan je ma.

– A mam! – uciął nożem Kotras i odwrócił się plecami.

Milczeli obaj. Cicho się zrobiło, zastygle, i Rysiek tamował swój oddech. Tylko woda śpiewała cicho, cichutko, kołysząc monotonnie spławiki: powoli w jedną i drugą stronę. Na Pradze z fabrycznych kominów walił kłębami czerwony dym. Kotras pierwszy przerwał milczenie:

– Ładnie tutaj, co? Będę musiał kiedy przyjść i narysować.

– To ty trochę malarz.

– A trochę – przyznał Kotras wstydliwie. – Zdolności podobno miałem, tego... – westchnął. – Cóż z tego? Uczyć trzeba się było, a nie było za co, wiesz, jak to jest. Ale wyrysuję i, jak się uda, pokażę ci. Tylko mojej kobiecie, broń Panie, nie wspominaj, bo znów by tego... wiesz.

Znów milczenie zapadło, ptaki pojękiwały. Chwilę, dwie potem Kotras przemówił głosem śpiewnym, jakby tęsknym i rozmarzonym:

– Czasami, jak idę w mieście za tym swoim cholernym stojakiem, zadzieram łeb do góry i krzyczę o robotę. I wiesz co mi się wtedy wydaje? Że... że za każdym oknem, mniejszym czy większym, jakoś inaczej ludzie jednak żyją, jakoś bardziej po ludzku od nas. To tak czasem, wiesz...?

– To żeby żyć po ludzku, trzeba mieszkać za firanką i koniecznie w Śródmieściu? Dlaczegoż tak ci się wydaje?

– Ba, tego sam nie wiem – odparł Kotras. – Tak mi do głowy przychodzi. Że jednak tam za każdym oknem mieszka trochę szczęścia – westchnął. – A potem wracam na tę naszą ulicę, mam w kieszeni parę złotych albo i gówno, i wtedy odwrotnie myślę: czy jest na świecie taki drugi durak[70] jak ja? Bo powiedz sam Rączyn: co się kryje za moim oknem, za twoim, za każdym…? Życie – szmaty niewarte, głód, smród, nędza – wszystko to się pomieszało jak gówno z konopiami. I wtedy właśnie myślę, że dureń jestem, znaczy ja… Nasze okna można nazwać – zwątpienie… Nie mogą nikomu dobrze świecić…

– Bzdura – przerwał szorstko tamten. – Za moim oknem nie kryje się żadne zwątpienie…

– Dlatego że nawet okna nie masz – wtrącił Kotras.

– Dlatego, że wierzę.

Garbus zachichotał nieprzyjemnie:

– Aha, wierzysz! E, to tylko takie głupie gadanie – wierzę… Wierzyć w cokolwiek, braciszku, to druga strona słowa – rozszarpywać się… Tyś młody, nie wiesz. Pewnie, że sprawa niby piękna, to, owo, dziesiąte, ale to wszystko razem do kupy – szmaty plunięcia niewarte. Cóż ci z twojej wiary, braciszku, jak na razie płucami plujesz?

– I wypluję w końcu – powiedział porywczo tamten. – Wypluć płuca dla dobrej sprawy to lepiej jak żyć z całymi dla żadnej. Po mojemu… Ty w Boga wierzysz, Kotras?

– Nie! Może nawet i jest, ale jeśli tak, to nie bardzo chyba lubi nasz Marymont…

---

70 Durak – z ros. dureń.

– Zaraz, więc tak czy nie?

– Nnnie! Bo podług mnie…

– Zaraz. Ile ty masz lat?

– Czterdzieści trzy.

– Czterdzieści trzy. W Boga nie wierzysz, w ludzi nie wierzysz, w sprawę piękną – jak sam mówisz – też nie wierzysz, więc po co żyjesz? Czterdzieści trzy lata, no powiedz: po co?

– A ty?

– Ja? Choćby po to, żeby dudy wypluć za dobrą sprawę. To już jest sens. Cel. Walka. Biedaczysko! Przecież ty wcale nie żyjesz! Trupek, cholera, chodzący gdzieś na boczku od wszystkiego sobie pełza, obojętnie, w nic nie wierzy, i jeszcze ludzie takiego durnia za mądrego uważają. „Sąsiad Kotras – mówią. – Ho, ho! Całą ulice uczy, ale po co sam żyje, nie wie".

– Walka, sens – przedrzeźniał garbus. – Też mi sens – za jakieś fiume[71] zdrowie stracić! A jak ja nie chcę żadnej walki, to cóż to – człowiek już nie jestem? Ja chcę żyć właśnie, jak człowiek powinien, spokojnie… Spokój – tego właśnie chcą ludzie. Jeśli w życiu nie ma jakiegoś spokoju, to cóż ono warte?

– Spokój jest w walce – odparł Rączyn. – Właśnie… Aż śmiać się chce na takie głupstwa. Samo się do tego spokoju nie zmieni, trzeba zmienić.

Wstał nagle, rozprostował szeroko ramiona.

– Ja ci powiem, Kotras: ty jesteś może i niezły człowieczek. Życie cię tylko zahukało i ta twoja baba cholerna. Szkoda mi cię: mógłbyś żyć jak człowiek, a nie potrafisz, bo chcieć to chcesz, i jak jeszcze! Ale cóż z tego, jeśli nie potrafisz, pełzasz tylko jak jakaś gadzina nieszkodliwa. Jęczysz „Gówno warte",

71 Fiume – dawniej: błahostka.

„Szmaty niewarte”... Powiedz: czego byś ty chciał od życia, tak dla siebie?

– Tego, co każdy jeden: żyć jak człowiek, mieć co się należy, nie głodować...

Rączyn usiadł z powrotem.

– Szmaty niewarte są twoje marzenia – powiedział z goryczą w głosie. – A to takie ważne, żeby ludzie mieli dobre marzenia. A to takie naprawdę – z wzgardą najwyższą, drgającą – marne...

– Wszystko jest marne! – powtórzył gorączkowo Kotras. – A czego bym chciał najwięcej, to właśnie uciec stąd, jak najdalej od tej ulicy.

Powiedział to głosem drżącym, pękniętym i Rysiek zdziwił się, że ten stary myśli o tym samym co i on: uciec. W ogóle zaciekawiła go ta rozmowa. Tamci prowadzili ją tylko dla siebie, a tu nagle on sam znalazł się w kręgu czyichś słów.

Tamci milczeli i można było odgadnąć ich twarze: Rączyna zaciętą, stężałą, a Kotrasa posępną, zrezygnowaną. Księżyc toczył się po spokojnym niebie, zgubił gdzieś poświatę lisiej czapy, a mgła płynęła, skraplając się w rosę, gdzieś od Wisły, od praskiego brzegu, w powłóczystych pasmach, poprzetykana księżycowym światłem. Błyskało.

– Ty się po prostu boisz – rzekł Janek. – I to swoje tchórzostwo chcesz przykryć, czym się tylko da. A nie daje się w żaden sposób. Wyłazi to na wierzch, śmierdzi, wygląda wszystkimi dziurami spod tych słówek, rozłazi się jak zetlała szmata... W gruncie rzeczy wierzysz, i to właśnie w tę naszą sprawę, bo nie jesteś zły człowiek. W ogóle człowiek nie jesteś – człowieczek. I ten człowieczek sam przed sobą boi się przyznać do wiary, bo za wiarę biją. Człowieczek woli przyglądać się z boku, owszem – ale z boku, tak jak na tego pierwszego maja. Zbili, i cóż? Bohater jesteś? Nie. Raz dostałeś i nawet sam przed sobą boisz się przyznać za co. „Przyglądałem się tylko". I to właśnie najbardziej boli, to, że sam nie wiesz za co. A nas bili, biją i będą bić. Im bardziej sami będą słabsi, tym silniej będą bić, bo i tak wiedzą, że przegrają, kurewskie syny... Czym się wobec tego różni ten, co bije, od tego, co się boi? Niczym, tak wychodzi, że niczym – i ten się boi, i ten też w portki robi. Jak siedziałem w Sieradzu[72], na pierwszego maja przypięliśmy kokardki. Taki zwyczaj u politycznych więźniów, na znak solidarności. Najpierw przegnali nas przez uliczkę, potem wszystkich nago do karca. Było nas paru pod jedną celą: Haussman, Kandaszewski, Rabczyński i jeszcze jeden młody towarzysz. Kluczami bili, pałkami, znów uliczka i znów do karca, nago na beton. Był tam taki jeden aspirant, nijaki Bigiełło, spec od bicia. Zaglądał co chwila, wsadzał mordę: – „Już ja was tak udekoruję, skurwysyny, że wam się odechce dekoracji na całe życie...". I znów brali na górę po jednemu i bili. Bigiełło mówił do towarzyszy: – „Nie wyjdziesz stąd, skurwysynu jeden, dopóki nie powiesz, że jest Bóg!". Nikt nie powiedział. Więc znowu: „Będziesz wierzył w Boga, skurwysynu...?". Bili i pytali. Jak powiesz, że będziesz, dadzą ci spokój. Chcę ci właśnie powiedzieć o wierze, co to jest wiara. Bili i ten młody towarzysz zaczął się łamać. „Nie dziwcie się – mówił. – Powiem, że wierzę i już. Chcę przeżyć". Był zmaltretowany, posiniaczony, w galaretkę już się zmieniał. Wtedy drugi towarzysz, stary komunista Haussman, mówi: – „Jak chcesz, to powiedz, że wierzysz! Należy ci się jeszcze trochę życia". „Ale rękę podacie? – pyta tamten. Musicie powiedzieć, czy podacie...". „Ręki to nie – mówi Haussman. Po cóż ci nasza ręka

72 Zakład Karny w Sieradzu istnieje od 1836 roku.

potrzebna, jak naszej wiary dla paru pałek się zapierasz?". „Chcę przeżyć – krzyczy tamten. Mam kobietę, chcę ją jeszcze zobaczyć, dom, matkę. Chcę przeżyć!". A towarzysz jeden, Kandaszewski, na to: – „Przeżyć życie to jeszcze mało! Trzeba je pięknie przeżyć!". I jak aspirant przyszedł – „No, kto tam już wierzy" – nikt nie poszedł, wierzyli wszyscy... Widzisz, a ty?

– Co się z nim stało? – zapytał cicho garbus.

– Z tym młodym? Ano bili pałkami, trzech strażników w maskach, odbili mu płuca, zęby wszystkie wypluł, ale żyje. Haussmana i Kandaszewskiego zatłukli. A ten żyje i właśnie chce pięknie przeżyć...

– Ty?

– Ja.

– Bolało, co? Jak kluczami bili... – powtórzył w zamyśleniu Kotras.

– Bardziej boli ta chwila niewiary. A cóż dopiero całe życie – nie wierzyć.

– Dobra – zgodził się Kotras. – Wtedy można wierzyć, jak się przeżyło coś pięknego. Jakąś chociaż jedną chwilkę. To potem człowiek goni i goni, jeszcze raz chce złapać w rękę. A tak? Tak nie ma za czym. I wtedy chce człowiek tylko uciec... I jedno wie, że nie ma dokąd i nie ma po co. A najgorsze, że nie ma za czym.

– Nie można uciekać – rzekł Rączyn. – Trzeba zostać, od tego się nie ucieka. Może od tego. – Machnął ręką w tył, na Marymont. – Tak, jest ucieczka. Ale czyż można uciec przed własnym życiem, przed sumieniem swoim, przed pustką? Nie można! I przed kim uciekać? A pies wam mordę lizał, skurwysyny! Ja będę przed wami uciekał? – mówił coraz goręcej, ze wzgardą głęboką, walił słowami najgorszymi, jakie tylko znał. – To ja mam uciekać ze swojej ulicy? A chuj im w dupę. A niech ich szlag trafi. To ja wolę zostać, a oni niech uciekają jak szczury. Ja? Ja nawet kopnąć nie będę chciał, bo to padło i śmierdzi.

– To wszystko piękne bajeczki – wykrzyknął garbus ze złością. – Mam to gdzieś! Nauczyli cię i tak sam powtarzasz jak zdychająca papuga, powtarzasz, a nie wierzysz. Dużoś wywalczył? To mi się u was nie podoba, te wielkie słowa! Tak wielkie, że nie można ich do człowieka przypasować!

– A samo słowo – człowiek, nie wielkie?

– Ja mówię o zwyczajnym, o szarym człowieku!

– A ja mówię, że nie ma żadnego szarego człowieka! Jeśli człowiek, jeśli naprawdę człowiek, to już nie szary. I ty w to nie wierzysz Kotras! Po co zaraz człowiek. Dla mnie to ty jesteś zwyczajna pluskwa, a nie żaden szary człowiek. Cóż w tobie naprawdę ludzkiego? – krzyknął. – Ty chcesz się tylko nażreć, upić raz na tydzień i zaraz mówisz – szczęście? Filozof zasrany! Ty wiesz, co to jest szczęście? Na szczęście ci pozwoleństwa z komisariatu nie wydadzą, samemu trzeba!

– Więc co?

– Co? – porywczo zapytał Ręczyn. – Partia!

Słowo padło kamieniem w ciszę zastygłą i napiętą. Kotras przestraszony:

– Ciszej. To co – ja?

– No na pewno nie ty – szary człowiek. Ja ci tylko mówię, kto walczy o szczęście.

Kotras zainteresował się nagle.

– Ty, powiedz mi: jak by to wyglądało, jakby zapanował, no wiesz...

– Komunizm?

– Ciszeeej!

Rączyn milczał. Słychać było, jak woda rozbija się z bełkotem o brzeg. Potem powiedział:

– Jak by ci tu... widzisz... Komunizm to ta sama ulica, a już zupełnie nie ta sama. Już wiadomo, dokąd prowadzi... Nie, czekaj, inaczej...! Albo tak: w komunizmie ludzie... Bo poczekaj... – czy to można tak łatwo?

– A widzisz! – tryumfował garbus. – A widzisz! Sam nie wiesz, co to jest!

– Wiem – odparł rozeźlony Rączyn. – W komunizmie nie będzie takich jak ty! To jest właśnie komunizm!

– To znaczy – powiedział głucho Kotras – że dla mnie nie ma już miejsca na świecie. Ni tu, ni tu, ni nigdzie... Cóż – umierać i tak będziemy wszyscy samotnie... To wszystko jest... garbate – roześmiał się zadowolony z własnego konceptu i jeszcze powtórzył: – Garbate, garbate...

– A ty się, rzecz jasna – boisz samotnej śmierci.

– Bardzo się boję – odparł spokojnie Kotras. – Nie chciałbym ginąć samotnie. Żyłem przecież samotnie... Według ciebie.

– Według mnie to wcale nie żyłeś. – Rączyn wstał. – Ja idę dalej, tu nic nie złowię. Jak się przestaniesz bać, to przyjdź, pogadamy.

– Dziękuję...

Rączyn wziął swoje manele, pozbierał i przeszedł dalej. Tylko buty sterczały na brzegu, bo chociaż nóg nie moczył, ale też zdjął. Rysiek jak wąż podczołgał się i capnął. Chciał już wracać, ale Kotras zawołał:

– Janek, Janek, a buty?

Rączyn zawrócił:

– Racja!

Zaczęli szukać obaj zdumieni i rozgniewani, zaglądać, czy nie wpadły do wody, potem tylko dreptali bezradnie, klnąc, że diabeł ogonem przykrył. Rysiek leżał zdrętwiały, z sercem nieprzytomnie rozłomotanym.

– Poczekaj – powiedział Kotras. – Rozwidni się, to znajdziesz...

Janek poszedł.

Skoro tylko niebezpieczeństwo minęło, przyszło nagle zastanowienie. Więc człowiek to wielkie słowo? To nie pogarda? A tam, na stacji... A Lipkę wobec tego za co? „Hej-człowieku!” – a teraz? I nie ma żadnej ucieczki? I Kotras też nie człowiek tylko jakiś – pełzak? Więc jak to wszystko, do nagłej cholery, jest? Zanurzył twarz w wilgotną trawę, a potem zerwał się gwałtownie i pobiegł za Rączynem z butami w rękach.

Rączyn już zarzucił wędkę w inne miejsce. Lewandowski podleciał do niego.

– Tu są buty – rzekł i cisnął na trawę.

Rączyn zgłupiał.

– A ty skąd?

– Stamtąd! – I wskazał ręką na miejsce, w którym siedzieli.

Jankowi twarz stężała w złym wyrazie.

– Podsłuchiwałeś? Po co? – Zerwał się i potrząsnął Ryśkiem. – No po co?

– Nie podsłuchiwałem – szepnął Rysiek i rozbeczał się nagle: już nie Ken Maynard, nie zdobywca prerii, tylko dzieciak, co doszedł w końcu do celu podczas pierwszej samotnej wędrówki i przed samym celem nie starczyło siły. – Ja buty chciałem ukraść...

– Buty – dziwił się tamten, spoglądając na trawę, gdzie leżały. – A na cholerę ci akurat moje buty?

– Co tam pańskie! – łkał Rysiek. – Ja każde chciałem... Gówno mi tam pańskie! Nie dla siebie... dla Henka, on umiera.

– I buty mu potrzebne?

Rysiek przykucnął obok niego i powiedział o wszystkim. O domach białych i marzeniach przedcmentarnych, o Wołówce i dlaczego pobił rzeźnika – o wszystkich doznanych upokorzeniach, sińcach i zawodach. Tylko o Kenie Maynardzie nic nie powiedział, bo to zbyt bolało, a marzenie było jeszcze żywe.

– I jak pan zaczął mówić o tym kiciu, jak bili, to nie mogłem, nie mogłem. – Uderzył się ręką w piersi. – Pan też walczył, chociaż pan głupio siedział, bo cóż pan z tego ma? Ale powiedziałem sobie, że nie można, bo przecież pan też chciał być tak jak Ken, a ja też, no więc jakże mogłem? – I płakał, płakał jak małe dziecko, coraz żałośniej.

Rączyn siedział w milczeniu i tylko twarz jego zgasła w wyrazie jakiejś goryczy. Rysiek czekał, czy go zacznie kopać, czy zaprowadzi do ojca. Wściekłość, łzy, rozczarowanie – wszystko paliło, legło ciężko na piersi. Ale Rączyn poderwał się nagle, złapał swoje buty i wsadził Ryśkowi w rękę.

– Masz! I ganiaj z tym do niego.

– A... a... a pan? – jąkał zdumiony. – A pan ma drugie?

– Nie mam, ale leć do niego. Już! Nie martw się, ja sobie jakoś poradzę... A on na Cygańskich Budach mieszka, tak?

– O tam, widzisz pan? – wskazał trzymanymi butami.

Nocka chyliła się już do dnia, z każdą minutą wyławiając z mroku zarysy domów i drzew. Zza Żoliborza wychynęła nagle na niebo różowa poświata, rozkrwawiła delikatnie niebieskość. Stali i patrzyli. Dzień wiosenny zaczynał budzić się ptakami, szumieć, słońce wpłynęło w koryto łachy, zagrało tysiącami kolorów. Rączyn położył dłoń na ramieniu Ryśka. A okna jasnych domów rozbłysły nagle tęczowo, diamentowo – wiosennego słońca kolorem, wyła syrena w parowozowni na piątą. Dzień wstawał pachnący, rozedrgany kolorami, ciepłym słońcem spływał na ziemię. I nagle z blasków słońca, z kropel rosy wirujących tęczowo w powietrzu, z całej krasy rodzącego się dnia wyszczerzyły się wysokie Cygańskie Budy, zgrzytnęły, uderzyły boleśnie o oczy walącą się nędzą. To było tak nagłe, że obaj drgnęli, przestraszeni jakby. Rączyn cofnął swoją rękę.

– No idź już. – I popchnął go naprzód. – Idź... Powiedz mu... – zawahał się.

– Co mu powiedzieć – pytał Rysiek. – Co?

– Powiedz mu, żeby... żeby umarł jak człowiek, jak dorosły człowiek. – Znów się zawahał. – Powiedz, że są tacy, którzy nie pozwolą umrzeć tym marzeniom... Powiedz, że będą kiedyś jasne domy, że dużo ich będzie, dla wszystkich będą. Że jego marzenia są żywe, że żyją między ludźmi... A teraz idź, idź już... – Odwrócił się nagle. Rysiek pobiegł.

Piąta była dopiero, wcześnie, i sztywny, wiosenny chłód szedł z rannych kropel rosy. Od Pragi, z Woli, z parowozowni dobiegał głęboki i jękliwy głos syren. Rysiek wślizgnął się do domu, przełknął na stojąco trochę kawy i kawałek chleba. Ojciec już wyszedł do roboty, matka jeszcze spała. Rysiek był tak podniecony, że nie czuł ani na krzty zmęczenia po nieprzespanej nocy. Obiecywał sobie, że nie powie od razu Henkowi o tych butach: niespodziankę mu zrobi, a potem przed oczy i – „Masz...!" – aż Henek zgłupieje z tej radości. I widział już minę Pękały, jego radość nieprzytomną z tych nieszczęsnych butów. A on sam powie tylko skromnie, ale i z pewnością siebie: – „No co, Heniek – słowo...?".

O szóstej chrypliwie i krótko basem zawyła Blaszanka. Lewandowski, nie kończąc jedzenia, wybiegł na ulicę. Butami kręcił w powietrzu radosne kółko, aż ludzie się za nim oglądali – „Wariat ten mały od Lewandowskich, czy co...?”.

Szli do pracy: szarzy, bladzi, przygarbieni i milczący, z butelkami kawy wystającymi po kieszeniach, klapocząc butami w piasku, jakby już wracali, a nie dopiero szli. Lewandowski przypomniał sobie słowa Kotrasa – „szary człowiek” – i oburzenie Rączyna. No, ale jak nazwać tych? Przecież właśnie szarzy cerą ziemistą, niewyspane oczy, blade twarze, głodne, szare, bez uśmiechu – wiosna ich nie bierze czy co? A dzień wstawał właśnie uśmiechnięty i roześmiany, kolorowy – jakby na przekór tym ludziom. Ptaki ćwierkotały, ganiały się po zielonych drzewach, słońce migotało w łasze, pierwsi furmani wyjeżdżali już od Lewańskiego, wymyślając donośnie koniom, z powodem czy bez – jak to zwykle furman, który, żeby tam nie wiadomo co, musi do konia gadać. A te też chyba poczuły wiosnę: szły jak pijane, podrywały, tylko kurz bił spod kopyt i kłębił się w opłotkach. Ojciec też przejechał koło niego, z kawalerska, na stojąco, strzelał batem, ściągając lejce, aż koni karki gięły się w napięte łuki.

– Wieee wy...! – I tu tatuś sobie ulżył jak na niepogodę. Biedne konie: w mordę i w serce, na krzyż, płask, wspak – jak się tylko dało. Rysiek popatrzył za ojcem z synowską dumą.

Dziad magistracki zajął już swój posterunek. Tłoczyły się koło niego pierwsze ranne kobiety z kubłami. Dziad, skrzypiąc starczym głosem, inkasował grosik do blaszanego pudełka umocowanego za pomocą dwóch drucików na piersi. Dzisiaj przyszedł bez kożucha, czapę też zdjął i promienie słońca zjeżyły mu się w siwej czuprynie. Kobiety dogadywały sobie nawzajem, ale tak bez złości, bez żółci – bo i jak tu się złościć, kiedy wokół budzi się i szumi życie?

Przed budką Pękałów Rysiek stanął. Serce waliło mu młotem. Nareszcie, po wielu niepowodzeniach, sińcach, bójkach i rozczarowaniach – ale są! Cóż z tego, że nie w bohaterski, w kowbojski sposób zdobyte? Są! Przybrał tajemniczą minę i wkroczył śmiało do środka.

Henek konał. Matka i najmłodsza siostrzyczka – ni dziecko, ni trupek, jak to normalnie w Budach – klęczały przy wyrku, zawodząc płaczliwie: na przemian wyły, przeklinały i błagały Boga, prosiły o miłosierdzie i lekkie skonanie. Nikła twarzyczka Henka dogasała, zda się, w mroku. A mrok stale wisiał w ich mieszkaniu: latem, zimą czy teraz, wiosną.

Podszedł. Pękała otworzył oczy, popatrzyli na siebie. Rysiek czuł wyrzut w tym ostatnim spojrzeniu. Zrozumiał, uniósł buty wysoko nad łóżkiem.

– Masz? – rozdyszanym szeptem zapytał Pękała.

– Mam – odparł szeptem Rysiek, bojąc się każdym głośniejszym słowem zburzyć nastałą ciszę

Patrzyli tak we trójkę: Rysiek, matka i siostra, jak Henek podniósł się nagle na wyrku. Wskazał przezroczystym cieniem ręki na otwór zasłonięty kilkoma pozszywanymi workami – drzwi. Rysiek zerwał ze ściany jakąś starą kapotę, opatulił go i wyprowadził przed to, co nie było ani domem, ani dworem – na dwór. Buty dyndały niepotrzebne.

Podniósł zasłonę i wiosna chlusnęła im w oczy: słońcem, zapachem trawy, ziemi i śmietników. Usadowił go ostrożnie na zbłąkanym strzępku trawki. Henek wyciągnął przed siebie bose nogi. Rysiek chciał mu założyć buty, ale tamten machnął ręką.

– Nie trzeba – wyszeptał. – Teraz? – jakby z żalem do Ryśka, tak to Lewandowski odczuwał.

Henek znów podniósł się z najwyższym wysiłkiem, aż mu krwawe rumieńce uderzyły na woskową twarzyczkę. Postąpił krok, dwa i zatrzymał się. Rozłożył szerokim ruchem ręce, jakby chciał tę całą wiosnę nieobjętą właśnie objąć, przytulić do siebie i razem z nią zejść tam. Potem odwrócił do Ryśka swoją bladą twarz, rozjaśnioną takim szczęściem, blaskiem, aż Lewandowski cofnął się, oparł plecami o ścianę. Wyciągnął rękę przed siebie, na wprost, bez słowa, ale Rysiek zrozumiał. Stanął obok niego. Patrzyli.

Białe obłoki Żoliborza biły z góry słonecznym blaskiem w oczy. Pełne słońca były jasne domy: grało na szybach, oblewało ulicę, domy zdawały się przepojone, nasycone tym blaskiem. Stały te domy otoczone jaskrawą, soczystą zielenią, rysowały się ostrym konturem na wiosennym, błękitnym niebie, gdzieś wzlatywały białe gołębie. Potem wiatr zawiał gwałtowny i na chwilę kurz zawirował złociście w słupach światła. Kurz szedł z dołu, z Bud i Marymontu, ze Słodowca i jeszcze dalej – z Annopola, Pelcowizny, potem wiatr się odwrócił i z drugiej strony – z miasta cudów przy ulicy Felińskiego, gdzie wiosna też przychodziła zwątpieniem. Ale trwało to chwilkę jedną, a potem znowu białe domy stanęły w słonecznym pożarze. Kurz opadł i wiatr przyniósł mdły zapach z olejarni. I latryny zaraz zapachniały w tym samym słońcu, śmietniki i kaczeńce na wilgotnych nadbrzeżach Wisły, ale wszystko to pachniało tym najgorętszym zapachem, najgorszą duchotą – biedą.

– Mamo! – szepnął Henek i oparł się na ramieniu Ryśka. Wybełkotał: – Te domy…

„Bredzi" – zrozumiał Rysiek i włosy stanęły mu dęba. Odczuł, że to jeszcze ktoś trzeci, niewidoczny, stoi koło nich i szczerzy zęby – na grzesznika Henka. A Henek znów krok za krokiem do białych domów, ale zachwiał się i byłby upadł, gdyby go Rysiek nie podtrzymał. Posadził go ostrożnie na trawę. Henek znów wyciągnął rękę.

Kościoły dzwoniły na mszę – wpół do ósmej. Ulicą Kamedułów wojsko ciągnęło na Bielany. Kapral wrzeszczał, a potem wszyscy naraz: o białym domku przy drodze, o tym, że Anielcia listów nie pisała, a potem już z całych płuc, że na stos rzucili[73] – kto, też nie wiadomo – jakieś, czyjeś życia za szczęście ojczyzny i jeszcze o wodzu, który nam nic nie pozwoli zrobić ani zabrać –nawet guzika z orzełkiem czy bez orzełka, bo przecież jest tym ojcem całego narodu, o wszystkich się troszczy. I ten śpiew przypomniał Ryśkowi moment, kiedy z porannej słonecznej zamieci wynurzyły się brudem całym Cygańskie Budy. W tej samej chwili zawaliła się w Lewandowskim cała wiara w lepsze życie i w Maynarda. Bo gdzież jest ten Ken Maynard, kiedy chory i skrzywdzony, potrzebujący pomocy, umiera, nie przeżywszy?

– Mamo! – powiedział Henek niespodziewanie silnym głosem, jak płomień, który kona, a u szczytu jest jeszcze mocny, dopala się. – Mamo!

Pękałowa matka osunęła się na kolana. Podniosła ku niemu twarz udręczoną i oczy już do cna, już na zapas całego szczęścia wypłakane. Śpiewało dalekimi głosami wojsko – „Na stos, na stos…”.

– Synu!!! – A plecy jej drgały od suchego, wstrzymywanego siłą płaczu. Potem jęknęła nagle tak przejmująco, że aż ludzie powystawiali głowy z Bud, które im zostały po ludzie wesołym,

73 *Mały, biały domek* – pieśń skomponowana w 1936 roku przez Zygmunta Lewandowskiego do słów Władysława Gena (Królikowskiego); *Anielciu…* – pieśń żołnierska, znana też pod tytułem *Przepustka*; „Na stos rzucili” – sekwencja z pieśni legionowej *My, pierwsza brygada* (sł. Andrzej Hałaciński, Tadeusz Biernacki).

cygańskim. Obstąpili ich milczącym kołem i milczeli głusi, jakby im kto ostatnie miłosierne słowo dawno odebrał, może też na jakiś stos?

– Bożeee! Za co tak matkę karasz?! Boże, Boże, Boże…

Krzyk ten konał gdzieś na wysokościach nieba, na szczytach tych wysokości niebieskich, na jakimś stosie takich samych krzyków daremnych, a ludzie, milcząc, stali wokoło – bez jednego słowa na miłosierdzie.

Potem osunęła się na piach. Tarzała twarz u nóg syna, u nóg Boga, darła palcami ziemię, jakby chciała stamtąd wyrwać te miłosierdzie, gryzła tę ziemię i wyła. Ludzie milczący stali wokoło.

Zerwała się nagle i nim ją kto zdążył powstrzymać, podbiegła i uderzyła głową w ścianę. Osunęła się na ziemię: wiosenną, ożywającą, pachnącą, zieleniejącą, ale też bez miłosierdzia. Mała siostrzyczka Henka zakryła oczy rękami i pobiegła w dół, na Marymont. Dopiero teraz kobiety wybuchnęły lamentami i szlochem.

Ale Henek już by tego wszystkiego nie słyszał czy nie chciał słyszeć, stał wpatrzony nieruchomo w jeden punkt, jakby widział, skąd to miało przyjść. Krzyk i lament łomotał po Cygańskich Budach. Rysiek uczuł, że nie wytrzyma, rzuci wszystko i ucieknie.

– O Jezu!!! – wyły wszystkie kobiety. – O Panie, o Chryste jedyny Boże, o Matko Boska Loretańska, o święty Antoni, święty Franciszkuuuu!

– Domy bym zbudował po obu stronach Wisły, ją bym puścił środkiem – na nasze Budy. Wypłukałaby wszystko, a potem…

Rysiek milczał, przygwożdżony do ziemi przerażeniem, niezdolny do wyjąkania jednego słowa. Nagle Pękała krzyknął przeraźliwie, aż ludzie umilkli:

– No dawaj te buty! Przecież to dla mnie, idziemy!

Powstał, postąpił. Na wpół oszalały Lewandowski szarpał poplątane w radosnym młynku sznurowadła. Ręce mu drżały, nie trafiał.

– Szybciej – krzyczał Heniek. – Szybciej!

Zębami szarpał, trzasnęło. Potem to samo z drugim butem. Mylił nieprzytomnie – zamiast na lewy, to na prawy.

Wtedy Henek Pękała upadł. Krew poszła mu z ust szerokim strumieniem. Matka przypadła do niego. Ludzie zbliżyli się ciasnym kołem. Milczeli.

Rysiek pochylił się nad umierającym. Wziął delikatnie jego rękę w swoje dłonie. Henek otworzył oczy, uciekało już z nich życie, w głąb, na jakiś stos...

– Twoje domy będą, przysięgam! Tu na tym samym miejscu. Przysięgam! Słyszysz?

– Sły...

Krew. Wsiąkała szybko i ciepło w piasek. Pękałowa szarpała go, jakby chciała powstrzymać jeszcze chociaż na jedną chwilkę – nawet za cenę swego matczynego własnego życia – tamto, odchodzące.

Potem Henek odwrócił się na bok i tak już został – bladą twarzą do słońca. Potem rzężenie ucichło. Potem wszystko ucichło, tylko chyba jeszcze ten krzyk kołatał pod tym wiosennym słońcem. A potem cisza przeogromna zmartwiała wokół. I tylko cisza nastała.

Po długim czasie, kiedy już Henka ułożono w wyrku w budzie, Rysiek pierwszy oprzytomniał.

– A buty! – przypomniał sobie. – A buty...?!

Dopiero w parę lat później dowiedział się, że to stara Grzybianka – największa nędzarka, i to też było za bogato, na Budach – korzystając z ogólnego zamieszania, te buty ukradła. Ale Rysiek już wtedy nie marzył o Kenie Maynardzie.

W dzień słoneczny odprowadzili Henka: Rysiek, Felek Stolarczyk i jeszcze dwóch kolegów ze szkoły, którzy przyszli trochę dlatego, że pogrzeb, i trochę dlatego, że nauczyciel zwalniał z lekcji na to konto, a akurat była klasówka z matematyki, a obaj nie przestudiowali jeszcze dokładnie tabliczki mnożenia i zacinali się beznadziejnie już od pierwszej klasy na pytanie: „Ile to będzie siedem razy dziewięć?". Jeden nazywał się Kopusto, a drugi Henrysiak. Obaj tępo patrzyli w ziemię.

Powązki wyglądały zgoła nieżałobnie: jaskrawą zielenią, żółtym i białym puchem obsypane były stare drzewa, a pomiędzy koronami tych cmentarnych drzew łyskało błękitnym okiem wiosenne niebo, śpiewały radośnie nic nierozumiejące ptaki i prędzej by się chciało człowiekowi cieszyć, jak rozpaczać. Ale milczeli jednak wszyscy, solidarni wobec cudzego nieszczęścia, gnietli w rękach czapki, potykając się po nierównym bruku Powązkowskiej, i tylko woźnica monotonnym cmokaniem przynaglał siwe, poczciwe konisko.

Na wozie kołysała się i podskakiwała drewniana trumienka. Była tak mała, że Rysiek dziwił się. Matka Pękały łkała sucho, prowadząc za rękę małą siostrzyczkę. Ludzie z chodników oglądali się z obojętnym współczuciem. Pogrzeb, ubogi pogrzeb – widać od razu: trumna zrobiona własnym sposobem, słabo heblowana, z krzyżem namalowanym przez Kotrasa. Więc zdejmowali czapki z drewnianymi twarzami – cudze nieszczęście i koniec.

Przed samą bramą, za którą drzemał w posępnym milczeniu cmentarz, Rysiek zauważył dawnego nauczyciela – Jasnego. Trącił Stolarczyka w łokieć i podeszli nieśmiało. Ale tamten poznał ich od razu i uśmiechnął się tym swoim ciepłym uśmiechem. Uścisnęli sobie ręce. Nauczyciel był blady, wymizerowany, zszargana marynarka wisiała na nim żałośnie. Tylko uśmiech był jeszcze ten sam, dawny, i skrzące iskierki w oczach też były te dawne i dobre.

– Pękałę Henka chowamy – wyjaśnił szeptem Rysiek.

Nauczyciel przypominał sobie chwilkę. Skinął głową – pamięta.

– On był chory...

– Gruźlica – podpowiedzieli obaj. – Przedwczoraj umarł, na samą wiosnę, jak raz.

Wóz skrzypiał już w bocznej alei.

– Musimy iść – powiedział Stolarczyk i wyciągnął rękę.

– Pójdę z wami – rzekł Jasny.

Dołączyli się do tamtych. Znowu szli we wspólnym milczeniu, rozpamiętując ostatek, każde słowo, ruch i uśmiech Henka. Wyławiali z jego życia jakieś nieznaczące fakciki i zdarzonka, które mogłyby im na kliszy ludzkiej pamięci wyryć trwały obraz Henka. Ale człowiek, który umiera, już w sekundę po śmierci zaczyna nabierać innych cech, bo samo zrozumienie, że przestał istnieć, rozmazuje ten obraz. Potem mówi się tylko – „Był porządnym człowiekiem, dobrym kolegą". Rzadziej ktoś powie, że szują. Umarli mają jednak moc nad człowiekiem, a cóż dopiero gdy człowiek ma niespełna piętnaście lat, kiedy marzenia i pragnienia, doznane zawody, urastające do rozmiarów tragedii, zaciemniają rzeczywisty obraz świata. Ryśkowi kołatał po głowie jakiś szkolny wierszyk o Jasiu, który też nie doczekał, niczego nie doczekał[74]. Smutny to był wiersz, życie też jest smutne, też nie pozwala niczego dobrego doczekać. Loluszka? Zyg-

74 O Jasiu... – wiersz Marii Konopnickiej *Jaś nie doczekał.*

munt? Rączyn, który też szybko umrze. Henek? Jakież było ich doczekanie?

Musieli przystanąć, bo boczną alejką przewlekał się jakiś kondukt: ministrant z krzyżem, wyszywana sutanna księdza, wieńce z uroczystymi napisami i zatrzęsienie kwiatów: sztucznych i prawdziwych. Trumna była czarna, dostojna, z ciężkim, srebrnym okuciem. „Od razu widać – pomyślał Lewandowski – że nie byle jaka trumna. Ze Śródmieścia...”. W takiej to i chyba umrzykowi nie najgorzej, gdy go tak wiozą w ostatnią drogę osaczoną czarnym milczeniem.

Rysiek obrzucił smutnym spojrzeniem drewnianą trumienkę Henka i poczuł dziwne zawstydzenie wobec tamtych, sunących dostojnie z żałobną pompą. Pękałowa stała przygarbiona i drżąca, stała jakby te wszystkie wieńce i szarfy na jej właśnie plecach spoczywały. Rysiek pomyślał, że t a m t o to już jest jakieś doczekanie, w tamtej trumnie. I tu też – na cmentarzu – był świat biednych ludzi i świat bogatych, nawet ostatnią drogę inaczej odbywali: jedni z pompą garaduszczą, a inni po cichutku, ciągle wstydząc się wobec tamtych. Cofnął się z gorącą twarzą za nauczyciela.

Potem ksiądz podszedł do nich. Obrzucił szybkim spojrzeniem małą trumnę i zapytał groźnie:

– Chrzczone?

– No jakże to? – zdumiała się Pękałowa. – Przecież na piętnasty rok mu już szło...

Ksiądz zmieszał się, zaczerwienił.

– Bo taka mała trumna, jak dla dziecka...

– Chudy był, drobny – odparła przepraszająco Pękałowa. – Niedożywiony... – Westchnęła ciężko. – Bieda u nas, proszę księdza dobrodzieja... – Chciała go pocałować w rękę, przeprosić za tę biedę, trumnę nieheblowaną, ale dobrodziej cofnął się szybko. Wzniósł do nieba swoją pulchniutką twarz i też westchnął głęboko.

– Wobec Pana – rzekł uroczystym nosowym głosem, przymykając oczy – każdy równy: bogaty czy biedny. Tu dopiero zaczyna się życie niebieskie... – Znów westchnął, Pękałowa pochyliła głowę. – Zaczekajcie trochę... – I odszedł, powiewając sutanną, do tamtego – w trumnie nie byle jakiej.

Więc czekali tak w gniewnym milczeniu: może godzinę, a może dłużej. Słyszeli słowo po słowie, jak nieboszczyka wychwala najpierw gruby głos, potem cienki głos, potem ni taki, ni siaki, a na końcu krzyk wdowy rzucającej się do ziemi za ukochanym mężem i czyjeś uspokajające głosy – nosowy, głęboki księdza nad wszystkimi łaciną – a na ostateczne zakończenie: szelest zakopywanej ziemi.

– Tam to będzie stypka – powiedział marzycielsko woźnica. Dopiero teraz spostrzegł, że nie zdjął czapki, więc zdarł ją pospiesznie, wystawiając łysą, jajowatą głowę na wesołe słońce.

Pękałowa spojrzała na niego przepraszająco, bo nijako było jej mówić, że nie tylko na stypę grosza nie ma, ale nawet na dobrodzieja i grabarza.

A grabarz właśnie przyszedł: mały człowiek koloru ziemi i sądząc ze spojrzenia – nieżyczliwy każdemu. Zaczął wygarniać z grobu naleciałą ziemię. Pachniała mocno wilgocią wiosenną.

– A ksiądz? – zdumieli się wszyscy.

Grabarz dziobał złym spojrzeniem.

– Ksiądz przyjdzie później.

– Jak to później?

– Teraz na razie nie ma czasu – odparł zapatrzony w migającą łopatę.

Ale widać powiedział to tylko ze złości, że Pękałowa nie poczęstowała go papierkiem, bo zaraz nadszedł zdyszany ksiądz.

Rysiek patrzył na to wszystko jak na puste przedstawienie bez treści. Ksiądz pospiesznie odmawiał modlitwy, nie patrząc na nikogo, a grabarz patrzył na każdego po kolei, mierząc złymi oczkami. Marszczył się i wzdychał za każdym słowem księdza. „Nieboszczyki – myślał Rysiek – też są różne: nieboszczyki prima z własnym miejscem na cmentarzu i karabanem[75] pierwszej klasy, a nawet płaczką, nieboszczyki średnie, ale też dobre, i takie jak nasz Heniuś – darmowe, za pocałowaniem w rękę. A to nawet nie nieboszczyki, tylko umrzyki – bo to biedniej". Zaraz jednak zaląkł się bluźnierczych myśli i przeżegnał.

Potem ksiądz odszedł i Pękałowa nie wytrzymała kąśliwego spojrzenia człowieka z łopatą. Wydostała ostatnie pieniądze, co chowała na mszę za spokój święty, i chciała wsunąć grabarzowi w rękę. Ale tamten, chociaż żałobny fachowiec, nie miał wcale cmentarnego serca. Obruszył się i powiedział z zawstydzeniem:

– Coooś pani...? Ja rozumiem człowieka...

Seplenił trochę. Więc tylko nauczyciel poczęstował go machorkowym[76] i poszli. Zostawili Henka pod opieką kwitnących drzew i człowieka, co miał jeszcze serce żywe, niecmentarne.

Na rogu Powązkowskiej zatrzymali się. Henrysiak i Kopusto pobiegli, Pękałowa też pożegnała się i odeszła z małą siostrzyczką.

– Wy dokąd? – zapytał nauczyciel.

Stolarczyk spieszył się, bo ktoś go najął do przenoszenia worów, jakiś sklepikarz, więc Rysiek poszedł z nauczycielem.

– A ty do szkoły nie wracasz? – zapytał go.

– Nie chodzę na razie, zimowałem – odparł zawstydzony.

75 Karaban – dawniej: kryty powóz.
76 Machorka – gorszy rodzaj tytoniu.

Nauczyciel potarł brodę.

– No cóż, chodźmy nad Wisłę. Ja też mam dużo wolnego czasu, o wiele więcej, niż tego pragnę...

Rysiek popatrzył na jego wyświechtane ubranko, wymizerniałą twarz i zrozumiał. Zapytał:

– Za co? Przecież pan tak w dechę uczył...

Tamten nie odpowiedział, uśmiechnął się tylko smutno.

Po drodze Rysiek opowiadał o Pękale, o tych butach nieszczęsnych, jasnych domach, w ogóle o wszystkim, bo czuł, że musi się wygadać. Nauczyciel milczał.

Wisła płynęła spokojnie, białe chmurki snuły się leniwie w wodzie. Wypłynęli już pierwsi piaskarze, odjeżdżały furmanki pełne żółtego piasku. Daleki Kierbedź[77] wisiał ciężko splątaną gmatwaniną żelastwa, dudnił pociągiem kolejowym. Biała smuga dymu rozpływała się powoli w czystym powietrzu. Piaskarze pomagali sobie przy robocie ciężkimi przekleństwami.

Usiedli na zielonym brzegu, patrzyli w wodę i wydawało im się, że płyną kołysani łagodnie wraz z niebem. Z początku ciężko było gadać, bo to jednak nauczyciel, więc krępująco, sztywno, ale potem nabrał śmiałości i mówił już po swojemu, machając w powietrzu rękami.

Nauczyciel wysłuchał jego opowieści o Henkowych marzeniach. Potem sam zaczął:

– Marzyłem kiedyś – mówił, patrząc w zamyśleniu na toczącą się szeroko Wisłę – że zostanę marynarzem, że będę pływał, zobaczę inne kraje, Złote Wybrzeże, Brazylię, kochałem się w morzu – wyznał.

---

77 Most Kierbedzia – pierwszy stalowy most na Wiśle w Warszawie, oddany do użytku w 1864 roku, zniszczony w 1944 roku. Na jego miejscu stoi dziś most Śląsko-Dąbrowski.

– To dlaczego pan poszedł na nauczyciela?

Cicho było nad Wisłą i spokojnie. Piaskarze zeszli już z roboty, ostatnie furmanki wlokły się ciężko pod górę, furmani szli z boku, podpierając je ramionami, pokrzykując śpiewnie na konie. Woda robiła się ciemna, zmierzch nadpływał z daleka, ogarniał już dalekie przedmieścia Pragi, potem stopniowo omotał Pelcowiznę, skradał się po rzece na Marymont, pełgały pierwsze światełka.

– Po co poszedłem na nauczyciela? – powtórzył Jasny i uśmiechnął się gorzko. – Ano tak się stało, że poszedłem. Czasami nie tak jak chcesz, ale tak jak potrzeba...

– Jak los pokieruje – powiedział Rysiek.

Tamten machnął niecierpliwie ręką.

– Brednie – rzekł z naciskiem. – Los...? Człowiek sam sobie gotuje los dobry czy zły, ale sam. Czasami nie dopnie, ale to już inna sprawa. A los zostaw księdzu. Ja też niczego jeszcze nie dopiąłem – zaakcentował – ale... – I tu zawahał się nagle. Dodał, znów gorzko: – Najgorsze, że niczego nie nauczyłem.

– My pana zawsze wspominamy – zaprotestował gorąco Rysiek. – Jak Boga kocham, proszę pana. – Żeby wypadło jak najbardziej przekonywająco: – Dużo pan nas nauczył! Na przykład co do mnie i Felka: matematyka! Przedtem nic nie kapowaliśmy...

– Matematyka – przerwał tamten – to jeszcze frajer, mówiąc po twojemu, a po mojemu jeszcze gorzej. Cóż matematyka? Najpierw tabliczka mnożenia, potem ułamki i dalej – pierwiastki, logarytmy, cyfry, cyferki... Prawdziwej matematyki trzeba was uczyć, a nie można. Ilu jest ludzi szczęśliwych i ilu jeszcze nieszczęśliwych, ile miłości, zakochanych, biednych... Ilu takich, którzy potrzebują tej miłości, to jest matematyka ludzka, komunistyczna...

Urwał gwałtownie, jakby się ugryzł w język i Rysiek zrozumiał dlaczego: nieostrożne słowo – „komunistyczna" – za to biją. Jasne, nie ma o czym zaczynać. Ale porwała go złość, że uważał nauczyciela za mądrego, a on jest frajer. Pewnie kumpel Rączyna... Że jednak był gadatliwy i ciekawy, nie wytrzymał i zapytał:

– To dobra rzecz ten komunizm?

– Zobaczysz jeszcze, ty zobaczysz...

Rysiek nie miał ochoty wcale oglądać słowa, które tak strasznie brzmiało.

– Możliwość – zgodził się łaskawie. – Tylko wie pan: mnie to wszystko jedno. Ja chciałbym lepiej żyć. Ja się urwę stąd, już myślałem i tak, i owak, ale widzę, że się urwę, żeby tam nie wiem co. Tylko poczekam jeszcze, dorosnę. – Powiedział to „dorosnę" wstydliwie, bo niechętnie przyznawał się do swoich zielonych lat.

Nauczyciel uśmiechnął się.

– Dokąd? – zapytał.

Zawahał się. Jeśli mu powie o tym nieszczęsnym Maynardzie, który ciągle w marzeniach odżywał jak Felek z popiołów – tamten go wyśmieje. Ale tamten też przecież mówił coś o marynarzach, więc Rysiek wyznał mu wszystko:

– Jasne, że do Stanów, na stepy.

– Znam – powiedział nauczyciel. – Prerie, konie i tak dalej. Marzysz... No cóż: każde marzenia są piękne, jeśli są dobre, twoje chyba są dobre, tak mi się wydaje. Ja to dobrze rozumiem, ty nawet nie domyślasz się, jak dobrze. Chcesz być bohaterem – dobre, chcesz mścić – dobre, że akurat w Stanach – też może być dobre, tak jak i wszędzie potrzeba wielu takich Maynardów. Tylko widzisz Rysiek – położył mu rękę na ramieniu – nie ma już

Kena Maynarda ani dzikiej Alaski, ani Klondike. Nie ma! Tam też jest nędza i głód, bogaci i biedni, dobrzy, źli – jak wszędzie... I jak wszędzie tam też walczą o ten komunizm...

– I nigdy nie było Kena Maynarda? – zapytał głucho Rysiek.

– Może i był, na pewno nawet był jakiś bohater dobrej przygody. Czy się nazywał Ken Maynard, czy nie, to już mało ważne. Ważne, że był. Był i bronił biednych przed bogatymi, słabych przed silnymi i okrutnymi, był jakiś szlachetny człowiek, i to nie jeden. Ale czy, żeby zostać bohaterem, trzeba koniecznie być Maynardem? Przecież takich są tysiące w Polsce...

– Wiem – przerwał porywczo. – Taki Maynard to i u nas jest. Ale to nie jest żadne lepsze życie! Bo cóż to za lepsze życie siedzieć w więzieniu, głodować, być bitym, pluć z siebie płuca – to to jest lepsze życie? Dla mnie nie! Dziękuję! Mów pan sobie, co chcesz – ja komunistą nie zostanę! – krzyknął. – No i z czego pan się śmieje? Że ja mam dopiero piętnaście lat? Z tego? Pan myśli, że ja dziecko? Ho, ho! A ja chcę – rąbał twardo ze złowieszczym akcentem – ja chcę inaczej żyć, chcę mieć buty, mieć ubranie, jeść, bo od małego nie pamiętam nic tylko głód i głód. Więc dlatego nie chcę zostać żadnym komunistą, o, rozumie pan?!

Wstał, podał sztywno rękę. Nauczyciel siedział zgarbiony.

– Więc żegnaj – powiedział. Uścisnął mu dłoń. – Ale pamiętaj: jeśli chcesz szczęśliwego życia – szukaj. Że je znajdziesz – też nie wątpię, wierzę w ciebie. Więc dlatego nie mówię ci – „żegnaj” – bo wierzę, że wrócisz, choć sam jeszcze nie wiem do czego...

Ale Rysiek poszedł już przed siebie zielonym brzegiem. Szedł z początku wolno, potem zaczął biec. Chciał zostawić już poza sobą te wszystkie złudne marzenia o kowbojskich laurach – marzenia bezdomne niestety – te wszystkie klęski życiowe, które waliły się bez przerwy na niego, przytłaczały, odbierały moc do szukania tego dalszego, niewiadomego. Lepsze, szlachetne życie – bzdura! Straszną rzeczą jest stracić dobre marzenia. Obcięte skrzydła – nie, chyba jeszcze gorzej. Bo przecież nigdy jeszcze się nie podfrunęło nawet, więc nawet nie ma żadnych dobrych wspomnień, a bez dobrych marzeń i wspomnień – czyż może być nadzieja? Strasznie jest mieć piętnaście lat przegłodowanych. Strasznie jest mieszkać na ulicy, która donikąd nie prowadzi, ale to wszystko jest niczym, naprawdę niczym, wobec tych utraconych marzeń – dobrych marzeń.

Wrócił na swoją ulicę, oparł się o płot jak zwykle, kiedy nie chciał wracać jeszcze do domu, kiedy chciał zatrzymać dla siebie te… marzenia.

A nie było już marzeń, koniec. Była ulica zrzucona w bok od wszystkiego, co dobre, ręką niewiadomego i straszliwego Boga, była rozpacz i strach przed dniem, który nadejdzie jutro, przed tymi, które potem będą nadchodzić i zawsze będą takie same – bez jutra. I będzie się to życie wlokło – odarte już ze wszystkich marzeń – jak wariacka piosenka Zielińskiego. Aż zachwiał się, coś umarło, nie wróci, a może nigdy tego nie było? Nie wiadomo. Nikt tego nie wie: ani Kotras, ani ojciec, ani Zieliński… Nikt. Chyba tylko ci komuniści. Ale ich życie jest straszne: więzienia, bicia, walka prowadzona skrycie… To nie to, nigdy nie zastąpi tego, o czym się marzyło. To było kolorowe, radosne, pełne bohaterskich przygód – a tamto? Jakże szare.

Tylko Zieliński brał życie kolorowo, jak szło. Prowadził pod rękę jakąś dziewoję, szedł sobie z nią dla żartów nad łachę i Rysiek słyszał jej rozmemłany śmiech.

– Do kina pan Zdzisio mnie weźmie? Co? No! Co się panu tak spieszy? Patrzcie, jaki to gorący, hi, hi, hi…

A potem noc przyszła nad Marymont: ciemna, głucha i bezdźwięczna. Nie było widać Cygańskich Bud, nie było już Henka ani dobrych marzeń. I tylko w tej ciszy kołatał i szarpał się pijany głos Zielińskiego: kołatał, kołatał i skonał.

VI

Zrozumiał, że Ken Maynard to dęta lipa. Zrozumiał i pogrzebał Kena Maynarda razem z Henkiem. Ale czy można mieć piętnaście lat i pogrzebać już wszystkie marzenia? Nie! Można i to z wielkim bólem jednego ukochanego bohatera, dwóch i nawet dziesięciu, ale tego marzenia o lepszym życiu nie można pogrzebać. I to marzenie będzie zawsze przy człowieku, do ostatniej iskierki życia tlącej się w nim. Ale cóż dopiero, jeśli to życie mogłoby się słać szeroką drogą przed nim? A cóż dopiero, jeśli się już rozumie, że właściwie nic dobrego dotychczas się nie przeżyło? Wtedy to pragnienie jest jeszcze silniejsze, wzbiera z dnia szarego na szary dzień, wtedy to pragnienie boli – można je przyrównać do głodu. A to znów jest taki głód, który nie pozwala umrzeć.

A Lewandowski był głodny. Głodny czegoś dobrego i po dawnemu nie chciał przyjąć miejsca, które świat mu ofiarował, miejsca na krzywej ulicy, pragnął czegoś lepszego, nawet nie wiedząc, jak to lepsze ma wyglądać. Ale rosło to pragnienie, było coraz silniejsze, mąciło myśli. „W ogóle coś niedobrze działało się na świecie" – stwierdził. Coś zmuszało do myślenia ponad siły, to coś, co w gruncie rzeczy musiało być proste i jasne jak każda prawdziwa prawda. Nie był już naiwniakiem, nie patrzył na świat przez elementarz pierwszej klasy, przez mgiełkę bajeczek i dobrych przypowieści. Świat odsłonił się nagle, uderzył ze wszystkich stron w najboleśniejsze miejsca, mocno uderzył, ale świata tego nie można było w żaden sposób zrozumieć.

Znów przyszła jesień, odarła drzewa z liści i Marymont stanął nagi. Błoto rozpaćkało się ulicą, chmury pędziły po niebie, zimny wiatr chłostał bez miłosierdzia.

Do szkoły nie było już po co chodzić: tyle lat przezimowanych, jak teraz nadrobić? Trzeba było rozejrzeć się za jakimś zajęciem, jeden z pomocników furmańskich od ojca z roboty miał wiosną iść do wojska i gospodarz obiecał ojcu, że weźmie Ryśka na jego miejsce.

Rysiek przyjął to obojętnie: teraz, kiedy już stracił tamte marzenia, mógł równie dobrze zostać furmanem, mandoliniarzem czy szoferem – wszystko jedno, i tak nic z tego, o czym marzył i myślał, niech więc będzie furman.

Na razie był jednak październik i daleko do wiosny. Uchodziły w mgłę dni jesienne, jeden po drugim, szare, rozdeszczone i krótkie. Chodził po Marymoncie zły i zniechęcony: świat wydawał się nienawistny. Ani on dla świata, ani świat dla niego, ot po prostu kołomyjka jakaś zwariowana. „Nie warto jest żyć bez dobrych marzeń" – myślał, stwierdzając ponuro, że niedługo kończy już szesnaście lat. Szesnaście lat – i nic dobrego, szesnaście lat i żyć się już nie chce, więc niech będzie furman. Uśmiechnął się gorzko. Ot, na co przyszło – z bohatera na furmana, na ojcowskie zamazane życie. Ale im bardziej ponure myśli przychodziły do skołatanej głowy – jak to zwykle bywa – tym silniej żarzyła się ta iskierka nadziei na lepsze.

Wtedy w życiu i marzeniach Lewandowskiego z Marymontu nastąpił nagły zwrot. Właściwie nie można nazwać tego zwrotem, bo nic się na lepsze nie odwróciło. To raczej tak, jakby ktoś te jego zmysły i marzenia przewekslował tylko na zupełnie inną drogę: z mgły, z deszczu, z czegoś, co nie wiadomo, jak wygląda, już na zupełnie widną czarną drogę.

I nawet stało się to na czarnej drodze. Bo Marymont miał swoją czarną drogę i nawet czarną damę, która straszyła o północy na stawach Wolańskiego. Kto ją widział, to zarazem pierwszy i ostatni raz. Ale mniejsza o nią, droga naprawdę była: zwykły kawałek uliczki, wysypany czarnym, węglowym szutrem, który chrupał pod nogami. A poza tym, nie mówiąc już o biedzie, to wszystkie ulice z wieczora osłaniał litościwy zmierzch, bo światła Marymont nie znał. No ale zaraz, o Lewandowskim...

Nie było w tym żadnego przypadku szczęśliwego ani nic w tym rodzaju. Po prostu zaczął rozumować po swojemu i śmiać się z siebie, z własnej dotychczasowej naiwności, chociaż to bardzo ciężko przychodziło. Śmiać się z tego, co w człowieku najlepsze? Co wymarzone? Ale tak wtedy było, że dobre marzenia, bez których nie warto przecież żyć, wydawały się śmieszne: nie marzenia żadne dobre, ale wariackie bredzenia Jędraszczaka, szewca z Pekinu. No ale to było wtedy i wtedy Lewandowski postanowił nieodwołalnie, raz na zawsze, zostać ni mniej, ni więcej tylko złodziejem. Ale o tym trzeba po kolei jakoś i jeszcze raz, już ostatni raz o tych nieszczęsnych marzeniach.

Więc pragnienie lepszego nabrzmiewało w nim coraz bardziej. Dniem i nocą, podczas tego, jak włóczył się bezczynnie i samotnie po jesiennym Marymoncie, z żołądkiem burkoczącym głodem. Cały ten czas myślał o jakiejś ucieczce, szarpało to się w nim jak kaleki ptak. Bo z drugiej strony ciągle słyszał słowa Kotrasa i odpowiedź Rączyna, że od tego żadnej ucieczki nie ma. Znaczy, trochę jednak inaczej, bo Rączyn powiedział przecież: – „Od tego – myśląc o Marymoncie – jest, ale od własnego sumienia...?”. Ale Rysiek dopowiedział sobie resztę sam, na tyle był mądry. Miał przecież prawie szesnaście lat, a szesnaście lat przegłodowanych i odartych z marzeń, te szesnaście lat na krzywej ulicy, to ile to będzie?

„Ja – powiedział sobie szczerze niedorosły bohater – jestem nędzarz. A jakież sumienie może mieć głodny, jakie może mieć nędzarz? Głodny chce się najeść, nędzarz chce żyć, a o sumieniu niech ksiądz mówi Władkowi Lipce, Masołowskim... Oni mają forsę, może oni to kupią. Mnie to za darmochę niepotrzebne, kto nade mną ma sumienie?". I Lewandowski postanowił plunąć na sumienie, w dodatku głodne. Zrozumiał także, że ucieczka, o której mówił Kotras, to nie żadna Ameryka ani pampasy, tylko że można uciec tutaj i tutaj można syciej żyć. Ameryka to dziecinne fiume, koniec, kropka, nawet nie trzeba wspominać, bo to gryzie i złość na samego siebie szarpie.

Wtedy zaczął myśleć i zastanawiać się głęboko, kto tutaj żyje dobrze, żeby jakiś wzór chociaż mieć. Znał każdy dom, każdy opłotek krzywy, okienko za okienkiem, bo ulica żyła wspólnie jednym zmartwieniem w pustym garnku, a poza tym jedni wiedzieli o drugich więcej niż o sobie samych – i dobrze wiedzieli, że nikomu nie jest dobrze.

I wychodziło, że nikt. I wychodziło na to, że Kotras – człowiek trochę mądry i trochę głupi – ma jednak swoją garbatą rację: – „Za każdym oknem kryje się zwątpienie...". Tak jest! To samo u Lewandowskich, to samo u Kotrasów, u Budziejewskiego, który pije i rozpacza za żoną, co podle rzuciła, wszędzie – za każdym krzywym płotkiem i załzawionym okienkiem. I znowu nie potrafił się dopatrzeć jakiegoś właściwego sensu w tych gorzkich słowach: „zwątpienie" i „ucieczka".

Był jeszcze jeden człowiek, który szczęście i lepsze życie widział w walce. I było to dla niego radosne. Ale dla Lewandowskiego nie. Dla Lewandowskiego było ponure, więzienne, o żadnym szczęściu żadnej mowy, a poza tym nie chciał podpalać kościołów i innych strasznych rzeczy. Więc odrzucił.

Wyszedł któregoś wieczoru na czarną drogę. W domu ojciec wymyślał matce, w domu było zimno i o tym domu nie można było myśleć, nie chciało się wracać za nic. Jak zwykle patrzył w zamglone niebo, na którym mrugały słabe gwiazdy, księżyc wychylał się strachliwym strzępkiem, bo był już październik – coraz zimniej i głodniej. I jak zwykle niebo milczało, znikąd nie było żadnej odpowiedzi, człowiek szesnastoletni i samotny stał bezradnie, a wszystko – niebo sine, drzewa i paraliżem tknięte drewniaki – wszystko to mówiło jednym wspólnym językiem rozpaczy. A że brak odpowiedzi jest najgorszą odpowiedzią, myśli przychodziły czarniejsze od nocy, straszne i osamotnione, samobójcze po prostu, bo ciągle powracało to najgorsze pytanie: szesnaście lat i co dobrego?

Wtedy ulicą nadtoczył się zalany w biały dym Zielińszczak młodszy. Kołysała się z nim ulica, a pan Zdzisio zawołał:

> Szesnaście lat, więzienia się nie boję,
> Szesnaście lat, to fraszka dla mnie jest!
> Szesnaście lat więzienia ja odstoję,
> Chociaż zabiłem dwoje, odstoję, bo zdradziła mnieeeeee…

Skakał wariacko po opłotkach rozchybotany jego cień. Złodziejaszek płynął jak gondola, rozśpiewany wiosennie. Wtedy Rysiek… ale jeszcze chwileczkę.

Zielińszczak po pijanemu cały świat by do piersi przytulił i razem zapłakał, miękło w nim wszystko pod spirytusem, z Maciejewskim by się całował, tak jak w tej piosence o Antosiu[78]. Przystanął przed Lewandowskim. Ten miał twarz zjeżoną, ponurą

78 Chodzi prawdopodobnie o piosenkę *Antek*, wykonywaną między innymi przez Stanisława Grzesiuka.

i obojętną na wszystko. Zielińszczak dojrzał to i zasmucił go widok Ryśka. Prztyknął palcami w daszek. Mrugał przez chwilę zapijaczonymi oczkami, potem powiedział z trudem:

– Ty... Co ci jest? Mar-mar-martwisz się, wariat?

Uchwycił silnie płotek, żeby nie pacnąć w błocko, bo ledwie stał. Rysiek warknął coś o odczepieniu się. Ale Zielińszczak nie dosłyszał i ciągnął dalej w pijanym natchnieniu:

– Ty na to wszystko... – Trzasnął serię przekleństw, aż na rogu ktoś przystanął, takie były ciężkie. – Ty się nie martw... Koń ma duży łeb, niech się martwi.

– Ja się nie martwię – odparł Rysiek ze złością, bo co tu gadać z pijakiem. – A zresztą: co to pana obchodzi? Idź pan się przespać...

– Spokojna głowa – seplenił pan Zdzisio. – Sssspokojna... Ja muszę się martwić. Bo przecież Zygmunt to twój chrzesny, tyś dla mnie familijant. Ja bracie jak ten, co cierpiał za miliony, Tadeusz... Do szkoły chodziłeś czy nie? – krzyknął groźnie. – No!

Zaraz potem roztkliwił się jak dziecko.

– Więc mówię ci, ty się niczym nie przejmuj, wszystko minie jak zły sen. Rób tak jak ja.

Uśmiechnął się figlarnie i wypiął zadek na wszystkie cztery strony świata. Pogroził palcem Lewandowskiemu, żeby ten nie zdradził nikomu tej tajemnicy.

– Panu dobrze – powiedział zawistnie. – Pan możesz się wypinać. A ja? – I też zaklął jak cholera, żeby tamten nie pomyślał, że dziecko.

– Nieładnie – skarcił go Zieliński. – Wychowania trochę trzeba mieć! Że ja mam, to mam!

Żeby Rysiek mógł, do gardła by wtłoczył Zielińskiemu te słowa, taki był wściekły. Ale pan Zdzisio nie. Pan Zdzisio wprost przeciwnie – w najlepszym był humorku i cały świat chciał nim zarazić.

– A mam! – czknął zwycięsko. – Bo – złapał Ryśka za guzik, wionął mu w twarz alkoholem – bo frajer nie jestem! Ty też nie bądź frajer, a będziesz miał, o czym ci dusza zamarzy. Frajerów bracie za darmo nawet chować nie chcą. A ja, patrz.

Wyciągnął z kieszeni zwitek banknotów, machnął nimi Lewandowskiemu przed nosem. Potem eleganckim gestem skłonił się i schował: czarna przegrywa, proszę państwa.

– Widzisz? Tak trzeba! Życiowo, przejściowo! Aby na wierzchu kochany! Słabego w ryja, mocniejszego w rączkę, wtedy masz życie Romana na tle chryzantemy... Pamiętaj, co ci Zdzisiek powie! Potem jak znalazł. A o resztę twoja baśka spokojna.

– Też mi życie – prychnął Rysiek. – Z kratki za kratkę. A idźże pan...!

Tamten powiedział nagle gorzko i trzeźwo:

– Tak trzeba, ja ci mówię. Inaczej inni zdepczą jak pluskwę, jak pluskwę, taka ich owaka...! A życie? To tu masz lepsze? Ja wiem, że w końcu i na Matyska przyszła kryska. Zdzisiek też jest Matysek, tyż będzie kryska. Ale co się Matysek przedtem ubawi, no to się ubawi. Lepsze to czy głodować, a?

– No... – mruknął niezdecydowanie.

– Widzisz. Kreminał też dla ludzi budowany. Jak inaczej żyć nie można, to trzeba tak, i szlus. Przejmować się? Lachę na wszystko położyć.

I jakby broniąc się przed jakimiś zarzutami, znów wyciągnął z kieszeni te swoje banknoty.

– Tu bracie trzeba patrzyć na rączkę kochaną, ile daje. Niech ci zawsze do ręki mówią, a potem do serca. Za to wszystko można kupić, bez tego – niiic!

I potoczył się dalej, rozpychając powietrze rękami. Dokąd się potoczył? – nie wiadomo. Może pod drewnianą matkę, może na dożywotkę, może na wariacką śmierć szewca Jędraszczaka, który gwizdnął łbem na dół z czwartego piętra Pekinu. Bo ten Pekin przy Warszawskiej był najwyższym domem na Marymoncie, także chyba bez bólu, sekunda i na galaretę. Naprawdę nie wiadomo, dokąd potoczył się Zielińszczak zadeszczoną ulicą.

Dziwny był człowiek z tego młodszego brata. Niby złodziej, a serce miał jednak miękkie, ludzie go lubili, ba! – nawet na chórze kościelnym kiedyś śpiewał. Nie miał w sobie zawiści do tego świata, może nawet nie poszedłby nigdy na złodziejski chleb, gdyby... Ale co tam „gdyby"!

Ale Lewandowski patrzył za nim i już wiedział. Broniąc się przed wszystkimi innymi domysłami, przed czyhającym sumieniem, wiedział, że ten ma lepiej. Lewandowski postanowił zostać Zielińskim numer dwa. Kryska – kryską, ale co przedtem użyje, to użyje. Lepsze to od zwątpienia, które kryje się za każdym oknem.

Postanowił. Postanowić to, rzecz jasna, przeważnie łatwiej, niż wykonać, chociaż było to przecież ciężkie postanowienie: z bohatera zbitą głową na złodziejaszka. Ale że Rysiek był z tym wszystkim, jak to się mówi, charakterny, więc nie cofał się i nie zrażał, chociaż było ciężko i nie wiadomo, jak zacząć. „Przecież – rozmyślał – Zielińszczak będzie się bał przyjąć mnie tak od razu do ferajny: będzie się nawalał, że sypnę, stryfię[79] i tak dalej...". Myślał o tym gorączkowo, przewracając się bezsennie z boku na bok podczas kilku następnych nocy. A pytania tłoczyły się ze wszystkich stron pod skołowaną do cna czaszką. Jak zdobyć zaufanie Zielińszczaka, jakim sposobem? Zabić kogo, pobić, ukraść? Nawet i złodziejskie zaufanie trudno zdobyć, kiedy człowiek jest tylko głodny...

79 Tryfny – z jidisz: nieczysty, niekoszerny; tu: stryfić – stchórzyć, zawieść.

W końcu postanowił ostatecznie – ryzykancko i czarno-wariacko – i wyruszył w swoje dziwne zaloty.

Zaczął bijać na prawo i na lewo, po głowach, brzuchach i uszach, kto mu tylko podpadł pod mściwą rękę – i bez litości, bo przecież właśnie chciał być na wierzchu, a litość i to sumienie mogły tylko przeszkadzać, jeśli się chciało zdobyć zaufanko Zielińskiego, przekonać. Bo inaczej jak? Żeby chociaż raz wziął go ze sobą na jakąś robotę – ale nie weźmie, wyśmieje, będzie się bał.

Więc przekonywał, jak tylko potrafił najlepiej. Z rozpaczy już na najbliższych kolegach, z tej samej klasy i ulicy. Przypomniał sobie z mściwą radością wszystkie zadawnione żale i urazy, a że sporo się tego nazbierało – bo Rysiek też był bądź co bądź awanturny – więc miał w czym przebierać: w błahostkach i sprawach wagi ciężkiej, honorowo-śmiertelnej. Do tych ostatnich należała piosenka, którą kiedyś rówieśnicy żyć mu nie dawali:

A mój tato furman, furman,
Co zarobi, odda kurwom,
A ja będę taki sam,
Co zarobię – to im dam...!

Tak więc bił – bił, gdzie i kogo popadło. Jak jastrząb spadał na nic nierozumiejących i niewinnych. Na rodzinnym Marymoncie i Wawrzyszewie, na Wałach i pod powązkowskim murem, bo sam w końcu chciał przebić głową ten mur, który dzielił go, nie wiadomo dlaczego, od szczęśliwego życia. Wieczorami zaczajał się gdzieś za krzywym płotkiem lub majaczącym drzewem, a kiedy zobaczył rówieśników, to bez dłuższej gadki dlaczego i za co – w mordę! Bił z frajerskim fasonem, ze złodziejskim glitkiem, z radością na rozpacz – niech ulica zobaczy, że

Lewandowski nie głupek i też potrafi tak jak jego chrzestny, nieboszczyk ogólnie szanowany. I pomału chłopaki z innych ulic zaczęli to imię wymawiać z szanowaną trwogą:

– Lewandowski z Marymontu…

Parę razy oberwał takie wciry, że już mu brzydło lekkie życie Zielińskiego. Ale nie dawał łatwo za wygraną, przecież to ostatnia szansa w szarym życiu na lepsze, te w dziecinnych marzeniach kolorowe, na matyskową kryskę, która i tak, i tak musi przyjść. Mijały tygodnie i Lewandowszczak z Marymontu chodził ciągle posiniaczony w kratkę, ze sławą ciągle rosnącą, z ciągle rosnącym pragnieniem na lepsze. Wynalazł gdzieś w rupieciach stary nóż szewski, oczyścił go z rdzy, oprawił w skórę i straszył przeciwników, których i tak było coraz mniej. Niech wiedzą, taka ich owaka, że cygankiem też potrafi, jak Zygmunt Burakowskiego, na lekkie skonanie!

Językiem złodziejskim zaczął już mówić: kukułka – to tajniak, bury – to samo, tylko że szpicel, bez broni, tak jak Kosiorek, kipisz – to rewizja, cyganek – majcher, kić[80], dintojra i tak dalej. Chodził też cichaczem na paluszkach i [z] ręką na nożu, nawet już na swojej ulicy, zewsząd osaczony krzywymi drewniakami i złowrogo przyczajony w sobie, jakby z każdej bramy miało wypaść dziesięciu granatowych i brać go.

Pewnego razu miał już nadzieję, że Zieliński rzuci nań swoim łaskawym okiem, bo sam Rysiek nie chciał prosić, rozumiał, że to sprawa delikatna i nie wypada – rezyk! Szedł sobie akurat Zieliński, jak zwykle na bani, wesolutki jak szczygiełek i nawet Ryśka grand prixem poczęstował. Podsunął mu piękną papierośnicę:

– Masz, weź se jeszcze ze dwa… A zapałki masz?

---

80 Kić – w gwarze miejskiej: areszt, więzienie.

– Nie... – I Rysiek klepnął się po kieszeni. – Trzeba przypalić.

A z drugiej strony nadchodziło dwóch wyrostków z papierosami w zębach. Zieliński już się pochylał, grzeczniutko, ale Rysiek, nie mówiąc ani słowa, podskoczył do nich, wyrwał jednemu papierosa z oniemiałej gęby i podsunął Zielińskiemu.

– Służę panie Zdzisiu...!

Tamci coś zaszurali, ale Rysiek od razu ostro do nich:

– Zamknij mordę, bo szpital... Chceta się lać?

Nie chcieli. Odeszli, wzruszając ramionami: co się bić z wariatem, w dodatku kiedy stoi z samym Zielińskim? Wyczekają okazję i dołożą tak, że popamięta. A Zieliński do Ryśka:

– Coś ty, wariat? Ludzi na ulicy zaczepiasz bez dania racji? Chcesz po ryju dostać, trochę wychowania trzeba mieć, nie?

Też wzruszył ramionami i odszedł. Rysiek był trochę rozczarowany, że nie zwrócił uwagi na ten gest, ale nie łamał się: droga trudna, ale on ją przejdzie, nie jest już dzieckiem. Dopadł jeszcze tego samego dnia dwóch fircyków z papierosami i strasznie im dołożył, jednemu nawet ząb obcasem usunął bez znieczulenia.

– Żebyśta wiedzieli frajerzy, jak na Marymoncie biją...!

Krzepki był, wyrośnięty na podziw jak na swoje szesnaście lat, i krzepę też miał dorosłą. Dodać to tego zaciętość i te najsilniejsze z ludzkich pragnień, to łatwo można zrozumieć, że dobrze bił. I ojciec powiedział do niego kiedy:

– Na bandziora rośniesz, szczeniaku!

– A na bandziora – odwarknął Rysiek. – Lepsze to niż to.

Ojciec zrozumiał, co znaczy to „to", i nic nie odpowiedział. Upił się tylko.

Ale to wszystko było jednak na nic. Zieliński zupełnie obojętnie patrzył na szarpaninę Lewandowskiego, a ulica żyła po dawnemu swoim szarym dniem: brakiem forsy i nadmiarem głosu, strachem przed mrozem i strachem przed brakiem śniegu. I aż dziwili się wszyscy, że poszczęściło się tak Rączynowi: wrócił z powrotem do Blaszanki, bo fachowcem był świetnym, na kalibrową robotę, a tam takiego jak raz potrzebowali.

Ryśkowi natomiast nic się nie szczęściło, nikt uwagi łaskawej nie zwrócił. Ogarniała go już wtedy czarna rozpacz i zwątpienie, bo przecież człowiek stara się, jak może, a tu nic, kiedy przyszła w końcu wymarzona wprost okazja występu przed samym fachowym okiem mistrza Zielińskiego. A było to tak.

Pan rzeźnik Lipko wyprawiał w końcu wesele córce – i to takie, jak Władek mówił: aż ludzie rzeczywiście usta pootwierali na szeroki podziw. Posag Lipko dawał za córką, jak się patrzy: jedni mówili, że dziesięć, drudzy, że dwadzieścia tysięcy, w każdym razie sumy te były trudne do odgadnięcia głową. Bo i miał Lipko z czego: jeden sklep na Marymoncie, place chyba ze dwa i jatka w mieście, aż na Mirowskich Halach[81]. W tej jatce królowała jego żona, baba gruba i zadzierżysta (bo i jaka może być żona rzeźnika?) i tam ludzie kupowali trybowiny po czterdzieści groszy za kilo, czyli pozostałości z mięsa, jakie okręcały się litościwie na wałku i trybach maszyny. Gotowało to się w garnku pół dnia, twarde było zawsze – żyły – i ciągnęło w zębach jak półtora nieszczęścia, ale zawsze mięso.

Z Marymontu niewielu ludzi pan Lipko zaprosił: sklepikarzy Masołowskich, rzecz jasna – Makowskiego, bo chociaż łobuz, ale zawsze władza i chody na komisariacie, i Zielińskiego, bo ten oprócz wszystkich zalet towarzyskich miał jeszcze piękny głos. Samą arystokrację tylko. Drugim artystą sprowadzonym na we-

81 Hale Mirowskie – budowane w latach 1899–1901 hale targowe na placu Mirowskim.

sele był jeszcze ślepy Kostek z Powązek, harmonista jak rzadko. I słuchając duetu Kostka z Zielińskim, człowiek zapominał o wszystkim, nawet o tym, że sam jest tylko jakąś trybowiną w jakiejś niepojętej maszynie, która kręci się uparcie w stronę wszystkiego najgorszego i ciągle nie wiadomo dokąd.

A na tym weselisku, właściwie – z drugiej strony wesela, znalazł się Rysiek zupełnie przypadkowo, bo w życiu to się nawet częściej zdarza niż w książce. Otóż Lewański – właściciel stajni także zaproszony na wesele – własnoręcznie przywiózł państwa młodych dryndą z kościoła. Ale bojąc się, że mu dryndę ktoś ukradnie, zaproponował Ryśkowi, który się akurat napatoczył, żeby popilnował. Mógł co prawda Lewański odprowadzić dryndę do stajni i spokojnie sobie wrócić, ale że był człowiekiem chytrym na pieniądz, więc liczył na to, iż po weselu zarobi jeszcze trochę, podrzuciwszy kogoś do domu z gości.

– Popilnuj trochę, to dostaniesz dwójkę – powiedział do Ryśka i ten naturalnie zgodził się z serca.

A odchodząc, pan Lewański dorzucił jeszcze:

– Tylko nie kradnij obroku, bo i tak poznam...

– Ukradłem panu co? – zaperzył się Rysiek.

– Nie, bo nie mogłeś. Ten nie kradnie tylko, co nie może, a tyś przecie furmański syn. – I odszedł, pogwizdując.

Rysiek został tedy na koźle. Konisko drzemało z łbem zwieszonym w torbę. Rysiek okręcił się derką, bo zimno było, listopad przecież, a od Wisły wiatr nadciągał ostry, zimny, i tę rześkość pachnącą wodą aż w kościach się czuło.

A tamci bawili się na sto dwa i na zapomnienie. Chór spitych głosów kołatał o szyby, rzępoliła harmonia Kostka z Powązek, potem Zielińszczak zaśpiewał i znów Zygmunt kłuł nożem i panował niepodzielnie nad piękną dzielnicą Marymont. Skończył, a tamci urządzili mu zazdrosną owację. Nawet Rysiek pomyślał: – „Tak śpiewać, cholera...!" – i okrył się szczelniej. Potem zahuczał toaścik za pannę młodą, za teścia, co ma łeb na rzeźnickim karku, znowu krzyk, znowu harmonia, i Zieliński – piosenka, jeszcze carska piosenka o Murce: – „Tam siedziała Murka, a u niej w karmanie był nagan..."[82].

Dzieci z Marymontu jak ćmy zlazły się pod oświetlone okno i słuchały zachwycone. Dwóch chłopaków usiłowało wtrynić się do środka, ale przegnał ich stamtąd brat pana młodego:

– Paszoł gnoje! Gdzie? Gdzie...?!

Tak im to „gdzie?!" powiedział, że Rysiek na koźle poczuł złośliwe zadowolenie, że jednak nie jest sam.

Co i raz goście wychodzili, wypełzali, wytaszczali się pod pachy z braterską pomocą – pod płot, aby sobie ulżyć. Często folgowali, bo przecież grali i barłożyli z burżujskim fasonem, aż stara drewniana chałupa chodziła w posadach. Nowy [dom], z cegły, dopiero pan Lipko budował przy Godowskiej ulicy. Więc bawiono się wystrzałowo, z całowaniem i ślinieniem, z wrzaskiem, żeby ta reszta z drewnianego Marymontu zobaczyła, że nie każdemu jest źle na tym świecie, nie każdy jest frajer, nie każdy musi mieszkać na Budach lub w cudownym mieście. A Rysiek, milcząc, ściskał w kieszeni pordzewiały nóż i myślał, czy nie mogłoby tak jakoś się stać, żeby jednym ciachnięciem przeciąć tę niewidoczną zasłonę, która dzieli go od tamtych, usiąść przy stole i krzyknąć na ślepego Kostka, tak jak robi Zielińszczak: – „Graj ślepy, taki nie taki, w kółeczko golony...!". A goście podchwytywali radośnie: – „Ślepy, golony, ha, ha, ha...!". I pijany Kostek grał tak rzewnie, aż w człowieku jakiś żal

82 *Murka*, czasem *Czarna Murka* – piosenka o ponadstuletniej tradycji, obecna w folklorze wielu kultur słowiańskich.

się rozciągał razem z jego harmonią i też by się chciało pośpiewać z rzeźnickimi gośćmi i huknąć na kogoś jeszcze gorszego od siebie.

– Bo za sto lat nie będzie naaaaas...! Buzi, buuuuuzi...!

Dzieci przycupnęły cichutko, rozpłaszczyły sobie noski na szybach, podsadzane jedno przez drugie, aż na tamtą najwyższą wysokość. „No i co? – pytały potem tych, które dojrzały – no i co...?". Pełne były uwielbienia i zachwytu, te dzieci niedziecinne. „O – musiały sobie myśleć – cóż z tego, że za sto lat. Żeby tak można chociaż przez chwilkę...". I były te dzieci trochę już pijane od zapachu dobrego jedzenia, krzyku i radosnego rozgwaru.

Ale cudowna bajka – nawet tak piękna jak ta – musi mieć swój jakiś koniec. I poszły spać posmutniałe dzieci: nie tak jak ta królewna, tylko na czwartego do łóżka z matką i ojcem, na wyrko i Cygańskie Budy. Smutne poszły, bo dzieci nigdy nie są syte dobrych bajek.

Lewandowski został sam. Zdrętwiał już zupełnie na tym koźle i tylko zębami wydzwaniał: – „Dwa złote, dwa złote, dwa złote...".

Nagle snop światła uderzył w ciemność z otwartych drzwi i razem ze snopem wytoczył się w ulice Zieliński z jeszcze jakimś drugim. Szli sobie posuwiście, podrygując i podśpiewując, zygzakiem – błoto, nie błoto.

Rysiek prowadził ich ciężkim spojrzeniem. Daleko, gdzieś na samej górze Potockiej, łypała żółtym światłem gazowa latarnia. Widział, jak ich cienie chyboczą się po ulicy, odbiegają od siebie, wydłużają się i skracają w rzadko oświetlonych oknach. Skakały te cienie na siebie, kłóciły się ze sobą i znów odpływały rozlewiście na boki. I Lewandowski, patrząc na te pijackie majaki, sam zaczął chwiać się na koźle, naśladować mimo woli, bo przecież były to cienie dobrego. Spojrzał zaraz na swój:

niewyraźny jakiś, marzący i samotny, głową leżący pod oświetlonym, weselnym oknem. Szarpnął się w bok.

Tamci przystanęli na rogu, o parę kroków od Ryśka, i poczęli żegnać się ze sobą, wylewnie, zakładając na szyję ciężkie ramiona. „Ty – mówił obcy cień – pamiętaj! Ja jestem taaaki człowiek. – Machnął szybko ręką, nie dając Zielińskiemu dojść do słowa. – Taaaki!”.

„Ty – pomyślał mściwie Lewandowski – nażarłeś się draniu, upiłeś i jest ci dobrze. Ja cały tydzień żrę kartofle i Bogu muszę dziękować, że stary ma robotę”. I zapragnął nagle wyrwać jakiś kamień spod nóg i wyrżnąć w tamtą mordę lśniącą pijanym zachwytem. Za to, że tamten cień jest wesoły i posuwisty, a mój nawet chwiać się nie chce. I odwrócił głowę, bo już patrzeć nie mógł na tamtych.

Wtedy usłyszał krzyk. Rozpaczliwy krzyk Zielińskiego o pomoc buchnął w ciemność. Szarpnął w tył głowę i zobaczył, jak tamci, tak zgodni przed chwilą, skłócili się w jeden podrygujący kłąb na ziemi. „Leją się!” – zrozumiał. Jednym susem zeskoczył z kozła i pędem pobiegł do nich. Błoto chlapało pod nogami.

Tamten leżał na Zielińskim, wgniatając go w ziemię swoim masywnym ciałem. Dusił za gardło. Zieliński charczał rozpaczliwie z twarzą wciśniętą w błoto. Kopał powietrze nogami, ale tamten nie puszczał.

– Taki jestem człowiek – powtarzał, bijąc raz po raz, aż dusiło. – Taaki! To za tamto, ty draniu!

Zatrzymał się niezdecydowanie, ale już w ułamku sekundy zrozumiał – „Zieliński! Ja jemu – on mnie!”. Zieliński już nie charczał, świstał przenikliwie. Więc teraz nadeszła ta wymarzona chwila, ten pierwszy krok w lepsze! „Tamtego – nożem!!!”.

Chciał wyszarpnąć zardzewialca z kieszeni, ale ostrze zaczepiło podszewkę i nie puszczało. Raz i drugi! Zieliński zamilkł, a u Lipków wymyślają sobie...

Ruchem desperackim, po omacku, wyszarpnął spod nóg jakiś kamień i z całym rozmachem walnął tamtego w głowę. Charknął i zamarł. Rysiek też z kamieniem w podniesionej ręce. Ale nie było potrzeba, napastnik leżał w błocie jak łachman. Rysiek patrzył na jego skrwawioną głowę, na błoto uliczne, nawet na księżyc, który wędrował gdzieś ślepym zaułkiem, zanim przyszło zrozumienie, że przecież tutaj kamień klapnął mu w błoto, schylił się instynktownie i podniósł.

Zielińszczak zerwał się z ziemi na równe nogi. Twarz miał pokrwawioną, wargę rozciętą, siny kalafior pod okiem jednym i drugim, a marynarkę całą w strzępach i farfoclach. Jakby z katastrofy kolejowej się urwał, jak nieboszczyk na urlopie, tak wyglądał...

Przez chwilę mrugał rozpaczliwie oczami, patrzył w osłupieniu na Ryśka, niepewny, czy czasem znów skądś cios nie padnie, zrozumieć jeszcze nie potrafił, kto go oswobodził od bezwładnego już ciężaru. A tamten – ani drgnie. Z twarzą w błocie, ręce rozrzucone, zabity, nie ma się nawet co łudzić.

Ale Zieliński widać i tego nie rozumiał. Charknął jakimś przekleństwem, doskoczył susem do leżącego i dalej go kopać obcasami po twarzy, brzuchu i gdzie tylko popadło.

– Mać twoja! – wyklinał mściwie, z każdym przekleństwem kopał, aż jęczało coś głucho i dziw brał, że nadąża tak szybko. – Mać twoja w mordę była, w mordę, w mordę...!

Wcale na Ryśka pan Zdzisio uwagi nie zwrócił, jak ten stoi z kamieniem w drętwej ręce, tylko kuł i kuł.

Widok był nie do zniesienia, sama głowa odwracała się do tyłu. I wtedy nagle niebo zakołysało się w przód i tył, o ile w ogóle może się tak zakołysać, a potem jęło spadać z tej ogromnej wysokości, ze strasznym dławiącym szumem, aż do ziemi przygniatał ten szum na płask, bębenki rozrywał w bolesne strzępy. „Zabiłem...” – pomyślał raz jeszcze i wszystko, co widział ostatkiem przytomności, to postać pana Zdzisia wyciągająca się aż w niebo. Potem zapadł w ten czarny szum.

Trwało to nie wiedzieć ile. Minutę, może godziny, wieczność...

Ocknął się, bo widać i wieczność nie jest wieczna, najpierw zobaczył wysoko migocące gwiazdy, a potem, już z całkiem bliska – pochylonego nad nim Zielińszczaka.

– Zabiłem... – wyjąkał Rysiek słabym szeptem, czując zaraz, jak zapada się z powrotem bezwolny zupełnie.

Tamten szarpnął go z całej siły za ramię.

– Kogo, kogo, ty wariacie! – Potrząsał Ryśkiem. – Nikogo nie zabiłeś. Wstawaj, do cholery!

– Nieee? – już silniej wyjąkał, z ogromną jednak ulgą. – Nieee...?

Patrzył niedowierzająco, bo może go jednak tamten oszukuje, może zakopał już gdzieś trupa? A Zieliński wciąż jeszcze huśtał mu się przed oczami, trzech Zielińszczaków widział, czterech...

Ale pan Zdzisio roześmiał się.

– Pewno, że nie! Tak łatwo to chyba nie idzie.

Dopiero teraz Rysiek rozejrzał się i zobaczył, że leży ze trzy metry od miejsca, gdzie uderzył tamtego. Było puste, po prostu rozdeptana kałuża i tyle. Z trudem stanął na nogi, mając wciąż uczucie, że ziemia za chwilę stanie dęba.

– Gdzie on jest, ten frajer? – zapytał z udawanym lekceważeniem.

– Poszedł już do cholery...

– Poszedł...

– No i dobrze. Wlany był taki syn i nic nie pamięta, o to nie nawalaj. Będzie myślał, że ten łeb rozbił sobie przypadkiem... A ty jak bijesz czymś twardym, to owiń w szmatę, żeby znaku nie było. A najlepiej nie bij, jak mdlejesz... Prawiczek, cholera...!

– A co, kurwa? – odciął się panu Zdzisiowi. – To ja dla pana taki rezyk, a pan do mnie tak...? No, dobra...

I już chciał odwrócić się i odejść na słomianych nogach, ale pan Zdzisio powiedział uspokajająco:

– No dobra już, dobra. Nie bój się, u Zielińskiego jesteś taaaki chłopak. – I rękę zgiął w łokciu. – Z jajami!

Ale Rysiek w duchu przyznał mu rację i uczuł zawstydzenie. Ładny mi bohater, psiakrew! Jeszcze nie uderzył, jak się należy, a już mdleje. I nie wiedział teraz – żałować, że nie zabił, czy nie...? Na wszelki wypadek powiedział:

– Słabo uderzyłem, bo kamień mi się omsknął, śliski... A owijać nie było czasu, panie Zdzisiu. Już on pana tak owinął, że nie daj Boże na drugi raz...

– Jemu też! – warknął Zieliński.

Ruszyli szybkim krokiem, bo Zieliński był już zupełnie trzeźwy po tym wszystkim jak dziecko, a Rysiek zerkał bojaźliwie poza siebie, czy czasami nie zobaczy gliniarzy. Idą czy nie idą, bo może go jednak Zieliński oszukał? Ale nikt nie szedł. Mrokiem wiała ulica, pustką jesienną, kapuśniaczek wcinał się w kołnierze, pies jakiś szarpał się na łańcuchu, skowyczał tak, że aż wychudły księżyc ze strachu zapadł za Budy i tam się pętał niepotrzebnie jak swatka na pogrzebie. Spokojnie było, wymarło, tylko od domu państwa rzeźnikostwa Lipków ciągle wyła w ciemności harmonia Kostka z Powązek.

I nagle Lewandowskiego, który też już doszedł do siebie, olśniła bez reszty myśl, że przecież w końcu oddał Zielińszczakowi tę wymarzoną przysługę, i to jaką przysługę! Aż go to zatkało. Więc teraz będzie można nareszcie pogadać i na pewno nie odmówi, sam przecież powiedział, że Rysiek jest u niego taki chłopak! Trochę się Rysiek peszył tym zemdleniem, ale to ostatecznie nic takiego.

Powie, że to z głodu, a przecież tak było naprawdę, żołądek sam przytakiwał gniewnym burkotem. A następnym razem to już bez zemdlenia, pod Bogiem, panie Zdzisiu... Tak powie! Cholera, teraz to już jakby człowiek był w ferajnie!

Całą śmiałość teraz trzeba było zebrać na tę rozmowę, od razu prosto w oczy co i jak, chociaż to ciężko. Postanowił, że przy domu mu powie, tak będzie najlepiej, nikt nie podsłucha... Przeskakiwali przez kałuże, chlupotało i cmokało pod nogami, aż w końcu dobrnęli pod ruderę, gdzie mieszkali Lewandowscy. W okienkach ciemność, starzy spali, tylko u Kotrasów jak zwykle wymysły, klątwy i jakieś dudnienie – to ruda sąsiadka chrzciła męża po garbie, narzekając z całego serca, że życie sobie złamała z głupim kaleką, chociaż trafił jej się cukiernik. Ale w cukiernika ulica nie wierzyła. A jeśli już nawet był, to na pewno by całą słodycz stracił z taką babą.

Przystanęli. Księżyc wypłynął znad Bud i oświetlił ich twarze: Zielińskiego – w kraty, a Ryśka – bladą, skupioną, bo przecież, Jezus Maria! Ale to chodziło o lepsze życie.

Zielińszczak wyciągnął rękę, ale Rysiek z sercem u szczytu gardła, głosem zdławionym, powiedział:

– Panie Zdzisio! Ja do pana malutką prośbę, jak by tak powiedzieć...

Powiedział „malutką prośbę", żeby już całkiem po męsku wypadło, dorosłemu, chociaż mała nadzieja, wielka nadzieja, kryła się w tych słowach: – „Ja do pana, panie Zdzisio...!".

– Aha! – przypomniał sobie Zieliński i sięgnął do kieszeni, ale Rysiek powstrzymał go.

– O co innego się rozchodzi panie Zieliński... Chodź pan, podprowadzę pana.

Jeszcze parę kroków błota, dwie, trzy kałuże, kawałek płotka i znowu przystanęli. Zieliński czekał, obmacując sińce, syczał gniewnie. Rysiek głosu nie mógł wydobyć, bo i jak to od razu powiedzieć, że żyć by się chciało lepiej, inaczej? Takie słowa cięższe muszą być od uderzenia kamieniem.

W końcu pan Zdzisio zniecierpliwił się.

– No, czego? Forsy chcesz?

– Nie, nie forsy – zaczął wyrzucać słowo po słowie, starając się ich nie słyszeć i nie widzieć twarzy Zielińskiego. – Ja chcę, żeby pan mnie przyjął, rozumie pan? Do was, do ferajny.

Pan Zdzisio skrzywił się głupkowato, wykonał jakiś gest, ale Rysiek nie dał mu dojść do słowa.

– Ja rozumiem, panie Zdzisio, że młody niby jestem, może pan się nawala, że sypnę. Ale nigdy! Sam pan widział, jaki ja jestem, no tak? No tak?

– Czekaj – powstrzymywał go tamten. – Czekaj no...

Ale Lewandowski dosyć się już wyczekał. Złapał go za rękaw i patrząc błagalnie w oczy, ciągnął dalej:

– Ja nie sypnę, pod Chrystusem, że nie sypnę...! Pan mnie jeszcze pozna. Co mi zależy, na czym, na życiu?

– Nie? – dorwał się wreszcie do głosu tamten. – Nie...? – z drwiną powtórzył. – Niee...?

Rysiek był jak w gorączce, nie dosłyszał tej nutki zgrzytliwej.

– Nie – powiedział z całego serca. – Jak ranę, że mi nie zależy...

– A jak do kryminału wsadzą? – drwił dalej Zielińszczak. –

To co wtedy, a? Nie boisz się, mówisz... No, no taki urkes jesteś, psiakrew...! Nie ma takich, nie było i nie potrzeba...

– Z serca mówię, panie Zdzisiu...

– No i ja z serca. Ale w kryminale serca nie mają.

– Co tam – krzyknął z rozpaczą, już prawie o krok od płaczu, mało co. – Co tam kryminał... Sam pan mówił, że dla ludzi budowany. Ja się nie boję tej kryski, panie Zdzisiu. Czego innego się boję!

I nic nie czekając, aż go Zieliński o to zapyta, ciągnął na raz kozie śmierć.

– Ja się tylko boję, panie Zdzisiu, że będę musiał cały czas tak żyć głodem, że tak jak mój ojciec, jak inni tutaj, Kotras, Rączyn... Zrozum pan: co to za życie? Przecież lepiej od razu, a tak to chociaż...

– Chociaż co, ty szczeniaku?

– Nie jestem żaden szczeniak – zaprzeczył gorąco. – Sam pan widział, że nie nawalam, mnie nie zależy. Chce pan? – Wyszarpnął z kieszeni nóż razem ze strzępkami materiału. – Do każdego podejdę – błysnął nim. – Każdemu dopierdolę. Powiedz pan tylko, czy pan chcesz.

A Zieliński bawił się widać w najlepsze.

– I do Makowskiego też podejdziesz? – chłostał go drwiną. – I do Loluszki też? A może i mnie dopierdolisz, co? Dobry ty jesteś, na wojnę do Abisynii[83] niech cię wezmą, poproś. No i po co ci to? Forsę chcesz mieć na pestki czy na kino?

– Nie, panie Zdzisiu, nie na pestki... Ja chcę... lepiej żyć!

– O cie cholera! – gwizdnął Zieliński. – Tylko tyle?

– Tylko – powtórzył, jakby nie zauważając drwiny. – Tak jak pan. Przecież pan jeden jest górą na naszej ulicy, nikt nie żyje tak

83 Wojna w Abisynii – prowadzona w latach 1935–1936 wojna włosko-abisyńska (etiopska).

jak pan, już nie mówiąc lepiej... A pan ma wszystko. Garnitury chyba ze cztery, a ja? – Szarpnął na sobie łachy. – A ja? Więc czy pan się dziwi, że chcę lepiej? A o panu każdy wie, że pan ma, niech pan nie mówi, panie Zdzisio – cała ulica to widzi... Każdy by chciał jakoś lepiej...

Powtarzał i powtarzał, gdyby mógł, wszedłby do środka w złodziejskie serce, aby tylko właśnie lepiej.

– Każdy – powtórzył tamten, poważnie nagle i już bez drwiny, gorzko. Rysiek to wyczuł, zrozumiał, że grunt spod nóg ucieka. – Czego można więcej chcieć...? Każdy, a tylko wyrokowiec Zieliński lepiej niby żyje... Lepiej.

Za klapy Ryśka przyciągnął, prosto w twarz mu mówił z zamkniętymi oczyma, rąbiąc, zda się, z własnego jakiegoś bólu każde słowo.

– Ale to nie daje rady – mówił złodziej Zieliński. – Tego nie ma nigdzie, nie szukaj... nie znajdziesz. Jakież ono jest to lepsze, widziałeś...?

– A pan? – uczepił się tego słowa. – No, a pan? Pan przecież – lepiej...

– Lepiej, ale nie mówić – i coś złego działo się widać z Zielińskim, bo i głos mu się zmienił, chrypiał żałośnie – cóż to za lepsze życie, to... moje. Cóż to za lepsze, jeśli się czeka najgorszego? Zygmunta pamiętasz? Nie, bratku, nie pozwolą ci żyć lepiej, inni ci nie dadzą...

Urwał w pół słowa, i dalej już zupełnie nie po knajacku[84], drżąco:

– Zygmunt chciał lepiej, Loluszka, i czego chcieli? Użyć, zabawić się ty myślisz? Patrz, Loluszka papiery miał, Zygmunt też

84 Knajacki – od: knajak – zuch, chwat.

fachowiec, a! – nie warto nawet mówić. Najpierw chcieli lepiej żyć, a potem tylko musieli żyć. I już bez niczego dobrego...

Buchnęła gdzieś pijacka pieśń. To goście pana Lipki rozchodzili się po domach. Płynęli do tych domów, nażarci i opici własną pańskością, w balony rozdęci własną ważnością i poważaniem, że bawić się umieją po pańsku, nad hołotą górują, że mają ich gdzieś. Arystokracja z drewnianego Marymontu: państwo sklepikarstwo Masołowscy, pan dzielnicowy Makowski z żoną jak wyschła kiełbasa, taka była cienka i pomarszczona, pan rzeźnik Lipko, co córkę za mąż wydał i dom jej budował nowy w posagu, z solidno-czerwonej cegły dom, budowany pod winkiel, czyli kant, bo całe swoje życie na kancie budował przecież.

Twarz Zielińskiego zastygła nagle w złym grymasie. Rękę podniósł, ulicy pogroził.

– Ty myślisz – wycharczał – że Zielińscy są mocni? Nie, braciszku – słabi, może nawet – najsłabsi. Ty myślisz, że to Zielińscy to życie tak zrobili, tak zasrali...? – I znów rękę podniósł, w ulicę wyrzucił, w błoto, drewniaki, widać było, że słowa takiego mu braknie, jakim by cisnąć w to życie. – Nie, bratku, odwrotnie. To życie – Loluszkę, innych...

Odwrócił [się] plecami, rękę wyszarpnął, odejść już chciał, ale Rysiek uczepił się rozpaczliwie.

– Panie Zdzisio, panie Zdzisio...! Przecież ja dla pana...

– Tamtych spytaj – przerwał, rękę wyszarpnął z uścisku. – Lipkę spytaj, Makowskiego. Niech oni ci powiedzą, jak lepiej można żyć na Marymoncie, jak po ichniemu trzeba... Ja na to głowy nie mam. Ale idź, poszukaj sobie wczorajszego dnia, a jak znajdziesz, to przyjdź, pokaż – zapłacę... Niech i Zdzisiek raz nareszcie zobaczy to lepsze. Potem – mogą go zabrać.

Odszedł, ale po kroku jeszcze przystanął.

– Nie znajdziesz – powiedział smutnie. – Nie szukaj, nie ma...

Odarty z marzeń odszedł ten i nie ten Zieliński, bo jakiś zgarbiony, bez humoru, potoczył się w krzywą ulicę. Potem usiłował zaśpiewać, ale tylko przechrypiał parę słów i urwał – tak nieszczerze to wyszło.

Tak go zostawił w głupim zamęcie. Puste były te słowa, bo prawdy przyjąć się nie chciało. Od razu przypomniały Rączyna, ale czy to było to lepsze?

W końcu, gdy już umilkło błoto pod krokami Zielińskiego, ruszył bezmyślnie naprzód. Przed siebie poszedł z pewnością ciężką jak kamień młyński u szyi, że nie ma już dokąd iść. Bo przecież życie dołem płynęło, rynsztokiem, razem z pomyjami Masołowskiej, a ten, który mógł trochę wynieść, ten, który był tu jedyny górą – odszedł, ręki nie podał, więc dokąd, proszę państwa, jeśli każda karta czarna, jeśli każda przegrywa...?

Ciemność była tak głęboka, żc idąc pustą ulicą, nie czuł wcale własnych nóg, nawet cień własny mu nie majaczył. I cisza zastygła stała teraz wokół, cisza tak głęboka, jak ta noc bez odpowiedzi, głębokością straszną i niezmierzoną. Zdawało mu się, że w ogóle nie istnieje, zagubił, zatracił się w tej ciemności. Potem wszedł, nie wiedząc kiedy, na czarną drogę i tylko chrzęst pryskającego spod nóg żwiru, własny rwący się oddech świadczyły o obecności człowieka w tej nocy bezkresnej, zagubionej wśród wielu, wielu innych, wielu innych, a takich samych, głodowych, bez najmniejszego światełka, nocy, od których uciekł gdzieś poranek.

Stanął, sił mu zabrakło iść dalej, o opłotek skrzypiący plecami się oparł. Ciemne było niebo, jedna tylko gwiazdeczka drżała gdzieś na południu, w bok od Bielańskiego Lasu. Uczepił się jej oczami, sam nie wiedząc dlaczego, a potem gwiazdeczka skośnym błyskiem przepadła z wysokości. Wtedy nagle zrozumiał, że to już koniec. Że zawsze. Że nigdy. Że nie ma.

Godzinę tak stał bez ruchu albo i więcej. Przeklinał w duchu matkę i cały ten świat, z bezsilną rozpaczą wyklinał. Stał nieruchomy, milczący, zaciskając z całej mocy pięści, nie czuł nawet, jak wrzyna mu się w skórę stary szewski nóż i cała krew skapuje po palcach. Stał, dopóki w ciemności nie rozbydlęcił się śpiew któregoś z Lipkowych gości.

Wtedy nagle zamachnął się szeroko i cisnął nożem tam, skąd dochodził ten śpiew, rzucił prosto w twarz, nie w twarz – w mordę swoim marzeniom.

Nie to było najgorsze. Nóż rzucił, Zielińszczak go odepchnął, matkę swoją sklął od najgorszych i los pieski, a przecież rozumiał, że nie przestanie myśleć o lepszym. I to lepsze było właśnie tym najgorszym.

VII

Są w życiu dni tak ciężkie, nieludzkie po prostu i nie na człowiecze siły, że przeżycie ich wydaje się później czymś nieprawdopodobnym i człowiek sam sobie się dziwi. I wspomnienie takiego dnia nawet po wielu latach budzi w człowieku lęk, trwogę, aż instynktownie chciałoby się zasłonić przed tym wspomnieniem.

A cóż dopiero, jeśli to nie jeden dzień, a szesnaście prawie lat już się tak wlecze, a cóż dopiero, jeśli nad człowiekiem pewność wisi katowskim toporem, że przecież całe życie już tak będzie, że dni te będą przechodzić jeden w drugi, ale zawsze bez jutra. I o czym można w końcu myśleć, jeśli się patrzy ciągle i rozumie, że życie nie górą, tylko dołem, rynsztokiem, razem z pomyjami Masołowskiej, z sosem od kiszonych ogórków? I czym wtedy człowiek jest, jeśli nie kalekim ptakiem...?

Oklapł jak dziad stuletni, z sił całkiem opadł. Chodził ścigany szyderczym śmiechem pana Zdzisia, który jak go tylko gdzie spotkał, pytał się, czy już znalazł ten dzień wczorajszy, i kazał się kłaniać od siebie, całować w tyłek. Chodził zły i głodny, samotny jak chudy, ślepy kot z przeciwka, niepotrzebny nikomu na świecie: ani Zielińskiemu do złodziejskiej roboty, ani w powszechniaku, do którego nie było już po co chodzić, ani w domu, gdzie czas jesienno-zimowy i znów coraz głodniej i chłodniej.

A tymczasem na ulicy stała się rzecz niepojęta wprost, ludzie samym sobie nie mogli uwierzyć. Takiej sensacji nie było od śmierci Zygmunta Zielińskiego. I jak zwykle, kiedy działo się coś ciekawego, niezwykłego, ludzie wylegli przed opłotki, przesiadywali wieczorami u siebie, przewracając i wywlekając na wszystkie strony te ludzkie nieszczęście jak Żyd kupowaną marynarkę. A ludzie jak ludzie: jedni z obojętnością, drudzy ze współczuciem, z sercem na ręku, chociaż po prawdzie nie było kogo, jeszcze inni – z mściwym zadowoleniem, że w kogo innego uderzyło nieszczęście, które może napisane było dla niego. A byli też i tacy, którzy pojęcie szczęścia dawno zatracili w nieszczęściu i mówili z obojętnym wzruszeniem ramionami:

– A co mnie to obchodzi? Mało mam swoich...?

Najwięcej miała do powiedzenia Masołowska, bo u niej się to wszystko zaczęło. Ludzie przesiadywali w sklepie, zmieścić się już nie było można, czyhali oczyma na jej ustach, chciwi aż do niemożliwości każdego szczególiku, a Masołowska wygodnie rozparta za ladą trajkotała:

– To było tak, moje państwo kochane. Przychodzi ona do mnie, a ja tylko spojrzałam na nią i od razu coś mnie tknęło do żywego. Przychodzi, mówi...

– A jak ubrana? – przerwała któraś z kobiet.

– W satynowe bluzkie. Przychodzi, mówi – „Dzień dobry", ale ja już widzę, że nie dobry, lecz odpowiadam: – „Dzień dobry, pani Krysiu...". A ona do mnie: – „Pani Masołowska, pani mnie pozwoli butelkę...".

Skrzypnęły drzwi i po schodkach wszedł do sklepiku Rączyn. Stanął przy ladzie i zażądał piwa. Masołowska podała, szybko wyliczyła resztę i znów ciągnęła, po raz nie wiadomo który, swoją opowieść za każdym razem inną. Rysiek przyczaił się w kącie, bo nie chciał, żeby go Rączyn widział, jak słucha babskiego plotkowania. Ale Janek też zaczął się z uwagą przysłuchiwać.

– A pamiętam, że jeszcze nie miałam na sklepie, tylko do piwnicy musiałam iść. O tu. – I ludzie patrzyli tępo na klapę w podłodze. – Poszłam, przyniesłam, a ona – o Jezu! jakbym śmierć zobaczyła, taka blada. Aż serce we mnie stanęło...

– A ruszyło już? – zapytał niewinnie Janek.

– Czekaj pan, nie przeszkadzaj! Daję jej te esencje octowe, ale już czuję, już widzę, a w nocy drabina mi się śniła, to państwo sami wiecie...

– Tak, tak – przytakiwali. – Drabiną się piąć – nieszczęście.

Janek nie wytrzymał. Odstawił butelkę. Ludzie spojrzeli na niego z ciekawością.

– A mnie pająki się śniły – rzekł ponurym głosem, aż wszystkich ciarki przeszły. – Spuszczające się pająki – pierdułka w gruzach, tak stoi w senniku, a wiadomo, że to nie kłamie. Ale to chyba nie z panią, pani Masołowska. O Jezus mój drogi, za co by takie nieszczęście!

Ale oburzone kobiety zaraz go zakrzyczały.

– Ona wychodzi – ciągnęła niczym niezrażona Masołowska – a ja już widzę oczami duszy, że to nieszczęście się stanie. No i patrz pani...

Ludzie patrzyli przed siebie pustym wzrokiem, ale nie mogli pojąć, dlaczego tak się stało. Bo i pomyśleć na zdrowo: córka Lipki, posażna, własny dom w tydzień zaledwie po ślubie, mogli żyć jak te róże. Dopiero matka dziewczyny wypłakała tajemnicę, że panna Krysia kochała kogo innego, szaraczka jakiegoś bez grosza przy duszy, ale ojciec słuchać nawet nie chciał i groził, że z domu wyrzuci, jak się sprzeciwi jego woli. Zaś ludzie – ci najbardziej przesądni – już widzieli którejś nocy Krysię, jak straszyła przechodzących i rybaków na stawach Wolańskiego w zastępstwie czarnej damy.

– To kurwa dopiero – wymyślał własnej córce nieszczęśliwy ojciec. – O Jezu kochany! I powiedzta, ludzie, czy ja złym ojcem byłem? Powiedzta, bo ja głupi jestem całkiem z tego... Dom – postawiłem, dziesięć tysięcy za nią dałem, no powiedzta, czy ja złym ojciem...? Bo ja głupi jestem. Dom – postawiłem, forsy nie żałowałem, zapłaciłem, niech wam zięć pokaże papiery, wszystko jest spisane, pod Bogiem mogę się zaświadczyć. I czego jej do szczęścia brakowało – wołał, z rozpaczą waląc się pięściami po łbie – czego? Dom – postawiłem, wyposażyć też wyposażyłem, spytajta zięcia, niech wam pokaże...

– Serce, panie gospodarzu, serce – wtrącił ktoś nieśmiało. – Miłości chciała.

Tu Lipkę jakby tknęło. Stanął w pół ruchu, usta rozwarł.

– A może...? – zastanowił się. – Może...? No, ja bym mu pokazał!

Jednak z tej rozpaczy głowy nie stracił, bo następnej nocy wyrzucił zięcia na zbity łeb po wielkiej awanturze, twierdząc, że ten mu nie chce oddać posagu.

– I za co wziełeś łobuzie – ryczał mistrz Lipko, aż pół ulicy się trzęsło. – Za co? Dziecko mi zmarnowałeś, ty draniu zimny! Ona miłości przecież chciała... A może ty nie chłop jesteś? No pokaż, czyś ty chłop?!

I tak rozumiejąc miłość, pan Lipko Stefan – mistrz cechowy, wyrzucił zięcia na ulicę, w zerwanych siłą spodniach, ryczącego wniebogłosy z przerażenia.

Zięć pieniędzy jednak nie oddał, widać z tego, że był człowiekiem mogącym dać kobiecie miłość; nie oddał i sądem jeszcze zagroził, a tam Lipko by przegrał jak amen w pacierzu. Więc mistrz, żeby wynagrodzić sobie stratę i ból po ukochanym dziecku, dał mu drugą córkę – głupawą i tłustą Jadzię, dodał jeszcze za nią dwa tysiące i wszyscy się od początku całowali, ślinili, smarkali i kochali, jak to w rodzinie powinno być, po bożemu...

Ale na pogrzeb Krystyny Lipko grosza nie dał. Żonę swoją jeszcze po pysku natłukł i zwymyślał. Ze złości, bo poprzedniego dnia w gazecie opisali: – „Denatka otruła się esencją octową. Przybyły lekarz pogotowia stwierdził zgon...” – i tego Lipko przeboleć nie mógł.

– Sukaaa! – wył, nie zważając na zapłakaną żonę. – Widzisz, jak twoją córkę opisali! De-nat-ka! Jak bezrobotną jaką, jakby jeść nie miała czego. Co teraz ludzie powiedzą...? O Jezu, dlaczego tak ojca karzesz! I czego ona chciała, czego...? Dom – postawiłem, pieniądze – zapłaciłem co do grosza, taki wstyd, taki wstyd...

I zaraz do czeladnika, aż klienci w sklepie przysiedli:

– Jak ty odważasz, mać twoja! Chcesz i mnie na dziadoka wyprowadzić...! Pół kilo – to pięćdziesiąt deka, a nie pięćdziesiąt jeden! Uważaj, bo jeszcze raz, a wywalę na zbity pysk...! Dom – postawiłem, forsę – dałem...

I tak jak z Zygmuntem. Trwało to parę dni, potem przyschło, ludzie we własnych kłopotach pogrążyli się po uszy, ulica zapomniała i tylko pijany Zielińszczak, wracając do domu nocą, chwiał się, cieniem dobrych marzeń Lewandowskiego i Loluszki, co na wojnie był, ordery miał, a niczego w życiu doprosić się nie umiał, chociaż ślusarz z papierami.

Przepadł smutny Loluszka, ponury jak dzień listopadowy bandzior Zygmunt Zieliński, nie umiała w sobie serca zabić dla mamony i z szalonej miłości przepadła rzeźnicka córka, dobre marzenia o życiu szczęśliwym i bramkarzu sławnym Romano Zamorze z dalekiej, słońcem rozpalonej Barcelony, o kowboju szlachetnym i zwykłym złodziejaszku, co krzywą ulicą toczy się prosto pod szubienicę, ale samemu Lewandowskiemu nie dane było widocznie przepaść.

Bo to oto pewnego dnia zjawił się u nich w domu sam pan Zdzisio Zieliński drugi. Matka odskoczyła od kuchni, jakby ją te puste garnki poparzyły, krzesło ścierką wytarła i z szacunkiem gościowi podsunęła. Bo taki gość to ho, ho! Aż satysfakcja brała patrzyć.

Pan Zdzisław był ubrany w granatową jesionkę z rudym kołnierzem, jeden z czterech słynnych garniturów, lakiery jak dwa słońca i cyklistówki w kratę z guzikami na wierzchu. W ogóle był to człowiek wytworny, jak ściśle wynika z tego opisu. Papierośnicę z lipnego bursztynu wyciągnął, ojca poczęstował, Ryśka, zapalniczką prztyknął przed nosem i wszyscy się zagapili na jego rękę z pierścionkiem karatowym i długim na dwa cale paznokciem u małego palca. Potem razem z dymem mewki powiedział do Ryśka:

– No, chodź…

Tylko tyle powiedział, dwa zaledwie słóweczka, ale orkiestra anielska nie zagrałaby Ryśkowi lepiej. Widać Zielińszczak przysługi nie zapomniał. I Lewandowski poszedł jak na wesele.

– Dokąd to, panie Zdzisiu? – zagadnął go na ulicy.

– Nie bój się, z Zielińskim jeszcze nikt nie zginął – odparł ten po swojemu i zaklął szpetnie, bo wpadł lakierem w kałużę. Trwało to długą chwilę, bo pan Zdzisio musiał wypowiedzieć się szczegółowo na temat pogody, ulicy i wszystkich marymonciaków z dziadem magistrackim przy pompie włącznie. Dopiero potem do Ryśka.

– Robotę chcę ci dać, frajerze kłuty, żebyś nie myślał, że Zdzisiek jest wredny… Pan Zdzisiek – dodał po chwili, bo co tu gadać, ale dystans jakiś musi być!

W ten mniej więcej sposób zaczął Ryszard Lewandowski z Marymontu swoją dziwną karierę wysiudajki[85], którą w nie

85 Wysiudajka – od: wysiudać – usunąć, wyrzucić.

mniej dziwny sposób skończył. Bo i jak tu zrozumieć, że zrezygnował nagle ze sławy, która mogła stać się kiedyś równą Zielińskiemu, i nie tylko ze sławy, bo i z trzydziestu złotych na miesiąc, czego mu matka z ojcem nie mogli w żaden sposób darować. Ale na razie o tej karierze.

Na ulicy Burakowskiej i dwóch, trzech przyległych było ogółem sześć budek z gazetami, papierosami i tak zwaną drobną galanterią. Właścicielami tych interesików byli inwalidzi wojenni z koncesją i krzyżami za wolność i słowo, a w dwóch wypadkach – drobni kupcy żydowscy. Inwalidzi bali się konkurencji, a kupcy żydowscy konkurencji, pijaków i rzezimieszków z organizacji Bij Żyda!, którzy co chwila zjawiali się u nich z prośbą o „małą pożyczkę", nigdy z powodu tych czy innych trudności nieoddawaną[86]. W razie odmowy bojówkarze demolowali kioski, wywalali sterty gazet na ulice, bili przerażonych kupców, przyczyniając się w ten sposób do zwartości, gotowości i siły pięknej ojczyzny.

Ale największym wrogiem kupieckiej duszy jest konkurencja i o tym każdy wie. Bo na tych sześć kiosków z gazetami przypadało co najmniej trzy razy tyle dzikich gazeciarzy, czy jak kto woli – majdaniarzy, którzy pisma sprzedawali na ulicy, wprost z ręki do ręki, za pomocą pomysłowej i olśniewającej reklamy mieszaniny zbrodni, nieszczęśliwych wypadków, samobójstw wywrzaskiwanych z całego gardła na cały Buraków.

Niewiele zarabiał dziki gazeciarz. Złotówkę na dzień, złoty dwadzieścia, a jak trafił jakiś lepszy numerek z siedmioma tru-

---

86 W latach trzydziestych nasilały się w Polsce nastroje antysemickie. Tworzono ruchy społeczne nawołujące do bojkotu żydowskiego handlu, podsycające niepokój związany z sytuacją międzynarodową, używające mowy nienawiści w stosunku do obywateli wyznania mojżeszowego. Nie były to oficjalne organizacje, raczej powtarzające się z pewną częstotliwością manifestacje niechęci.

pami przez maszynkę do mięsa albo skandal polityczny z nadzwyczajnym dodatkiem – do dwóch złotych. Więcej nie dawało rady wykrzyczeć. Ale i to wystarczało, żeby solidniaki w budkach nie mogli ścierpieć dzikich. I w tym celu zaangażowali Ryśka za pośrednictwem Zielińszczaka.

– Dostaniesz z każdego interesu po piątaku na miesiąc i trzy fajki dziennie. Przeganiaj dzikich bez litości, nie daj, żeby łobuz ulicą przeszedł, bo to cała twoja szansa...

– A glina? Jak zobaczy, że się rozbijam...

– Gliny się nie bój, jemu też przemówili do ręki... Będzie na ciebie patrzeć jak na powietrze, więc siudaj ich, ile tylko chcesz... A z właścicielami grzecznie, spokojnie, nie kradnij, broń Boże! Zawsze trzeba mieć trochę wychowania, pamiętaj, nie zrób wstydu panu Zdzisiowi...

I pan Zdzisio – chłopak otrzaskany, wesołego charakteru i z wychowaniem – odszedł pogwizdując, a Rysiek jeszcze tego samego dnia zabrał się sumiennie do pracy, bo to nie byle co, te trzy dychy i osiemnaście papierosów. Pokruszone przeważnie dawali kutwy, takie, z których tytoń wytrząsał się do połowy, ale lepsze to niż pety i Rysiek z ojcem palili je jak jaki rarytas.

Pierwszego dzikiego wskazał mu szef budki na Burakowskiej: inwalida z pustym rękawem wsadzonym w kieszeń, z nosem długim, buraczkowym, nadającym jego twarzy wyraz przebiegłej, lisiej chytrości, chociaż chłopina ten do trzech nie potrafiłby zliczyć bez pomocy swojej połowicy, strasznej baby z wąsami, dragona sto dwadzieścia kilo, nie mówiąc już o przytupie, które biednego pana Kołeczkę przyprawiało [o] bicie serca.

Siedział sobie Rysiek u niego na pace z gazetami, patrząc na ręce wsuwające się bez przerwy w okienko. Czasem trzy, cztery ręce naraz i każdej się spieszy, drobne, grube, bilon brzęczy jak na pokuszenie, a pan Kołeczko swoją jedną musi poradzić, nadążyć. Z boku straszna baba strasznym wzrokiem patrzy na Kołeczkę, czy czasem nie omyli się o pół grosza i od tego jej spojrzenia aż dusza w pięty uchodzi.

– Tylko się pomyl – zgrzytała groźnie małżonka. – Tylko się pomyl, pijaku... Jak z dzieckiem z tobą trzeba, jak z dzieckiem...

I wyszczerzała na struchlałego inwalidę sowie oczy. A Kołeczko struchlał, dlatego że pod stosem gazet miał czterdziestkę z ogóreczkiem, po którą mu Rysiek skakał, i bał się, że w końcu będzie musiał sprzedać ostatni numer, a wtedy wszystko się wyda.

Ludzie zaś kupowali jak na złość, bo akurat tego dnia ktoś tam kilku ktosiów pokawałkował siekierą w rąbany detal, a inwalida Kołeczko uczuł się nie lepiej od tych kawałków, patrząc, jak maleje kupa „Dobrych Wieczorów".

Że jednak Pan Bóg roztacza opiekę nad pijakami, głos jakiś rozdarł się na całą Burakowską:

– Tragiczny finał miłości kapelusznika! Nie oddamy ani guzika! Bezrobotny zarąbał tasakiem żonę i troje dzieci, sam oddał się policji...! Potworny stryjek z ulicy Brzeskiej! W Sowietach głód, ludzie umierają na ulicy! Kanclerz Hitler oświadczył...! Setne przestępstwo sezonowe! Kapelusznik powiesił się jak stary kapelusz...!

– No, teraz – wypycha go Kołeczkowa. – Idź no, kawaler, na niego...

Wyskoczył jak oparzony z budki na ulicę, ale tamtego już nie było, przeszedł. Zza rogu dochodził jego głos przechrypiały już do ostatniej chrypki. Wszyscy dzicy mieli taki głos, bo to na zimnie, upale, wietrze czy deszczu, więc mówić mogli chyba tylko z przyzwyczajenia.

Na rogu – dwieście metrów od Kołeczki – była druga budka. Z okienka wychyliła się czarna broda:

– Daj go w pysk, łobuza, daj go…! Krzyczeć się przyszedł, świnia jedna!

Skręcił, przyspieszył kroku. Widział z dala płachtę gazety w jego ręku i otaczających ludzi. „Handluje na całego” – pomyślał. „No, czekaj…!” Dłonie w kułaki zacisnął, zęby na cement, i podszedł.

Podszedł – i od razu ręce mu opadły, zęby rozluźnił. Podszedł – i od razu zrozumiał, że za nic w świecie go nie uderzy, palcem nie tknie nawet… Bo to też inwalida, ten dziki, bez ręki jak Kołeczko. Na ramieniu miał torbę przewieszoną z całym majdanem i jedną ręką wtryniał ludziom te zbrodnie w dwudziestogroszowych odcinkach. I jak tu bić takiego…?

Majdaniarz nawet go nie zauważył, chrypiał dalej. Rysiek odwrócił się, chciał cichcem odejść, ale zobaczył na rogu Kołeczkową, która wyszła za nim i dawała mu znaki ręką. Wszystko widziała. Więc co – stracić tę robotę od razu pierwszego dnia?

Podszedł. Z groźną miną na kalekiego chłopaka, po knajacku, jak stopkarz jakiś, sam czując się bezbronnym jak małe dziecko. Poczerwieniał.

– Jazda stąd – warknął, krok do przodu postąpił. – Zjeżdżaj szczeniaku, bo ci drugą łapę oderwę. No, już, żeby noga nie postała, ty…

I to przekleństwo samemu sobie w twarz rzucił, odchodząc, że tyle tylko się domarzył z pięknej bajki o lepszym życiu. To przecież wcale nie lepiej od szpicla Kosiorka – człowieka podlutkiego, człowieczka, weszki tylko…

– Trzeba było walnąć – napadła na niego Kołeczkowa. – Czemu, czemu…?

– Odejdź pani… – zacharczał. – Odejdź pani. Powiedziałem, starczy.

A broda z budki na rogu znów się wychyliła.

– No i co, szanowna pani Kołeczko, dał go, dał go?

– E tam, dał. – Baba machnęła ręką. – Nie nadaje się chłopak, miętki jest. Siedzieć na gazetach potrafi tylko…

Potem Kołeczko go ochrzanił za dobre serce i Zieliński, który przyszedł dowiedzieć się, jak idzie.

– A jakbym tak panu przylał, panie Kołeczko, to co? – zapytał go Rysiek z pianą na ustach.

Inwalida aż podskoczył.

– Mnie? Mnie wszyscy w d… leją, aż trzeszczy, całe życie. To po to mam ciebie, żebyś lał za mnie. Paniatno sobaki syn?

Bo pan Kołeczek był na wojnie rosyjsko-japońskiej i przy każdej okazji mówił o kitajcach, wszystko znał najlepiej i w ogóle Napoleon – piórko naprzeciw niego, a jak mu jeszcze Rysiek skoczył, to puszek tylko. Tak samo z Dziadkiem[87] przed wódką – do Białegostoku bił z nim bolszewików, po wódce – do Kijowa, a jak wypił pół litra – do Władywostoku. Potem wszystko się mieszało w jedną krzyżacko-japońsko-bolszewicko-rosyjską wojnę.

Wieczorem późnym, kiedy już wrócił do domu na uśpiony Marymont, zgorzkniały do cna, powiedział do matki i ojca:

– Róbta, co chceta, ja więcej do tej roboty nie pójdę…

– Nie pójdziesz? – pytali, nic nie rozumiejąc. – Dlaczego?

– To drań有 jedno, a nie żadna robota, kalekie miałem bić? No niech ojciec powie: uderzyłby ojciec?

Ojciec nic nie odrzekł, odwrócił się do ściany. Ale matka załamała ręce i w lament:

– Rysiu, dziecko! Chociaż te piętnaście złotych przynieś za dwa tygodnie… O Jezu kochany, Masołowskiej winna jestem.

87 Dziadkiem nazywano Józefa Piłsudskiego.

Lipko przy ludziach mi przygadał, nawet trybowin nie chciał dać za słowem...

– Nie pójdę! Sami bijta!

Ale poszedł. Poszedł nie na ojca przekleństwa, tylko na matki żebraninę, żeby chociaż te piętnaście złotych od budkarzy wycyganił za dwa tygodnie. Ojciec znów robi co drugi, trzeci dzień i chyba pomrą, jeśli Pan Bóg się do nich nie odwróci.

Wtedy głucha zaciętość go ogarnęła bez reszty. Za matkę, wychudłą na szczapę staruszkę już po trzydziestce, złą i brzydką, za ojca, który podobno kiedyś umiał się nawet uśmiechać, wreszcie za siebie samego, czy zawsze ma być gorszy od innych? I już nie patrzył, mały czy duży, słaby czy silny, tylko walił bez litości, jak wtedy, kiedy chciał się dobić sławy Zielińskiego. Ale nie o sławę już chodziło, o trzydzieści złotych i parę fajek, żeby ojciec zaoszczędził.

Mnożyły się jak grzyby po parszywym deszczu przestępstwa, kradzieże, mowy i bankiety, o tym wszystkim czytał z gazet, siedząc po budkach. Politykę i inne zostawiał, pochłaniał tylko rozmaite niedole i wypadki, kroniki policyjne i kolumnę sportową. Ktoś teścia wypatroszył jak zająca, inny kochance głowę obciął brzytwą i policji posłał z laurką tudzież kwiatkiem, pięciu komunistów skazano na dożywocie z piękną mową młodego prokuratora, który tym zaczął swą karierę, życie, jakiś bezrobotny otruł się gazem świetlnym, bo to tylko miał do przełknięcia na tym najmarniejszym ze światów, Piękny Bolek[88] w generalskich szlifach, duma, psiakrew, narodu, sześciu kelnerów obił w Adrii, siódme-

88 Piękny Bolek – przydomek nadany przez lud generałowi Bolesławowi Wieniawie-Długoszowskiemu. Adiutant marszałka Piłsudskiego był nie tylko wojskowym, ale też poetą. O jego bogatym życiu towarzyskim krążyły w Warszawie legendy. Często bywał w Adrii (do której podobno wjechał kiedyś na koniu) czy słynnym barze U Grubego Joska na ulicy Gnojnej.

mu wódkę postawił i medal przypiął, ochrzciwszy go kopniakiem w tyłek. To Rysiek wyczytał w gazecie pod tytułem „Piąta rano!". A „Dobry Wieczór"[89] podawał złe wiadomości o tym, jak na Górnym Śląsku policja wyganiała bezdomnych z biedaszybów, też kopniakami jak pan generał, tylko już bez orderów.

– Pana generała Wieniawę znam – powiedział z dumą Kołeczko. – Sam mi ten order przypinał, własną ręką.

I dziwił się bardzo, nie mógł zrozumieć, czemu Rysiek wybuchnął śmiechem na wzmiankę o orderze. W ten sposób on potrafiłby zdobyć taki krzyżyk, więc co się Kołeczko rzuca. Bohater z RKU[90], psiakrew!

Pomału trzy ulice, które obstawiał Rysiek, dzicy zaczęli omijać tak starannie, jak omija się pewne kopniaki i sińce. Wyczyścił na generalski medal swój rejon i wszyscy byli zadowoleni: budkarze, gruby posterunkowy, który dostał w łapę, żeby przymknął oko na sumienność Ryśka, Zielińszczak z protegowanka, matka, że bądź co bądź trzydzieści złotych wpadło do garnka, wszyscy krótko mówiąc – oprócz Ryśka.

Bo czyż można być zadowolonym, jeśli o walce, o obronie słabych się marzyło, o szlachetnej bohaterskości, a samemu bije się i wali tych słabych z całej szesnastogłodowej siły?

I w piekle, wśród całej czeredy, znajdzie się zawsze jedno porządne diablisko, w bagienku sucha kępka pod nogę, w podłej robocie też się czasem napatoczy czas i miejsce na dobry uczynek. I Rysiek, żeby już całkiem nie upodobnić się do Kosiorków ojca z synem, zrobił przypadkowo dobry uczynek, a na-

89 „Piąta rano!" – właściwie: „5 rano" – dziennik żydowski o charakterze popularnym, choć pozbawiony akcentów judaistycznych; „Dobry Wieczór" – przedwojenny dziennik, rodzaj tabloidu.

90 RKU – Regionalna Komisja Uzupełnień, dziś: Wojskowa Komisja Uzupełnień, jednostka zajmująca się rejestracją rezerwistów do armii.

stępnie popadł w fatalną sprzeczność z całym młodym Marymontem.

Wśród dzikich gazeciarzy było paru z Piachów[91]: Perskie-oczko, chłopak długi, wybujały jak topola, syn szewca z Pekinu, Malinowski Czesiek, bracia Bigoraje i jeszcze paru innych. Całym szczęściem dla Lewandowskiego relacje o ludziach, zbrodniach i morskich wężach sprzedawali głodnym sensacji mieszczuchom gdzie indziej, nie pchając się na razie w rejon Ryśka. Rysiek sobie, oni też sobie, i stosunki układały się poprawnie, grzecznie, coś jak między Beckiem a Hitlerem: dwa pieski, popychane kopniakami przez jeszcze kogoś trzeciego, wspólnego dla obu Azorków, szanowanego ponad wszelkie gryzienie, napuszczającego tylko nawzajem, jak Zielińszczak frajerów pod Żelazną Bramą na czarne-czerwone. I tak stosunki pomiędzy dzikimi z Marymontu a Ryśkiem były naprężone jak smycz, omijano się, czekając czegoś i tak nieuchronnego, a wtedy kagańce won i kto silniejszy, ten lepszy.

No i w końcu przyszło. Przyszło to coś w postaci jednorękiego, przegnanego już raz bez litości gazeciarza. Przyszło, wykrzykując krwawe tytuły, od których włosy dęba stawały, na nigdzie niepisaną Ryśkową ulicę i ten musiał się pofatygować, bo przecież służba nie drużba i nawet generałowie po ciężkiej pracy dla ojczyzny też nie siedzą z założonymi rękami, tylko zaprawiają kelnerów w forsownych marszach po wódkę.

Tak jak wtedy poszedł, w pół krzyku mu przerwał na sześciu trupach w nocniku, zdaje się, czy na czymś takim, za klapy ucapił i do siebie przyciągnął, struchlałą twarzą w twarz.

– No i co – warczał. – Jak to będzie z nami, co? Myślałem, że chcesz mieć zęby w porządku, jak Boga kocham, że aż szkoda takich zębów…

91 Piachy – właściwie: Piaski, osiedle w Warszawie, położone na południowy zachód od Słodowca.

Tamten próbował go odepchnąć tą jedną ręką.

– Odwal się, odwal się – powtarzał już ze łzami w oczach, bo Rysiek trzymał silnie, nie do wyrwania. A oczy miał jeszcze całkiem dziecinne, dobre, jasne oczy w twarzy suchej, znędzniałej, nie wiadomo było, ile roczków głodowych mu dać. Prosił łamiącym się głosem: – No odwal się, co ci zrobiłem, co?

– Po co tu się pętasz, po co? Mówiłem, żebyś nie przyłaził, mówiłem czy nie mówiłem?

Innym by może przy tych słowach potrząsał jak dojrzałą gruszką, ale tu nie mógł za nic. Całkiem bezbronny był przed nim, jak zaszczute zwierzę ze strachem patrzące, a gruby gliniarz na rogu odwrócił się obojętnie, spacerował, spoglądając w chmurki, tylko mu się banan[92] kołysał u pasa.

Nie można było. Ręce na klapach sfolgował, ale nieznacznie. Dla tamtego, żeby znów nie pomyślał, że Rysiek dziecko.

Nagle kaleka opuścił rękę, którą twarz osłaniał od ciosu. Oczy rozżarzyły mu się gwałtownie i złowrogo.

– Człowieku! – krzyknął z całej siły. – Żebym miał drugą grabę, szybko byś mnie puścił. Ty tchórzu zas…, ty taki owaki najgorszy. Myślisz, że nie wiem, co robisz? Ulice czyścisz za trzy dychy! Chłopaczków bijesz! Na całym Burakowie ani jednego takiego nie mogli znaleźć, każdy się wypinał na takie robotę… – A potem milczącemu już Ryśkowi w twarz, z pogardą dla jego obu rąk: – Plunąć bym nie chciał na ciebie, wiesz? Plunąć! Tylko że żyć muszę, nie sam w domu – sześcioro, a brat tylko jeden robi… Ale mam cię gdzieś, gdzieś, gdzieś. Chcesz, to lej, no masz, lej, na, na!

Odszedł o krok, rękę w kieszeń wsadził i patrzył na niego wyzywająco, z taką pogardą, z obrzydzeniem wprost, że Ryśkowi twarz ukropem pałała. „Gad jestem dla niego" – zrozumiał.

92 Banan – potocznie: pałka policyjna.

„Jaszczurka, Kosiorek...” I czy można nawet za takie myśli, słowa, tamtego uderzyć, taką samą nędzę, tylko że jeszcze chyba gorszą, bo jednoręką, już zupełnie nie do życia...? Nie można, jeśli ma się choć troszkę serca, nie można.

Toteż Rysiek powiedział z nagłą pasją:

– Więc bądź kolegą, nie przychodź tutaj...

– Całuj mnie...!

– Czekaj! Ja też nie dla śmiechu to robię, zapomnij o tym! Sam bym plunął, ale nie mogę, bo u mnie tak samo jak u ciebie. Więc tylko proszę po koleżeńsku – nie przychodź...

– To i co mam robić, gdzie sprzedawać? Gdzie indziej też ganiają...

– Kto cię gania, kto?

Z pasji jeszcze nie ochłonęli obaj, z gniewu, a już się okazało, że nic sobie nie mogą zrobić, bo nie ma takiej siły jak głód, która ludzi jednocześnie zbliża i oddala, na przyjaciół i wrogów do śmierci. I wtedy Rysiek pomyślał niejasno, że u Janka Rączyna i innych jego kolegów jakoś inaczej jednak jest, że swoją nędzę z fasonem niosą w życiu bez gięcia karku, gorąco, z niepętackim zamiarem: „Przeżyć – to jeszcze mało, trzeba je pięknie przeżyć!”. Zrozumiał, że jednak Rączyn to nie jest frajer, który głupio siedział i nic za to nie ma, bo Jankowi nikt by tak nie powiedział: – „Pluję, na całym Burakowie szukali i nikt nie chciał, każdy się wypinał...”.

O tym, który go niemiłosiernie bije i przegania jak psa w swoim rejonie, kaleka opowiedział Ryśkowi, a ten się zamyślił. Bo znowu, ten który gania, Roman Opałek, też był z Marymontu, chłopak niski, silny jak niedźwiedź, największy chyba po Lewandowskim bandzior wśród chłopaków. Właściwie to nie wiadomo, kto był na wierzchu, bo raz on Ryśkowi, raz Rysiek jemu sprawiał ciężkie knoty.

Ale był to swojak, chłopak z jednej dzielnicy, i nie wypadało mieszać się pomiędzy nich, taki fason trzymali już na Marymoncie. Rysiek chciał ramionami już wzruszyć, powiedzieć: – „Co mnie to obchodzi, nie moja rzecz, kłóćta się same", ale kaleka w żalu powiedział:

– A jak mie siostra, taka mała, sześć lat, mówi – „Boluś, daj co zjeść, Boluś daj co zjeść" – to co ja mogię? Diabłu bym wszedł w rewir, żeby tylko te szmaty sprzedać… A on, bracie, z kumplami bije, że aż, ach! co to zresztą mówić…

I łzę rękawem wstydliwie otarł, jak w tej piosence o góralu, który też dla chleba…

Wtedy ten Rysiek dawny, szlachetny, a nie Rysiek-Zieliński, powiedział z całego serca:

– Chodź, bracie, pokaż mnie go…

Poszli, a po drodze jeszcze do siebie i o sobie, o tym, jak Ken Maynard i tak dalej, bo ten Bolek jednoręki też się kochał w kowboju jak jasna cholera, tylko że o niczym takim marzyć już nie mógł. Bo i jak tu jedną ręką gromić to wszystko zło, co się na świecie uzbierało i podłość – od generała do Romana Opałka?

Przy samej Wołówce, na której niegdyś dostał cięgi, na małym placyku pomiędzy deskami i cegłami ich zastali. Trzech było. Roman z dwoma kwiaty polskie, czyli okrawki z rozmaitych wędlin – czterdzieści groszy kilo, jedli z gazety brudnymi rękami, ale jak hrabiowie, nadęci do rozpuku. Na widok Ryśka z dzikim Bolkiem Opałek wstał, a tamci przerwali ucztę, patrząc, co z tego wyniknie.

– To ten? – zapytał Rysiek, bo jak bić, to już z fasonem.

– Ten.

Taki cios jeszcze nigdy w życiu mu nie wyszedł, końskie kopnięcie po prostu. Opałek najpierw wędlinę obcasem rozdeptał na miazgę, potem jeszcze długo, długo leciał, aż w kałuże upadł z brudną fontanną. Klapnął i leżał, nie śmiejąc się podnieść, a tamci stali, spoglądając na przemian – raz na miazgę z Opałka w kałuży, drugi – na miazgę z kwiatów polskich, nie wiedząc, co tu najpierw da się uratować. Jeden z nich przełykał ślinę, aż mu grdyka chodziła na chudej szyi.

– Jeszcze raz go pobijeta – wycharczał Rysiek, bo mu pasja gardło garścią ścisnęła – to, Roman! Czarna twoja godzina, nie wracaj na Marymont... Kwiaty polskie sobie, cholery, kupili i ważne jakie!

Ze dwadzieścia kroków już odeszli i dopiero usłyszeli, jak Opałek Ryśkowi złorzeczy, na czym świat stoi, potem koleżkom, że go nie ratowali, a następnie na wspólny ryk rozpaczy, że kwiaty, kwiaty zdeptane!

– No, ale kopa to ty masz – pochwalił Bolek. – Pokaż muskuł.

Lewandowski napiął, Bolek pomacał i westchnął:

– Masz, masz... O bracie, gdybym ja miał drugą grabę, to ojej! Tylko że tramwaj mnie urwał.

Wyjaśnił:

– Do mechaniki mam glik[93], do motorów zamiłowanie. Ale jedną ręką nic nie da rady zrobić. A poza tym – ustrój zasrany...

– Zasrany – zgodził się Rysiek, nie bardzo rozumiejąc to słowo. – A ty, bracie, czytasz, widzę.

– Ano czyta się – przyznał tamten. – Czasem wolna chwila jest, to biorę, patrzę, lubię wiedzieć co i jak.

– No to za uczonego kombinuj coś.

– Kiedy ja lubię motory, co zrobić... Żeby mi nogę odcięło, to bym już wolał. Ty nie rozumiesz Lewandowszczak, co to jest mieć dwie zdrowe ręce do wszystkiego. Można cały świat bracie, tylko

93 Glik – dawniej: dryg, szczęście.

trzeba je mieć, te ręce. Ze wszystkim dałbym sobie radę, na inżyniera bym poszedł i w ogóle bym pokazał, co potrafię. Bo ja, bracie, do motorów mam zainteresowanie...

„Henek" – pomyślał Rysiek. „Henek. Marzy, wariat..." A tamten jeszcze długo mówił o tym, czego by dokazał tymi rękami, jakie silniki by zrobił, cuda i tak dalej. A Ryśkowi Henek stał przed oczami, Cygańskie Budy i jasne domy.

– Przydałyby się, przydały moje ręce... Ty rozumiesz, Lewandowszczak?

– Rozumię, rzecz jasna, że cię rozumię...

Pożegnali się.

– Trzymaj się, Bolek – powiedział Rysiek i lewą rękę do niego wyciągnął, żeby pasowała. – A jakby coś, to do mnie... Ale oni cię już nie ruszą, sam widziałeś, jak ja biję...

– Noooo – powiedział Bolek z najszczerszym podziwem. – Widziałem.

Odeszli w swoje strony już jako koledzy na mur, beton i cement. Jeden wiedział, że nic nie ma do zdobycia, drugi, że wszystko, tylko ręce trzeba mieć do tego i zapał. Odeszli i tamten poniósł swoje marzenia dziecinne i nową przyjaźń, z krzykiem poniósł:

– Coraz więcej przestępstw sezonowych! Tajemnica dziewicy...! Ludzka noga w galarecie...! Bezrobotny pod parowozem...! Głód na Annopolu...! Głód na Żoliborzu...! Całe miasto jest głodne...! Herszt czerwonej szajki skazany...! Głód na Annopolu, głód na Żoliborzu, głód... głód... głód...

Pobiciem Romana Opałki, którego nazywał łobuzem i to zimnym łobuzem, bo przecież kalekę bije, chciał się sam przed sobą oczyścić, że jednak nie jest z tych najgorszych, Kosiorków ojca z synem i tym podobnych synów. Jeśli tak można w tym wypadku rzec – chciał mieć czyste ręce.

Rozumiał dobrze, jak na dłoni, wiedział, że robota podła, ale skoro już się zgodził, zrezygnować nie mógł: matka zamęczyłaby go lamentem, a Zieliński brat młodszy – kpinkami: „No i co? Znalazłeś ten wczorajszy dzień...?”. Rysiek nie znalazł, odnaleźć Zielińszczakowi nie dałby rady, poza tym wstyd samemu przed sobą, że do niczego się nie doszło, nic się nie potrafi, nawet tego najgorszego. O ile to możliwe, ukrywał tylko starannie swój zawód wysiudajki.

Ale wiadomo, że nie ma takiej rzeczy na tym świecie, która by w końcu nie wylazła na wierzch, żeby tak nie wiadomo jak ukrywać. Tak i teraz, po obiciu Romana zimnego łobuza już nie cały Buraków, nie Marymont, ale cały świat wypiął się na Lewandowskiego.

I ręki nikt podać nie chciał.

Zaczęło się to wszystko, golgota cała, od Feliksa Stolarczyka z ulicy Kamedułów, kolegi bądź co bądź od lat dawnych, szkolnych, druha najserdeczniejszego, z którym w jednej ławce w budzie we dwóch zimowali i jedno śniadanie dzielili, nie oszukując się ani na kęs, nawet wtedy, gdy jeden z nich miał kiełbasę.

Początek grudnia już był, po świętym Mikołaju, ludzie z Żoliborza choinki zielone wystawili po balkonach, a na Marymoncie chlapa, błoto jak wielkie nieszczęście i od godziny czwartej po południu – ciemno, choć w mordę daj. Ludziom to jednak nie przeszkadzało: znali jak zły grosz te swoje piachy, każdą krzywą uliczkę, po omacku wiedząc, gdzie kałuża, gdzie rów trzeba ominąć, a pijani wiedzeni cudowną intuicją – komisariat na Bytomskiej[94]. Tam nawet zalani w ułamki i tabliczkę mnożenia szli prosto jak na trzeciomajowej paradzie.

94 Komisariat mieścił się przy ulicy Bytomskiej 4.

Najgorszy to czas, kiedy jesień przechodzi w zimę i to jeszcze tak jak tego roku: maże się wszystko do kupy, mrozki nie chcą złapać błota, nogi grzęzną, woda w butach chlupocze, plum, plum, a nie ma takiego, co by z suchym nochalem chodził, nie kichał, nie prychał i siąpał.

Drzewa nagie i chude, bezlistne pochylają się nad łachą, ciemną i mętną jak cudowne interesy Zielińskiego. Niebo bez jednej gwiazdeczki, sine i nieprzyjazne człowiekowi, ciemny deszczyk mży bez przerwy, kapuśniaczek nie do strawienia, bezrobotni zanoszą modły o śnieg, żeby już nareszcie spadł, wtedy, gdy złapie mróz, jak na śmiech pójdą na Ciepłą ulicę, stać będą całą bożą zimną noc, aby rano zarobić łopatę albo guza od Małego Kazia, który jak dawniej panuje niepodzielnie nad magistratem. Za płotkiem chuda sabaka szczeka, a gruby pan Lipko płynie jak anioł w kaloszach po błocie, pocieszył się już po śmierci Krysi, teraz drugą jatkę otworzył za Żelazną Bramą. Zięcia posadził za ladą, tamtego samego, co mu sprzedał pierwszą córkę, więc po kupiecku, niech wszystko zostanie w rodzinie: zięć, forsa i pewność, że się jest dobrym katolikiem.

O tym wszystkim, czy nie warto by samemu pójść do łopaty pod magistrat, a to rzucić do diabła, myślał Lewandowski, wracając do domu. Kończył tę swoją robotę o dziesiątej wieczór albo i później, jak ludzie powychodzili już z kin i budkarze zamykali interesy. Rękę miał obandażowaną, bo jeden z małych dzikich ucapił go za palec. Szedł zgarbiony, ze wzrokiem wbitym w ziemię, aż wpadł na kogoś, który jak on sam, brnął po ciemku błotem.

Na chwilę im się jasno w oczach zrobiło, bo głowami się stuknęli z hukiem, a potem po trzykroć ciemniej, już nie do poznania. Odskoczyli od siebie, zaklęli jak na komendę i po tym przekleństwie poznali się jak łyse kobyły. Był to Feliks Stolarczyk.

– No jak, Felek. – Wyciągnął do niego rękę. – Jak tam leci?

Ale Stolarczyk ręki nie podał. W pierwszym momencie Rysiek pomyślał, że dlatego iż błoto otrzepuje, które mu chlapnęło na spodnie. Czekał tak z ciągle wyciągniętą ręką. W końcu Stolarczyk wyprostował krzyż, ale swojej nie podał.

– Ano jakoś leci – odrzekł, cedząc słowa. – Nie tak dobrze jak innym, ale...

Reszty trzeba było się domyślić, bo Stolarczyk słowa każdego żałował jak kura swego jajka. Może gdyby to nie było do niego powiedziane, Rysiek domyśliłby się, ale znał przecież Felka i jego milkliwość. Podreptali obok siebie błotkiem, bez słowa właśnie, choć każdy w inną stronę miał do domu.

Potocką toczył się oświetlony tramwaj. Ze zgrzytem wjeżdżał w Marii Kazimiery. Skręcił w Warszawską, aby skrócić drogi na Kamedułów. Pojedynczo przełazili suchymi skrawkami między błotem, aby jak najmniej się uszargać.

Przystanęli przed wielką na całą ulicę kałużą, szukając sposobu, jak przez nią przebrnąć. Nie kałuża właściwie, a szczęśliwa zatoka dla jakichś dzieci. W kałuży marszczył się księżyc, trzy blade gwiazdki i ich cienie.

– No, przechodź! – rzekł do niego Stolarczyk.

– Czekaj, zapalimy.

Wyciągnął z kieszeni papierosy, w ciemności wygrzebał najlepszego, grand prixa, i podał koledze, niech se chociaż raz dobrego spali.

– Pal.

Stolarczyk wziął ostrożnie w dwa palce, podniósł do oczu, chcąc uraczyć się marką. Od razu widać, że jeszcze takiego nie palił.

– Dobry – pochwalił, nie przyjmując jeszcze zapałki. – To z roboty, co?

– Z roboty – powtórzył Lewandowski.

– Tak – mruknął Stolarczyk – z roboty...

Rzucił papierosa w kałużę, poszły kręgi po powierzchni. Rysiek drgnął, spojrzał bacznie.

– Nie wezmę – rzekł Felek. – Nie wezmę, bo by mi chyba pysk sparszał. Toś ty taki, Rysiek? I kogo ty bijesz? Chłopaczków, dzikich, co na chleb nie mają, z budkarzamy trzymasz?

Patrzyli na siebie. Nic nie mówili. Po chwili Stolarczyk, z powolnym namysłem:

– Oni ci kazali podziękować, te chłopaczki, za to, że im tego złociaka odbierasz... A sami nie mogą się bronić. Nagrodę ci kazali dać... Za brudną robotę brudna nagroda, ty skurwysynu!

I chciał go za papierosem wrzucić w kałużę, ale Rysiek uskoczył. Patrzył, ciągle nie rozumiejąc, czy to żart głupi, czy prawda. Ale Stolarczyk nic już nie rzekł, ręką tylko machnął. Odchodząc, na ostatek rzucił najgorsze:

– Kolegi już nie jesteśmy, zapomnij...

Tak to się zaczęło.

A następnego dnia, znów jak wracał zgorzkniały i przybity, dziecięce głosy rozpiszczały się zza płotków:

– Wysiudajka, gdzie masz jajka, wysiudajka... – wrzeszczały dzieci. Zaraz kamień jakiś zafurkotał mu nad głową.

Odwrócił się, gotów na strzępy rozedrzeć, ale ciemność tylko dojrzał. I znów kamieniem w niego rzucono jak w psa parszywego.

I odtąd poszedł na wojnę z całym Marymontem. Odwrócili się od niego, przycinali, czekali po pięciu w ciemnych zaułkach, żadnego słowa nie żałując, był dla nich teraz jak drugi Kosiorek albo jeszcze gorzej.

Może inny by zmiękł, odszedł, mówiąc, że nie wiedział, co robi, ale Lewandowski nie. Zęby zaciął, znów chodził w sińcach i guzach, za jedno uderzenie oddawał wiązkę i tak przebijał się dzień za dniem na sztorc całemu światu. Wiedział, że racji nie ma ani za paznokieć, ale rozwścieczyło go, że znów wszyscy stanęli naprzeciw niemu. Nawet tchórzliwy Kotras powiedział kiedyś:

– Nie można tak. Słabszych bić, do czego to podobne?

Ale Rysiek skoczył na niego, nie z pyskiem, ale z kosą już po prostu:

– Nie można, panie Kotras, nie można? Ale w portki robić na samo wspomnienie gliny to można, co? Bać się tylko można po pańskiemu... A idźże pan!

I jeszcze mu przygadał po swojemu, ale to już zupełnie nie do druku. W każdym razie tchórzliwy sąsiad odszedł malutki jak robaczek, w trąbkę zwinięty.

„Nic – mówił sobie – aby się nie dawać. Raz zegnę kark, to w błoto mnie wdepczą...”. Nie wiedział, kto go wdepcze i jak, ale trzymał się teraz nauk Zielińskiego, choć od samego patrzenia na stale zadowolony z siebie pysk człowieka otrzaskanego i wesołego charakteru robiło się niedobrze.

Dzień za dniem szalał po Burakowie, chodził jak upiór zemsty, samym swoim wyglądem mógł straszyć.

Jedno nieszczęście idzie w parze z drugim, nierozłącznie jak dwa ślepe konie pod batem. Temu tylko mógł Rysiek zawdzięczać, że dano mu spokój. Bo oto na trzy tygodnie przed Nowym Rokiem dyrekcja Blaszanki zredukowała kilkudziesięciu ludzi z terminem właśnie na Nowy Rok. Nawet o tydzień wcześniej podawali ludziom papierki, żeby się tylko pozbyć. Toteż ludzie przestali się zajmować Lewandowskim, patrząc z trwogą w Nowy Rok i nie wiedząc, ile też głodu przyniesie.

Dostał zwolnienie i Rączyn. Przyjęli go kiedyś, gdy na gwałt trzeba było fachowca, robota nie mogła stać ani chwili, to nie człowiek... I tak się Rączyn uchował aż do tej redukcji, co im święty Mikołaj przyniósł na ciemną gwiazdkę.

Spotkał go Rysiek, idąc kiedyś wilkiem ulicą. Chciał Rączyna na wszelki wypadek ominąć, ale tamten podniósł wzrok znad kałuży, dojrzał Lewandowskiego i nawet się uśmiechnął.

Na uśmiech czyjś nawet najbardziej obojętny, zimny jak jesienne słońce, człowiek idzie jak miś na miód. Toteż Lewandowszczak, myśląc, że Rączyn pewnie o niczym nie wie, zaryzykował i poszedł na „poda czy nie poda"? Całowałby teraz każdą podaną rękę.

– No, co tam dobrego? – zagadnął Janek. Łapę podał, uścisnął do kolek.

Lewandowski rzecz jasna odrzekł, że nic. Rączyn potaknął, tak, cholera, naprawdę mało dobrego, niech szlag trafi...

Potem do Ryśka, który zjeżył się już, oczekując, że mu Janek teraz przytnie nożem:

– A ty dokąd?

– Do... do r-r-r-roboty – wyjąkał niepewnie, pomodliwszy się od razu w duchu, aby go tamten nie spytał z ciekawości, co to za robota. Ale Rączyna to widać ni grzało, ni ziębiło.

Tak przeszli w milczeniu ze sto metrów błotem grząskim jak zagraniczna polityka, klnąc tylko od czasu do czasu, gdy jeden bryzgnął na drugiego, aż nagle Janek przysiadł z jękiem, huknęło go coś w plecy.

– O rany! – stęknął. – A to co?

W następnej chwili krzyknięto gromkim chórem zza jakichś opłotków:

– Wysiudajka, gdzie masz jajka? Wysiudajek jest bez jajek! Wysiudajka, skocz na…!

– Cóż to znowu za zła krew! – wściekł się Rączyn, rozcierając krzyż. – Dla kogo ta alleluja?

– Dla mnie – przyznał ponuro czerwony jak burak Lewandowski, bo nie było po co się zapierać. – Dla mnie.

– Wysiudajka, jajka? Co to w ogóle wszystko jest?

Odeszli szybkim krokiem, żeby nie budzić sensacji. A te dzieci darły się bez litości jak Żydy na pożar.

Wziął go Rączyn na spytki i jak wtedy, kiedy Henek umierał w wiosenny dzień na Budach, Rysiek opowiedział mu wszystko, o budkarzach, Zielińskim, Opałce, a nawet o Bolku jednorękim, żeby się trochę podratować w jego oczach.

Nie myślał wcale radzić się Rączyna ani nic takiego, bo kto tu mógł pomóc? Po prostu – spotkał człowieka i ten go wysłuchał, głową jasną kiwał, widać, że rozumie drugiego, wydrwiwać nie chce. Żeby spotkał kogo innego, też by mu powiedział, bo żalu, który tyle lat wzbiera jak wrzód, ogarbaca człowieka, nie sposób samemu wytrzymać.

Mówił więc gorzko, każde słowo ręką jeszcze tłukąc:

– Czego ode mnie chcą, panie Janku, czego? Matka cieszy się, jak te parę groszy przyniesę, u nas to wie pan, jak jest, a ojciec też raz robi, raz nie. Ja robotę mam dostać od wiosny, czekam jak tamtego wezmą do wojska, więc aby do tego czasu jakoś. Pan wie – ja od tamtego czasu butów jeszcze nie mam. – Splunął. – Pamięta pan? To teraz wszyscy na mnie, całe Piachy, że taki, owaki… Nikt mnie nie wyrozumie, że ja też o te parę groszy walczę… – zakończył gorzko.

– To nie walka – odrzekł Janek, ciągle zgarbiony od uderzenia. – To nie żadna walka... Spychanie jeden drugiego w dół i koniec. W ten sposób nigdy i nic...

– A gdzie jest prawdziwa walka – krzyknął. – Powiedz pan, to ja pójdę! A czego się pan dowalczył?

Chciał tak jak sąsiad Kotras powiedzieć – gruźlicy, ale dał spokój. Po co? Po co w ogóle było gadać, ochroni go przed innymi, pomoże?

A Rączyn rzekł cicho:

– Jest... Zobaczysz jeszcze, jak wygląda.

– Eee tam, zobaczę... Zresztą wcale nie chcę wiedzieć. Pan znów bez roboty?

– Nie.

– Robi pan? Gdzie?

– U brata...

–...a brat w pośredniaku roboty szuka – dokończył Rysiek, bo to był stary kawał, gorzki i wytarty jak kapotka na Rączynie. – To dla mnie wystarczy, więcej nie chcę wiedzieć. Nikt w to nie wierzy: ani Zielińszczak, ani ojciec, ani Kotras, ani nikt! Do widzenia.

Odszedł w gniewnym żalu, że i ten go nie rozumie, a tylko tak mówi, w księdza się chce pobawić za darmochę. Potem sobie uświadomił, że ci księży mają gdzieś i jeszcze większa złość go wzięła: po co się Janek wydurnia? Jaka tam walka? Każdy dla siebie, ot i po wszystkim. „Zdepczą cię jak pluskwę" – mówił mu Zieliński i, myśląc o lepszym żywocie: – „Tego nikt nie potrafi, nie szukaj".

Potem pomyślał, że Rączyn nie potrafi i z zazdrości tak mówi. A niech sobie mówi! Od mówienia nic się nie stało...

Ojciec przyszedł wieczorem do domu, ale rozjaśniony jak poranek w maju.

– Mam – oznajmił i nawet matkę w policzek buchnął. – Robotę mam, cholera... I to co dzień, wieta. Do węgla znów idę. – I ręce zatarł z radości.

„No proszę...!" – pomyślał Rysiek. Spojrzał na swoje mocne dłonie i otucha go wzięła, czegoś się dowalczy w końcu, sam, bez tych wszystkich cudów... I przypomniał sobie słowa Bolka: – „Ty nie rozumiesz, co to znaczy mieć dwie zdrowe ręce do wszystkiego. Cały świat można...".

„Pewnie" – pomyślał już przed snem. Jeszcze raz zerknął na te kułaki, którymi tyle pysków rozbił, z czułością spojrzał i kciuki zacisnął – na szczęście!

VIII

I tak z nagłą wiarą w swoje młode, krzepkie ręce, którymi można czegoś dokonać, jak się tylko mocno chce, poczłapał rano na codzienną wysiudajkę.

Ranek był chmurny, zadeszczony, ciężkie mgły pętały się nad Wisłą, a Pragi w ogóle nie można było dojrzeć, zamazane wszystko na szaro. Grudnia już prawie połowa, a mróz się wcale nie kwapił. Mgła tłumiła odgłos kroków, nieśmiało pełgające światełka, osiadała ciężko na domach, pozbawiając je zarysu, i wszystko było zamazane na szaro, coś tak jak życie w krzywej uliczce.

Inna jest mgła jesienią, inna wiosną. Majowe, kwietniowe, te mgiełki, które błękitnieją, drgają nad zarosionymi łąkami, nad rzeką błękitną, z kropelek migocących są utkane, z rześkości, rankiem podnoszą się do słońca, na zielonych drzewach ptaki śpiewają wiosennie, gołębie ktoś wygania w niebo szmatą na długiej żerdzi – to wiadomo, że już wiosna, cieplutko będzie i paru gruźlików z Bud, Słodowca, gdzie mieszkają w ziemnych norach, z całego głodnego miasta pojedzie w ostatnią drogę na zielony cmentarz.

Natomiast jesienią, kiedy dopiero zaczynają dogasać ludzie, ich miłości i marzenia, dogasać z krótkiego dnia na dzień, mgły są szare, nie chcą się podnieść znad ziemi pachnącej zgniłym listowiem, przytłaczają jeszcze do ziemi, na gorsze przytłaczają, i w tych mgłach zamazuje się cały świat krzywych uliczek, drzewa, domy, ludzie i ich daremne dążenia.

I wtedy znów jak w bajeczce złego czarownika – już nie tej z wiosennych mgiełek utkanej i światła księżycowego – jedni czekają zimy z trwogą i przekleństwem, drudzy z nadzieją, jedni wyklinać będą śnieg, nie mogąc się ogrzać, drudzy modły zanosząc do nieba o śnieg, żeby całkiem nie zamarznąć, pomachać łopatą magistracką, aż do wiosny i mgiełek, kiedy znów zwątpienie przyjdzie jednako zgodne dla wszystkich i wszyscy zgodnie przeklinać będą dzień swego poczęcia.

A Lewandowski, idąc szarą ulicą pod szarym niebem, myślał gorąco, że to jednak wszystko razem nie jest takie okropne, jeśli się słyszy słowa innego, jeszcze nędzniejszego od siebie: – „Ty nie wiesz, Lewandowszczak, co to jest mieć dwie zdrowe ręce do wszystkiego...”.

Tak to pogwizdując, machając dziarsko tymi rękami, wkroczył na Buraków. Cicho jeszcze było, spokojnie, jak zwykle wczesnoranną godziną, kiedy miasto budzi się dopiero do kołowrotka.

Koń klepał kopytami w krzywy bruk, woźnica z zamkniętymi oczyma kiwał się monotonnie na koźle, umęczony piekarz odstawiał deski z wystawy swego sklepu, dziwka jakaś malowała się w bramie, w lusterku mignęły Lewandowskiemu jej zmęczone oczy, policjant taszczył zalanego w sztok na posterunek: obaj sapali ciężko, prąc wytrwale w różne strony, mundurowy wytrzeszczał gniewnie oczy w czerwonym pysku, a pijak miał buziunię rozanieloną, szczęśliwą, że go ktoś jednak znalazł w kompletnym zamęcie i prowadzi teraz silną dłonią za kołnierz – na dechy.

Zaspani budkarze otwierali dopiero kramiki. Rysiek jak co rano zebrał od nich papierosy i ruszył w obchód. Ludzie szarzy wychodzili dopiero z domów w deszczową pogodę, kryjąc się, przemykając pod murami. Dziwka skończyła malowanie, wyszła na ulicę, gdzie czekało jakieś indywiduum o mętnej twarzy w poplamionym kaszkiecie. Doszedł szybko do niej, ułapił silnie pod rękę, aż się dziewczyna żachnęła. Przeszli szybko obok Ryśka: dosłyszał strzępy ordynarnej kłótni. „Alfons" – pomyślał leniwie, splunął za nimi. A dziewczyna miała porządną skórzaną torbę, po którą tamten sięgał.

Odwrócił się i machinalnie poszedł za nimi. Stylowy, gruby dozorca zamiatał ulice szerokimi łukami miotły, brudną wodę zgarniał w bulgoczący rynsztok. Chłopak pucował szmatą szybę cukierni na rogu. Nabierał płyn i szybko rozcierał jednym, wciąż takim samym ruchem. Gruby facet w futrze wytoczył się z którejś bramy, przeszedł, sapiąc jak hipopotam, a chudy fryzjer zgiął się aż do ziemi w pokornym łuku, aż do środka by wpadł, gdyby nie chodnik.

– Sługa pokorny pana mecenasa! Się można zapytać, jak kochane zdrówko?

– Źle! – odparł krótko gruby kościotrupowi w fryzjerskim fartuchu. Przeszedł, a Rysiek i fryzjer zagapili się na jego żółciutkie buty, którymi deptał błoto. Potem obaj westchnęli:

– Taaak to.

Fryzjer cofnął się w głąb interesu, a Rysiek poszedł dalej.

Z parszywego tylko obowiązku poszedł dalej. Wiedział, że i tak żaden z dzikich nie odważy się wściubić nosa na Buraków, wszystkich powyganiał co do nogi. I tak szlifując flizę po flizie[95] burakowskich chodników, łaził, wypatrując niby kot wróbla. „Widocznie się zlękli na amen" – pomyślał, patrząc w puste ulice.

Ale był taki jeden, co się kota nie uląkł. Stanęli naprzeciw siebie nos w nos. Chłopaczek mały, czternasto-, piętnastoletni, chudy i blady, że aż strach, sądząc z wyglądu – najoberwańszy z oberwanych.

---

95 Fliza – rodzaj płyty chodnikowej.

– No.

– Co?

– Przejdź stąd!

– Czemu?

– Bo ja tak chcę! Jazda, bo jak kopnę w tyłek, to pięć złotych wyskoczy! Nie pokazuj się więcej na Burakowie!

– Nie będziesz taki as! – zapiał mały, uciekając co sił w kopytach. – Bratu powiem, pożałujesz, zobaczysz!

– Szuraj, szuraj! – pogroził mu Rysiek pięścią.

Znów zawrócił, łaził bezmyślnie w tą i w tamtą, i tą, patrzył, węszył, ale nie spotkał już nikogo. Czysta robota, można rzec.

Nawet Kołeczko go pochwalił.

– No nieźle, nieźle… Skocz no kochany po czterdziestkę, ale tak, żeby baba nie widziała…

Do dziesiątej nikogo już Rysiek nie spotkał. Ale skoro tylko przebrzmiał zegar na kościele, natknął się znowu na małego z gazetami.

Zezłościło go to, a że mały się odszczekiwał i stawiał, potłukł go trochę i gazety odebrał. Dziki zaczął go się rozpaczliwie czepiać:

– Oddaj, o rany oddaj! Zabiją mnie, jak bez szmat wrócę.

– Brat?

– Nie mam żadnego brata – wygadał się dziki. – Oddaj, oddaj…

– A będziesz?

– Nie będę!

Poszedł, a po godzinie Lewandowski znów usłyszał jego piskliwy głos:

– Nie oddamy ani guzika! Kamienicznik dostał bzika! Matka niewinna, winien kochanek, ponury dramat w willi Boranek!

Żebrak – czerwonym szpiegiem! Dwusetne przestępstwo sezonowe, kanclerz Hitler trzymał mowę!

„Dam ja ci, cholero, wiersza" – pomyślał Rysiek. „W ogóle mówić zapomnisz".

Poszedł nieznacznie za nim, z głową spuszczoną, rękami w strzępach kieszeni. Chciał go już tym razem na kwaśne jabłko sprać, aby mały zapamiętał do końca życia, że na Burakowie rządzi Lewandowski, Lewandowski i jeszcze raz Lewandowski. Zdziwiła go wytrwałość, z jaką mały wracał, no, ale do trzech razy sztuka…

Policjant stojący na rogu spojrzał na niego [z] obleśnym uśmiechem, porozumiewawczo zmrużył bure oko, wiedział przecież, po co Lewandowski idzie. I tylko dla podkreślenia swojej władzy, że jednak on tu ponad wszystko i wszystkimi, przesunął banana na środek brzucha. A miał ten kałdun jak śmietnik magistracki ładowny.

Mały krzyczał z serdecznego gardła i ludzie rozbawieni sklejonymi do wiersza tytułami, kupowali, poklepywali, a jakaś starsza, dobra, siwa pani pogłaskała go z rozczuleniem po zwichrzonym łbie.

– Aj, aj, jaki ładny chłopczyk… A mamusię ty masz?

W odpowiedzi na to mały wykrzywił się piekielnie, Lewandowski ponuro pomyślał, że za takie pogłaskanie kopnąłby chyba w tyłek: pies jest czy co, do cholery? I chociaż nikt go nie chciał głaskać, naburmuszył się od razu jak zawodowy żebrak na zawodowego żebraka.

A Bródka z rogu znów wychyliła się ze złością.

– Co jest, co? – zawołał właściciel rozdzierającym głosem. – To ja płacę pięć złotych, pytam się – za co?

Zezłościło to Ryśka.

– Ja panu dam dychę: pobijesz go pan?

– Oj, co to za człowiek! A mój interes – ferfał di klaczkes[96]! Przedtem był Sztukówka, to un bił lepiej…

Tego Sztukówkę Rysiek znał. Był to mniej więcej taki Zieliński z Burakowa, ale go podźgali nożami na wolskich gliniankach[97], powiedzieć można, że rozsztukowali na czynniki pierwsze, tak że tylko daszek od czapki po nim został, prawy kamasz i zła sława.

Dopadł wreszcie małego, wciągnął za łeb do bramy i załatwił się z nim bez litości już tym razem. Bił go, ale tamten ani jęku z siebie nie wydał, wyrywał się tylko rozpaczliwie, kopał, drapał i gryzł, młócąc słabymi pięściami. I nawet jak mu plikiem gazet sypnął w rynsztok, słowa skargi nie wydał, dopiero gdy puścił i na ostatek o ścianę rzucił:

– Ja ciebie znam, ty jesteś z Marymontu… Tam dobrze biją, ale u nas, na Starówce, pluć na takich nie chcą.

I dał nura w ulicę.

„Twardy" – zrozumiał Lewandowski. Spojrzał na moknące w rynsztoku gazety i nawet żal mu się zrobiło małego. Zaraz potem potrząsnął głową: a jego kto żałuje? Pies go trącał z jego gazetami…

Poprawił ubranie, wyszedł. Zobaczył tamtego, jak dopiero teraz gorzko płacze, stojąc pod murem. A kiedy przechodził obok niego, jęknął rozpaczliwie:

– Coś ty zrobił, coś zrobił… Na piętnaście złotych towaru…

– Won – mruknął ze spuszczoną głową.

96 Ferfał di klaczkes a mite wajse kopitkies – z jidisz (za pośrednictwem niem. verfallen – przepadać) – przepadła klacz z białymi kopytkami. Tu: przepadło wszystko.

97 Glinianki – staw powstały w miejscu, z którego wydobywano glinę. Tu: glinianki na Woli, obecnie park Moczydło.

„Nie” – pomyślał. „To już koniec. Jutro sobota, wezmę od nich te piętnaście złotych i więcej nie przyjdę za skarby. Matka musi zrozumieć, jeśli nie chce, żeby naprawdę pluli na mnie. Tylko jutro wezmę forsę i koniec, koniec!”.

Ale wiadomo, że jedna myśl spycha drugą. I zaraz potem przyszedł żal do siebie, że oto znów musi odchodzić z tymi swoimi rękami. I na „nie” odpowiedział drugim takim samym „nie”. Nigdzie stąd nie odejdzie, choćby cały świat miał się wypiąć na niego, wyszczerzyć, a w ogóle niech to wszystko razem najjaśniejszy szlag trafi! I już nie wiadomo który raz zęby zaciął na cement, z rozpaczą zaciął, myśli gorzkie precz odrzucił, splunął na cały ten zamazany świat, który mu tym samym wciąż odpłacał. Żeby wszystkim miał mordy rozbić tymi rękami, wszystkim po kolei, to właśnie zostanie, zostanie i jeszcze raz zostanie!

Zdobywać, szarpać się, dochodzić już do jakiejś mety, krwawo w dodatku dochodzić, już nie po głazach i cierniach, a po marzeniach własnych nogami deptać, co stokroć gorzej boli, kiedy tylko ręką po coś wystarczy sięgnąć, aby dostać, a potem odchodzić – nie jest przecież człowieczym przeznaczeniem. W ten sposób nigdzie donikąd człowiek nie dojdzie, bo odwrót choćby – nawet najlepszy – mniej siły daje niż najboleśniejsza klęska.

A Lewandowszczak z Marymontu?

Marzył o Maynardzie i Maynard okazał się cieniem tylko, błyskiem gwiazdki na ciemnym niebie. Kiedy zbliżył się, walczyć chciał o coś szlachetnego i dobrego, przepadła, zgasła gwiazdka i tylko właśnie ta ciemność została, krzywa ulica. Szukał butów dla Henka, sińcami na własnym grzbiecie za każdy płacił krok. Lipków obu pobił, a potem sam im w twarz rzucił te buty, z wyzwiskiem rzucił. Drugi raz Rączynowi zwędził, a potem sam z płaczem oddał, nic nie zdobył. Złodziejem Zielińskim chciał zostać, by żyć lepiej, cały Buraków na pięściach rozniósł, a kiedy był już o krok od drogi na kryskę matyskową, też odszedł, też z gorzkim fasonem i też z przekleństwem samemu sobie ciśniętym w twarz.

I dokąd miał pójść wtedy ten człowiek szesnastogłodowy, ten człowiek bez dobrych marzeń, jeśli cały świat nieprzyjazny go okaleczył, jeśli pluć na takich nie chcieli, a złodziej jeden jedyny żyć tylko lepiej potrafił, na gorsze czekając?

My jednak wiemy, że drzewo to było serdeczne, mocne, choć na piachach wyrosło i że zawsze rosło, pięło się ku lepszemu.

I tym razem trzeba powiedzieć, jak to się stało, że z drogi znów zawrócił, znów z pustymi rękami...

Kiedy w trzy godziny potem szedł jak zwykle ulicą, ktoś dotknął nagle jego ramienia. Odwrócił się, zmarszczył, ale poznać od razu nie zdołał. A po chwili, kiedy poznał, zrozumiał, aż krok do tyłu z wrażenia odskoczył.

Budziejewski to był, człowiek wesoły jak kos i najładniejszy chyba chłop na Marymoncie. Teraz, jak wiadomo, cmentarnie blady, z zapadniętymi głęboko policzkami, w strzępach i łachach, a oczy niegdyś jak u dziecka małego wesołe, figlarne, siwiały wygasłym blaskiem jak u starca.

– Mówiliśmy nawet wczoraj o panu – wyjąkał Rysiek, kiedy już uścisnęli sobie dłonie.

Tamten nawet nie spytał, chociaż rzeczywiście wspomniano wczoraj Budziejewskiego, z żalem serdecznym wspomniano.

Wieczorem przyszedł do nich sąsiad Kotras z zegarem kukułką. Stary był, kukułka się wykukała na amen, w każdym razie tykać przestał.

– Nie poprawiłbyś go czasem? – spytał ojca.

– Czyś ty zwariował, Kotras! Przecież ja furman...

– Do Budziejewszczaka by z tym – wtrąciła matka. – On panu to zrobi, panie Ignac... Złote ręce ma ten chłop, magle nawet na Potockiej reperował...

– Coś ty – sarknął ojciec. – A gdzie go znajdziesz?

Bo Budziejewski, ten chłop ładny i wesoły, którego rzuciła z nędzy żona i na lekki poszła chleb, zniknął pewnego dnia z ulicy i nikt go więcej nie widział.

Teraz Lewandowski powtórzył mu to, a Budziejewski gorzko się uśmiechnął. Obok oświetlonej wystawy stali, cień skosem przecinał twarz tamtego, czyniąc ją jeszcze bardziej chudą, każdą zmarszczkę pogłębiając.

– Złote ręce – powtórzył Budziejewski, znów się skrzywił. – Cóż z tych rąk?

Do oczu je podniósł, jakby złota na nich chciał się dopatrzeć, a potem do Ryśka:

– Po to Bóg dał człowiekowi ręce, żeby pracował, robił coś nimi na lepsze... Ręka u człowieka – to piękna rzecz Rysiu, ale jak nie ma co wziąć w tę rękę, to najgorsza rzecz... Własną niedolę tylko człowiek nimi niesie, niesie i nawet ogarnąć nie może.

– No, panie Budziejewski – odparł niepewnie Rysiek. – Czy to panu jednemu? U każdego tak samo.

– Ano jasne – rzekł Budziejewski obojętnie. – Masz może zapalić?

Zapalili. Tamten ognia podawał, a ręka drżała jak u staruszka, płomyczek parzył Ryśkowe palce. Młody człowiek, silny i ładny, a nawet drewienka trzy gramy ważącego unieść nie zdołał.

W milczeniu palili. Dym siny mieszał się z jesienną mgłą. Tramwaj oświetlony zgrzytał ulicą, fioletowe iskry sypał pałąk z przewodów, a z pijanego towarzystwa w dryndzie wysypał się jeden pyskiem na jezdnię zmokłą.

Po chwili Budziejewski rzekł:

– Szukałem. – I głos mu zadrżał. – Pan Bóg musi wybaczyć, na jego rany żywe się klnę, że szukałem. A że znaleźć nie mogłem, czyż to moja wina?

Dziwnie mówił, zdaniami oderwanymi, jakoś nie do kupy i nawet ten gorzki sens trudno było wyłapać, słowa jasnego człowiek dosłuchać się nie mógł.

– Różnie w życiu bywa – mruknął Rysiek. Odejść by już chciał, nie wiedzieć chociaż, jak zwykle, kiedy się pomóc nie może, a dobre słowo brzmi fałszem.

– Cóż to za życie – z pogardą parsknął tamten. – Żyjem i nie żyjem, robiem i nie robiem, żyć ci nie dadzą, zabić się nie wolno, cały czas na granicy jakiejś ostatniej człowiek się błąka pomiędzy tym a tym, głowę zatraca, gdzie jest.

Lewandowski milczał, odejść coraz bardziej pragnął pod byle jakim pretekstem, ale tamten twarz swoją do jego twarzy zbliżył, mówił od dawna snadź szukanemu słuchaczowi.

– Mówita – złote ręce mam... Owszem, nie powiem, fachowiec jestem. I co ja mam z tego, co ja mam? Przecież za złotówkę ich nigdzie kupić nie chcą.

Znowu Ryśkowi pod oczy podsunął, znowu z gorzkim uśmieszkiem.

– Patrz. Zobacz na te moje złote ręce. Delikatne jak u kurwy jakiej, nie do życia, nie do roboty, fachowiec, remecha[98] wstydzić się powinien takich rąk.

A miał je piękne i silne te ręce. Palce chwytliwe i mocne, muskularne, siecią żył porysowane pod skórą śniadą, stwardniałą: widziało się te ręce przy robocie ciężkiej, jak mutrę po

98 Remecha – właściwie: remiecha – rzemieślnik.

mutrze[99] zwyciężają, i po tych rękach o tym człowieku pięknie tylko trzeba mówić.

Bo takie ręce są duszą i sercem człowieka. Nie te kruchutkie z paluchami długimi, nieśmiałymi, które łamią się i trzeszczą rozpaczą przy każdym kroku ciężkim. O takich rękach wierszem natchnionym trzeba pisać, serdecznym wierszem, i piosenki dla dzieci układać, kochać je, uczyć i szanować.

Opuścił [je] wzdłuż swojej wychudłej postaci. Umilkł głucho. A z drugiego końca ulicy dobiegł ochrypły krzyk jednorękiego Bolka:

– Tragedia dziewczyny! Uwodziciel z Sulęcina złapany! Dwusetne przestępstwo sezonowe!

Na te słowa Budziejewski drgnął. Rzekł:

– Sezonowe przestępstwo, mać ich była taka nie taka...

Zerwał nagle czapkę z głowy, ukłonił się ulicy. Rysiek zdrętwiał głupio z tego wszystkiego.

– Przepraszam – mówił Budziejewski – za tych przestępców panów przepraszam. – W kierunku policjanta na rogu się skłonił niziutko, czapką ulicę zamiótł. – Bardzo panów przepraszam, że w ogóle żyję...

Po chwili znów do Lewandowskiego:

– Ty nie wiesz, Lewandowszczak, co to znaczy mieć dwie zdrowe ręce do wszystkiego i nic nie móc nimi zdobyć. Ty nie wiesz, Lewandowszczak, co to znaczy tak dzień za dniem w puste te moje ręce wyciągać. Ty nie wiesz, Lewandowszczak, co to znaczy przeklinać te swoje ręce i matkę za to, że ci życie dała! – krzyknął. – Ja ci tego nigdy nie życzę! Nawet temu skurwysynowi na rogu też nie życzę!

---

99 Mutra – nakrętka lub pierścień o gwintowym otworze, służące do nakręcania na sworzeń śruby.

Umilkł, po chwili znowu poprosił zapalić. Lewandowski wyciągnął pełną garść z kieszeni.

– Wezmę se ze dwa – poprosił wstydliwie Budziejewski – bo tam mi nie dadzą.

Nie zdążył się osłupiały do cna spytać, co to znaczy to „tam", kiedy Budziejewski znów zaczął mówić:

– Jedno bym chciał jeszcze zrobić tymi rękami, żeby się chociaż na to przydały... Zdusić łajdusa, co dziecko skrzywdził, chleb mu odebrał...

– Jakie dziecko? – pytał, cierpnąc, Lewandowski, o krok się odsunął.

– Dziecko, gazeciarza takiego, malca... Trzy godziny czekam już na tego gada. Gania ich tu z ulicy, towar odbiera... A ten chłopaczek matkę ma chorą i tylko to jedzą, co z tych gazet przyniesie. Ostatnią złotówkie mu dałem...

– A jeśli – powiedział głucho Rysiek – a jeśli tamten też nie ma innej roboty dla swoich rąk, to co? Co by pan zrobił na jego miejscu?

Znów zagłuszył ich krzyk przelatujący Bolka, znów w ulice te słowa wychrypiał o sezonowych i mowie pana ministra Becka na mowę Hitlera.

– Co bym zrobił – powtórzył Budziejewski – ano zobaczysz... Złote ręce mam i złoty sposób na nie...

Splunął pogardliwie.

– A tamten z gliną trzyma sztamę, z gliną, ty rozumiesz? A mnie konna policja z Grzybowskiej biła. I za co? Że pod PUPP-em o pracę tylko pysk rozdarłem. Przylecieli zaraz...

Odetchnął.

– Jemu bym dzisiaj zapłacił. Za wszystko, za kobitę moje nawet. Widziałem ją, nawet torbę nową se kupiła, kupili jej... Za moje miłość do niej, za wszystko bym mu zapłacił.

Zacisnął pięści i zda się – słowa własne gorzkie tym ujął.

Umilkli, zagapili się na wystawę kwiaciarni. Tulipany, wieńce do trumny i tańca, na radość i żałobę, pelargonie w doniczkach, srebrną farbą blaszane kwiatki malowane na szpetno dla umrzyków na groby w zaduszny dzień i róże o płatkach wilgotnych rosą drobniutką, szkarłatnych, pięknych jak wiersz o kochanku.

Myśleć nie mógł, złożyć się nic nie chciało w głowie własnej rozbitej, patrzył tępo w kwiatki, kwiateczki i myślał, że znowu, znów trzeba będzie odchodzić.

Kiedy wzrok stępiały odwrócił, zobaczył łzy grubo spływające na twarzy Budziejewskiego.

– Co panu! – przestraszył się. Przypomniał sobie, jak przed dwoma laty ten mocny chłop płakał u nich w domu, matce głowę zrozpaczoną na piersiach składał i tak jak teraz w pustą rozpacz ręce swoje wyciągał.

Tamten podniósł mokrą twarz. Powiedział drżącym, na nic złamanym głosem:

– Mówita, że złote ręce mam. No to popatrz, co ja z niemy zrobię, z tymi rękamy swojemy…

Ale jeszcze nic nie zrobił. Znów powiedział:

– Szkoda – westchnął z żalem. – Szkoda, że nawet na tego łobuza przydać się nie mogły… A ty jak się dowiesz, kto to taki – zabij, za mnie go, Rysiu, zabij i za moje Halinkie… Ja już trzy godziny go czekam, zmarzłem, dłużej nie mogę.

Urwał, w ulicę rzucił pustym spojrzeniem.

– Ja od tego czasu, co z Jankiem Rączynem pod magistrat chodziłem, nic znaleźć nie mogę, nawet tam mnie teraz nie dopuszczają, bo za nim wtedy obstawałem. Ale żalu nie mam, jak spotkasz, pozdrów… Ludzie patrzą?

– Co?

– Patrzą na nas? Bo lepiej, żeby patrzyli, więcej świadków będzie. Zara się przekonasz, co ja zrobię z tymi rękami. Tobie to się nie daj Boże przyda, innym powiedz. – Zaśmiał się jakoś nieprzyjemnie. – W życiu jak znalazł.

O but staranie zdusił niedopałek, do kieszonki schował, łzy na rękę mu ciurkiem spływały, patrzeć nie było można, człowiek kurczył się sam w sobie przed nieszczęściem.

I jeszcze raz podsunął mu pod oniemiałe oczy te ręce, jakby się miał z nimi za chwile rozstać na zawsze, i głosem już nie do rozeznania przez łzy powiedział:

– Patrz, patrz, co ja z niemy zrobię...

Zamachnął się, trzasnął z całej siły w szybę kwiaciarki, brzęknęło po chodniku cieniutkim głosem szkło. Właściciel zapadł pod ladę z krótkim, śmiertelnym wyciem. A Budziejewski jak gdyby nigdy nic wkroczył do środka, jeden gulasz robiąc z wieńców, kwiatków szpetnoblaszanych i róż wilgocią perlistą nabrzmiałych, na piękno i ludzką radość kwitnących.

Policjant z rogu gwizdkiem zaciął po ulicy, drugi nadleciał i obaj z gumowymi pałkami w rękach przebiegli obok Ryśka. W locie jeden do drugiego przez zęby służbowo zaciśnięte paskiem rzucił:

– Sezoniak, sezoniak cholera...

I kiedy broczącego krwią wyprowadzili na ulicę, przepychając się przez tłum gapiów, którzy już stanęli wokół, węsząc za wszystkim i za niczym, Budziejewski odwrócił chudą twarz i krzyknął:

– Trzymaj się, Lewandowszczak, do wiosny... Przyjdź do hotelu Pod Filarkami, ja tam będę. A tego zabij, jak psa zabij. Za mnie, za Halinkie, za moje ręce...

– Prędzej! – Okładali go pałkami po plecach. – Prędzej! Nie odwracać się! Jazda mać twoja! O Jezu, co to za swołocz! Prędzej, prędzej! Milczeć! Nie odwracać się! Milczeć, milczeć, milczeć!

Pod most Poniatowskiego go zaprosił, nie wiedząc, w twarz plunął jak nikt w życiu, najgorzej, odszedł, też mówiąc: – „Ty nie wiesz Lewandowszczak” – ale z fasonem odszedł jak człowiek, który odejść potrafi z kręgosłupem prostym, niesparszałym, z ręką, którą każdemu podać może.

I jeśli się chciało pozostać człowiekiem, za plunięcie każde móc uderzyć, samemu odejść było trzeba.

Obszedł wszystkie budki, wziął po pięć złotych i powlókł się w dół, na Marymont, ciągle widząc ręce tamtego wokół własnego gardła mściwie zaciśnięte, za krzywdę swoją i tego chłopaczka, za żonę, co na lekki chleb poszła. Tak jak i on sam – za cały świat, że na tej ostatniej granicy miejsce mu przyznał.

Przystanął nagle myślą uderzony. Popatrzył chwilę na piętnaście złociaków w zmarzniętej ręce, piętnaście złotych, na które matka czeka w domu, splunął i zawrócił na Buraków. Odszukał Bolka kalekę i do ręki mu wcisnął:

– Jak spotkasz tego małego, oddaj, powiedz, że to ode mnie, od tego z Marymontu. I powiedz, żeby żalu nie miał... Trzymaj się, Bolek...

Rozeźlony Kołeczko zatrzymał go jeszcze.

– To jeden taki sprzedaje, bez ręki... Sztuknij no go w zęby.

– Panie Kołeczko – zapytał nieswoim głosem – czy jakby ktoś pana zaczepił na ten przykład, broniłbyś się pan?

Tamten machnął w powietrzu swoją lachą.

– Ho, ho!

– Ślicznie. Bić nie będę, ale to – mogę...!

I plunął Kołeczce na rozetkę krzyża w klapie, znów swoim marzeniom, samemu sobie w twarz pałającą wstydem i znów – odchodząc.

IX

Odszedł ze swej pierwszej w życiu roboty z gorzkim przeświadczeniem, że żadnej walki na lepsze nigdzie nie ma, chyba tylko taka jak ta właśnie, gdzie jeden drugiego w dół spycha, sam na niego się waląc. Jankowi Rączynowi racji wtedy nie przyznał, myśląc, że i ten przeciw niemu, ale gdy usłyszał słowa Budziejewskiego i w jego puste ręce spojrzał – sam odszedł ze swymi pustymi.

Myślał o tym przez parę nocy jesiennych, rankami mglistymi, na głodniaka prawie z domu wychodził, gdzie ojciec złym podcinał spojrzeniem, matka lamentem i płaczem, który był gorszy od wszystkiego. Bo i co robić, jeśli się patrzy na łzy matki, co robić, jeśli ma się zdrowe ręce niby do wszystkiego i pewność, że wszystko można nimi podźwignąć prócz tych łez.

Błotem ohydnym, przylepnym jak kupiecka dusza człapał do Bielańskiego Lasu. Pusty był las, drzewa z liści odarte, wiślańskim wiatrem z dołu chłostane, a myśli też były jak ten las jesienny, puste i odarte ze wszystkiego dobrego.

Na górkę samą wchodził, przy końcu Kamedułów, gdzie las skarpą stromą zrywa się gwałtownie, a w dole Wisła płynie szeroko, mętna o tej porze, bez blasku, jakby to nie rzeka, nie fale, ale ogromna masa ołowiu toczyła się szaro i ciężko.

Za górką zaraz rzeka rozlewała się swobodnie, ze dwa razy szerzej chyba. Pośrodku wysepka była piaszczysta, kosmato brzegami porosła, o kształcie cygańskiej patelni. A za nią rzeka płynęła i płynęła, na Młociny i Łomianki[100], i dalej płynęła aż do kresów siności, aż do zamazania o oczach. Nad samym szarym lustrem wody śmigały długimi rzutami białe mewy wiślańskie, z czarnym podskrzydlem i śmiesznymi dziobami. Czasem któraś zawadziła ostrym piórem o wodę, skosem i zaraz wzlatywała w górę.

Przygniatał szesnastolatka krajobraz późnojesienny: niebo ciężkie, chmurami szczelnie zasnute, czerwieniejące na chwilkę, pięć minut przed zachodem słońca, mgła czepiająca się Wisły i myśli, które cięższe są od nieba jesiennego i przewalają się jak ołowiana rzeka, też w jakąś mgłę i rozmazanie. Pola dalekie za Wisłą w mgłach stawały sinych i chłód zimny z nich powiewał. „Smętniak jestem" – myślał o sobie Lewandowszczak. „Nie nadaję się do życia... Innych biłem, a mnie samego bolało. Nie nadaję się, nie nadaję się...". I wiele, wiele ciężkich myśli kołowało mu się po głowie, gdy tak przesiadywał w milczeniu i bez celu nad rzeką, ale żadna myśl jasna nie mogła się z tego wywinąć.

Wiatr szarpał ciężkie mgły, nie mogąc ich podnieść, przynosił mocny zapach przegniłej ziemi, umierała już późna jesień, szumiał w górze Bielański Las, drzewami szumiał, które zsypywały ostatnie zaschłe, starczo pomarszczone liście.

Potem nocka ciemna skradała się z ruder Pelcowizny. Ciemniała rzeka, las milczał głuchym szumem, tężały mgły i księżyc ostrorogi wspinał się na mroczne niebo, zezował zza gęstej chmurki. Przedmieścia wyły syrenami, wojsko z poligonu wracało, dysząc niechętnym śpiewem, szczekał pan kapral do wtóru z psami chudymi, a potem noc ślepa, noc jesienna, która długa jest jak ludzka niedola, spadała na rozbłocony Marymont. I rze-

100 Łomianki – miasteczko położone na północ od Młocin.

ki już nie było widać, lasu jesiennego, nawet drzew odartych jak własna dusza, wszystko noc jesienna zabiera człowiekowi. Zawracał niechętnie do domu, obrzydłego tak jak tylko nędzarzowi obrzydnąć może dom głodny, zawracał, a idąc, pod nogi patrzył, głowy znad błota ani na chwilę podnieść nie mogąc.

W ciemności i błocie grzęzła ulica. „Zniszczę się! Zniszczę się!" – wył po całych nocach złodziej Zdzisław Zieliński, puste butelki od wódki oknem wyrzucał, znów pił zachłannie, jakby własną rozpacz łykając i grał mu rzewnie na harmonii ślepy Kostek z Powązek. Potem Zieliński milczał przez całe długie godziny, Kostek drzemał, Zieliński zrywał się nagle, tłukł graty i co pod rękę popadło, szlochał i znów ryczał:

– Graaaaaaj, śleeepyyy! Życie moje złamaneeeeee…!

Dziwili się ludzie z krzywej ulicy. Widać złe na niego przyszło: wódka się w nim pali czy dintojrę sam nad sobą odprawia? Złodziej do domu nikogo nie wpuszczał, z Kostkiem na kłódkę i rozpacz się zamknął, a ten dusił na harmonii jedną w kółko piosenkę o hrabini, co się na śmierć w Loluszce zakochała. Od czasu do czasu tylko Zieliński wyciągał przez lufcik rękę z pieniędzmi i dzieci biegały mu do Masołowskiej po wódkę. I niosła się w jesienną noc wariacka piosenka Zielińskiego Zdzisława, młodszego brata.

Las wiosną ożywa na nowo. Ptaki przelatują wesołe, a ludzie zakochani cieszą się ze śpiewu, z ziemi zwilgłej, pachnącej, z listka każdego świeżego na martwej gałązce, bo bliskie ziemi są gwiazdy w noc wiosenną. Człowiek zaś wtedy ożywa, rozkwita, gdy dobre myśli i marzenia przylatują na niego wiosennym ptakiem.

I choć to był grudzień – chlapa rozlazła i zimno parszywe do trzasku kości, Lewandowski z Marymontu rozkwitał jak drzewo wiosenne, na które te ptaki – dobre myśli – przyleciały. Znów się poderwał, znów uwierzył – i to w walkę, życie szczęśliwe, życie szlachetne, i znów…

Ale o tym trzeba od początku.

Tydzień pozostały do Gwiazdki przewałęsał się po błocie, aby tylko dobić czas, który i tak wlókł się jak na ciężkie, darmowo-miłosierne skonanie. Krótko mówiąc – aby do wiosny, bo przecież miał dostać robotę po furmańskim pomagierze.

W końcu rozbłysła na niebie wigilijna, załzawiona gwiazdka. Przedtem matka klamkę i moździerz bez ucha popiołem wyczyściła do błysku, Rysiek krzaczynę mizerną z Bielan ukradł i łańcuchem papierowym przyszpecił do końca, ojciec pół litra czystej wódki zdobył, ale dopiero wtedy pokazał, gdy do stołu świątecznie zasiedli.

Przełamali się opłatkiem, ucałowali niezgrabnie, ojciec chrząknął, matka łzę otarła rękawem, szyderczymi głosami, nie wierząc w to, co mówią, pożyczyli sobie dobrego, zaśpiewali „W żłobie leży, któż pobieży", barszcz z uszkami się przypalił w piecu, ojciec zaklął, aż aniołek z choinki spadł na różowy pysk, potem dojedli i czekali w milczeniu godziny, kiedy zwierzęta zaczną złorzeczyć po ludzku na swój los.

Ruda Kotrasowa wyjechała na święta, a garbusek za ścianą siedział samotnie i grał na mandolinie cienko, brzękliwie, na strunie ostatniej, włoskowej, która cienka jest jak nadzieja u człowieka biednego dobrego roku.

Ojciec skrzywił się strasznie, jak po occie, na Kotrasową muzykę. Zaklął, a potem do matki:

– Zawołaj no go, mamo…! A bałabajkę niech przyniesie. Nie można, on tam sam siedzi, cholernik przeklęty!

Bo taki już był człowiek z tego ojca, że dobrego słowa ciężej u niego było doszukać jak fałszywej złotówki.

Sąsiad wślizgnął się nieśmiało do izby.

– Siadaj, Ignac – rzekł ojciec, przysuwając mu krzesło. – Napijesz się z nami jednego, co?

Sąsiad nie miał nic zgoła przeciwko temu, toteż ojciec nalał mu hojnie, aż na obrus pokapało, wzniósł kielich, chrząknął i rzekł uroczyście:

– No, to od razu za nowy rok. Żeby go tam jasna cholera!

Wypili, ogóreczkiem zagryźli, sąsiad wybrzdąkał na ojca życzenie wojskową piosenkę, potem jeszcze raz i drugi do dna, panie tego!

– Siup – grzmiał basem ojciec.

– Cyk! – piszczał Kotras.

– No i ostatni raz – brzdęk! – dudnił ojciec, aż szyby brzęczały. Bo tato miał głos furmański, opera szczeniak, jak ojciec zaklął, w mordę serce przypasował, to koń podkowy gubił z hacelami[101].

– Brzdęk – miauczał sąsiad Kotras Ignacy.

Głosami musieli nadrabiać, bo wódka się skończyła, a pustą butelkę matka pod stół sprzątnęła.

Potem zaśpiewali na prośbę matki, bo Wigilia to Wigilia, ojciec dudnił strasznym basem, Kotras tenorkiem go wyprzedzał o parę złotówek, jak ojciec był przy betlejemskich pokłonach, to sąsiad już o tym, jak Herod niewiniątka mordował, matka gdzieś w środku gubiła się rozlewnie, a Rysiek siedział śmiertelnie znudzony, myśląc, czy też pobiją się jak co roku po pasterce, czy nie…?

Potem zupełnie się sąsiad Kotras rozkleił i z tej pustki głosem ponurym ciągnął:

101 Hacel – stalowa śruba wkręcana w podkowę, zapobiega ślizganiu się konia.

– A jednak Pan Bóg sfuszerował świat, człowiekiem niby... Bo człowiek to robaczek najlichszy, zawsze bidny i samotny. Bez Boga żyć nie może, a Bóg go niedowidzi...

Wstał, podszedł do okna, spojrzał w ulicę ciężkimi oczyma.

– Zobaczta – rzekł, opierając się o futrynę. – Gdzie ta radość u ludzi, że Bóg się rodzi? Człowiek biedny musi się cieszyć tylko z tego, że nie jest jeszcze biedniejszy, i o to się modli, aby gorsze zło na niego się nie urodziło...

– A bogaty? – zapytali we trójkę, jedną myśl mając na końcu języka.

Kotras pomyślał.

– Bogaty? – odparł. – Po co się bogatemu modlić? Bogaty daje pieniądze na kościół, my się tylko modlimy naprawdę... – Roześmiał się cichutko. I o cóż modlić się ma bogaty człowiek? Chyba tylko o to, aby biednych było więcej. Serca nie ma u bogatego człowieka, truchło jakieś parszywe, a tylko sercem modlić się można...

A na ulicy różnie się bawiono. Biedni śpiewali i klęli pobożnie, Zielińszczak całkiem na ponuro, a w nowym domu Lipków cichutko, z księdzem, jak trzeba, aby hołocie wychowanie pokazać.

Godzinę sąsiad gadał o tym i owym, jaki on jest nieszczęśliwy, baba mu żyć nie daje, zarobić nie może, a żeby w młodych latach mógł się uczyć, malarzem by został i gwizdałby wtedy na cały Marymont. Czy malarzom może źle? Zawsze na ten kawałek chleba zarobi, a jeszcze mu każdy flaszkę postawi, żeby tylko szlaczek równo wypadł. Ale on, Kotras, takim malarzem by nie został. Do tego trzeba tylko umieć farbę mieszać i równowagę trzymać na końcu pędzla, żeby z drabiny na zbitą mordę nie zlecieć. On by obrazy malował, bo do tego ma dryg i zamiłowanie, już mu w szkole o tym mówili, tylko że w życiu jak w życiu: o ziarnie myśli, a plewami się dławi...

Wyszedł, za chwilę wrócił z obrazem tak wielkim, że go widać zza niego nie było – na trzy czwarte ściany i lufcik od zewnątrz.

– Moje – powiedział krótko, z dumą.

Właściwie to nie wiadomo, po co przytaskał ten obraz: cała ulica go znała, oczy od dawien dawny syciła. Ale Rysiek ojciec i matka patrzyli bacznie.

Bohomaz potworny, na jarmarku w Kozich Dupach amatora za nic by nie znalazł. Tylko widać, że robota solidna, olejna, nie puści za nic. Księżyc, gwiazdy, piramidy, dziewica stojąca nad tonią w mdłym zadumaniu, wszystko było na tym obrazie. I wszystko w trzech kolorach: złotym, niebieskim i zielonkawym. Widać, że Kotras forsę wtedy miał i najlepszej farby nie żałował. A pod piramidą bujał, na niebieskich do końca niebieskości falach, okręt ze strzaskanym żaglem. Rusałka natomiast była większa o głowę od okrętu i piramidy, patrząc, człowiek myślał, że to chyba nie rusałka, tylko właścicielka magli na Jana III[102] wtryniła się Kotrasowi na płótno.

– Cholera! – zaklął po chwili ojciec.

– Ładne? – ożywił się Kotras.

– Wypić by się jeszcze co zdało…

Tchórzliwy sąsiad przygasł, pomarkotniał, odstawił w kąt obraz, usiadł przy stole i znów zaczął ględzić głosem śpiewnym, rozkołysanym jak ten okręt-maglarka na niebieskich falach.

– Bo żeby tak człowiek chciał żyć po bożemu naprawdę, toby chyba musiał umrzeć od razu albo nie mówić, nie jeść, nie chodzić, nie odpowiadać… Weź, Lewandowski, na ten przykład moją babę. Przecież ona by, cholera, papieża przed diabłem ob-

102 Ulica Jana III Sobieskiego leżała powyżej Godowskiej. Stanowiła łącznik pomiędzy ulicami Kamedułów a Marii Kazimiery.

szczekała! A człowiek, wiesz, Lewandowski, w nerwach i odpowie…

Aż skulił się na wspomnienie swojej połowicy ten sąsiad tchórzliwy. Mędrkował, w obłoki wzlatywał i w dół, w czeluście piekielne, aż w końcu słowa wypowiedział, na które drgnął cały, w takie go wprawiły osłupienie.

Tchórzliwy sąsiad Ignacy Kotras powiedział:

– Ja wiem, gdzie jest prawda jakaś o życiu, teraz już rozumiem. Ale ta prawda jak raz człowieka chwyci, to już nie puści… To nie jest letka prawda. Trzeba ją nieść ciężko, ale nie tak jak dopust boży, który dźwigasz i dźwigasz przez całe życie, dopóki ci sam przed niebieskim tronem nie zdejmie. Tę prawdę tylko trzeba nieść i chociaż człowiek zdechnie, to już nie sam i coś po nim zostanie… Coś jednak zostanie…

Żeby mówił inaczej, jaśniej i trochę do innych, nie tylko do samego siebie, może by mu ojciec przyznał rację na odczepnego, ręką machnął i zaklął po swojemu. Ale że Kotras też po swojemu – górnie i chmurnie, ojciec zadrzemał z głową wspartą na stole: wódka go widać trochę rozebrała i dwa dni suchych świąt. Matka zasiadła w kącie z portkami w ręku, słabe światło nafciarza ryło jej zniszczoną twarz, a Rysiek patrząc na kolorowy portret ślubny rodziców, pod którym matka akurat siadła, w gipsowej ramie portret, ze sznytem, patrzył jak na zupełnie obcych ludzi fotografię, gdzie twarze zamazały się przez lata i nawet pamięcią trudno się dogrzebać i sięgnąć.

Tak tedy sąsiad z musu, za gościnę ludzką, mówił tylko do Ryśka:

– Oni mają rację w życiu, oni są ludzie, ja teraz wiem… Od małego miałem w sobie, że zawsze prawdę lubię wiedzieć, szukam, szukam i w końcu znajdę.

– I cóż panu z tej prawdy, panie Ignac, jeśli pan jej nie zniesiesz? – zadrwił Rysiek.

Kotras westchnął, jakby go zbudził ze snu.

– Chory człowiek jestem – odparł. – Słaby... Nie na moje to siły z całym światem walczyć, jak – uśmiechnął się gorzko – jednej babie rady dać nie mogę. Co innego, że ta baba, e! – machnął ręką. – A poza tym: cóż ja jeden znaczę? Cóż w ogóle ta prawda znaczy, jeśli w ogóle nigdy ciałem się nie stanie...

Ojciec zamruczał z półsnu: – „I mieszkało między nami..." – pomyliło mu się, biedakowi, a Rysiek rzekł z gorzkim przekąsem:

– Czerwoni mówią, że jest ta prawda, pan też, ale tej walki nie widać. Frajer z pana gorzki, panie Ignac. Ja, patrz pan – młody jestem, ale śmieję się z tego...

I naprawdę się uśmiechnął: Zielińszczak, Ken Maynard, wysiudajka, Henkowe domy jasne, czarne błoto ulicy i puste ręce Budziejewszczaka – wszystko stanęło przed oczami, zakłuło. Za dużo głodu, rozpaczy i pustych rąk mieszkało na tej ulicy, za dużo się tego wszystkiego nazbierało, aby teraz wierzyć. Śmieszne gadanie!

Z głową spuszczoną w dół słuchał Kotrasa.

– A ja widziałem, jak walczą – mówił. – Na pierwszego maja ze sztandarem szła policja na nich konna z Grzybowskiej, z Golędzinowa[103], z tyłu laskami bili, oni padali, ale sztandar z ręki do ręki i naprzód szli, ba! – mało szli, śpiewali jeszcze...

Przerwał, znów westchnął.

– Nie miałem, nie mam w życiu dobrych wspomnień, tak myślałem. Ale jakby mnie ktoś dzisiaj zapytał, czy mam, powiedziałbym, że właśnie to. Że widziałem ludzi, którzy szli z prawdą

103 Golędzinów – osiedle warszawskie położone na obszarze Pelcowizny.

przeciw wszelkiemu ścierwu i to jest właśnie Kotrasa dobre wspomnienie...

Rysiek machinalnie podniósł głowę i zobaczył twarz garbuska zapaloną, oczy paliły mu się tym dobrym wspomnieniem, i nawet wyższy się jakiś wydał, silniejszy, garbu widać nie było i mizeractwa całego. A Rysiek niejasno pomyślał, czy też ten człowieczyna kaleki, przez życie na sam strach zdeptany i zszargany, czy on też swoją siwą prawie głową nie marzy czasem o walce, o lepszym, żeby samemu taki sztandar ponieść. Bo jeśli się widzi człowieka tak odmienionym nagle?

Bez żadnej złej myśli, ot tak, po prostu, zapytał:

– To wtenczas pana pobili, tak?

A Kotras momentalnie jak pochodnia zgasł w bruzdy same gorzkie na twarzy, strach zwierzęcy przez oczy mu przeleciał, zda się, że we własny grób z powrotem zapadł.

– Coś ty, Rysio, coś ty...? – wymamrotał.

– Sam pan mówił! Że przez stołek kazali skakać, odszczekiwać...

– Broń Boże, nie mówiłem! – zaprzeczył gorąco. – Ja? I po co gadasz? Po co? Żeby się tak dowiedzieli... O Jezus kochany!

Obraz wziął, pożegnał się i wyszedł zgarbiony potrójnie. A Rysiek, żałując go i brzydząc się jednocześnie, bo przecież co tu gadać, ale tchórz, psiakrew, parszywy, przypomniał sobie jego gadkę z Rączynem nad łachą i słowa jakiegoś towarzysza, człowieka nieznanego nikomu: „Przeżyć to jeszcze mało!”. I tym wstrętniejszy wydał mu się garbaty, tchórzliwy sąsiad.

I jak zwykle u Ryśka: radość po złości, smutek po pogardzie, bo znów spojrzał na puste swe ręce do wszystkiego, znów pomyślał, że żadnej prawdy nimi nieść nie może.

Nocy wigilijnej, która nadeszła, nigdy nie zapomniał, aż do ostatnich chwil swego życia. Ciągle wracała wspomnieniem czyjejś przegranej, życia zmarnowanego, nie wiadomo nawet komu ukradzionego, życia, po które nawet nikt sięgnąć nie chciał, aby pomóc, z błota ulicznego wyciągnąć.

Parę minut po jedenastej ojciec otworzył jedno senne oko.

– Pójdziem, Rysio, na pasterkę?

– Możemy iść, co nam zależy.

– Faktycznie: co nam zależy...?

Wyszli. Mrozek już chwytał na dobre, w gębie szczypał ostro zimnymi palcami, szkliwo zmarzniętych świeżo kałuż chrupotało pod nogami. W ciemności głuchej rozkołysał się głos dzwonu i płynął nad świątecznym Marymontem. A resztki tego głosu czaiły się po krzywych zapłociach, zaułkach ruder i winklu nowego domu pana Lipki. Pod winkiel, czyli kant postawionego domu, bo przecież pan Lipko kochany całe życie swoje kantował: czy to na trybowinie po czterdzieści groszy za kilo, czy krakowskiej cytrynowej, boczku, czy ostatnim ścierwie, od którego pies by się ogonem okręcił – pod tym względem pan Lipko był dla wszystkich jednakowy, różnic klasowych nie uznawał.

Ale nauki boże – tak! Owszem, gorąco nawet... I szedł teraz pomiędzy ludźmi, jako że zgoda i pokój dobrym ludziom z dobrą gotówką, więc płynął brzuchem baloniastym naprzód podany: obok niego zięć z wystającymi zębami – nie zięć, a gryzoń po prostu, obok gryzonia – gryzoniowa – ta głupia Jadzia, za którą dostał dwa tysiące i parę razy w mordę od teścia, mamusia Lipko uważnie w ziemię zapatrzona, żeby jej kto nie depnął na świątecznie obutą kolumnę, z boku – nadzieja, chluba, pociecha, najmłodsza latorośl – Lipko Władysław, uczeń licealny, w granatowej czapce ze srebrnym znaczkiem, w granatowej kapotce, spodniach, cały na granatowo, tylko pysk miał czerwony ze złości. Bo Władysław był wolnomyślicielem, Boga nie uznawał, ludzi nie uznawał, miłości nie uznawał, kobietami pogardzał, koleżków z powszechniaka nie poznawał i tak urósł w dumę i tę nowoczesność w wolno-durne myśli, że nawet szankra[104] załapał, bo to się bądź co bądź taniej kalkulowało niż pogarda w stosunku do kobiet, a Władziu miał łeb po ojcu – kupiecki.

Masołowscy szli, pan dzielnicowy Makowski z żoną, pan Lewański bez żony, bo był wdowcem nieutulonym – żonę sknerstwem zamęczył – sam w boleści swojej szedł do kościoła, a dlatego sam, że pół godziny temu sprał po pysku kochankę, która razem z nim chciała się pokazać przed ludźmi. Ale jakże to – z kochanką do kościoła? I sam szedł Lewański, boleść swoją pokorną wywlekając przed ludzi na wierzch – człowiek, którego Pan Bóg za dobroć i miękkość ukarał, nosem kiziornym[105] pociągał i nawet łezkę czystą, łezkę anielską uronił boleściwą.

Ci wszyscy parszywo kroczyli po jednej stronie ulicy. A po drugiej: Pękałowa matka zorana, na nic już zharowana, na ludzki strzęp, Rysiek z ojcem, sąsiad Kotras nieśmiało pod płotkiem, szewcy z Pekinu dołączyli się do nich na Warszawskiej: jednako podobni do siebie, zgarbieni, schyleni, o twarzach zżółkłych, latami nędzy nad zydlem przesiedzianymi, zszarzałych, nie do odróżnienia szewcy kopytkarze.

Szewcy – wiadomo – klną po szewsku. Tak było i jest. Za pogrzebem, na chrzcinach i gdzie tylko można. Więc chociaż szarzy, na kolorowo szli, z fantazją, słówkami sobie dogryzając takimi, od których kobiety Lipków, Masołowskich i innych czer-

---

104 Szankra – prostytutka, tu: choroba weneryczna.
105 Kizior – dawniej: pijak.

wieniały. Z poważnym co prawda trudem, z wdechem i wydechem, na siłę, ale czerwieniały.

Nawet Lewański wzrok płonący świętym oburzeniem od ziemi tej grzesznej podniósł.

– Dokąd idziecie ludzie? – zapytał gromko, choć skromnie. – Azaliż godzi się? – Biblijnie mówił pan Lewański, właściciel stajen, bo już takie miał serce, że psinki, psineczki, robaczka by nie skrzywdził – stary złodziej.

– Całuj nas w dupę – odrzekł mu chórem Pekin. – I uważaj na kobietę, bo tam Kostek Kalinowski swoje piętnaście deka pcha. Szwagra będziesz miał szewca, słyszysz?

– Dajcie spokój – krzyknął ktoś przerażony. – Przecież on by Kostkowi trandzle[106] pozżerał, tamten robić by nie mógł, he, he, he!

I tak mu jeszcze powiedzieli, że Lewański do cna zgłupiał i nie wiedział: czy do kościoła iść, czy kochanki wracać pilnować? Wrócił. A dzielnicowy Markowski westchnął marzycielsko:

– Ech, jakbym ich – za mordę! Za mordę bym złapał...!

Pekińczycy odpowiedzieli mu, żeby się za co innego złapał, to żonę przynajmniej uszczęśliwi, bo tak to wyschła na kiełbasę, oknem wyglądała i sołdatom z poligonu znaki daje względem tego co i owszem.

– Całe pańskie szczęście, że u Kamińskich ubikacja wypada na drugim piętrze jak pańskie okno, panie posterunkowy, i szyby nie ma. Sołdaty myślą, że to jedno i to samo, żony pańskiej nie odróżniają!

Pośrodku zaś ulicy – złodziej Zdzisław Zieliński kroczył, jako że też dla wszystkich jednaki. Biednych nie okradał, ale iść z ni-

106 Trandzle – właściwie: brandzle – wewnętrzna skóra łącząca podeszwę obuwia z jego wierzchem.

mi nie chciał, bogaci płacili mu za to, aby ich nie okradał, przed innymi mętami strzegł, ale do kościoła też z nim iść nie chcieli. Szedł więc środkiem, z głową hardo podniesioną, pogwizdując z cicha, w pilśniowym kapelutku, rękawiczkach w dłoni trzymanych i nowym palcie kupionym na żydach.

Na końcu Cygańskie Budy się wlekły bosym prawie krokiem. Na końcu chciały wejść, dopiero wtedy, gdy inni, lepiej odziani zapchają kościół. Bo niby to dla wszystkich jednako, ale zawsze wstyd swoim gołym zadkiem świecić w miejscu świętym, figury by chyba pospadały na gipsowe nosy.

Koniec końca jeszcze istnieje. Kosiorki ojciec z synem, szpicle, też sunęli pobożnie, na ogonach, a skupienie malowało się na ich psich twarzach ze zmierzłym uśmieszkiem. Z daleka, za Budami, już zupełnie samotni – nawet Zieliński, złodziej bądź co bądź porządny, z wyrokiem i więzieniem otrzaskany, nie poszedłby razem z nimi za skarby świata tego. Zielińskiemu policja się kłania, na wódkę naciąga, a Kosiorki nieraz zarobili w mordę na komisariacie, kiedy pan komisarz był nie w humorze. Niepotrzebnie szli chyba do kościoła, grzechów cywilnych nie mieli, pościli, a że tylko czerwonych, żydokomunę węszyli, więc niby z czym, z czym?

Tylko braci Michalskich brakowało do kompletu, bo święta spędzali na Pawiaku, złodzieje biedni, zawsze pechowi – co robota, to wyrok – i Loluszki, smutnego człowieka, który za ojczyznę kochaną się bił, order miał, a niczego się w ojczyźnie doprosić nie umiał, chociaż: „Ślusarz jezdem wielmożni panowie, z papierami”.

Doszli w końcu. Zapach kadzideł ich ochłonął i ludzki rozmodlony szept. W ławkach miejsca już nie było – ludzie ze Słodowca pierwsi przyszli i pozajmowali. Nawet pan Lipko musiał stać. Aż buraczkowy się zrobił z oburzenia, że mu hołota w ławki wtargnęła i żaden nie ustąpi. Zaś Zieliński za nim stanął o krok.

– Niech ojciec zobaczy – trącił go Rysiek – jak Zielińszczak w pieska się bawi. Na ulicy go nie dopuścili, to chociaż tutaj doszedł...

– Ciszej, cholero! – zgromił go ojciec i zaraz się przeżegnał, jako że zbluźnił, w miejscu świętym na dodatek.

A kiedy ksiądz w sutannie pozłacanej wzniósł do nieba pulchne rączki, kiedy organy w powałę uderzyły potężnie, a ksiądz grzmiącym głosem niebo o miłosierdzie zawołał, jednaka rzewność spłynęła na wszystkich: z Bud, z Pekinu, ze Słodowca, Lipce kark poczerwieniał, Masołowski stęknął, Lewański kochankę na kłódkę zamknął i łokciami się przepychał do ołtarza, żeby go tylko ksiądz zobaczył. I padli na kolana ludzie zgłodniali Bożego Słowa, padli na kolana ludzie, którzy paszport do nieba za forsę chcieli kupić, a jakby okazyjnie dało radę kupić – to jeszcze lepiej.

Tak szybko padli, dźwiękiem organów podcięci, że nawet „arystokracja" chusteczek pod kolana rozłożyć nie zdążyła, więc przykucnęli, klnąc pod nosem, i szukali po kieszeniach i żoninych torebkach.

Dwóch ludzi tylko nie uklękło: Zieliński i pan Lipko. Złodziej trzymał rzeźnika tak silnie, że aż tamtemu pianka przyschła w kącikach ust.

– Puszczaj! – wyrzęził Lipko. – Co jest?

Niemałą krzepę musiał mieć Zieliński, jeśli rzeźnika dziesięciopudowego[107] na zmiękłych kolanach trzymać zdołał.

Najbliżej klęczący usłyszeli, głowy w górę zadarli. Tylko ksiądz ponad wszystkie głowy wpatrzony niczego nie zauważył i ciągnął łaciną przez noc.

107 Pud – dawna rosyjska jednostka masy, około szesnastu kilogramów.

– Puszczaj! – jęczał Lipko. – O Jezu, co on chce? Ludzie, weźta go...

– Nie! – mówił Zieliński, krztusząc się jakby, z twarzą pobielałą nagle i oczyma ściemniałymi gniewem. – Teraz, teraz? Klękać chcesz? A córkę twoją pochowałeś po bożemu? Wychodź!

– O Jezu, o Jezu!

– Wychodź – powtórzył strasznym głosem Zieliński. – Ja ci przed Bogiem uklęknąć nie dam! Gdzie indziej sobie uklękniesz. Wychodź!

Z ustami zaciśniętymi w mściwą krechę, wypchnął go siłą przez tłum rozmodlonych ludzi. Ciekawscy żegnali się pospiesznie, wychodzili za nimi. Nikt jeszcze nie rozumiał, co właściwie działo się z Zielińszczakiem, człowiekiem przecież otrzaskanym i wesołego charakteru, który drwił z każdego, od papieża zacząwszy, na diable skończywszy.

Rysiek szarpnął zdurniałego ojca i wyszli na drętwo, oniemieli po prostu, bo jak kościół kościołem, takiej rzeczy nie było.

Przy kropielnicy jeszcze przystanęli, bo tam zbiły się Budy i przejść nie można było w żaden sposób. Ludzie sykali, podnosząc się z niechęcią.

A ksiądz huczał z ambony głosem natchnionym, jakby miał za chwilę zjeść kotlet schabowy z ćwikłą:

– Ręka Boska was dotknęła za wasze grzechy... – I swoimi tłustymi łapskami wymachiwał rozpaczliwie. – Tylko pokorą prawdziwie chrześcijańską i miłością bliźniego swego przebłagamy gniew Boży. Dobra doczesne niczem są wobec światłości...

I tak pięknie, i tak dalej, i zawsze o tym samym wielbłądzie, co czterdziestkę obciągnął i z kolegami się założył, że przez ucho igielne przelizie.

Twarzą w twarz stanęli naprzeciw siebie Lipko z Zielińskim. Rzeźnik mrugał oczami, łapał powietrze, dysząc rozpaczliwie.

– O rany, Zieliński, czego chcesz...? – jęczał, a ogromne jego ciało kurczyło się z przestrachu.

Zieliński nic nie mówił. Patrzył na niego krwawymi oczyma. Milczał, a to milczenie było tak ciężkie, że któryś z kręgu ludzi zebranych nie wytrzymał.

– Co ty pajacujesz Zielińszczak! Chcesz go lać przed kościołem?! Zobacz – jemu wystarczy za wszystko! To już nie człowiek, a kupka strachu... I za co?

Wtedy Zieliński krzyknął, zwracając twarz ku ludziom. Zmienioną, zdziczałą nagle twarz, aż się cofnęli poniektórzy.

– Patrzcie! Modlić się przyszedł, widzita? Modlić. A co on ze swoją córką zrobił? Teraz, teraz! A Kryśkę do ziemi doprowadził...

Ludzie milczeli, Lipko sapał, Zieliński z twarzą bez jednej kropli krwi już nie krzyczał, ale wył zwierzęco, za klapy futra rzeźnika ucapił i trząsł, aż tamtemu zęby dzwoniły.

– Teraz się modlisz, ty wieprzu spasiony! – I jakby błotem, takim w niego przekleństwem rzucił... – A ja twoją córkę kochałem, ja ją kochałem, ty wiesz.

I do ludzi się zwrócił:

– A ona Nalberczaka kochała, tego furmana z Blaszanki, wieta! To on, to on zagroził, że z domu wyrzuci, że przeklnie, grosza nie da... I powiedział, że z dyrektorem Więckowskim pogada, to z roboty tamtego wyrzucą, aż się dziewczyna cofnęła...

Przerwał. Potem nagle cicho powiedział, spokojnie, drgającym głosem:

– Ludzie, ja złodziej jestem, przyznaję... Ale obok niego w kościele stać nie mogę, też mam swój honor jaki taki. A ja jego córkę kochałem... jak dobry człowiek ją kochałem. Słowa bym nie powiedział, żeby wyszła za tego Nalberczaka, słowa... Rozumiem, że złodziej jestem, krew moja złodziejska, nawet nic nie mówiłem... Ale jej życia nie podaruję!

Strasznym kopnięciem rzucił Lipkę w kałużę, aż pod schody kościoła.

– Tu leż jak pies i do Boga się módl! Módl się, żeby ci Kryśkę darował. Za Zielińskiego też się pomódl, ty sukinsyn...

Rzeźnik leżał jak łachman, a Zieliński do ludzi podszedł. Wyciągnął z kieszeni gruby plik banknotów, zegarek i pierścionki dwa z ręki zerwał. Ile tego było – nie wiadomo. Dużo...

Całe swoje złodziejskie życie na wierzch wyciągnął, ludziom pod oczy podetknął w drżącej ręce.

– Bierzta, ludzie – mówił – mnie niepotrzebne. Bierzta od Zielińskiego na gwiazdkę...

Zbliżał się kolejno do każdego, prosząc, aby brali, podsuwał. Ludzie patrzyli, Pękałowa matka patrzyła, Cygańskim Budom oczy na wierzch wylazły, bo tylu pieniędzy nikt w życiu nie miał, nie widział.

– Ludzie, ja jego córkę kochałem, jak dobry człowiek ją kochałem. Ludzie – nędza mnie wychowała, a głód to zły nauczyciel. Jak się... miałem rodzić... to... ojciec matkę w brzuch kopał nogamy z rozpaczy, bo nie wiedział, co to będzie dalej... Jak nie wierzyta, to starych się zapytajcie, powiedzą wam, czy tak nie było... Malinowski: tak było?

– Tak było! – przyznał Malinowski, człowiek stary, zbiedzony.

– Siktowiak: tak było?

– Tak było – przyznał głucho drugi zapytany.

– Widzita ludzie. Ale przebaczta mnie ludzie, przebaczta Zielińskiemu. Przebaczta, jeśli kogo skrzywdziłem. Bierzta ludzie, bierzta...

– Nie, Zieliński – powiedział ktoś mocno z ludzi. – Nie weźmiem twojej forsy, na co nam ona? I tak wszystkich pieniędzy nie oddasz, jakie skradłeś. My jesteśmy biedne ludzie, Zieliński, i dlatego kupić nas nie idzie. Biedny człowiek ma tylko jedną drogą rzecz na świecie – swój honor – i jego nie sprzeda, bo tyle forsy nawet nikt nie ma, aby kupić. Z Lipkami trzymałeś, z Makowskim trzymałeś – im daj tę forsę, oni wezmą z ochotą, w rękę cię jeszcze pocałują... Między nami niezgoda by tylko była. Po co nam twoje pieniądze, Zieliński...?

Ale Zieliński mówił dalej, próbując komuś siłą wcisnąć pieniądze do zamkniętej ręki.

– Bierzta ludzie, bierzta... Weźcie ode mnie te moje życie, weźcie... Przyjmijta mnie za dobrego człowieka ludzie, głód mnie wychował, żyć chciałem. A to weźcie ode mnie, weźcie, zlitujcie się...

Ktoś drugi powiedział:

– Teraz, Zieliński, teraz? To nie ty Lipkę kopnąłeś, oni cię dawno kopnęli. Niepotrzebny już jesteś panom, to teraz do nas przychodzisz, tą brudną forsą chcesz się na czysto wykupić?

I nikt ręki nie wyciągnął. Stali ludzie w milczeniu, ślinę tylko połykając, patrząc w zdumieniu na łzy wesołego złodziejaszka, co pogardę całemu światu od lat na harmonii wygrywał.

Zieliński szeptał:

– Weźta, ludzie, weźta...

Organy zagłuszyły go na chwilę. Stał w milczeniu, poruszając wargami, do siebie już tylko mówiąc i twarz marszczyła mu się, ścinała w zdumieniu bezbrzeżnym, że oto tyle pieniędzy ma w ręku, wszystko, za co w życiu łba nadstawiał, szukał i zdobywał, za co po kryminałach gnił, nocami chadzał pełnymi trwogi i nikt, nikt nie chce wziąć, nikomu to nie jest potrzebne. Na ludzi spozierał, na pieniądze w swoim ręku, na Lipkę w kałuży, na życie swoje malutkie – w jednej złodziejskiej ręce do ogarnięcia.

Po tym jednym susem skoczył do rozpłaszczonego Lipki, szczęki siłą rozdarł i tam tę forsę nieszczęsną wtłoczył.

– Masz, nażryj się, posmakuj ty chociaż mojego życia, przełknij…

Tu kończy się historia o złodzieju Zdzisławie Zielińskim z Marymontu, który drwił z dobrego życia, frajerami i nędzą pogardzał, a gdy pokochał, dobrym stać się chciał, miejsca swego na ulicy nie znalazł i…

– Przebaczta, ludzie – krzyknął.

Nim ktokolwiek zdążył go zatrzymać, browning z kieszeni wyszarpnął, w usta sobie strzelił, padając na rzeźnika.

Te trzy dni czerwono zadrukowane w kalendarzu wiszącym na ścianie zakopał się w domu, nigdzie nie wychodząc: postną zupkę chłeptali, patrząc ze zdziwieniem w tłusty druk, no bo niby święta, a co właściwie inaczej się dzieje?

Po Zielińskiego przyjechali z kostnicy miejskiej, milkliwy policjant ludzi przepytywał co i jak, ksiądz rozpaczał, a w ogólnym zamieszaniu pan Lipko forsę z gęby wykrztusił i oczywiście zgubił, niczego u niego nie można było dociec, tak silnie się wzruszył.

– Zgubiłem, zgubiłem – powtarzał, trzęsąc się jak galareta. – Niech pan zapyta księdza dobrodzieja, panie władzo… Wszyscy wiedzą, jaki ja jestem człowiek.

Policjant nawet nie pytał, popatrzył bacznie na Lipkę, Lipko na niego i policjant zapisał w służbowym notesie: „Karany… lat trzydzieści dwa, matka, ojciec… w stanie nietrzeźwym…”.

– Ścierwo! – powiedział i odjechali.

A wieczorem ludzie widzieli, jak ten sam policjant w cywilu skradał się do Lipków i późną nocą stamtąd dorożką go odwieźli sztywnego.

Ojciec w gaciach łaził po mieszkaniu i to wcale nie dlatego, żeby spodni świątecznych zaoszczędzić, bo ich nie miał: chciał chociaż odrobinę poczuć, że to święta, że żyje, a we własnym domu chyba można bez krępacji? Można. Toteż łaził niby anioł, potykając się co chwila o rozwiane troczki. Za ścianą Kotras pitolił na mandolinie, matka siedziała w kącie zadręczona do cna, że nie ma żadnej roboty, Rysiek pod oknem tkwił, ciągle myśląc o Zielińskim. Wspomnienie paskudne, wracające jak głodny pies do ręki.

Wieczór szybko zapadł, niepostrzeżenie, ojciec wskoczył pod pierzynę i wszyscy odetchnęli, że już po świętach. Ojciec chciał, żeby już zgasić światło, wyspać się, bo jutro znów do roboty i niech to szlag trafi, więc Rysiek wyszedł powłóczyć się jeszcze trochę na Marymont.

Trzaskając drzwiami, nie wiedział, że zupełnie na nową drogę w życiu wychodzi, że zamyka za sobą tamto wszystko złe i przeszłe: Maynarda, Zielińskiego, robotę u budkarzy, szarpaninę cała głupią.

I jak to się stało, że w ciągu następnych czterech dni na nowo ożył, znów szarpać się zaczął i walczyć w swoim pojęciu?

Ano – zupełnie niezwyczajnie... Przypadku przecież zwyczajnie się nie spotyka w byle jakim miejscu życia.

Rączyna Janka spotkał na czarnej drodze i ten zaraz do niego:

– No i jak, wysiudajka? Kamieniami już nie rzucają?

Z ludzka zapytał, bez drwiny, toteż Rysiek odparł, że nie i pozdrowienia od Budziejewskiego przekazał, razem z całą jego niedolą.

Rączyn głową pokiwał, zaklął, jako że miał w zwyczaju wzdychać, i powiedział, podczas gdy szli dalej:

– No tak. Nas to samo czeka od Nowego Roku.

Miał na myśli redukcje w Blaszance. Rysiek to wiedział, cały Marymont ciemną Gwiazdkę miał tego roku: dyrektor ludzi wyrzuca na bruk, roboty nie ma, a gdzie blacharzom zaczepić się w zimę, gdy w dodatku nic się nie buduje? Na jaki dach, kiedy każdy tak stromy jak życie?

Zapytał:

– I co będziecie robić?

– Bronić się – mruknął Janek.

– Eee tam... bronić się. Jak tu się bronić, panie Rączyn? Tamten też był remiecha nie byle jaki i niczego się nie dobronił.

Wkraczali w krzywe płotki. Jakieś kroki chlupotały po błocie za nimi. Musieli obejść, bo kałuża rozlała się szeroko, jeszcze jej wieczorny mrozek nie ściął. Przystanęli chwilę, szukając sposobu, i te kroki za nimi ustały. Tak to Rysiek zauważył jedną dziesiątą ucha.

– Inna sprawa – powiedział Janek. – Można przegrać lub wygrać, ale nie można, do cholery, rezygnować. Na bruk się położę i łeb pod tramwaj podetkam? Gówno! Niech kto inny to zrobi.

Taki chłop jak Janek musiał Lewandowskiego pociągnąć ze sobą. Z roboty go wywalili, bruk przed nim i nędza goła w głodową kratkę, a on nic, śmieje się, jeszcze mówi dokładnie, gdzie ma pana dyrektora Więckowskiego i jemu podobnych łobuzów, tak dokładnie, żeby się już nikt nie pomylił, na wesoło, podczas gdy inni biją głowami w mur.

– I pan nie zrezygnuje? – z lekką drwiną zapytał, bo przecież widziało się już w życiu silnych.

– A nie! Będziem się chcieli bronić.

– Bronić...! Chciałbym to zobaczyć, panie Janku. Zawsze pan mówi: – „Walka, walka".

Rączyn uśmiechnął się krzywo:

– Chciałbyś?

– Ooo! – odparł z takim samym krzywym uśmieszkiem.

– No to zobaczysz. Jeszcze ci oko zbieleje, ty cwaniaku... Bo ty przecież wszystko już widziałeś, mądry jesteś...

– Jak dostają w kość – widziałem.

Może by się i pocięli na ostro, bo każdy był zawzięty i słowa nie darował, ale Rączyn skręcał w przecznicę, a Lewandowski zawracał bez celu. Na odchodne Rączyn zawołał:

– Przyjdź jutro pod Blaszankę!

Rysiek przeskoczył na drugą stronę ulicy, potknął się na śliskim błocie i wpadł prosto w ramiona Kosiorka. Tamten zagrodził mu drogę.

– Rączyna nie widziałeś Janka? Interes mam, dług chcę oddać.

– Tam poszedł! – rzekł bezmyślnie Rysiek, wskazując ręką.

„Szpicel!" – przypomniał sobie, gdy za Kosiorkiem przemlaskało już błoto. Zawołał z całej siły:

– Panie Kosiorek, nie tam przecież! Gdzie pan idziesz, jak Boga kocham?

Wypluty człowiek zawrócił pędem.

– A gdzie? – sapnął. – Tam wskazywałeś...

– Bo nie doczekasz pan, aż mnie ręka do końca opadnie i lecisz pan. O tam, na lewo. – I wskazał przeciwną stronę.

– Coś ci ta ręka wolno opada – zauważył zgryźliwie, odchodząc.

– A, bo – powiedział flegmatycznie Rysiek – dałem wczoraj w pysk takiemu jednemu, co ludzi kapuje. Więc dlatego tak wolno…

– Ale do kryminału ci się spieszy wyraźnie – zaklął tamten i znikł.

Było źle. Szpicel za Rączynem lata jak wściekły, a tamten nic nie wie. I chociaż kłócili się przed chwilą, Rysiek już by serce z duszą za niego oddał, bo szpicel to był wróg wspólny dla każdego. I od razu zrozumiał, że tu trzeba cynk dać jak najszybciej, każda chwila droga.

I odtąd jak w karuzeli. Bo jeszcze się nie odwrócił dokąd iść, kiedy już Janek sam na niego wpadł, bo chodził pochylony tak jak Rysiek.

– Kosiorek za panem lata – powiedział cicho. – Forsę jakąś ma dla pana, tak?

– Chyba za mnie, cholera no!

– W każdym razie pilnuj się pan. Bo on mało dupy nie zgubi, tak lata. Cześć!

Odszedł, ale Rączyn zawrócił go cichym okrzykiem. Światło latarni padało na jego chudą twarz: blada była i skupiona. W tym samym miejscu stali, gdzie kiedyś z Zielińskim, po zabawie u Lipków.

– Pamiętasz, że ci wtedy skoki dałem – zapytał ostro Janek. – Pomogłem znaczy się, tak?

Lewandowski przyznał, że tak, pomógł, tego się nie zapomina, bo o jego honor chodziło przecież…

– No widzisz, a tu chodzi o honor wielu ludzi, o to właśnie, by się bronić z honorem, tylko że już bez tej ojczyzny i tego, że się odda – nie odda, to wszystko ozdóbki do dupki. Jak się ma honor, to nikomu go się nie oddaje, to nie parasol do wypożyczenia. Krótko, Lewandowszczak: pomożesz mi?

– Pomogę!

– Pysk na kłódkę?

– Noo – obruszył się. – Za kogo pan mnie ma...? Co pan się boi...

Widać za dobrego go miał chłopaka, za takiego, co może i potrafi pomóc bez bojaźni i łaski, bo za chwilę już leciał po ciemnych schodach na pięterko, według Rączynowego adresu.

Zapukał z łomoczącym sercem. To było jednak coś z dobrej przygody: szpicel, ciemna ulica i człowiek, któremu trzeba pomóc, bo o innych, bo o honor...

Nie zdążył dociągnąć tego do końca, bo ktoś podchodził już do drzwi, szurając jakby umyślnie pantoflami.

– Kto tam? – zapytano.

– Do... pana... Mączyńskiego – wyjąkał, z emocji zapomniawszy nazwiska.

– Nie ma go, wyjechał do Falenicy – odparto zza drzwi. – We wtorek będzie.

„Zaraz, co teraz?" – myślał rozpaczliwie, sekundy się wlokły, zanim przypomniał sobie i odrzekł:

– Ze mną się umówił na wtorek właśnie w sprawie szafy do kupienia.

Drzwi otworzono gwałtownie, Rysiek został wciągnięty do środka i ktoś zaklął:

– Co, do ciężkiej cholery, żarty sobie z nas urządzasz, języka zapomniałeś?

Wszedł w krąg światła z góry, mrugając oczami, powiedział:

– Nie szarp pan, od Rączyna przychodzę. On nie chciał przyjść, bo Kosiorek za nim chodzi krok w krok. Mówi, żeby wszystko tak, jak postanowione: Skarżyński do syreny, Gąsiorowski i Szymonowicz na bramę.

– Na bramę – zaklęli tamci. – Na bramę! Ten Janek to też! A ten nic porządnie nie potrafi powtórzyć... – I do Lewandowskiego: – A ty ktoś taki?

– Nie widzi pan? – odparł urażony. – Człowiek...

– A cholera cię znowu wie, jakiś ty człowiek – dobry czy zły?

Wtedy z cienia poza kręgiem światła odezwał się jakiś głos. Twarzy nie było widać, ale głos ten dźwięczał dobrym wspomnieniem, skądś z bardzo bliska znało się niegdyś ten głos:

– Ja go znam. To dopiero materiał na człowieka, ale dobry, uczciwy... Nie bójcie się towarzysze, pewny...

Wlepił w kąt oślepłe oczy, ale niczego nie dojrzał, tamten mówił z ciemności. Wiedział, że bardzo dobrze zna ten głos, a jednak twarzy nie umiał sobie dopowiedzieć.

– No, dzięki – powiedziano mu i znów znalazł się na schodach. Dosłyszał tylko, jak ktoś mówi „jasny" czy o czymś jasnym, coś jasnego. „Pewnie nazwisko" – pomyślał, ale nie znał nigdy takiego. Tylko ten głos, ten głos znajomy i przecież sam mówi, że go zna, że materiał na człowieka!

Gorzko się uśmiechnął: tamten nic nie wie pewnie o tym całym wysiudajstwie, o tym, że chłopaków bił, swoich! Wspomnienie paskudne, człowiek się kurczy, przyschłe jak błoto.

I tak nawet nie bardzo wiedząc, co robi, gdzie i jak, z zamętem w łepetynie wrócił do domu. Tylko te słowo „towarzysze" naprowadziło i „jasny". Kojarzyło to się jakoś, ale ciągle mętnie i bez twarzy, jak ten głos z cienia.

Ani jutro, ani w dni następne nie skojarzył, po latach go dopiero spotkał, tego Jasnego, i tamten rewolwer w niego wycelował: – „Zdrajca!".

Wieczorkiem późnym Kotras wszedł do izby ze zmartwieniem na twarzy i zegarem w ręku.

– Nie obudzę cię jutro, Stasiu – powiedział do ojca. – Kukułka znów się zepsuła. Szlus!

Lewandowscy zegara nie mieli i sąsiad budził ojca do roboty waleniem w ścianę.

– Trudno – rzekł furman. – W Blaszance będą wyli na szóstą, to się jakoś zbudzę.

Z tym położyli się spać.

Ale syrena na Blaszance nie wyła o szóstej.

Nie zawyła ani po szóstej, ani na pół do siódmej i ludzie od razu poczuli, że coś się stało. Ojciec poparzył się kawą i wyleciał jak oparzony. W drzwiach z rozpędu przewrócił Kotrasa.

– P-p-p-ol-icja – wyszczękał blady Kotras i opadł jak łachman.

– Gdzie policja!!!

– P-p-p-od Blllaszankę szli.

– Po cholerę!

– P-p-po mnie...

– Głupi jesteś, Ignac! Skądże po ciebie?

– To ten komisarz z laską był z nimi. Do końca życia go nie zapomnę! „Dopóty cię będę bił, aż się usrasz!" – tak mówił. Nazywa się Pogorzelski.

– A tyś się zesrał na całe życie pewnie – odparł z niechęcią ojciec, bo tchórzów nie znosił, dopiął spodnie i wyszedł.

Rysiek razem z nim. Ulicą już walili zewsząd ludzie – pod Blaszankę.

Wczesna godzina była, a koło Tczewskiej tłumik już spory falował. Policja obstawiała teren: dwóch na każdym rogu i aż trzech przy bramie. A nad bramą z przystawionej drabiny gruby policjant ściągał deski z napisami „Precz z fikcyjną redukcją!",

„Załoga Bielan żąda chleba", „Walczymy o chleb dla naszych dzieci".

I Kosiorka tu nie zabrakło. Wypluty człowieczek czaił się między ludźmi, zerkał burymi oczkami w te i wewte, czy czegoś nie usłyszy. A pod bramą wysoki mężczyzna z potężną, bambusową lachą stał obojętnie, paląc papierosa. Łysy był, barczystej budowy, o twarzy bezwzględnej, brutalnej, nawet Zielińszczak nie miał takiej.

Jeden z granatowych podszedł, wyprężył się służebnie. Tamten słuchał z przymkniętymi oczyma. Potem policaj:

– Tak jest, panie komisarzu! – I Rysiek przypomniał sobie strach Kotrasa, zrozumiał, że to komisarz Pogorzelski – ober-szpicel numer jeden, człowiek, na którego nawet tak złego słowa nie było, nie znano.

– Włoski... – szepnął ktoś koło niego.

Nagle ludzie zamarli, przestali szumieć, słowo w pół urwane pękło w powietrzu i donośne przekleństwo komisarza z lachą. Wymachiwał nią, groził komuś z pianą u pyska, ale nic z tego słychać nie było.

Stary dziadek, ten, który szepnął „włoski", prostował się centymetr po centymetrze, plecy wyciągał, z nędzy wieloletniej jakby chcąc się podnieść. Tyle wysiłku zastygło na jego twarzy, że Lewandowski w niego tylko wlepił zdumione oczy.

I ludzie koło nich też się prostowali, wydźwigali, niezręcznie to widać, ale twarze wyładniały, wiatr jakiejś nadziei po nich powiał, coś dobrego zobaczyli nagle w odmłodniałych oczach, lepsze jakieś za Blaszanką wschodziło czy co?

Potem stary czapkę z głowy zerwał gwałtownie i tak stał z siwymi włosami na grudniowym, ostrym wietrze, z twarzą kiedy indziej brzydką, nie do zauważenia, teraz mało – wspaniałą, tylko z nosem rady dać sobie nie mógł, ze łzami, co jakoś po bruzdach spłynąć nie chciały.

Tylko tamci pod bramą zostali przygarbieni, nędzni – każdy to widział: był policjant na drabinie, Kosiorek z przydeptaną mordą, tamci kręcący się jak w ukropie, bezradnie na wszystkie strony, miotani krzykiem komisarza z laską wzniesioną do góry, wygrażającą niebu.

To Blaszanka śpiewała *Międzynarodówkę*[108].

---

108 *Międzynarodówka* – najsłynniejsza pieśń socjalistyczna, przyjmująca formę credo. Początkowo słowa ułożone przez Eugène'a Pottiera śpiewano do melodii *Marsylianki*.

X

Dopiero kiedy przebrzmiał śpiew, po długiej chwili, kiedy i ci, i tamci milczeli oczekująco, zawyła syrena. Długo głos jej trzymał się w czystym powietrzu grudniowym, potem dopiero policja pod bramą ożyła. Gruby na drabinie zdjął napis, rzucił z hukiem na dół.

– Gówno! – ryknął nagle dziadek obok Lewandowskiego, siwe wąsy poszły mu do góry. – Gówno...! Tego nie zrzucita, za krótkie ręce mata. Za małe jesteśta na to!

Wtedy komisarz wskazał bambusem na ludzi, ryknął, staremu pogroził. Dziadek wypiął się zadkiem:

– Tu bracie, tu...

Policjanci już się meldowali, kucali i na prosto:

– Tak jest, tak jest...! – Z ręką na sztywno przy daszku, kopytami szast-prast i oczami w lasce, czy czasem w mordę pan Pogorzelski nie strzeli, bambus okuty...

Kosiorek przypełzał płasko, szczeknął coś, ale komisarz tylko krótko:

– Paszoł won! – I szpicel odskoczył, ciągle z łaszącym się spojrzeniem. – Do rączki, sukinsynku, do rączki. – Na starego dziadka ręką wskazał, że niby nazwisko zna i adres, ale komisarz już laskę podniósł.

– Pryskaj pan! – mruknął ktoś do starego. – Już idą po pana. Uważaj, ojciec!

A policjanci już do ludzi podbiegli.

– Rozejść się! No już! Po dobroci! Pieskie syny...

Napierali na zgromadzony Marymont, warczeli ze strachem w oczach, pałkami machali przed nosem, klęli kobietom od najgorszych... Jakiś się potknął, pyskiem w błoto pojechał, ludzie w śmiech, jakiś w kaszkiecie, z nosem zadartym, od razu:

– Uwaga, nie pośliznąć się. Gówno!

Drugi:

– Nie zdeptać swojego!

Za klapy kogoś uhaczyli:

– Dowody, dowody... – Ktoś szarpał wykręcone ręce, znów przekleństwo:

– Puszczaj, mać twoja...

Obojętny czyjś głos:

– Won, bo dam w mordę, no! – I pisk jakiś nieprzytomny, zastrachany: – Panowie, ja tylko popatrzeć, popatrzeć, za co, za co...?

Rysiek odwrócił się. No jasne, Kotras, któż by inny...? Już leżał w kałuży, już się zbierał i nie oglądając się – przed siebie, na Marymont, piętami bijąc w zadek.

– Brać go – stękał ktoś boleśnie. – Poznaję go, to ten sam, pomóżcie! Malina, Malina! O! Cholera, gryziesz, gryziesz!

Człowiek jakiś ogromny wyrwał się dwu policjantom. Latali jak szaleni w opętańczym jakimś wiatraku, pouczepiani potężnych ramion. Tamten rzęził wściekle, buraczkowa twarz pękała, zda się, z wysiłku. Rysiek podskoczył z tyłu, nogę jednemu podstawił szkolnym haczykiem, polecieli wszyscy trzej w kałużę, błoto prysnęło mu na twarz. Tamten skoczył, już uciekał zakosami, gliniarz nagan[109] z kabury wyszarpnął, pstryknął raz, drugi, na nic. Sierżant to był i od razu posterunkowego w mordę:

109 Nagan – rewolwer.

– Malina, skurwysynu – trzymaj go!

Tamten chciał odpowiedzieć: – „Tak jest", ale błota się najadł biedaczyna i zwierzchnikowi w gębę bluznął.

– Nie bić – ryczał ktoś, osłaniając głowę ręką. – Nie bijcie ludzie!

– Matką twoją mogłabym być.

– Jazda, jazda pod Górę Kalwarię...

– Taki bohater jesteś. Bezbronnego bijesz w d... j... Woooon!

– Rozejdźmy się, ludzie – przekładał jakiś starszy, siwawy. – Rozejdźmy się...

Zaczęto się cofać, klnąc i pomstując. Krwią ktoś spluwał w chusteczkę, złorzeczył... W Tczewską paru ludzi odeszło, w Kamedułów, ciągle przystając i odwracając głowy:

– Cholery, cholery na nich nie ma...

W końcu pustawo się zrobiło, cicho. Komisarz z laską odjechał samochodem, nawymyślawszy przedtem komuś, policjanci chodzili pod murami i Kosiorek tylko pętał się jeszcze, złotówkę chciał pożyczyć.

– Na chleb – piszczał. – Na chleb dla dziecka nie mam...

Dziecko – pod trzydziestkę podlatujący młodszy Kosiorek – już trzy dni leżało pijane w sztok, tatusia dziś skopało, naprawdę niedobry synek. W końcu tatuś dostał jeszcze raz kopa i smutny powlókł się do domu – ot, nie ma co dziecku przynieść, i bądź tu teraz ojcem!

Blaszanka milczała. Strajk się zaczął. Chodzący policjant miarowymi krokami odmierzał czas – ile zostało do klęski – myśleli jedni, ile do zwycięstwa – drudzy.

Jeśli trzaśnie piorun, a niebo jest ciemne, czeka się burzy, następnych grzmotów. Takie czekanie gorsze jest od wszystkiego, człowiek myśli: – „Niechże już trzaśnie, do cholery ciężkiej!".

Tak samo i tutaj. *Międzynarodówką* trzasnęli w granatowych na bramie, szpicli i komisarza z laską. Zamknęli się w murach na złe i dobre, razem z głodem i wolą zwycięstwa. Ile godzin potrwa długich, tygodni czy dni? Kogo wsadzą za druty, zęby wybiją, strzelą w ciemności? A tymczasem to granatowi czekali skuleni, nie Blaszanka. Patrząc na szpicli i granatowych, Lewandowski zaczynał rozumieć, że jest jednak coś silniejszego od pałki i kopniaka. Szpicle – burasy – oglądali się ze strachem, kiedy trzeba było przejść na drugą stronę ulicy. Policjanci też z daleka od murów, pełzaczkiem. Widząc ten strach, służbowo paskiem zaciśnięty w pysku otępiałym, czerwonym, Lewandowski pomyślał „Cholera...". To było bardzo dużo!

Poszedł do domu, usiadł przy oknie, na ulubionym swoim miejscu. Latarnię widać, kawałek uliczki krzywej, psa chudego i klozet w sąsiednim ogródku, strzępek nieba oglądanego przez załzawioną szybkę – bez koloru żadnego nieba. I żeby nie wiem, jak te okno otwierać, to zawsze: klozet, chudy Rex, latarnie i piach... A że teraz matka do cna zadręczona świętami urządziła pranie i biała para osiadła zimno na szybie, nic już nie było widać, nawet latarni – nie pamiętał, żeby kiedy świeciła, jak życie czyjeś wygasłe, coś jak Kotras. Jest i go nie ma: – „Bo szczęście, panie Lewandowski, to zapomnienie...". A tam coś jednak się działo, czuło się, nawet tutaj. To jasne, że nie można siedzieć przy oknie, kiedy tam podnoszą się czyjeś pięści, to jasne, że sama ciekawość człowieka popycha...

– Przejdę się, mamo... – powiedział. Czapkę z gwoździa chwycił i wyszedł.

Policjanci dalej chodzili krokiem miarowym jak tykotanie budzika. Od opuszczonych pasków poczerwieniały im pyski. Od

Szewskiej do Kamedułów – dwieście kroków czystym strachem odmierzane.

Akurat ludzie ze Śmigłówki zaczęli wychodzić zmęczonym tłumem. Tak to wyglądało zawsze, ile tylko razy Lewandowski widział. Bez uśmiechu na szarych twarzach, ramiona opuszczone, oczy czerwone, nikt się nie cieszy, że to już fajrant, że do domu...

A dzisiaj ludzie ci wyszli jakoś inaczej, chcąc nie chcąc, człowiek zauważył. Można powiedzieć – bojowo szli, bez przesady. Z uśmiechem, gwarno, ktoś krzyknął do stojących w bramie blaszaniaków:

– Trzymajcie się chłopaki! Nie dajta się Uklejskiemu!

– Na drugą stronę – warczała policja. – Drugą stroną przechodzić.

– A paszoł ty!

Policjanci widzieli – nie dadzą rady, ludzi dużo, twardo idą, zamęt się zrobi i w głowę można dostać. Cofnęli się pod mur, stali cichutko, dopóki tamci nie przeszli. I tylko do kobiety samotnie idącej – któryś podskoczył z krzykiem.

„Żeby się jakoś wkręcić do środka" – kombinował rozpaczliwie Lewandowski. Ciekawość brała, co oni tam mówią, robią... W końcu jak ta walka wygląda? Biją po mordzie Więckowskiego, ręka, noga, mózg na ścianie, czy jak?

I w tym miejscu życia – siedemnastym roczku głodowym, gdzieś o sto kroków od Blaszanki, i w tym miejscu opowieści – już o parę kroków od prawdy, najważniejszym chyba miejscu, o parę kroków od prawdy i walki, Lewandowszczak z Marymontu, cwaniak bądź co bądź jakich mało i nie daj Boże, cwaniak ponury, postanowił zaryzykować. I tu trzeba wyraźnie powiedzieć, że to tylko z ciekawości, żeby nareszcie tę walkę, na ślepo, żeby gliniarzy zrobić na bambus, i wreszcie: – „Nikt nie wejdzie, a ja wejdę...”.

Więc najpierw na pewniaka, z miną grzeczną, obojętną, coś jak do kina: „Kolega z tyłu ma bilety...”.

– Dokąd? – policjant na bramie zatrzymał go bananem.

– Do brata.

– W celu?

– Mamusia kazała... – z grzeczną minką jeszcze, ale tamten mniej:

– Paszoł mi won!

–...żeby pan mnie w dupę pocałował!

To ostatnie dopiero w piętnaście kroków, kiedy tamten mógł tylko pałką pogrozić i przekleństwem rzucić.

Pomyślał, że można by jeszcze do przyległej Śmigłówki, żeby się tylko tam na teren dostać. Ale tam też pilnowali, nawet w spokojnym czasie, bo roboty rządowe z CWS dostawali.

Chodząc tak, wszedł na wał, aby okiem całość ogarnąć, pomyśleć, czy jest jakiś sposób wtrynienia się. I stąd popatrzył na fabrykę.

Nie było ona wielka, ta Blaszanka. Od ulicy Kamedułów, z frontu, gmaszysko stało ponure, dwupiętrowe, z cegły niegdyś czerwonej, teraz, po latach, zupełnie już czarnej, brudnej jak łapy dyrekcji. Po latach, bo niegdyś była tutaj fabryka kapeluszy słomkowych dla pięknych pań, aby osłaniały nimi od słońca delikatne twarzyczki. Kobiety, które niegdyś garbiły się przez dwanaście godzin, przebierając bez przerwy słomki i słomeczki, jeszcze dziś dech tracą na samo wspomnienie: „Nie szło wytrzymać, panie młody, nie szło...”.

Potem lata wojny przyszły i fabryka przechodziła z rąk do rąk, maszyny gdzieś wywieziono, pusta stała, dopiero potem

Więckowski tu nastał z psem Uklejskim i wywiesił tablicę „Warszawska Fabryka Wyrobów Blaszanych BIELANY".

Blaszankę Rysiek znał piąte przez dziesiąte. Jako szczeniak wieszał się na murze z innymi, zaglądał, wiedział, że na parterze są maszyny, na pierwszym piętrze blacharnia, w suterenie prasy. Zresztą – czy można mieszkać tyle lat przy fabryce i nie znać jej choćby z opowiadań? Nie można. Jeśli nie ojciec pracuje, to brat i ciągle się słyszy w domu, na ulicy, u sąsiadów:

– Wiecie – tokarnię nową Więckowski kupił. Prima tokarnia – półnorton, sama robi, rotacyjna… A Mąkę, co na starej robił, wyrzucił Więckowski…

– A dlaczego? – pyta wtedy drugi sąsiad. – Źle mu było robić na nowej?

– Nie, ale Więckowski dwadzieścia groszy z akordu mu urwał. Bo właśnie nowa, mniej się trzeba urobić. Starego zgniewało – dwanaście lat już tu robi, odpowiedział i… i wicsz pan.

I tylko z tego wszystkiego jeden Mąka widać nie wiedział, że czeka go bruk i goła nędza za dwadzieścia groszy hurtem.

Kapitalistycznej fabryki robotnik w życiu nie zapomni.

Obok czerwonego domu komin brzuszył się niewysoki, pod trzecie piętro najwyżej, z okopconym wierzchem. A od Tczewskiej hala stała – ot, i cała Blaszanka.

„Od Tczewskiej też pokombinuję" – postanowił.

Ale na Tczewskiej też policjant chodził i spod muru kosym przegnał słowem. Więc tylko od lasu można się było dostać – na drzewo jakieś wysokie, potem na mur przeskoczyć i do środka.

Śnieg od godziny już padał gęsty i suchy, skrzypiał pod krokami policjantów, wiatr z pól nad Wisłą niczym nieosłoniętych nadciągał i mróz wieczorny zimną rękę położył na Marymoncie.

Dzień zimowy, krótki jak westchnienie, przeminął i zmierzch zaczął oplatać już wszystko, co na ziemi.

Obszedł wałem i cicho skradał się lasem, do którego tyłami przylegała Blaszanka. Zerknął: tamci też niegłupi, postawili stójkę... Policjant chuchał w zmarznięte palce, tupał, na minutę nawet nie przestając chodzić. Na rogu – dwaj. Na nic. Złapią i skopią jak psa.

No tak, ale to przecież jeszcze ciągle był ten Lewandowski – kowboj od dobrej przygody, więc choćby cały świat się sprzysiągł, to i tak swego musi dopiąć, czy jest w tym jakiś sens, czy nie. Po prawdzie coraz rzadziej już myślał o tym nieszczęsnym Maynardzie, co innym pomoc niesie i rękę silną a mściwą, ale teraz znów nozdrza rozdął, serce biło jak dzwon i na paluszkach, na paluszkach, na paluszkach, skradał się krzakami.

Cofnął się kilkanaście kroków w las, ubił ze śniegu twardą pigułkę, chuchał na nią, kręcił, a kiedy już była jak sumienie bogatego, wyrżnął policjanta w łeb, aż tamtemu czapka na oczy zleciała, bo z tyłu go Rysio pobłogosławił.

Gwizdkiem przeciął powietrze, od razu przylecieli wszyscy, w biegu pistolety wyszarpując – wszyscy w jedno miejsce, a Rysiek tymczasem na drzewo jednym małpim skokiem. Zamarł, bojąc się ruszyć, dusił rozpaczliwie śmiech, przylgnął do pnia, bo to zima, gałązki kruche i trzeszczą.

Tamci połazili z pół godziny w kółko, aż w końcu któryś bystro zauważył, że to jednak nie bomba, a po prostu głupi kawał.

Poklęli, poklęli i rozeszli się na miejsca.

Po cichutku przekradał się na mur, z muru na dach hali – jednym skokiem nad dwumetrową ciemnością i już był w środku, bezpieczny. A jak już był w środku i bezpieczny, połowa uroku prysnęła i sam siebie zapytał: – „Po co ja tu przyszedłem?”.

Policjantów przerobił, na granatowo ich przerobił, nie tylko na szaro, z ryzykiem nie byle jakim tu przyszedł, ale teraz można wracać, bo znów lipa, proszę państwa, a nie żadna walka.

Jak się o tej walce myślało? Że to na śmierć i życie, krew jak sztandar czerwona, pięści mściwie zaciśnięte, barykady… Że na śmierć ci ludzie idą za swoją prawdę, za życie, które trzeba pięknie przeżyć… Krwiopijców na śmierć rozszarpanych spodziewał się zastać, a tu?

Leżąc płasko na dachu hali, każde słowo słyszał, w pół się zwiesił i przez okno wysokie, szczytu sięgające, ich widział. Spokojnie. Cicho. Nikt nie krzyczy. Bez strzałów. Trupa burżujskiego – ani na lekarstwo. Koniec, kropka, nie ma żadnej walki.

Zawrócił ze znajomym już uczuciem klęski i rozgoryczenia, że znowu go ktoś obujał. Usiadł na drzewie, czekając, aż policjant odejdzie, żeby wtedy jednym susem zeskoczyć. Inaczej to wyglądało z zewnątrz, człowiek naprawdę myślał, że oni tu walczą. A oni tam? Śmieszne! Na falbankach posiadali, na warsztatach, gadają. I na co inni czekają? Wykończyć dyrektora, fabrykę w swoje ręce i koniec.

Nagle usłyszał szept jakiś pod drzewem. Dwóch ludzi tam stało, pozierając w górę. Lodowaty dreszcz przeszedł mu po krzyżu: – „Odkryli mnie!".

– Jazda!– szeptał jeden do drugiego. – Podsadzę cię.

– A jak mnie zobaczą, panie komisarzu? – szepnął ten drugi, skamlał. – To co?

– Pysk ci zleją. Rób tak, aby nie zobaczyli. No, jazda! I pamiętaj – każde słówko!

– Ja mam pamięć dobre – zachichotał drugi – ale wyłączycie, panie komisarzu?

– Wyłączymy. No już, właź na plecy.

Wysoki człowiek pochylił się, a Kosiorek – bo on to był – ze stękaniem wdrapał się na drzewo. Rysiek siedział parę gałęzi wyżej.

– Tutaj będzie pan czekał? – szeptem zapytał szpicel.

– Tutaj, tutaj. I pamiętaj – każde słóweczko!

Kosiorek przeciągał się, otrząsał jak po zimnej wodzie, nie mogąc skoczyć z muru na halę. Spory to był kroczek, ze dwa, trzy metry, męka malowała się na twarzy szpicla. W końcu przeżegnał się raz i drugi, pisnął cichutko sam do siebie i skoczył jak kot, na łapy.

– Już? – zapytał z dołu komisarz.

– Ooo, już dawno! – odparł Kosiorek z dachu.

Krokiem baletnicy, na paluszkach podbiegł na kraj hali. Komisarz zakręcił się, klął pod nosem, zimno mu było widać, bo sam zaczął spacerować pod murem.

Szaleńcze pomysły realizuje się szybciej niż takie sobie, zwykłe. To jak torpeda: o chwilkę, o milimetr się spóźnić i już na nic. Pomyślał, że Kosiorek kapować ich tu przyszedł i natychmiast trzeba dać cynk, ostrzec przed gościem na dachu. Skoczył za nim, cichuteńko podpełznął. Tamtemu widocznie tak mocno biło serce z odwagi, że nic nie słyszał. Przypłaszczył się Kosiorek, łeb w dół zwiesił, dokładnie tam, gdzie Rysiek leżał przed pięcioma minutami.

Gwar głosów szumiał na dole, kłócili się o coś, nie można było rozróżnić pojedynczych słów, padały szybkie i gniewne. Potem ktoś zawołał mocno:

– Towarzysze! – Uciszyło się, a Kosiorek uszy nadstawił pod kierunkiem tych słów, na szpiclowski wiatr.

I nagle zgasło światło, cisza zaległa na hali, mówca urwał w pół słowa. Ktoś zaklął dźwięcznie.

– Zobaczcie no, co tam jest! – krzyknął drugi. – Pewnie korki.

Wyszli przed hale. Na zewnątrz, w budce na ścianie, były bezpieczniki. Zaczęli majstrować. Kosiorek już tylko jedną dziesiątą ciała był na dachu.

– Poświeć no, Gienek – powiedział wyższy.

Pstryknęła zapałka i twarz Rączyna rozgorzała na chwilę czerwonym, krótkim blaskiem. Wykręcając jeden po drugim bezpiecznik, klął coraz mocniej.

– Na nic – orzekł po wykręceniu wszystkich. – Bezpieczniki w porządku, kapsle całe. Główną mufę musieli wyłączyć, na ulicy.

– Gliniarze?

– No a kto, Gieniuś? Pani Malinowska?

– I co teraz? – zapytał Gieniuś po dokładnym ustaleniu rodowodu policji państwowej.

– Nic teraz… Po ciemku trzeba będzie siedzieć… – znów zaklął. – Och! Żebym ja takiego aniołka dostał w swoje…

Zadek Kosiorka sterczał rozpaczliwie w górze. Jedno można było zrobić, jedno. Toteż Rączyn nie wymówił jeszcze słowa „ręce", kiedy coś ciężkiego plusnęło u jego stóp. To Rysiek pięknym strzałem z kapy[110] wprawił szpicla w ruch stratosferyczny.

– Proszę bardzo, panie Janku – zawołał. – Aniołek z nieba, na gwiazdkę. Tylko przez szmatę bierzcie, żeby się nie pobrudzić…

Zeskoczył.

– A ty skąd? – zapytali tamci, nie ochłonąwszy jeszcze ze zdumienia, tak to szybko poszło.

– Ja? Za nim… Widziałem, jak tu idzie, więc mówię sobie: po co? – odchrząknął, że niby właśnie nie chce przy szpiclu gadać.

---

110 Strzał z kapy – kopnięcie czubem buta.

Zbujał, że szedł za Kosiorkiem, ale wstyd było się przyznać, że tylko z dziecinnej ciekawości tu przylazł. Mogli też zapytać: – „Po co, braciszku, po co?".

Rączyn gwizdnął:

– Nnnno taak! To co, panie Kosiorek: pewnie pan chce wracać do domciu, nie?

Szpicel zaskowyczał, za nogi zaczął ich łapać:

– Paaaaanowie…

Cofnęli się ze wstrętem:

– Nie tak blisko, kto się potem dopierze…

Rączyn mrugnął na swojego towarzysza i Ryśka. Zrozumieli: na szaro zrobi Kosiorka… Janek westchnął jakby ze smutkiem i rzekł:

– Wie pan – przez bramę niebezpiecznie by było panu wracać. Tam stoją nasze chłopaki, nerwowe, boję się, czy nie mogliby pana uszkodzić. Pomyślą, że to pies, a zawsze lepiej wcześniej samemu kopnąć, niż ugryzie. Rozumie mnie pan? A poza tym, panie Kosiorek, pan jest człowiek górnolotny, prawda? No tak czy nie?

– T-t-tak… – wyjęczał Kosiorek z płaskiej pozycji.

– Świetnie! – ucieszył się Janek. – No widzi pan, jak się doskonale składa. Powietrzną drogą pan wróci, że tak powiem. Chociaż raz pan wzleci w życiu, panie Kosiorku najdroższy. Niezapomniane wrażenia! Możliwość pracy w cyrku jako człowiek-ptak-padalec! Piękno ziemi oglądane z góry! A zatem…

Wzięli trzepoczącego się jak ryba w sieci Kosiorka za rączki i nóżki, pod mur z nim poszli. Skowyczał cichutko. Przystanęli.

– Bujajcie chłopaki, bujajcie – zachęcał ich Rączyn. – No! Aa, aa, a, szare kotki się zesrały i Kosiorki stąd powstały… Bujaj mnie, bujaj, kochanie, żyyyyyjemyy jeden raz! Jeszcze, jeszcze! Płyń, barko moja! Proszę nie zapomnieć pokłonić się panu komisarzowi Pogorzelskiemu! Co, boi się pan? No, no! Taki dzielny człowiek na oko, jak ułan w klozecie! Czego, drogi panie Kosiorek, czego? Chwileczka i już jest pan z powrotem w objęciach defy. Tanio, szybko i przyjemnie. Chodzi tylko o to, aby wziąć odpowiedni rozmach. Luli, luli! Trzeba go pohuśtać na całe życie...

Kosiorek piszczał cichutko, rozpaczliwie, jak skrzywdzone szczenię. Bujali, z każdą chwilą podrzucając go wyżej.

– Ach, niech pan się nie wyrywa! Powrotna droga bywa czasami cięższa, podobno nawet kości można sobie pogruchotać, tak mówią... Zresztą – będzie pan miał możność sprawdzić. A może to nieprawda? Czekamy od pana wiadomości ze szpitala. Żegnamy zatem, aczkolwiek z głębokim żalem. I proszę o nas nie zapominać. Ty... gówno sabacze.

„Gówno sabacze" wzleciało w górę z cichym okrzykiem:

– O Jezu, zabili mnie!

Plasnęło ciężko o ziemię. Za chwilę jeden krzyk strachu i wściekłości:

– Nie daaaaaaruuuuujęęę!

– Całuj nas, drogi przyjacielu – odparli, krztusząc się ze śmiechu. Zawrócili w stronę hali. Rysiek z nimi.

Nagle Rączyn przystanął, pacnął się w czoło.

– Wiesz co, chłopak – powiedział do Ryśka. – Ty teraz nie możesz wrócić.

– Dlaczego?

– Nie możesz. Kosior poskarży policji i zatłuką cię, nie wyjdziesz, przyuważą. Cholera, no...! Ale trzeba było drania nauczyć, niech ma pamiątkę od chłopaków z Blaszanki. Nie ma co, musisz tu zostać, z dzień, ze dwa. Między nami ci krzywdy nie zrobią, w kupie... Zostań, tu wesoło jak w Wenecji, braciszku!

Nie chcę nudzić, pokazując, jak człowiek nagle znalazł swoją drogę i dobre marzenia, bez wzlotów i upadków chciałbym pokazać, więc dlatego Lewandowski musi się zatrzymać i spojrzeć wstecz.

Człowiek idzie po to, aby gdzieś w końcu doszedł, to jasne i nie trzeba by o tym wspominać, gdyby właśnie nie ten skok przez mur do czerwonej Blaszanki. Tak wówczas nazywano tę fabrykę na Marymoncie.

To dojście może być rozmaite. Albo do kresu, albo na rozstaje, gdzie trzeba w końcu wybrać: rybka lub pipka, tu lub tu, w prawo czy w lewo.

Ale porównanie z rozstajami nie wydaje się tu właściwe. Przecież rozstajne drogi prowadzą też do jakiegoś celu: przypuśćmy do Warszawy lub Kalisza. I ta, i ta droga jest dla kogoś tam słuszna i prawdziwa. Ale Lewandowski z Marymontu marzył o szczęśliwym, bohaterskim życiu, a tu już w żaden ludzki sposób nie ma dwóch dróg, żeby „pięknie przeżyć". Jedna, reszta – zabłąkane ścieżki.

Więc jeszcze raz: człowiek idzie i idzie, tymi właśnie ścieżkami, to bliżej, to dalej od j e d n e j drogi. Ścieżki też nie były łatwe: po spadzistych, ciernistych i jeszcze jak tam? – po głazach, żeby już było wszystko. Nawet gorzej – po własnych marzeniach – wysiudajka. Pięściami się jednak przedzierał, twardo i głodno, dlatego warto dalej mówić o tym dziecku. I nagle – zupełnym przypadkiem, odwraca się i widzi, że to nie była żadna droga, lichota sama, ale widzi już przed sobą drogę, tak nagle widzi, że go ta droga całkiem oślepia.

Lewandowski obejrzał się w Blaszance. Gdy człowiek długo brnie przez bagnistą ciemność, a potem nagle znajdzie się w kręgu światła – długo mruga i jeszcze mniej wie, gdzie jest. A to o tym mruganiu powiedział zupełnie inny człowiek, już po wygranym strajku, i to człowiek tak niespodziewany, że Rysiek mało co nie zgłupiał. A oślepiło go właśnie podczas czterech dni walki Bielan, kiedy sąsiedzi w ciemności – granatowi – światła nie włączyli do końca!

W hali porozsiadali się wszyscy, gdzie kto mógł: na falbankach, warsztatach, skrzynkach narzędziowych, czyjeś długie nogi majtały z frezarki, ktoś pochrapywał za tokarnią. Świecy nawet nie mieli, nafciaka – któż by takie draństwo przewidział? – więc ktoś pomysłem sprzed wieku skombinował lampę olejową z pustej puszki po konserwach i kawałka szmaty. Knot palił nierówno, przygasał i skwierczał: w tym świetle twarze wydawały się żółte, pełnie cieni i głębszych jeszcze bruzd.

Lewandowszczak przysiadł w kącie, głowę wsparł na pięściach i słuchał, o czym mówi stary jakiś człowiek o kościstej, suchej twarzy przeciętej szramą w poprzek. Spokojnie mówił, twardo, złym tylko jakimś głosem, świdrującym. Mdłym pobłyskiem odbijało się światło w wiertarce olbrzymiej, na której siedział, po twarzy skakał mu słaby zajączek, gdy knot przechylał się w oleju.

– Ty, Mąkowski, niecharakternie postąpiłeś, młody jesteś, dlatego ci to mówię, bo życia jeszcze nie znasz, nie obrażaj się... Jak on przyszedł do ciebie, trzeba było nie dać, a ty od razu czapkę z głowy: – „Proszę, proszę bardzo panie majster! Inni nie dali, a ja dam, grzeczny chłopak jestem, na robocie mi zależy...". Tak nie można! Jeszcze trochę, a [na] swoją smycz cię weźmie, pieskiem u niego będziesz.

Nazwany Mąkowskim podniósł się gwałtownie ze swego miejsca – na ziemi siedział, z nogami po turecku. Twarzy jego Lewandowski nie widział, bo z tyłu, za nim przykucnął, ale młody to musiał być chłopak – dużo młodzieży pracowało w Blaszance – bo jeszcze zaśpiewał gniewnie:

– Jedności nie chciałem łamać – zaczął wyrzucać na górnych tonach, zdawało się, że lada chwila złamie głos. – Po prostu nie wiedziałem. Myślę sobie: – „Pomoc Zimowa[111], to dobrze, czemu mam nie dać, jeśli komuś pomogę w bidzie?". A że on z groźbą przyszedł – umiękłem, przyznaję...

– O to wszystko poszło... – szepnął ktoś obok Ryśka, zapalił papierosa. Młody był – Rysiek dojrzał w blasku zapałki jego twarz. Ośmieliło go to, zapytał:

– Cały strajk?

– Nie tylko o to – odparł, pociągnął. Z dymem szybko mówił: – Jeszcze na długo przed świętami majster chodził i zbierał na Strzelca, na LOPP[112], na Pomoc Zimowe... Ludzie niektóre zaczęli dawać, ale wtedy czerwoni zebrali wszystkich po robocie i dawaj na takich! „Na co wy dajecie, na co? Na Strzelca faszystom, pucybutom Dziadka? Za to, że on was bił, waszych braci? A czyj to brat zginął w Hiszpanii, Nadera? A w Berezie[113] czyj syn gnije, Bandaruk? Chcecie – to dajcie na pomoc politycznym – albo w ogóle nie dawajcie!" No i jak Uklejski przyszedł

111 Pomoc Zimowa – przedwojenna tradycja zbiórek charytatywnych, przeprowadzanych w listopadzie i grudniu.

112 Związek Strzelecki – działająca w międzywojniu organizacja paramilitarna związana ze środowiskiem piłsudczykowskim, zrzeszająca młodzież niższego pochodzenia. Związek organizował szkolenia przysposobienia obronnego i krzewił wartości patriotyczne odwołujące się do tradycji Legionów; LOPP – Liga Obrony Powietrznej i Przeciwgazowej – organizacja paramilitarna promująca lotnictwo.

113 Hiszpania – hiszpańska wojna domowa w latach 1936–1939 pomiędzy republikańsko-komunistycznym rządem wspieranym przez Komintern i nacjonalistami popieranymi przez faszystowskie Włochy i Niemcy; Bereza Kartuska – istniejący w latach 1934–1939 obóz dla więźniów, głównie politycznych, na terenie dzisiejszej Białorusi.

zbierać jak raz na przerwie, przy wszystkich ludziach mu to wygarnęli, mało majster nie…

– No dobra, ale o te parę groszy było robić taki krzyk? – prychnął Lewandowski. – Nie dać i koniec! A tak od razu strajk, stoita bez roboty i wszyscy będą stratni. Ja słyszałem, że o redukcję się rozeszło.

– No jasne. Bo po tym wszystkim majster poszedł na gorąco do dyrektora i mówi: – „Panie dyrektorze, czerwoni mi ludzi buntują, trzeba wyrzucić na zbity łeb, co się mają bawić w politykę – robić trzeba…!”. Więckowski może by ludzi nie zwolnił kiedy indziej, ale teraz było mu to jak raz na rękę, więc lipną redukcję wykombinował i ludzi – właśnie czerwonych – zwolnił. „Nie mam dla wszystkich roboty – mówi. – Patrzcie – nawet maszyny sprzedaję…!”.

– Faktycznie, że sprzedaje – wtrącił ktoś drugi. – Po cholerę ciężką ma trzymać stare graty, co więcej hałasu robią jak roboty, pasy się rwą, napęd nawala, co i raz to trzeba wstrzymywać całą halę, bo jeden stoi. Karkulacji na nich nie ma…

– Ale on ma za to karkulację – rzekł ten obok Ryśka, znów głęboko dymu pociągnął. Rozżarzył się chwilkę czubek zadartego nosa i dziecinne jeszcze, miękkie usta. – Stare graty sprzedał, ale nowe już idą, nawet CWS takich nie ma. Prosto z Niemiec – on przecie za polskiego Forda chce się zostać. Ludzi wyrzuci, nowe maszyny przyjdą, wtenczas przyjmie innych, na mniejszych stawkach – to jest jego karkulacja! „Nowe maszyny – powie. – Zarobicie jak cholera! Same robią, automaty, sraty, graty…” On ma łeb: wie, że starzy, co tu robią, nie poszliby na to i dlatego redukuje. Z bezrobotnych ludzi weźmie, taki z głodu za parę groszy będzie tyrał, żeby nie zdechnąć – przerwał, pocmokał papierosa. – Daj no, Stasiek, ognia. – Przypalił, zaciągnął się i powiedział z głęboką satysfakcją: – Kurwa jego dyrektorska mać była...!

– Nie kurwa, nie kurwa – przerwał ktoś gwałtownie, sarknął. – Na co gadasz, jak nie wiesz?

– A jaka może być mama Więckowskiego? Święta dziewica?

– Jego matkę znałem, porządna kobita, w grobie się chyba dzisiaj przewraca. Straganiarką była na Starówce, owocamy handlowała z wózka... Wtenczas jeszcze Więckowski gołębie ganiał, bida u nich trzeszczała... Teraz to on bogacz, do matki się nie przyzna za Chrystusa. Faktycznie, że on jest skurwysyn! – przyznał nagle.

– Jak to? – zapytał z niedowierzaniem Rysiek. – Z gwizdaka za derektora się został? Zalewasz pan chyba...

– Od małego warsztaciku zaczął – dorzucił ktoś, jeszcze dalej z tyłu, skrzeczącym głosem starego człowieka. – Znałem: na Tamce, ciupka po prostu... Sam robił z pomocnikiem, z chłopakiem. Ale rozkręcił się on i Blaszanka jego... Za grosze ją kupił w kryzysie. Nie myśl sobie: forsa robi forsę! – z podziwem w głosie.

– Gówno też puchnie i rośnie – wtrącił ktoś ponuro. – Nie bój się, i to, i tamto – śmierdzi...

– I co teraz? – spytał sennie Lewandowski. – A jak on ludzi nie przyjmie, to co mu zrobicie? Jego interes i jego prawo, tak?

– Przyjmie! – rzekł ten młody z pewnością. – Załoga powiedziała: – „Panie dyrektorze, roboty nie ma dla wszystkich, tak? Jak tak, to trzy dni robiem w tygodniu – ale wszyscy... Nie pozwolem kolegów ukrzywdzić". Jedność u nas jest, nie bój się...

Nagle z końca hali, gdzie przedtem siedział ten stary ze szramą, ktoś zaryczał potężnie:

– Bo widzicie, towarzysze – trzeba mu pokazać! Niech on wie, co to jest robociarskie sumienie. Wszyscy mniej jemy, trzy dni robiem, ale wszyscy, wszyscy do cholery! Niech zobaczy, że forsa dla nas to nie wszystko, gdzieś ją mamy. Niech burżuj zobaczy, że u robotnika piękne jest serce, o!

Może i tak, na pewno tak, ale tego właśnie robotnicy nie lubią: po co te słowa wykrzyczane, kiedy i tak wiadomo, o co chodzi – walczy się po to, aby innym pomóc. Samemu o sobie śpiewać? Ktoś mruknął:

– Daj spokój Andryszewski, po co ta mowa...?

Niefortunny mówca zszedł z wiertarki, ukrył się w ciemnym kącie. Ludzie milczeli, późna już była godzina, ktoś chrapał z kąta. Dziadzisko jakiś stęknął:

– Na ziemi siedzę, hemoroidów dostanę... – zaśmiali się, ktoś odparł drwiącym głosem: – Wilka za kolegów wysiedzieć – też warto, ojciec...

– Całuj mnie – odparł stary, znów stęknął.

Tamtego zgasili, posmutniał, choć chciał dobrze i ładnie powiedzieć, ale Lewandowski pomyślał, że to naprawdę piękny gest: głodujemy, ale wszyscy! Pomału zaczął nabierać przekonania, że to naprawdę walka na śmierć i życie, chociaż inna od tej, jaką sobie umyślił: bohaterstwa tu jakoś nie było widać, tych pięści i trupów burżujskich, ot, po prostu czekają, aż Więckowski ulegnie, siedzą w milczeniu, czasem ktoś tylko słowo powie, ale też spokojnie, nic nadzwyczajnego, a jak tamten, Andryszewski, właśnie chciał tak jak Rysiek – już mu powiedzieli, żeby dał spokój. Ale walka była, to przyznał, chociaż też z nijakim ociąganiem.

Spać się już chciało, ziewnął szeroko, sąsiad oparł mu się o plecy i świszczał przez nos. „Ile też tu będzie siedział" – pomyślał. „W nocy chyba wyjdę, nie zauważą...".

Nie – powiedział Janek Rączyn, kiedy poszedł z tym do niego. – Nie wygłupiaj się! Oni teraz rozwścieczeni, za byle co by chcieli zamknąć… Poczekaj, wyjdziesz z namy, jutro już dyrektor chyba się złamie…

– Dlaczego jutro? – zapytał z pewnym rozczarowaniem, że tyle krzyku, jeden dzień i już po wszystkim.

– Inspektor pracy przyjdzie z partii, zobaczę, co powiedzą… Strajk przecież jest legalny, uzgodniony. Na razie siedź… Źle ci tu?

„Też mi strajk" – pomyślał, odchodząc. „Legalny, wszyscy wiedzą, uzgodnione". I nie mógł zrozumieć, na czym wobec tego walka polega, chociaż już przecież walkę widział, w środku sam był, otoczony razem z innymi przez policję, ciemność i zimną, grudniową noc.

Tak przesiedzieli do rana. Żarzyły się w ciemności punkciki papierosów, pokaszliwali, dwóch młodziaków rżnęło w karty, kłócąc się półgłosem, ich cienie skakały po ścianach, ktoś kogoś zwymyślał, żeby nogi wziął do cholery lub umył.

Długa była ta noc, ciężka, pełna oczekiwania, niepewności i czyjegoś zastrachanego szeptu:

– A jak nie przyjmie, to co my teraz zrobiem, ludzie kochane, gdzie pójdziem…?

Ale podniósł się przecież w końcu dzień, szary i niechętny, odchodząca powoli ciemność zostawiła po sobie szklisty szronik, zmęczenie i dokuczający głód, bo kto tam jadł w pierwszym dniu, kiedy to wszystko wybuchnęło nagle gorącym płomieniem.

Ludzie wstawali ociężale z miejsc z zapuchniętymi, czerwonymi oczyma, starzy z trzaskiem prostowali obolałe kości, stękając i klnąc, tarli zarośnięte policzki.

– Ogolić by się zdało, cholera…

– Czekajta ludzie, zaraz kobiety przyniosą coś zjeść…

Postawili dwóch na bramie, aby odebrali żywność i nie wypuszczali nikogo za teren: zawsze się może znaleźć taki dziad, co machnie ręką na wszystko i do domku będzie chciał. Zimno było, chłodkiem ciągnęło od betonowej podłogi, przytupywali, zabijając mróz rękami, ktoś oczywiście powiedział:

– Aby do wiosny proszę państwa, aby do wiosny... Wiosną ptaszki świergolą, koty się...

– Tfu! – zaklął ktoś starszy, widać pobożny, wszyscy się roześmieli, chociaż po prawdzie nie było z czego, ale na wesoło zawsze łatwiej, śmiech niewiele kosztuje, pomaga...

Piątej jeszcze nie było, czekali, denerwując się z minuty na minutę.

– Co z tymi babami, że nie przynoszą jeść? Zaspały wszystkie akurat tego dnia do cholery?

Coraz to ktoś biegał na bramę, pytał się, któryś obiecywał porachować się z żoną po wszystkim.

– Rzucę, rzucę w diabły – obiecywał inny.

Po przeszło godzinie, kiedy już wszyscy bez wyjątku sklęli swoje kobiety, wpadł do hali jeden z wyznaczonych do straży.

– Towarzysze! – wrzasnął. – Nie dopuszczają kobit...!

– Jak to?!

– Nie dopuszczają – powtórzył. – Och s...syny! Tu pod bramą nie, tylko dalej z ulicy, nie dają dojść do Blaszanki, żeby ich tak nie tak!

Kiedy już wszyscy wyklęli się i wywrzeszczeli, Rączyn powiedział:

– Do chłopaków z Śmigłówki trzeba uderzyć, oni zrobią składkę i pomogą...

– No dobra, dobra – przerwał ktoś, wściekle szarpiąc wąsy. – Ale co z tego będzie dalej? Przecież Śmigłówka nas nie będzie żywić, ludzie, co wy?

– Przyjdą dzisiaj z dzielnicy, ze związku, inspektor pracy... Powie się co i jak, że nie dają dojść kobietom... Jak lewica tego nie załatwi – to związki. Policji tego nie wolno, zabronione...

– I w ogóle spokojnie – dodał ktoś drugi. – Cóż to, boicie się? Kawy mu kobita nie przyniosła, a on od razu piszczy: – „Co dalej, co dalej towarzysze?”.

Tym, co piszczał, był stary z potężnym brzuchem i okrągłą twarzą. Zamilkł speszony i już mu ktoś obiecywał, że dietka na dobre tylko wyjdzie, kwaśności się pozbędzie...

– Tak, tak, Królik, ładniejszy będziesz! – dorzucił drugi.

Śmigłówka obiecała pomóc, ale dopiero na przerwie, o dwunastej godzinie – teraz nie mogą odejść od roboty. Trzeba było czekać...

– To jasne – przekładał jakiś. – Chcą nas głodem złamać, cholery. Myślą, że się złamiem. A nie wolno im tego robić, nie wolno...

– Kto im zabroni? Ksiądz?

Burkotały gniewnie puste żołądki, nie dając się oszukać dymem papierosa. Jeszcze gorzej było, bo w dołku ściskało, mdliło. W końcu ktoś rzucił projekt:

– Wody zagrzać chłopaki. Napijem się, zawsze będzie lepiej, rozgrzeje człowieka od środka...

Posłali paru z wiadrami do czerwonego domu, gdzie był kran, ale tamci powrócili speszeni:

– Nie ma wody towarzysze, zamkli... Już i światła nie ma, i napić się...

Wydłużyły się już niektóre twarze, klęli, starszy robociarz w kącie modlił się szeptem, mamlając zeschłymi wargami: – „O Jezu nie dopuść, o Jezu daruj...” – dopóki go ktoś nie uciszył ciężkim słowem. Umilkł, patrząc bezradnie jak małe dziecko, które nie wie, za co je skrzyczano.

– Co związek pomoże – wtrącił ktoś powątpiewająco. – Policja to policja, nie ma na nich prawa... – A drugi: – Jak pepeesiaki pomogą, to kaktus mi na ręku wyrośnie. – I palcem się postukał. – O, tu.

Ciężko się zrobiło, kwasy jakieś, ktoś komuś dogadywał, milczące grupki zbijały się po kątach, strachliwsi szeptali, że lepiej dać spokój, bo i tak nic z tego, ktoś ostentacyjnie wybierał się do domu.

Nagle jakiś olbrzym wszedł na wiertarkę – trybunę.

– Towarzysze... – powiedział pogardliwym, chłoszczącym głosem. – Towarzysze...

Tylko tyle. Zszedł. A po nim wskoczył jakiś młodziak ze strzechą, jasną czupryną i ryknął nieludzkim głosem:

– Zaśpiewajmy im skurwysynom! Niech wiedzą, że nie mamy mojra[114]! Pies ich trącał z ich żarciem, żołądki puste – będzie się lepiej śpiewać...

– Wariat! – krzyknął ktoś z pasją. – Idź sam śpiewaj!

– Pajacujesz szczeniaku!

– Patefon nastaw!

– Co to pomoże? – stękał ktoś.

Tamtego jakby zła krew zalała. Nastroszył się cały, wykrzywił strasznie.

– Mnie pomoże – zaryczał. – Ech, wy dziady cholerne! Zdychać z wami, a nie strajkować... Cio tio pomozie – przedrzeźniał starego, naśladując jego ruchy. – Iiiiiich ty pierdoło saska...! Sam pójdę, zaśpiewam sam! Myślisz, że się zlęknę, stary...? – Paskudnie go ochrzcił, stary człowiek spąsowiał – taka hańba od szczeniaka! A młody ryczał: – Chodźcie chłopaki, chodźcie! A oni niech do domu wypieprzają, na ciepłe nóżki!

Ludzi to poderwało, ktoś krzyknął ze śmiechem:

114 Mieć mojra – bać się.

– Ma racje, chodźcie chłopaki! Ch... im w pysk, tym, co nie wyjdą!

Zaczęto wychodzić, najpierw młodzi, płonący jak żagiel, potem dojrzalsi, starsi i starzy na końcu, z ociąganiem, całkiem zawstydzeni, że już w niczym młodym nie potrafią dotrzymać.

Poglądając na siebie, ustawili się w półkole przed halą, na wprost bramy i policji, czterysta chłopa, nie żarty... Granatowi, nic nie rozumiejąc, stłoczyli się przy murze z tamtej strony, patrzyli tępo z jednym, zawsze tym samym gestem: ręką na bananie. Ale najohydniejszy był ten strach, strach przyczajony w ich oczach i niepewność, czy tamci – z drugiej strony muru – nie pójdą na nich, nie rozniosą w drobne kawałki.

Ludzie to zauważyli od razu, dodało im to siły, pewności, że wróg niestraszny, skoro sam śmierdzi strachem, że mogą podejść i zadeptać tamto ścierwo. Ktoś roześmiał się samą pogardą, inny pokazał ręką „babcię", ktoś jeszcze gorzej, czyjś chudy zadek wystopyrczył się na policję, a jakiś chłopaczek, który chciał się pokazać przed starszymi, rozstawił szeroko nogi:

– Na! Pobujajta się, naskoczta mi...!

Zganiono go zaraz:

– Co ty szczeniaku? Żarty grasz...?

Inni – starsi, zaszemrali:

– Spokojnie towarzysze, nie tak trzeba im pokazać, to nie lunapark, trochę poważnie! Zaczynaj Mielczarek!

Lewandowski, porwany nagłą falą, wyszedł wraz z innymi na podwórko, stanął w tylnych szeregach. Widział, jak ludzie zawiśli wzrokiem na ustach tego, który miał zacząć. Młody to był chłop, ładny i zgrabny, aż przyjemnie było popatrzyć, wiatr rozwiewał mu jasne włosy, uśmiechał się radośnie. Nabrał w płuca zimnego powietrza, minutkę to prawie trwało, widać bał się fałszywej nutki, potem z całych sił młodych płuc zaśpiewał czystym, mocnym głosem:

– Wyklęty powstań ludu ziemi, powstańcie, których dręczył głód[115]...

Podchwycili za nim. W skupieniu, poważnie, żeby nie wyskoczyć ani na półsłówka. Kiedy doszli do słów: „Bój to będzie ostatni...", pieśń wybuchnęła nagłym protestem, załopotała jak sztandar na wietrze, gorąca, pełna miłości i strasznej nienawiści, walki i nadziei...

Słyszał już tę pieśń z tamtej strony Blaszanki, na ulicy, wściekłość granatowych, starego dziadka, który czapkę zerwał z siwej głowy. Wtedy nie zrobiło to na nim wrażenia: to samo co „Jeszcze Polska" lub „Oto dziś" w szkole. Stawali wtedy na baczność, znudzeni i tym samym w kółko na okrągło, patrzyli w portret Dziadka i miłego starszego pana z promienistą gwiazdą na frakowej piersi. To samo przy „Legiony to..." czy tej ostatniej „Nikt nam nie zrobi nic"[116].

Z tamtej strony. Ale z tej? Z tej strony ta sama pieśń to już była walka, uwznioślała mimo swej woli, dławiła w gardle, słysząc ją, patrząc na twarze ludzkie pełne nadziei, buntu, nienawiści, na rozgorzałe oczy i zaciśnięte kułaki, patrząc na wyzwanie rzucone tamtej stronie, uczuł gwałtowny, palący wprost wstyd, że nie zna słów tej pieśni, że nie może jej rzucić razem z innymi, wyzwać... Że nie zna słów tej pieśni, która go nagle jakoś podniosła w górę, od której słowa rozgorzał. Zaczął bezradnie poruszać usta-

115 Słowa rozpoczynające *Międzynarodówkę*.
116 „Jeszcze Polska" – pierwsze słowa *Mazurka Dąbrowskiego*; „Oto dziś" – pierwsze słowa *Warszawianki*; „Legiony to" – pierwsze słowa *My, pierwsza brygada*; „Nikt nam nie zrobi nic" – wers z pieśni *Marszałek Rydz-Śmigły*; starszy pan – prawdopodobnie Ignacy Mościcki.

mi, modląc się, aby ktoś ze śpiewających nie zauważył, że jest pomiędzy nimi taki, który nie umie, nie potrafi... Pomyślał, że w tej pieśni najwięcej może jest z jego dobrych marzeń i złych dni: „Ruszymy z posad bryłę świata, dziś niczym, jutro wszystkim my...".

I kiedy znów doszli do refrenu – „Bój to będzie" – wyprostował się nagle, kopytami trzasnął po szkolnemu i, żeby nie być za nimi, obok czy z tyłu w tej pieśni wyzwaniu, rzuconej wszystkim złym duchom na świecie, nocom bez poranków, aby rzucić z innymi wezwanie w swój zły przeszły los, zaczął śpiewać, zmuszając się po prostu do ryku, wyskakując o kilka słów przed innych, aż go ktoś szarpnął za ramię i syknął:

– Te, wariat, ciszej!

Przyjechali. Koło dziesiątej przyjechali i to wszystkich podniosło na duchu.

– No widzicie, jednak nie tacy oni wredni, te pepeesiaki, upomnieli się za nami...

Poniektórym ludziom nie podobał się fakt, że ci z partii przyjechali samochodem dyrektora Więckowskiego:

– Jak to jest do cholery? Partia z kapitalistami też niby walczy, a dyrektorskim samochodem się rozbijają? Do czego potrzebne, gdzie honor robotniczy?

Trzech ich przyjechało i nawet dyrektor wybiegł im na spotkanie. Wtedy Rysiek po raz pierwszy zobaczył tego bogacza: mały był, gruby i tłusty, z wygoloną do siności guzowatą głową: mrugał szybko bladymi oczkami, a mówiąc, wyraźnie seplenił. Słysząc go, odnosiło się wrażenie, że stale ma pełną gębę czegoś.

Nosił się też nienadzwyczajnie, po prawdzie mówiąc – rzeźnik Lipko o wiele lepiej się prezentował, „miał wygląd na bogacza!".

Dyrektor dyrektorem, dwóch słów szkoda dla niego, ale wygląd tamtych z partii do reszty Lewandowskiego rozczarował. Myślał, że właśnie kto jak kto, ale ci inaczej wyglądają: bardziej bojowo, bohatersko jakoś po prostu... Pamiętał przecież rozmowę Janka Rączyna z tchórzliwym sąsiadem nad łachą – buty, te buty nieszczęsne – Rączyn powiedział wtedy Kotrasowi, że walczy tylko i naprawdę partia. Więc jak ta partia wyglądać może, ci ludzie? Przecież człowiek, który chce „pięknie przeżyć", który walczy o szczęście dla innych, chyba musi mieć to napisane w oczach i w twarzy, choćby w słowach stanowczych, dynamicznych...

A tu?

Śmiech! Z tych trzech, co przyjechali, ani jeden nie wyglądał na bojoka o jaką bądź sprawę, na człowieka walczącego. Jeden był wysoki, chudy, ale marny jakoś, chybotliwe plecy miał ten gość. Drugi był z płaską twarzyczką, w ogóle – cały był jakiś przypłaszczony, jakby go kto za darmo przez wyżymacz przepuścił. Zdejmował co chwila okulary z małego noska, przecierając jednostajnym, nerwowym ruchem. Zdawał się być zaniepokojony jakiś, nieswój wobec tylu chłopa patrzących bądź co bądź groźnie: – „No zrób coś dla nas drogi towarzyszu...". Właściwie można było to wszystko załatwić jednym krótkim słowem – nie pasował!

Trzeci był niskim, przysadzistym brunetem o świdrujących, trochę kosych oczkach: facet gnący się jakoś, ugrzeczniony aż do przekleństwa i jedyne, co było w nim proste – wylizany przedziałek na głowie.

Ktoś stojący obok Ryśka szepnął cicho sam do siebie:

– Nic z tego nie wyjdzie, to miętkie ludzie...

I Rysiek też tak pomyślał z niechęcią, bo już go ten strajk podrywać jakoś zaczął, szumieć w głowie – walka, walka, szczęście... Więc mimo woli.

Tymczasem Więckowski podleciał z wyciągniętą ręką – gospodarzem przecież tu był, na tym terenie – do tego wysokiego podleciał, ale tamtemu nagle twarz stwardniała, jakby sto złotych leżące na ulicy zobaczył. I swojej ręki nie podał.

– To ręka robociarska! – oznajmił i potrząsnął nią groźnie przed nosem Więckowskiego. – Walczyłem tą ręką, na policję z barykady kamieniami rzucałem, krwią towarzyszy nieraz spływała... Czysta jest ta ręka! – wrzasnął zupełnie niespodziewanie, aż ludzie drgnęli. – A pańska zbrukana pieniędzmi wymiętymi z potu robotnika...

Dyrektor zgłupiał zupełnie, posiniał na pysku, jakby go za chwilę miała apopleksja trzasnąć, ludzie też zbaranieli, ktoś nawet szepnął, że to pewnie ten wariat, o którym w gazecie pisali, że zwiał z Tworek, zaskoczyło to wszystkich, ten płaski spod wyżymaczki przecierał bezustannie okulary, a wysoki nadął się jak indyk i grzmiał:

– Będziemy walczyć aż do zwycięstwa! Zetrzemy kapitalizm z powierzchni ziemi! Własnymi piersiami obronimy zagrożonych towarzyszy! – walnął się, aż zadudniło. – Wieczna sława bohaterom proletariatu! Kościuszko! Mickiewicz! Poniatowski! Bohaterom – cześć!!!

Głupio to wyglądało – cyrk, nie cyrk? Tak jak płyta, która się wkręci i igła zgrzyta – mniej więcej to samo – sam fałsz po dwa złote kilo.

Czerwony z wściekłości Rączyn wystąpił przed ludzi:

– Towarzyszu – powiedział stanowczo. Żyły na czole nabrzmiały mu nagle. – Bohaterstwo zostawcie sobie! Teraz chcemy się układać, rozumiecie? Po pierwsze, precz z redukcją – lipa, fikcja... Po drugie: przyjąć wydalonych ludzi! Po trzecie: zapłata za dni strajku! I po czwarte: głodni jesteśmy do nagłej cholery, niech pozwolą kobitom donieść żarcie...

Ludzie potwierdzili zgodnym szumem to, co Janek powiedział, dyrektor wpatrzył się w niego, jakby chciał na długo tę twarz zapamiętać, ten z okularami zrobił się jeszcze bardziej płaski, a przysadzisty brunet prześwidrował Rączyna oczami. Warknął:

– Wiemy dobrze, o co bije się Blaszanka!

– My jesteśmy z partii – przemówił nagle płaski, skulił się pod spojrzeniem świdrowatego. – Niejeden strajk za nami, niejedna walka… I do dyrektora: – To cóż, pójdziemy. Zwlekać nie ma co. W pańskim interesie leży, żeby załoga jak najprędzej przystąpiła do pracy…

Wtedy ktoś z ludzi ryknął wściekle:

– Interes! Ej towarzyszu… A o nasz interes czemu się nie zapytasz? Tu nie ma żadnych interesów do załatwiania – żądamy!

A drugi:

– Dlaczego sami chcecie załatwiać? Mamy komitet strajkowy – razem idźcie.

– Komitet – odezwał się brunet – komitetem… A my – wypiął się – jesteśmy partią. Reprezentujemy interesy całej klasy robotniczej w całym kraju. Cała klasa robotnicza darzy nas zaufaniem.

– Nie!!! – krzyczeli już ludzie, jeden przez drugiego. – Nie!!!! Albo pospólnie z komitetem będziecie się układać, albo dziękujemy, sami wygramy…

Powstał krzyk, klątwami już ktoś zaczął rzucać – „Forsę pewnie wzięli takie nie takie syny" – aż w końcu dzielnica poszła na górę do dyrektorskiego gabinetu razem z komitetem strajkowym. A ludzie już od razu zobaczyli, że tamtym bardzo nie w smak to poszło.

Poszli – a za godzinę niepełną komitet strajkowy powrócił.

– No i co? – pytali zdumieni i zaskoczeni tą prędkością ludzie. – No i co?

– No i to, że z pieskami nie było co zaczynać... Partia! Tu ręki nie chcieli Więckowi podać – trzeba ich było tam zobaczyć, na górze...

I opowiedział gęsto, przetykając klątwami, jak to było w gabinecie.

Poleźli na górę, dyrektor do nich z papieroskami podskoczył, w fotele pousadzał, aż im z tej miękkości zupełnie krzyże sparszały, tym pepeesiakom. Prawie że towarzyszować z sobą zaczęli, bo dyrektor im mówi: – „Ja też jestem z robotnika...". Komitet tylko pięści zaciskał! Nic nie mówili na razie, słuchali tylko, jak dyrektor Więckowski zasłania się rozporządzeniem pana prezydenta.

– Po pierwsze koledzy – roboty nie mam! Czyż to moja wina?

– Nie – odpowiedziała zgodnie dzielnica.

– No widzicie, a tu ludzie nie chcą tego rozumieć. CWS mi wszystko zabiera. – I rozłożył ręce do nich, gołe dłonie pokazał, żeby zobaczyli, jaki to on biedny i jeszcze go rozumieć nie chcą – konkurencja go łamie. – A jeśli nawet zrobię po trzy dni w tygodniu dla wszystkich, to też nie wytrzymam i będę musiał obciąć płace – administracyjne koszty mnie dorżną... I kto w końcu będzie miał z tego korzyść, no powiedzcie: kto?

Tak im to wszystko gładko tłumaczył, cyferkami rzucał i rozporządzeniem się zastawiał, że i słów zabrakło. Dopiero któryś, po chwili, ślinę przełknął i ruszył do ataku:

– Koszty? Nie ma pieniędzy? A maszyny to panu dyrektorowi święty Mikołaj kupił? A dlaczego akurat podejrzanych o czerwoność się zwalnia? Dlaczego tych z roboty się zdejmuje, a nie takiego pijaka jak Beck, co nic nie robi, tylko forsę za innych zagarnia. Ale wiadomo – szwagier majstra, niech inni za niego tyrają.

Dyrektor zmieszał się, zaczerwienił gwałtownie jak burak, w ogóle dosyć miał strajku, do roboty już chciał przystąpić i komitet strajkowy to wyczuł. Może by i wtedy uległ, bo już zaczął przebąkiwać: – „No jak chcecie, jak chcecie, ja dla waszego dobra…" – gdyby ci z PPS[117] nie wmieszali się niespodziewanie i niepotrzebnie:

– Polityka personalna zakładu – oświadczyli – nie ma nic wspólnego ze strajkiem… W ogóle cały strajk był niepotrzebny! Można było to samo załatwić przez inspektora pracy. Kilkunastu ludzi to jeszcze nie redukcja…

Tłumaczyli zdumionym tą bezczelnością ludziom, że dali się niepotrzebnie podburzyć garstce agentów i wywrotowców, którzy za swoją robotę forsę wzięli już z góry, z Moskwy – po co strajk, po co ta cała walka, kiedy można spokojnie i ugodowo, nikomu krwi nie psując. A zakończyli tak:

– Wracajcie do roboty, już od razu, powiedzcie ludziom…

– Co im powiedzieć? – przerwał któryś z komitetu, porywczo. – Że żeście strajk rozbili?

Tamci znów:

– Nic się nie bójcie, tamci robotę znajdą, teraz jest już nie tak trudno jak przedtem… CWS przyjmuje, Jarnuszkiewicz, Lilpop[118]…

---

117 PPS – Polska Partia Socjalistyczna, jedna z głównych sił politycznych międzywojennej Polski, o charakterze programowym mniej radykalnym od KPP.

118 CWS – Centralne Warsztaty Samochodowe – założone w 1918 roku zakłady produkcyjno-usługowe, wytwarzające pojazdy mechaniczne; Stanisław Wilhelm Lilpop (1865–1930) – jeden z założycieli Towarzystwa Przemysłowego Zakładów Mechanicznych Lilpop, Rau i Loewenstein, największego przedsiębiorstwa produkcyjnego w przedwojennej Warszawie.

– U Lilpopa – wtrącili znów – nawet srać się chodzi za numerkiem – tak samo jak i u nas.

Teraz w dzielnicę mało grom nie strzelił.

– Jak to dyrektorze? – wrzeszczeli. – To takie porządki u was? My do prezydenta z tym pójdziemy, do ministrów, do senatu... Srać za numerkiem ludzie u pana chodzą! Skandal! Czasy feudalne pan wprowadza! Pan nie wie, co pana za to czeka... Przed ojczyzną pan za to odpowie, przed narodem...!

I do komitetu:

– Wracajcie. Od dzisiaj numerki zniesione, partia wam to załatwiła, my! I w razie czego – przychodźcie do nas. Partia wam pomoże, partia was obroni, partia...

– Dzięki partii – powiedział któryś z komitetu, gorzko powiedział – srać właśnie nie będziemy potrzebowali: ani za numerkiem, ani w ogóle – nie będzie czym. A ten ostatni raz, teraz, jak mamy jeszcze czym – nasramy na was i na waszą partię...

– Ja bym ci w mordę z powrotem wepchnął te słowa – ryknął drugi, nie wytrzymawszy. – Partia! Chodźcie chłopaki, to sitwa, nie było po co przychodzić z nimi. Handlujeta robotnikiem – taka jest wasza partia zafajdana...

Tamci pokraśnieli, pyski im się ścięły, dyrektor wycofał się przezornie za biureczko, a komitet wyszedł, nawet bez trzaśnięcia drzwiami.

Człowiek, który opowiadał to całe zajście – mały, krępawy, z ostrym wąsikiem – aż pięści zaciskał z bezsilnej złości, mienił się na twarzy.

– Tyle dla nas wywalczyli – srajcie towarzysze za ojczyznę!

– Trzeba było – wtrącił któryś poważnie – powiedzieć, żeby chociaż kobiety dopuścili, żeby jakoś z policją załatwić – może przez związki? Poprosić jakoś.

Opowiadającemu wąsik podskoczył do góry. Pasja zdławiła mu gardło. Wycharczał:

– Idź, sam ich proś…

Głuche zapanowało milczenie, zdrada przygniotła wszystkie piersi. Patrzyli na siebie z niewiarą.

– Co to będzie dalej ludzie kochane, co to będzie…? – rozjęczał się od początku dziad pod ścianą.

A najmniej już z tego wszystkiego zrozumiał Lewandowszczak. Nic nie rozumiał i na dobitek zgłupiał zupełnie. Jak to? Partia, ta partia Rączyna: więzienna, okrwawiona, gdzie trzeba „pięknie przeżyć", i ta partia – zdradza? Co to w ogóle jest? Przecież socjalistyczna – słowo po prostu wyklęte! Wariata z człowieka robią czy jak? W co oni się bawią?

Wtedy na podium-wiertarkę wszedł jakiś człowiek. Lewandowski nie zauważył go przedtem. I wszyscy utkwili w nim oczy, niepewne już u niektórych, wyczekujące u wszystkich, harde, nieustępliwe nasermater[119] wszystkiemu – u jeszcze innych.

A ten, co wszedł, był człowiekiem wielkiego wzrostu i widziało się w nim siłę jakąś ogromną, przyczajoną, jakąś moc cholerną w plecach potężnie szerokich, zgarbionych lekko, moc rzadko kiedy znajdującą ujście. Wiedziało się, że mógłby te plecy pochylić jeszcze bardziej, uderzyć i świat roznieść w kawałki. Wiedziało się bez słowa, że to człowiek bez reszty. I ten, który patrzył na jego ramiona potężne i usta zaciśnięte, nie wyobrażał sobie, żeby ktoś inaczej mógł o nim pomyśleć.

Wszyscy myśleli sobie, czekali, że zaraz zaryczy potężnie – tylko to do niego nie pasowało – ale on cicho i spokojnie zapytał:

– No i co?

---

119 Nasermater – popularne na Górnym Śląsku, Kaszubach i Kresach przekleństwo.

Hala milczała. Jak to – „No i co", w dodatku tak spokojnie powiedziane…? PPS zdradziła, głód i ciemne niebo, żołądki się kurczą, skręcają, policja pod [bramą] – czy to jeszcze mało tego wszystkiego?

– No i co ludzie? – powtórzył już trochę głośniej. Pewność miał w sobie, w każdym słówku dźwięcznie odrąbanym, i znów czuło się, że ten człowiek po to urodzony, aby walczyć i zwyciężać. – No i co ludzie? Poddacie się, staniecie do roboty?

– Zdradzili nas – bąknął ktoś niechętnie z końca sali – Co robić…?

– Ejże! Czy dopiero dzisiaj was zdradzili? Jak oni, to i wy chcecie zdradzić towarzyszy? Bez chleba i nadziei ich zostawić? Cóż oni zrobią bez was, jeśli do maszyn staniecie?

– A co my mamy zrobić? – podniosły się głosy. – U nas też kobiety i dzieci.

– Nie plamcie swoich dzieci! – dopiero teraz zaryczał z krwawą twarzą. – Ludzie! Jedna jest prawda na tym świecie, jedno tylko można zrobić, aby przestał w końcu być zasrany. Walczyć o swoje prawa, ludzie! O ten kawałek chleba, ale dla wszystkich, ale razem, razem, nie poddawać się! Albo wszystkim żyć, albo wszystkim umrzeć.

I dalej grzmiał:

– Pokażcie im – tym cwaniakom, że właśnie my i tylko my walczymy. Młodzież jest pomiędzy nami – a to pierwszy strajk w Blaszance, niech ona weźmie w życie coś z tej walki. Towarzysze, ludzie! Nie łamcie karku przed jednym kapitalistą, zastanowienie miejcie. Wygramy. Cóż to jest jeden dzień głodu – to kropla w morzu. Chodźcie na dwór, zaśpiewajmy im.

Można rzec – nadzieją powiało od tych jego słów, kiedy stał nad innymi: wysoki, mocny ogromnie… Zaczęli się przepychać, jeden przez drugiego:

– Nie damy się cholerom, nie damy...

I tak to pieśnią czerwoną broniła się Blaszanka przed głodem, ciemnością i zdradą.

Tamci z dzielnicy szykowali się już do odjazdu, chcieli jeszcze coś powiedzieć do ludzi. Brunet z kosymi oczyma nawet rękę podniósł do góry uspokajająco...

– Czapki! – ryknął ktoś wściekle. – Czapki!

Tamci wahali się. Już kamień błysnął w ręce czyjejś mściwej, wtedy zerwali nakrycia głowy, spokornieli, stojąc z boczku, strachliwie przestępując z nóżki na nóżkę. Dyrektor czmychnął do gabinetu.

Kiedy przebrzmiała już pieśń, Lewandowszczak nie wytrzymał i krzyknął nagle do tego wysokiego:

– I gdzie twoje piersi, ty w dupę jebany?!

Pokładli się wszyscy ze śmiechu, auto z dzielnicą wyjechało za bramę. Dopiero po chwili ktoś klepnął Lewandowskiego w plecy, mówiąc:

– Tak nie można towarzyszu, choć morowy z ciebie chłopak, naprawdę na medal...

Odwrócił się – to właśnie ten potężny, szerokoplecy. Ciepło się jakoś Lewandowskiemu zrobiło od tego słowa, że właśnie z ludźmi razem, z wieloma, nie sam, i rękę czyjąś przyjacielską czuje na ramieniu.

Chciał wyjąkać – „Ja nie jestem...” – ale dalej nie przeszło przez gardło. Bo i jak tu powiedzieć na czyjeś dobre słowo, że nie jest się z nim, że osobno i nijak, wreszcie – że nie jest się tym, który chce „pięknie...”?

XI

Potężny (jak go Rysiek w myśli nazwał – nie nasuwało się żadne inne porównanie) odszedł, a on sam nawet nie miał czasu zastanawiać się nad tym wszystkim. Nie miał czasu, bo od tej chwili wypadki potoczyły się szybko jak lawina, która pociąga za sobą i której nie sposób się oprzeć.

Portret wywiesił majster jeszcze z jakimś drugim, co tańczył koło niego jak piesek na dwóch łapach. Majster był gruby z kałdunem przepaścistym, morda jak krater dziobata, i mówił brzuchogłosem, który ginął jakoś, przewalał się na dnie potężnego brzucha.

Na portrecie Stalin wyszczerzał się złowrogo, opasany kłębami kolczastego drutu, z nahajką w jednej ręce i rewolwerem w drugiej. Napis głosił: „Proletariuszu – wystrzegaj się przyjaciół ze Wschodu!".

Powiesili ten portret nad bramą, powiesili – żeby ludzi do cna pognębić razem z głodem i niepewnością – „Waszego głównego powiesiliśmy – i co nam za to zrobita?".

– No! – zarechotał majster, a pomocnik zawtórował mu cichutko, ulizanie. – Widzita lejbusie, jak się Stalin śmieje, że z Góry Kalwarii sztrejk przegrywają? Ot – i macie swojego Boga, żeby wam weselej było, znajcie pana. He, he, he!

A pomocnik cichuteńko, zaglądając w przekrwione oczka pana majstra Uklejskiego:

– Hi, hi, hi – a to im pan majster dogadał!

Takiej obrazy Blaszanka znieść nie mogła. Na jedno słówko rozdarliby teraz Uklejskiego w strzępy.

– Co z nim robić? – dopytywali się ci najbardziej gorący, młodzi. – No powiedzta – mordę mu rozwalić?

Radzili, kłócili się, aż w końcu ktoś rzucił:

– Trzeba portret Stalina inny wykombinować, prawdziwy powiesić...

– Mądry! – przedrzeźniali go inni. – Jak to zrobić, pokaż...

– Normalnie trzeba.

– A potrafisz? Nie? To idź do Pogorzelskiego, poproś go o farbę i papier, i żeby ci pomógł, też poproś. Powiedz: portret Stalina chcemy namalować, towarzyszu granatowa świnio... Mądry! Portret namalować, mówi.

– Żeby ktoś potrafił, to i można by było. Faktycznie, że bojowo by wyszło. Uklejski by się chyba...

– Żeby ciocia miała dziurkę, to by była skarbonka.

Ale projekt – chociaż na oko niewykonalny – spodobał się wszystkim. Pomyśleć tylko: portret Stalina, na zakładzie, podczas strajku, pod bramą policja! Przecież skonaliby chyba! I już jeden przez drugiego pytał się:

– A może ktoś z was potrafi, chłopaki? Może ktoś ma te trochę drygu...?

Ale okazało się, że na czterysta osób – nikt! Ręce mieli nienawykłe do takiej roboty. A to przecież robota bardzo delikatna, nawet ślusarze kalibrowi, co na setki milimetra toczą, też nic nie mogli pomóc: uważać trzeba, wszystko musi być tak jak naprawdę: wąsy, uśmiech szeroki, te włosy oszronione, siateczka zmarszczek wokół spokojnych oczu, wszystko artystycznie, delikatnie, żeby jeszcze gorzej nie wyszło. Więc – nikt...

– Takiego malarza – powiedział ktoś – nie znajdziem na Piachach.

Wtedy nagle Lewandowski powiedział głośno, do wszystkich:

– Jest taki jeden malarz na Marymoncie… Tylko jak pójdziem do niego – skona z samego strachu!

Spojrzał na Rączyna, Rączyn na niego, klepnął się z rozmachem w czoło.

– No racja! O rany, chłopaki – zaraz będziem mieli portret jak lalka!

– Co? Gdzie?

– Nic się nie bójta. – Janek już ręce zacierał, nic już więcej nie chciał powiedzieć i na Ryśka mrugał, żeby też milczał. – Tylko chodźcie ze mną jeszcze we dwóch, bo tam faktycznie trzeba niewąską mowę złożyć…

Poszło ich czterech: Rysiek, Janek i jeszcze dwóch: jeden całkiem stary, do ziemi pochylony, a drugi ten właśnie z ostrym wąsikiem.

Przez bramę przeszli legalnie, wzruszając ramionami przed policją:

– My? W dupie mamy strajk! Do domu idziem, przespać się trochę. Nie ma pan czasem papierosa, panie władzo kochany?

I zaraz przerzucili za mur ludziom, których mdliło za papierosem.

Powietrze było czyste, mroźne, przyspieszone oddechy parowały. Śnieg błyszczał w słońcu, mrużyli niewyspane oczy, głębokimi haustami wdychali zimny, ostry wiatr.

Ten z wąsikiem, idąc, mruczał jakieś przekleństwa pod nosem. Już przy Potockiej ktoś zaczepił ich, pytając pospiesznie:

– No co Janek, przegraliście…?

Zatrzymali się wszyscy w pół kroku. Człowiek ten był obcy każdemu – ot, przechodzień z ulicy, bida jakaś chodząca z Marymontu... Ale w oczach miał niepokój, uśmiech trwożny, zakłopotany. I Lewandowski widział, jak Rączynowi, który był człowiekiem twardym, niełamliwym – łzy zakręciły się w oczach. Wtedy pomyślał, że wszyscy są razem: ci ludzie z Piachów i ci ludzie zza muru. Że coś ich tak silnie łączy, tak silnie, że aż nie potrafią sobie tego powiedzieć. „Przegraliście, Janek...?" – tyle było w tym pytaniu troski i nadziei.

– Nie – odparł Rączyn, nosem jakoś niewyraźnie pociągnął. – I nie przegramy.

Tamten, co pytał – staruszek jakiś w poplamionym farbą kapeluszu, pewnie malarz – rozjaśnił w dobrym uśmiechu pomarszczoną twarz, rzekł:

– Niech wam Pan Bóg dopomaga, chłopaki...

W dalszej drodze Rączyn powiedział do Ryśka:

– No wysiudajka, możesz już wracać do domu...

Lewandowski poczerwieniał, wyjąkał:

– N-n-nie... Może się jeszcze przydam do czego.

Na myśl, że musiałby teraz odejść od ludzi, teraz od tej walki, końca nie zobaczyć, pieśni nie usłyszeć, strach go nagły obleciał. Spojrzał błagalnie na Janka.

– A jeśli tak – powiedział ten – no to zostań, na pewno się przydasz.

Przed drzwiami krzywego domku zatrzymali się. Janek zmarszczył czoło, chrząknął. Powiedział do towarzyszy:

– Żeby tylko tej cholernej baby nie było... Łatwiej ten nasz strajk wygrać, niż ją przeszczekać.

– Taka cholera?

– O Jezu! Wolę Pogorzelskiego od niej tysiąc razy...

– No, panie Kotras kochany – my do pana z prośbą... Ale, ale – żony pańskiej nie ma czasem?

– Nie – garbusek przystawił krzesła. – Proszę, proszę... Czym chata bogata – tym gościa udławić.

– He, he, he... A gdzie żona?

– A u rodziny, pod Łomżą. Pojechała na święta i jakoś nie widać.

– No to dobrze – odetchnął Rączyn.

– Dlaczegoż to dobrze? – zdziwił się Kotras.

– Eee, no nie... tak szybko. Niech sobie kobieta odpocznie. Prawda?

– Rzeczywiście! – powiedzieli chórem z nie byle jaką ulgą. – Niech sobie kobieta odpocznie, czego jej niby żałować?

Każdemu z ulicy dała się we znaki ta ruda małpa: tego obszczekała, że pije, tamtego żonę widziała, jak się puszczała nad łachą z Mietkiem od Kruczyńskich, innemu czary przypisała, ludzie drętwieli na wspomnienie jej świdrowatego krzyku – „Ignac! Do domu! Życie mi zniszczył – dlaczego ja byłam głupia i nie wyszłam za sklepikarza...?".

Kiedy już rozsiedli się z rękoma i czapkami sztywno na kolanach, ten z wąsikiem – rzec można – zagaił sprawę:

– My do ciebie Ignac względem takiej jednej rzeczy... Szanujemy cię człowieku, ale jak odmówisz...! – Najeżył się groźnie, wąsik podskoczył do góry, dokończył z sapnięciem: – Ręki ci nikt nie poda!

– No? – zaciekawił się Kotras. – O co się rozchodzi?

– O portret.

– Portret? – Kotras aż usta rozdziawił.

– Portret. Żebyś nam namalował. Rozumiesz: u nas strajk, niektóre ludzie rozumieją po co, inne się boją, policja, wiesz –

pod bramamy, a my tu bracie portret powiesiem, że to niby, rozumiesz, no...

Zaczął machać rękami, słowa nie znalazł, znów się nadął czerwono i dopiero Janek dokończył:

– Ludzi w ten deseń chcemy podtrzymać. Ignac – nie odmawiaj.

– Duży to musi być portret? – rzeczowo spytał Kotras.

– Duży. No nie taki bardzo duży, ale wiesz: żeby ludzie widzieli, żeby jakoś wyglądało... Życiowy portret musi być, no!

– Życiowy... – powtórzył Kotras, ręce bezradnie rozłożył. – Nie poradzę chyba. Musiałbym mieć płótno.

– A papier?

Kotras prychnął jak kot, z wyraźną przewagą fachowca nad tumanem:

– Papier? Głupieśta ludzie? Farbamy potrzebuje zrobić!

– A ołówek?

– O nie! Ja jak już coś robię, to solidnie, ze sznytem.

Ręce im wszystkim opadły: skąd tu wziąć płótna, bądź tu mądry...! Tymczasem Kotras na swoją zgubę poddał myśl:

– Albo... Na drugiej stronie jakiegoś obrazu...

Wtedy wszyscy głowy podnieśli, wzrokiem uważnym zaczęli błądzić po ścianach, aż w końcu dobłądzili: dziewica, księżyc, piramidy i toń.

Ten stary, do ziemi przychylony latami, zapytał, wskazując na podołek dziewicy sękatym palcem:

– A to to?

– Co? – zaniepokoił się Kotras, z krzesła powstał.

Ten stary na Bielanach gdzieś mieszkał, jak się później okazało, i słabo znał Kotrasa. W dobrej wierze zapytał:

– A to chujostwo – nie można by było?

Cisza. Twarz Kotrasa pokryła się śmiertelną bladością – biała, zastrachana maska. „Przecież ten obraz – przypomniał sobie Rysiek – to jedyna radość jego życia, sam namalował, kochał do zapamiętania…". W Lewandowszczaku aż skurczyło się coś z żalu za tchórzliwym sąsiadem. Janek Rączyn chrząkał bezradnie. Podszedł do skamieniałego Kotrasa, rękę na ramieniu mu położył. Rzekł wśród grobowej ciszy:

– Ignac! U nas ludzie biją się o tego… znaczy kawałek chleba dla swoich dzieci. Ty to rozumiesz? Dołóż i ty swoją rękę do tego – daj nam ten obraz.

Kotras pokręcił przecząco głową:

– Nie, nigdy!

– Daj nam – prosili chórem. – Daj nam!

Kotras mamrotał przecząco głową:

– Nie, nigdy!

– Daj nam – prosili chórem. – Daj nam!

Kotras mamrotał:

– Nigdy, nigdy…

– Ignac! – próbował ten z wąsikiem, oczami strasznie przewracał. – No powiedz sam – takie nieżyciowe kurwę namalowałeś… no powiedz. Daj nam ten obraz. Daj – on nam jest potrzebny, rozumiesz? Do czegoś innego, na lepsze, rozumiesz?

Twarz garbatego człeka zacięła się w wyrazie strasznego uporu:

– Nie!!!

Rysiek nie wytrzymał i wybuchnął:

– Panie Ignac! Żebyś pan wiedział! Szyby co do jednej wytłukę! Zniszczę pana, jak rany Chrystusa kocham, że pana zniszczę.

– Cicho! – uspokoił go Rączyn, bo Lewandowski już, już: bić!

– Ignac! Pomożesz nam, rozumiesz? Ludziom pomożesz w walce o życie, och ty mać twoja!

– Nie – pisnął Kotras. – Nieeeee dam!

– Panie Ignac! – ryczał Lewandowski. – Zdrowie panu odbierę!

– Nieee!

– No to chodźta! – zawył ten z wąsikiem, czapkę na głowę wściekłym ruchem narzucił. – Pies cię trącał z twoim obrazem…

Kiedy już wszyscy stłoczyli się u drzwi, wściekle szarpiąc zasuwkę, Kotras opadł bez siły na krzesło.

– Bierzta – szepnął. – Bierzta, cholery…

Kiedy już wyłuskali dziewicę z toni gipsowej, szpetnie pozłacanej ramy (szybko się z tym uwinęli, trzeba przyznać!), kiedy już rozłożyli płótno drugą stroną na stole, bo sztalug rzecz jasna nie było, sąsiad Kotras przypomniał sobie:

– Ale, ale! Czyj to właściwie portret będziem malować?

Janek machnął ręką, mrugnął na towarzyszy – zrozumieli, a Lewandowski ledwo zahamował śmiech.

– No jasne, marszałka!

– Aha!

I Kotras zadowolił się tym objaśnieniem, w dalszym ciągu mieszając farby patyczkiem. Grał ważnego, ludzie to widzieli i jeszcze bardziej śmiać im się chciało: Przymykał to jedno oko, to drugie, mruczał coś do siebie, odchodził i znów podchodził, zrzędził, że światło słabe, żeby mu nafciaka lepiej podkręcić, podstawić:

– Nie, tak, nie tak, więcej z boku…

Potem zeskoczył ze stołu.

– Gotowe – oznajmił wyskubując pędzel. – No, dawajta…

– Co?

– Pocztówkę jakąś, fotografię, czy co tam mata…

– Ba, właśnie – trzeba mieć!

I nagle wszyscy ścierpli: najważniejszej rzeczy nie przewidzieli! A Kotras, mrucząc i stękając, wyciągnął z komody (na trzech tylko nogach, podpartej cegłą) jakiś portrecik, ale zaraz rzucił:

– Może prezydenta? – zapytał z innym obrazkiem w ręku.

– Nie nadaje się – odparli. – Musi być marszałek...

– Dlaczego akurat marszałek?

– Bo marszałek – pospieszył z odpowiedzią Janek Rączyn – to zawsze marszałek, wojskowy... Zresztą my tylko marszałka uznajemy.

– A prezydenta nie?

– Mu na grób – odparł ten z wąsikiem, poparskując. Śmiech ich wszystkich rozsadził – jaką ten Kotras zrobi minę, jak się naprawdę dowie?

– Kotras – rzekł nagle mocno Janek. – Ty namalujesz nam portret towarzysza marszałka Józefa Stalina... Słyszysz? Namalujesz towarzysza Józefa Stalina! Tego marszałka nam trzeba.

Kotras omdlał. Zbladł, pozieleniał... Z zajęczą, ślepą trwogą w oczach wykrzyknął rozpaczliwie:

– Ludzie! Czy wy chceta, żebym ja w kreminale zgnił? O Jezu! – jakby się dowiedzieli...

– Ignac! – Janek potrząsnął nim, aż zęby garbuska zadzwoniły. – To jest dla ciebie zaszczyt, czy ty to rozumiesz?

– Za taki zaszczyt do więzienia pójdę!

Nie było już odtąd Kotrasa – sam strach został rozdygotany jak świąteczne nogi w galarecie: największego bolszewika na świecie kazali mu malować, no, no. I żadne słowa, żadne perswazje nie dochodziły już do niego: usiadł na krześle, rękami z całej siły złapał za poręcz, jakby bojąc się, że na siłę będą go odrywać.

– Ignac! – przekładał gorąco Janek. – Sam mówiłeś, że chciałbyś lepiej żyć, tylko że nie wierzysz w żadną walkę... Patrz – ludzie walczą! Ignac – pomóż już nam do końca, bądźże człowiekiem, nie bój się…

Wszystko mu przypomniał: i tę rozmowę nad łachą, i to, że sam marzył o lepszym życiu, potem Rysiek próbował:

– Aaa pamięta pan, w Wigilię co pan mówił? To jest właśnie, Kotras, dobre wspomnienie…

Potem ten z wąsikiem pomiędzy klątwami go prosił i ten stary, do ziemi pochylony: na miłość go brali, na Boga, na lepsze, na gorsze, na nagłe cholery – wszystko na nic! Garbusek siedział sparaliżowany strachem, pot kroplisty wystąpił mu na blade czoło.

Wtedy Rączyn zaklął z szewską pasją i zrzucił marynarkę. Garbaty pisnął, myśląc, że będzie go bić, ale Janek wskoczył na stół, ukląkł i pochylił się nad płótnem, pędzel przedtem wyrwawszy z bezwładnej ręki Kotrasa.

To było tak nagłe, że ludzie zbaranieli. Z wąsikiem zapytał:

– Co ty Jasiu – sam…?

Rączyn nie odpowiedział. Dopiero po chwili przez zęby rzucił do Kotrasa:

– Wszystko ma swój kres – jeden taki dureń mi powiedział… Chciałem rękę podać, podnieść z tego strachu, co aż na całą ulicę wania[120]. Jeśli się chce lepiej żyć – to pociąg. Przyjdzie czas – odejdzie… Wtedy zostaje się na peronie.

– Następny przyjdzie – odparł hardo Kotras urażony do cna.

– Nie! Tylko raz w życiu odchodzi taki pociąg w lepsze.

Ale robota jego – nie odchodziła w lepsze. Przeciwnie: już od pierwszej chwili wszyscy widzieli, że nic z tego nie wyjdzie. Na dobitek knot dopalił się w lampie, filował już ostatnim tchem.

120 Wania – z ros. – śmierdzi.

– Świece!– zakomenderował Rączyn, oczu od roboty nie podnosząc.

Garbusek podniósł się posłusznie z krzesła, zdjął świece z szafy. Zapalił. Postawił na stole przed Rączynem i tak już został przy nich.

– Bez pocztówki nie dasz rady – szepnął cichutko, nieśmiało.

Rączyn odparł przez zęby, z pasją:

– Ja go pamiętam. Każdy jeden szczegół... w więzieniu go widziałem. Ale namalować...

Nie dodał, że nie potrafi. Znów zaciął zęby, ze zgrzytem, chrzęstem. Rysiek widział, jak brew mu się rozedrgała z napięcia, czoło sfałdował. Przykro było patrzeć, jak człowiek serce wkłada w robotę – i nic nie wychodzi. Żeby mógł Lewandowski – swoje by teraz wyjął, wyszarpnął, położył przed Rączynem: – „Maluj nim Jasiu...". Tyle w nim było pasji, tyle wysiłku nad moc – w nim i w tamtych, że jedno wyjąwszy – drugiego by szukał. Żeby pomóc! – grało coś w nim rozpaczliwie – żeby pomóc...! I kułaki zaciskał na Kotrasa, tchórza garbatego.

Ale zastanawiać się nie miał czasu. Bo wypadki – wiemy – pognały jak lawina.

Na razie wzrok tylko odwrócił. Garbaty cień Kotrasa chybotał się pochyło na ścianie, płomień świecy drgał nierównym światłem.

– Nie dmuchajta! – stęknął Rączyn. – Nic nie widzę...

Gorzej – bo i ludzie nic nie widzieli. Ale każdy bał się przerwać tę ciszę napiętą jak struna. Jak w kościele, tak było cicho. Nikt nie odważył się powiedzieć: – „Daj spokój Janek, nie wyjdzie...". Słychać było tylko świst człowieka pracującego z uporem, ciche klątwy.

Nie, nie można było na to patrzyć tak sobie, z lekkim sercem. Zgarbiony, złamany Lewandowski znów uciekł wzrokiem. Uciekł, choć było coś porywającego, pięknego nie do opisania, nad wyraz w tym człowieku: koszula przylgnęła mu do ciała, potniał, mokre kosmyki włosów przylepiały się do czoła ściętego w wyrazie uporu.

Wtedy dojrzał twarz pochylonego z innymi Kotrasa. Dojrzał – i aż się cofnął, puścił rękami blat stołu. Bo blady jak sama śmierć Kotras każdym nerwem chudziutkiej twarzy, każdym mgnieniem oka chwytał ruchy pędzla. Oczy jego rozgorzały wspaniale. Lewandowski zrozumiał: porwał go Janek swoim uporem mocniejszym od piekła. I Kotras – garbaty, tchórzliwy człeczyna – pochylał się, pochylał, palcami ręki w powietrzu przebierał, wargami bezgłośnie coś mruczał, jakby za chwilę w swoją dłoń chciał chwycić pędzle. I Lewandowszczak zrozumiał, że ten człowiek stoi nad przepaścią jakieś decyzji, że sam ma za mało siły – boi się skoku – wpadnie, że trzeba go tylko silnie popchnąć, aby na drugą stronę przeleciał...

– No, panie Kotras! – szepnął cicho, wprost w ucho pochylonego garbuska. – No! Jak Boga kocham...! Lu!

Kotras przytrzymał rękę Janka w pół ruchu, powiedział mocno:

– Daj!

Odetchnęli wszyscy. Popatrzyli na niego ciepło, rozumiejąc człowieka... A Janek pędzel mu zacisnął w dłoni i rzekł:

– Maluj... towarzyszu.

Lecz zaledwie Kotras wziął pędzel w swoją rękę, pochylił się nad obrazem, znów dłonie zaczęły mu drżeć jak on sam.

– Nie dam chyba rady – szepnął. – Nie mam z czego robić. Wzoru...

– Nie widziałeś nigdy obrazu Stalina?

– Dawno, kiedyś… Nie pamiętam już prawie.

No to Janek objął go ramieniem, mocno, aż stawy Kotrasa zatrzeszczały. Zaczął mówić monotonnym, mocnym, równym głosem:

– Maluj, maluj człowieku… Jego się nie zapomina. Wszystko jest w tej twarzy: nadzieja, gniew, miłość, kara, uśmiech… ludzka niedola… twardość… gniew, miłość… No, maluj!

I Kotras – kołysany jakby śpiewnym głosem Rączyna – zaczął malować. Z początku niepewnie, potem już gładziej, wreszcie z zacięcia oczy zmrużył. A Janek ciągnął, wciąż jednym głosem:

– Maluj! Z sercem tylko Ignac, tylko z sercem. Inaczej nie namalujesz go tak, jak trzeba, z sercem… Nadzieję swoją wymaluj, miłość do dobrego, rozpacz swoją i nienawiść do tych wszystkich, co każą nam żyć na ostatniej granicy. Maluj Ignac, maluj człowieku… I to, że jeść nie masz co, namaluj i moją gruźlicę namaluj, i za kobietę Budziejewskiego namaluj, za Zielińszczaków, za Loluszkę, za wszystko, co bije w nas od lat, za ludową Polskę namaluj, za czerwoną Warszawę, za rewolucję klasową, za Blaszankę, za naszych towarzyszy w Grudziądzu, we Wronkach[121], w Świętym Krzyżu, za córkę Lipków, za nieszczęścia, za głód, za morowe powietrze, za tych, co mieszkają pod mostem, maluj Ignac, maluj człowieku…

I Kotras – ze łzami spływającymi po chudej twarzy, jako że był miękkiego serca – malował. Ludzie patrzyli na rozgorzałe oczy Rączyna, rękę jego silnie zaciśniętą na ramieniu garbatego: serca im się tłukły, języki przyschły do podniebienia, a Rączyn śpiewał swoją pieśń nienawiści:

121 Grudziądz, Wronki – zakłady karne.

– …Za każdą kobietę na ulicy, za każde dziecko przez matkę zabite, za Berezę, za Cygańskie Budy, za miasto cudów, za to, że ludzie marzyć nie potrafią, że przepadają ich dobre myśli, maluj Ignac, maluj człowieku…

Straszno było od tego, świszczały ich przyspieszone oddechy, gorzały rozpalone oczy… Pięści się zaciskały, nienawiść chwytała za serce Lewandowskiego czarną ręką, piekło coś i wyło w człowieku: – „…Za to, że ludzie marzyć nie potrafią, że przepadają ich dobre myśli…”.

Wtedy przyszło zrozumienie. Że tu, że razem z nimi, zabijać, walczyć za własne, młode, szmaty niewarte… Za Henka, za jego jasne domy, za ojca, za matkę, za człowieka o złotych rękach, za… za… za… Jezus Maria!

Wtedy nie mógł nic wyjąkać: niepotrzebne słowa więzły, przejść nie chciały. Zrozumiał – ot i koniec. Ale w wiele, wiele lat potem pomyślał, iż sam się rodząc, widział jeszcze narodziny innego człowieka.

Wtedy pomyślał, w wiele lat potem… Bo teraz nie patrzył już na twarz garbuska, jego jeszcze nie rozumiał: oczyma widział już barykady, pieśń o ludziach przeklętych i walkę, walkę na śmierć i życie, walkę jak jasna cholera.

Potem, delikatnie wziąwszy mokre płótno („Dajcie, ja poniosę” – prosił ich Lewandowski), wyszli przed dom. Kotras za nimi. Nocka opadała nad Marymont, powietrze mroźne, stężałe od wieczornych mgieł…

Dopiero teraz ktoś powiedział:

– Janek! Mać twoja! Skąd ty tak potrafisz?

Rączyn spojrzał ze złością, wzruszył ramionami: ot dopiero głupie pytanie! I tu – śpiew w nich uderzył daleki. Drgnęli zaskoczeni. Potem zrozumieli – to znów Blaszanka śpiewała.

Przebrzmiał ten śpiew, a oni jeszcze tak stali: ten z wąsikiem na pucołowatej gębie, ten do ziemi pochylony, Rączyn Janek z garbatym Kotrasem i Lewandowskim z sercem do ostatka rozłomotanym.

Potem zaraz światło uderzyło na Bielański Las. Znów drgnęli. Lewandowski pierwszy zrozumiał, krzyknął:

– Włączyli! Śpiewu się zlękli!

Trzasnął Kotrasa w garb, aż zahuczało, z radości… Śmieli się wszyscy i walili po plecach, nawet garbusek się rozruszał.

– Dzięki – powiedział w końcu Rączyn. – Nie zapomnimy…

Odeszli. Po paru krokach dobiegł ich cichy szept.

– To… towarzysze…

Stanęli, odwrócili głowy.

– No co?

Niewyraźnie, w ciemności, dojrzeli, że garbusek wykonał ruch, jakby chciał rzucić się za nimi. Ale jakoś w pół kroku zatrzymał się, przystanął.

– Nie, nic… – usłyszeli.

Odeszli. Kroki dzwoniły po twardej, jak nienawiść twardej ziemi.

Z tym portretem, to dalej było tak.

Wyczekali odpowiednią chwilę i kiedy policjant odszedł, przeleźli przez mur do Blaszanki. Ze starym mieli tylko trochę kłopotu, bo to i lata, i kości nieruchawe już, wiadomo – reumatyzm: – „W dziurze takiej mieszkam cholernej, wilgoć cieknie po ścianach", ale Rysiek podsadził się pod niego i jakoś to ze stękaniem na ciężko, z klątwami, ale poszło.

– Teraz – powiedzieli z dumą do ludzi – dawajta Uklejskiego.

I powiesili portret na miejscu karykatury, podarłszy ją przedtem starannie i na strzępy strzępów.

– Będzie stypa – zatarł ktoś ręce. – O rany!

Była. I jeszcze jaka! Majster Uklejski robotników nienawidził do białej gorączki. Węszył, łamał co słabszych, nie było w fabryce takiego, co nie życzyłby mu szczerze nagłego skonania. To on za Lilpopem zastosował chodzenie do ubikacji za numerkiem. On do redukcji rękę przyłożył, ludzi kapował, miał całą armię piesków, którzy donosili mu o wszystkim... Na dźwięk słowa „czerwony" dostawał trzydniowej obstrukcji. Tylko że bez numerka już wtedy latał – przewieszać by nie nadążył. W końcu – to on wystarał się o karykaturę, a tego przebaczyć mu ludzie nie chcieli i nie mogli: – „...Z kogo on żarty gra, taka jego nie taka...".

Ale pan majster – mimo tego, że był dzierżymordą pierwszej klasy, ludzie na widok jego brzucha truchleli: – „Uwaga, Uklejski!" – pan majster miał swoją słabostkę i przeważnie jak każde głupie i silne bydlę bał się rzeczy nadprzyrodzonych, tajemniczych, czarów i zabobonów. Czarny kocur przyprawiał go o dreszcze, na widok zakonnicy spluwał trzy razy, w piątek trzynastego w ogóle do roboty nie stawał, zapijając się jak na koniec świata...

O tej słabostce pana majstra Rysiek dowiedział się od jakiegoś szczerbatego, który mu to wszystko dokładnie opowiedział, bezustannie przypominając zawód mamusi Uklejskiej. Zapalając się, dojeżdżał do prababki.

Wysłali jednego takiego zgrywusa i ten podbiegł ze spazmatycznym wyciem:

– Panie majster!!! Stalin się odmienił!!!

– Jak to? – zdrętwiał majster.

– Ano tak! Jakiści inny się zrobił...

Majster przeżegnał się, splunął.

– Łżesz?

– O Jezu, co pan! On pana nawet przeklina…

– Kto, co ty gadasz?

– Portret. Niech pan idzie.

– Za nic!

– Niech pan idzie. On mówi, że jak pan nie przyjdzie, to sam do pana zejdzie i porachuje się…

I jeszcze majstrowi nabajdurzył, tak że ten poszedł półprzytomny, na rozdygotanych nogach.

Ledwie stanęli przed portretem, jeszcze się majster wyżegnać i nadziwić nie zdążył (ludzie mało nie pomarli ze śmiechu), a już ktoś z tyłu zawołał głosem nie z tej ziemi:

– Naaa kooolanaa!

A majster upadł z głuchym jękiem.

– Jesteś drań?

– Ja… jestem – wyszczękał.

– Zimny łobuz?

– Zi-zi-mny.

Składki zbierałeś przez siłę? Wyrzuceniem groziłeś?

– Z-z-zbier-ał-ałem. Gr-gr-oził-em.

– No to my teraz zrobiem na ciebie składkę, łobuzie… Dokładejta się chłopaki, co kto może. Pamiętajta, że towarzysza Stalina obraził!

Zarzucili mu worek na łeb i, rzeczywiście, dołożyli się ze szczerego serca. Trzeba było porządkowego wyznaczyć – tak się wszyscy pchali. Potem oszołomionego i szamoczącego się poprowadzili do bramy. Tam granatowemu jakiemuś durniowi w ręce go wepchnęli, mówiąc:

– Sabotażysta! Fabrykie nasze kochane chciał podpalić… O ma pan! Zapałki przy nim znaleźliśmy…

I zanim się majster oswobodzić zdołał, dostał jeszcze parę bananów – w ciemno – przez plecy i czerwony pysk. Wyglądał potem, jakby mu ktoś oberka z przytupem wytańczył na mordzie.

To wszystkich na duchu jakby podniosło, pół nocy potem śmieli się: jaką też minę miał pod workiem szanowny pan majster. A zapytać go nie można było, bo leżał w domu, okładany przez żonę.

Ale trzeciego ranka, kiedy znów popatrzyli na swoje wymizerowane twarze, zarośnięte, kiedy dostali cynk ze Śmigłówki, że jeść im nie mogą przysłać, bo mur przez policję obstawiany, niektórym ludziom skrzydła opadły.

– Nie wygramy – mówili samą rozpaczą. – Niepotrzebnieśmy się porwali, ludzie... Zamorzą nas, zamęczą i poddamy się...

Taki nastrój się wytworzył, czarna chmura niewiary zawisła nad wszystkimi, że nawet pieśni nie zaśpiewali. Lewandowski chodził przez cały dzień jak błędny. „Jeśli przegrają – myślał – zniszczę się! Tak jak Zieliński...”. Czuł wtedy twardy łomot serca. Niech tam! Na życiu mu przecież nie zależy... Znów ma się wszystko okazać bajką, ułudą? Nie odejdzie już teraz od nich. A jeśli – to na zawsze. Jeszcze tylko przedtem paru policjantów zabije, żeby chociaż... A w kiszkach mruczał mu głód.

I tak się pętał – nieprzydatny już teraz nikomu, z rozpaczą i nienawiścią patrząc na każdą powątpiewającą twarz.

W południe zamieszanie jakieś zrobiło się na bramie. To któryś z granatowych trzasnął w zęby towarzysza ze straży porządkowej. Wyrwał kamień z ziemi i poleciał pierwszy. W locie ktoś, złapawszy go za kołnierz, wydarł mu go z ręki.

– Szczeniaku! Rzuć!

Szarpnął się wściekle:

– Puść pan! Walka czy nie? Biją!

– Nie można – tłumaczył tamten. – Prowokacja, rozumiesz?

– A walka?

– Walka... Po głupiemu walczyć – lepiej łeb na szynach położyć. Rozumiesz? – Na pocieszenie dodał: – Gorący jesteś, niech cię!

Kiwnął głową, że tak, ostudzony już, ale krew w nim grała. I kiedy ściemniło się, długo chodził pod murami z kamieniem w ręku i straszną pokusą: – „Wyrżnę, wyrżnę, pomszczę, zabiję...".

Taka przyszła noc: pełna głuchej zaciętości u jednych, a zwątpienia u drugich. Rano ktoś powiedział:

– Śpiewajmy ludzie! Niech widzą, że my... do ostatka.

Znów stali w luźnym szeregu, przygarbieni, bladzi, z rysami twarzy wyostrzonymi głodem. Ktoś zaczął, pół zwrotki przeszło i pieśń się urwała: ludzie nie mieli już siły – trzy dni o suchym pysku.

Wtedy z szeregu wyszedł jakiś starowina, ze srebrną, gołą głową. Przed samą bramą stanął, wprost przed policją. I znów u tamtych – ręce na bananach.

Chciał coś pewnie powiedzieć, cherkliwie wyszło, zakrztusił się łzami. Serce krwawiło na ten widok, siwa głowa mu się trzęsła. Potem uchwycił się żelaznych sztachet bramy i krzyknął wprost na twarz policji:

– Nie zejdę! Słyszyta? Nie zejdę!

Odwrócił się i zaintonował drżącym, starczym głosem:

– Wyklęty powstań...

Śpiewali. Wielu ludzi miało łzy w oczach. Ale pieśń, pieśń nabrała siły. Znów ludzie dźwigali zgarbione plecy, znów w Ryśka wstąpiła nadzieja.

Przed samą godziną pierwszą dyrektor Więckowski wszedł nagle do hali. Cicho się zrobiło.

– Macie delegatów? – zapytał.

– Są.

– Chodźcie.

Wyszedł i trzasnął drzwiami. Dwóch się poderwało za nim, ale usadzili ich. Za chwilę znów ukazała się jego wygolona głowa.

– No?

– Trzeba się nauczyć mówić do robotnika, panie dyrektorze…

Poczerwieniał, drzwi szeroko otworzył: – „Proszę…". Wyszli.

Dopiero teraz zaszumiało. „Układać się chce!" – wołali jedni. „Nic z tego nie wyjdzie!" – odpowiadali im drudzy. I czekali wszyscy w denerwującej niepewności, snując takie i inne przypuszczenia.

Ktoś powiedział szeptem, ale że cicho jakoś się zrobiło, cała sala usłyszała:

– Nawet jak teraz wygramy z nimi, to co? Za pół roku, za rok, znowu zdusi.

– Rewolucja klasowa – pospieszył się któryś z młodych – tego trzeba…

– A wtedy?

– Wtedy… – młody westchnął marzycielsko. – No, wtedy będzie inaczej… Bedziem spać do dziesiątej, będziem chcieli robić – będziem robić, nie – to nie. I nikt nasz nie przymusi. Będę chciał, w domu sobie usiądę, gitarę wezmę, a kobitę tylko co i raz do ciotki po czterdziestkę poślę…

Ten szerokoplecy, potężny, z ludzi nagle wyszedł i przed młodym stanął.

– I tylko tyle? – zapytał. Żyły nabrzmiałe przecinały mu czoło, poczerwieniał.

Rozmarzony stropił się:

– No?

– Tylko tyle od rewolucji chcesz? Czterdziestki? Młody jeszcze jesteś, no – ja bym cię wykształcił! Rewolucja – to praca dla każdej ręki, rozumiesz ty? Praca!

– No a fajrant kiedy?

– Fajrant? Będzie i fajrant, poczekaj. Najpierw kapitalizm trzeba dobić…

– Pewnie – zgodził się ten marzący. – Trzeba dobić.

– Sam zdechnie! – krzyknął ktoś zapalczywy.

– Nie! – Ten ogromny spoważniał. – To mocny gad, żywotny. Zdycha, a jeszcze inne się wylęgają, żerują, zaraźliwy jest. Skąd się wzięli tacy ludzie jak nasz szanowny pan dyrektor, jak Uklejski i jego pieski, jak inni? Ot, właśnie takie robaczki mogilne, cudzym truchłem swoje kałduny napychają. Zapytaj dyrektora o ojca robotnika – powie ci. Majstra – to samo…! Kapitalizm to takie błoto, które wciąga człowieka w to najgorsze, w pieniądz. Oślepia, zakuwa łeb, wyżera serce, nienawiścią samą każe człowiekowi żyć, robi go chorym na… taki właśnie syfilis kapitalistyczny…

Potem drugi jakiś zaczął gadać, podczas gdy komitet układał się z dyrektorem. Wysoki był, chudy, z ostro sterczącą grdyką i nastroszonymi włosami. Ten znów mówił tak wolno, rozciągając w nieskończoność, dobierając starannie każde niezrozumiałe słowo, że ludzie aż sykali ze zniecierpliwienia. To było tak nagłe – po tamtym – z ręką wzniesioną do ciosu… „Po burzy wiaterek łagodny, majowy czy co, choroby?" – myślał Rysiek. „Ciepłe kluski…?".

A tamten nosował o podnoszeniu świadomości, o produkcji i jej czynnikach: tak, siak, wspak, ile kto ma, jaki jest stosunek fabrykanta do produkcji, a produkcji do nagłej śmierci, że aż ktoś z młodych – ten, co mówił, że sam zdechnie – do cna zadręczony, krzyknął:

– Po naszemu, po naszemu! To na kiedy indziej! Nikt tak dobrze nie wie jak wy, co to znaczy kapitalizm. Teraz walkę trzeba wygrać – o tym!

– Nie można wygrać bez przygotowania ideologicznego – odparł urażony nosacz. – To broń proletariusza…

– No tak, ale trzeba tę broń po ludzku podać, w ręce: – „Masz bracie i nap…" – ryknął ten młody. – A wy jak ta panienka: najpierw kwiaty, potem ciepłe słówka, buzi, buzi, aż w końcu człowiek o dupie myśli, nie o walce.

Tamten zamyślił się, chrząknął, potem z uśmiechem:

– Złodziej, proszę kolegów, zastrzelił się na naszej ulicy, znacie, Zieliński. Na pozór złodziej, prawda, a kiedy tak głębiej spojrzeć – toć to też człowiek. Dlaczego tak się stało? Ot, człowiek zbłądził z własnej ulicy. Zaraziła go ta choroba, gangrena pieniądza… Zieliński – to jeszcze jedna pozycja do rachunku, jaki zapłaci nam kapitalizm. Ale czy można zapłacić za życie człowieka, za jego marzenia, dobre i złe chwile?

Odetchnął, ustał na chwilę, a ludzie czekali zdumieni, do czegóż on zmierza i co ma złodziej wspólnego do strajku na Blaszance?

Tamten jakby odgadł myśli ich wszystkich, bo powiedział:

– Ma! To temu młodemu koledze właśnie mówię, chcę porównać: złodziej Zieliński jako złodziej – nie człowiek – to właśnie kapitalizm. Nakradł się, nakradł, w ślepą ulicę zbłądził, a powrót zamknięty. Ale jeszcze nie daje za wygrane, jeszcze się gryzie, szamocze, zanim zdechnie. I tu trzeba dobić, trzeba tej broni, silnej broni, bo same ręce bez czegoś więcej zgubią się…

Palec w młodego i zarazem Ryśka wyciągnął, bo ten stał obok, tuż zaraz, powiedział:

– Ta broń – to właśnie trzeba wiedzieć, dokąd własna ulica prowadzi, trzeba mieć ten drogowskaz, żeby w ślepą nie zbłądzić, ten drogowskaz widzicie – to właśnie uświadomienie proletariackie. Inaczej – słaby jesteś ze swymi rękami bracie, zbłądzisz... A jakże można walczyć z kapitalizmem, skoro nie wiadomo, jak wygląda, jaki jest, z czego powstaje... Tu uczyć się trzeba!

Ludzie zachichotali, młody zaczerwieniał, bąknął:

– Dziękuję...

– I ja wam dziękuję – odparł poważnie tamten, złażąc z falbanku. – Wyście mnie pouczyli, jak broń trzeba podać, ja was – jaki ona ma kształt...

Tego już Rysiek nie dosłyszał. Słowa tamtego – „Z własnej ulicy..." – ciągle brzmiały mu w uszach. I o tym, jak słabe są ręce samotne, jak mało znaczą bez czegoś więcej... Przecież to jakby życie jego całe mu ten chudy wygarnął: miesiące bez nadziei, od najmłodszych marzeń o życiu szczęśliwym, szlachetności, poprzez Zielińszczaka: „Nie szukaj, nie znajdziesz...", cała ohydę wysiudajki, to wszystko bez żadnego właśnie drogowskazu, rozstrzelone i słabiutkie, łatwe do zdeptania i znów: – „Nie szukaj, nie znajdziesz, nikt tego nie potrafi...".

A ci tutaj?

Czy nie potrafili? Mogli zostawić kolegów, towarzyszy bez pomocy, „Sami sobie radźcie" – powiedzieć, plecami się odwrócić... Czy nie był to piękny gest, najbardziej ludzki, bez słów, ozdóbek i zakrętasów?

To wszystko razem, słowa zasłyszane, jak dobra karta do karty – tu był sens ludzki i dobre marzenia, drogowskaz na lepsze.

Walka, dalekie, trudne szczęście... I to, że – mać jego taka owaka – można jednak żyć lepiej nawet na tej swojej ulicy, szlachetniej, marzyć – i to nie na próżno.

Bo i jak te marzenia o walce dotąd wyglądały? Najpierw koń, pistolet, preria i szlachetność – to dziecinne, łapy się zaciskają... Potem już bez szlachetności – złodziejowa kryska, ale jeszcze trochę w tym wszystkim dobrej przygody, glinę przebrzydłego przynajmniej można znieboszczykować... I już na ostatku – człowiek sam sobie w mordę pluje, wyje coś w środku, gorącym wstydem pali: przymierze z liną, samemu bije się bezbronnych i słabych, już nie blisko dobrych marzeń, ale zarażenia się tą chorobą.

I nagle – tutaj... I tak długo szedł, po ciemnej drodze się potykał...

Tam pod bramą gliniarz się ciska jeden z drugim, łysy komisarz z laską, cała banda szpicli, jeden gorszy od drugiego, a tu – walka jak ciężka cholera, właśnie na śmierć i życie, o kawałek chleba, słowa zwalające z nóg, jak słońce na niebie słowa oślepiające...

Zachłysnął się tym wszystkim, wyszedł na dwór. Mrozek grudniowy, szron, w bezkres rozpostarły się gwiazdy, różowieje na wschodzie, księżyc wspina się na zimne niebo. Odetchnął głęboko, głęboko, aż zagrało coś w płucach...

Była już kiedyś odwrotnie podobna noc i chwila. Na czarnej drodze po rozmowie z Zielińszczakiem. I jedna tylko gwiazdka drżała na wysokim niebie, zgasła, przepadła, a z gwiazdką nadzieja na lepsze.

O tym wszystkim już mówić więcej nie będziemy. Walkę znalazł, zrozumiał i już jak zwykle do tej walki – z sercem gorącym, na wariata trochę... Mówić już nie będziemy, ale krzywdę byśmy mu zrobili, nie dając mu tak trochę pomarzyć, w noc sylwestrową, na podwórku Blaszanki... A co do marzeń – to marzyć nigdy nie przestał, do końca dni swoich gorejących.

„Niech to będzie ciężka walka" – myślał myślą lekką jak ptak. „Samemu łeb można położyć, wszystko jedno, ale walka, walka, o szczęście, o jasne domy Henka. Po prostu nie do uwierzenia: tak blisko były te marzenia i tak daleko jednocześnie..." Jeszcze raz to sobie powtórzył, jeszcze raz... Śpiewać by się chciało, z głosem u niego jakoś kiepsko, skrzecząco jakoś wyszło, zaklął tak jak ojciec, jak Zieliński – wszystko to mało – tamtym dniom zgaszonym, przebłąkanym – w pysk, w mordę, w serce...

Noc była sylwestrowa, nowy rok miał przechylić się już za parę godzin. Wychodzili rozgrzani, pełni nadziei na ten nowy roczek:

– Wygraliśmy, a widzicie, że wygraliśmy...

I okazało się teraz, że nie było takich, którzy nie wierzyliby w wygraną, nikogo! Dyrektor się poddał, zamówienia miał rządowe – musiał, zredukowanych przyjął z powrotem, za dni strajku miał zapłacić.

I gdy tak szli Kamedułów, radośni i roześmiani. – „A pamiętata Uklejskiego" – figurka jakaś nieśmiała, przygarbiona, wyszła im naprzeciw.

– No? – zapytał Kotras.

Przystanęli. W odbijanym przez śnieg bladym świetle księżyca dojrzeli jego twarz zatroskaną, największe wyczekiwanie w oczach.

W porządku, wygrany...

– Wygrany... – powtórzył Kotras śpiewnie. Twarz rozjaśniała mu dziecięcym uśmiechem. Odciągnął Rączyna w bok, nie chcąc, by nikt słyszał, ale Rysiek stał blisko.

– I jak? – pytał tchórzliwy sąsiad Kotras. – Pomógł? Tylko powiedz tak naprawdę, pod chajrem[122]...

– Pomógł. Mówię ci, Ignac – byłeś tam razem z nami... O to ci chodzi? – Do ludzi się zwrócił: – Powiedzta mu, jak to było z Uklejem...

Opowiedzieli. Garbusek słuchał z zachwytem, słowa każde sercem chłonął, by nic a nic nie uronić. Potem rzekł, cicho, wstydliwie:

– Bo ja, ty tego, bracie... widzisz. Rozumiesz: to tak jest, jak człowiek walczył... Chociaż ja nie z tego, może pierwszy raz w życiu do jakiejś nadziei rękę przyłożył i – karta wyszła. A ja – dodał gwałtownie – myślałem, że nie nadaję się do żadnej walki, że w ogóle... nie nadaję się do życia.

Umilkł. Koło nich przechodzili ciągle roześmiani, pewni siebie ludzie. Z nadzieją wchodzili w bladą, rozgwieżdżoną noc sylwestra, pijani byli trochę głodem, trochę czterodniowym wyczerpaniem, a najwięcej rzecz jasna – zwycięstwem.

Potem sąsiad Kotras powiedział:

– Bo widzisz Jasiu, nie dziw się. – A drżącym głosem to wyrzekł: – To tak, jak idziesz długo, długo, w ciemności, a potem nagle – trzaaaask! – światło... I człowiek widzisz tego, widzisz tego...

Zapłakał gorzko, bo naprawdę był miękkiego serca. Dopiero teraz Rysiek zrozumiał, że tchórzliwy sąsiad Kotras ciągle jeszcze nie może uwierzyć, że jednak walczył jakoś razem z czerwoną Blaszanką, że był tam w środku, cząsteczkę swoją dołożył, naplewat[123] wszystkim komisarzom Pogorzelskim, że razem z portretem marszałka-człowieka on sam w górę wyrósł jakoś,

122 Pod chajrem – w gwarze złodziejskiej, zapożyczenie z jidisz: pod groźbą klątwy.
123 Naplewat – z ros. wszystko jedno, obojętnie.

na wiarę, na lepsze, że za jego oknem nie będzie już mieszkać zwątpienie, że światło jakieś uderzyło w te okna, zagrało na szybach… Zrozumiał Rysiek – i wcale się nie dziwił, nawet z sympatią spojrzał na krzywego człowieczka, co się z takiego strachu wyprostował…

Czekali, czy powie coś jeszcze, ale sąsiad Kotras mruknął tylko niezrozumiale, podreptał przed siebie tak szybko i gwałtownie, że rzec można – zapadł w jasność, bo przecież noc była sylwestrowa, jasna bladym pobłyskiem gwiazd i wszyscy wierzyli, że idzie na lepsze.

Ruszyli naprzód. Chrzęścił śnieg, migotały gwiazdy, księżyc jak zwykle na koszmar Cygańskich Bud wypłynął złotym rożkiem, ostrobrzegiem. Z tyłu ktoś powiedział – i Rysiek poznał tego z wąsikiem:

– Znaczy się – wygraliśmy, dlatego że Kotrasa kobity nie było…

– Rzecz jasna! No to towarzysze – szczęśliwego nowego roku!

– Żeby ich wszystkich jak najprędzej szlag trafił! Szczęśliwego roku…!

– Szczęśliwego nowego roku…

A krzywe opłotki, Budy, drewniane zapadłe domki, latryny, wstydliwie skryte pod śniegiem, cała rozpacz koślawo zezująca ciemnymi oknami – u niektórych nawet na naftę nie było, w egipskich ciemnościach jutrzenkę witali – odbijała te słowa z echem szyderczym: – „Szczęśliwego nowego roku…”.

XII

Może by wtedy, sercem gorącym i młodym, sercem dobrego nieznającym, przylgnąwszy do tej partii, gdzie trzeba „pięknie..." – walczył, zwyciężał lub zginął. Nikt by mu pomników nie stawiał, nawet na pewno nie, może by tylko ktoś wspomniał czasem, czyjeś oczy zrobiłyby się twarde lub bolesne, powiedziałby ten ktoś: – „Tak, Lewandowski z Marymontu, pamiętam... No cóż – dobry był z niego towarzysz...".

Ale tak się nie stało. Nie stało się tak dlatego, iż wypadki, które składają się na tak zwany los, po prostu ułożyły się inaczej. I żeby to jeszcze inaczej powiedzieć – ten los parszywy kłodę mu rzucił pod nogi. Wtedy, po dniach nadziei gorącej, po krótkich dniach światła, znów przyszło zwątpienie, błąkanie się stokroć gorsze, bo już bez żadnej nadziei...

Pierwsza część opowiadania o człowieku z ostatniej granicy kończy się. Teraz się kończy, kiedy już drogę znalazł i marzenia swoje zagubione.

Do partii chciał – tak sobie postanowił wtedy, w sylwestra, żeby móc walczyć i zginąć za szlachetną sprawę. Trzeba powiedzieć – w głowie mu się nie mieściło, żeby na przykład nie zginąć... Po to właśnie szedł Lewandowszczak, aby zginąć – jak by mu ktoś powiedział, że nie zginie – z pięściami by się rzucił. Tymczasem rzucać się nie mógł, bo ciężko chorego na zapalenie płuc powieźli karetką do brudnego szpitala na Czystem[124]. Samochód grzązł w śniegu, szofer klął, nieprzytomny Rysiek rzęził.

W szpitalu białe łóżko dostał przy oknie, wykres temperatury i szklaną kaczkę. Dokoła leżeli chorzy, mniej lub bardziej stękający, mdlił zapach lekarstw, boleśnie ciągnęły się szpitalne godziny, od czasu do czasu ktoś wył przejmująco:

– Siooostro, basen! Sioostro, kaczkę! Siostro lepiej mi, gorzej mi, piecze mnie, dusi mnie, cieplej, zimniej…

Myślał z rozpaczą – „Teraz, akurat teraz… Kiedy tamci może już… giną albo znów walczą…”.

Ludzie opowiadali swoje wypadki, rozkoszowali się opisem złamań, schorzeń, stawiali diagnozy: – „Niedługo pan pociągniesz” albo „Czas już do Agnieszki…”.

Koło niego szewc jakiś stękał ciągle:

– Na Powązkach, znaczy się, mieszkam. Borciuch nijaki u nas największy łobuz jest…

I dalej męczył ludzi opisem, jak go ten Borciuch boso po śniegu pognał, w nagrodę, że go buty piły.

– Wszystko przez Kazka – mówił szewc po raz tysięczny – żeby mu szpilki wydrychtował, nie byłoby tego nieszczęścia. A Kazek, mój uczeń… Jak tylko wrócę, zaraz z nim zrobię porządek. Dwadzieścia cztery razy dokoła cmentarza mnie przegnał na bosaka!

Porządku z Kazkiem zrobić nie zdążył, zabrakło mu okazji na tym świecie. Jeszcze tylko zdążył sto sześćdziesiąt osiem razy to samo opowiedzieć, dokładnie opowiedzieć, zanim go sztywnego wynieśli do Agnieszki.

---

124 Szpital na Czystem – Szpital Starozakonnych w Warszawie, największy przedwojenny szpital z oddziałami zamkniętymi w stolicy, położony w dawnym majątku Czyste, przy ulicy Dworskiej 17.

Na sam dźwięk tego imienia chorzy drętwieli. Była to stara baba, która goliła, myła i ubierała tych właśnie, co rzeczywiście zimno przyjmowali ostatnie posługi pijanej baby.

Podobno, myjąc ich i strzygąc – wiecznie pijana – mówiła, rozmawiała z nimi:

– No i co tak nóżęta wysztywniasz, biedaku ty mój... Miłość cię zgubiła, wódka, czy złodziejstwo...? Na, łyknij se! I nie rozlewaj, pamiętaj – lepiej, żeby się kościół spalił, jak by się miała kropla wódki rozlać! I cóż ta kutasina u ciebie taka drętwa – kobietę widzisz i nic...?

Czy to była prawda – nie wiadomo. O Agnieszce mówili, że od trzydziestu lat słowa do żywego człowieka nie przemówiła... Na migi się porozumiewała, więc spytać nie było kogo.

Tych i innych gadek godzinami wysłuchiwał, oprócz historii chorób, połamań piszczeli, porżnięć nożem lub zaparć pęcherza. Głucha rozpacz się w nim tłukła, że musi tu leżeć, kiedy tamci, tamci walczą!

Dwa i pół miesiąca tak przeleżał, patrząc w szpitalne okno, za którym dni nastawały mroźne, suche, słoneczne lub szare, rozchlapane. Gałązka była tylko za oknem, ale on widział swój Marymont, Janka Rączyna i innych, którym na pewno teraz jest potrzebny jak nigdy! Wszystko w nim wyrywało za to szpitalne okno.

W końcu drzewo za oknem wyjrzało na świat spod ostatnich śniegów, gałązki spulchniały, pączek nieśmiało zakwitał... Nie wytrzymał. Blady i wymizerniały, ledwie powłócząc wyschłymi piszczelami, poszedł zameldować doktorowi: zdrów jest! Niech się dzieje, co chce!

Doktor ten – spierdniały staruszek, nie dowidział, nie dosłyszał, nie dorozumiał i już od dawna zajmował się tylko kwestią zbawienia duszy swojej grzesznej – medycynę zostawiał innym. Chorzy go znali: ten mu tyłek z hemoroidami wypinał, a doktor – o duszy.

Podniósł okulary na czoło i zapytał Lewandowskiego:

– Dobrze już?

– Dobrze – odparł Rysiek.

– Hę?

– Dobrze!!!

– Nie zapiera?

– Nie.

– Hę?

– Nieeee! – ryczał.

– W porządku – machnął ręką doktór. – Lewatywę i do domu!

Od drzwi zawrócił jeszcze Lewandowskiego.

– Ty wierzysz młody człowieku? – zapytał, popukując go w piersi żółtym palcem.

– Wierzę!

– Hę?

– Wieeeeerzę!!!

– W co?

– W rewolucję klasową!

– Hę?

– W re-wo-lu-cję!

– To dobrze – rozpromienił się doktor. – Trzeba się modlić, trzeba... Teraz niech ci siostra jeszcze raz zmieni opatrunek na tej nodze i do domu! A na drugi raz na nartach nie jeździj! Narty – słyszane rzeczy! Za moich czasów...

Wyszedł. Wiosna rozbuchała się już na dobre. Przed szpitalem stanął, odetchnął świeżym, wilgotnym powietrzem. Mokre było, pełne zapachów ziemi, zimne, nawet tu, w mieście. Na salach pootwierano okna. Dosłyszał:

– Siostrooo, basen! Sioooostro, kaczkę!

Poszedł przed siebie. Ale już nie bez celu, na wiosenny, pachnący Marymont. Na czerwony Marymont. Na czerwony…

W oknach ulic wisiały bety, sprzedawano już kwiaty na rogach, dozorca przysiadł przed bramą, z miotłą między kolanami. Dorożkarze wystawili do słońca wąsate oblicza, grała orkiestra uliczna, chudy tenor śpiewał tragicznym głosem:

– Z zimnym sztyletem w sercu leżała w grobie,

Szepcząc: któż, ach któż, zapłacze po tobie…

Śpiewały podwórka, służąca migdaliła się w bramie z węglarzem, z narożnego baru Pod Motylem wyrzucono pijanego, kapelusz szurnięto za nim. Usiadł, patrząc figlarnie na przechodzącego Lewandowskiego. Potem zerwał się, rzucił kapelusz na środek jezdni, krzycząc:

– Wiosna ludzie kochane, wiosna… Orkiestra – szaleć mi tutaj! Albo jesteśmy, albo nas nie ma! A Mańka jest kurwa…!

A taka wiosna jest tylko w Warszawie…

I powietrze wiosenne – po tamtym, trupio-szpitalnym – odurzyło Ryśka do cna, w głowie się wszystko kołowało na zielono… Ciepłe było, czuło się w nim zapach soków roślinnych, wdychało się je z przyjemnością, razem z zapachem ulicy, z zapachem końskich pyrek. Nawet konie, dorożkarskie chabety, weselsze są na wiosnę: łby podnoszą, rżą, idą jak na paradzie, przebierając kopytami.

Zmierzchało. W bramie przeczekał krótki, rzęsisty deszczyk. Potem wyszedł. Chłodek przyjemny, biała ulica spłukana deszczem, piszcząc, przemykały rzadkie taksówki, turlała się dryndа, wygasło krótkie słońce.

Nad Wisłą potem poszedł. Wolno szedł, zaspany, patrząc na rzekę wiosenną. Wieczór. Szeroko rozbarwiło się światło zorzy, grały kolory na nieboskłonie i tęcza upadła na ziemię, po deszczu tęcza, jak ogon rozradowanego pawia.

Idąc tak samotnie brzegiem rzeki, patrząc na świat rozkwitły wiosną, radośniejszy świat jakby, na nowo przeżywał wszystkie wzruszenia noworocznego wieczoru. Dochodząc do Marymontu, patrzył na biednych ludzi, mizernych i bladych, myślał, że przecież nie taki ten świat zły do cholery! Coś w nim zawsze jest dobrego, gdzieś te dobre tkwi, można znaleźć… Mocniejszy się poczuł, lepszy, wszystko radowało, jakby na nowo widziane. I nie mógł się już doczekać tej chwili, kiedy znajdzie się z nimi, ze swoimi. Przyspieszył kroku, zadyszał się, ale nie zważając na to, zaczął prawie biec dyszącym kłusem. Do nich, do nich, do nich!

– Więc mówisz, że chcesz do partii?

– Chcę! – odpowiedział z mocą, z najszczerszego serca. – Chcę!

Niedziela była. Kamedułów, po świątecznym kurzu, ludzie szli do kościoła. Mężczyźni w narzuconych marynarkach, popodwijane rękawy u koszul, kobiety – chustki na głowach – ni to z miejska, ni z wiejska – czort jeden wie, co to za dzielnica ten Marymont piękny! Tu fabryka, tu się krowa pasie, przeżuwając smętnie nikłą trawkę, tu tramwaj zgrzyta, tu prosię w ogródku leży, wystawiając do słońca zachwycony ryj. Grube prosię, brudne, nakrapiane…

Nad łachą siedzieli – cicho było jakoś, dobrze i kojąco. Błękitna ważka o skrzydełkach z tęczy brzęczała tuż nad samą wodą. A woda – lśniąca skrzydełkiem zielonym, ciężka jakby – znieruchomiała od gorąca. Tylko dalej, pod wałem, woda była czysta, nurt kołysał zwierciadlane odbicia drzew i krzewów.

Rączyn zerwał trawkę, zaczął przeżuwać.

– No co? – zapytał po chwili, bo Rysiek milczał zapatrzony w końce swoich butów.

– Jak to co...? Powiedziałem – chcę do partii.

– A ja jeszcze nie powiedziałem, czy cię partia przyjmie! Teraz ja chcę, żebyś ty mi powiedział: dlaczego?

Powiedział. Od dziecka tu żyje, nic dobrego nie widział, nie zaznał. Wszystko – tylko o kowboju przemilczał – wstyd, dziecinne, śmieszne! Lepszego życia chciałby zaznać, można się z tego śmiać albo nie. Chciał bronić biednych przed bogatymi, szlachetnym chciał być. Potem widział, że nic z tego, szlachetny nie był zresztą, czort z taką szlachetnością! Złodziejem nie potrafił być, wysiudajką też nie potrafił...

Rączyn przerwał:

– Złodziejem nie potrafiłeś być, inną swołoczą też nie, więc teraz chcesz do partii, czy jak?

– Nie! W tym wszystkim – złodziejstwie, tamtym – u mnie co innego. Ja chcę lepiej żyć! Dopiero... ten strajk. Teraz kapuję – lepiej żyć to walczyć!

– To wszystko?

– Wszystko. Dla mnie starczy.

– A o co walczyć, wiesz?

No jakże by mógł nie wiedzieć? Nie chce uciekać od tej swojej ulicy, o nią chce teraz walczyć, o matkę, żeby im się wszystkim lepiej żyło. Całą udrękę swojej duszy im powiedział, o tych marzeniach, i – szlag go tam trafił! – kowboj. Patrzył tylko na Rączyna, czy ten się nie śmieje.

Milczał Rączyn. Więc jeszcze raz, przez zaciśnięte zęby, wszystko, wszystko opowiedział. Przytaczać tego nie warto, my wiemy: Henkowe jasne domy i bose nogi, „Nie szukaj nie znajdziesz" Zielińskiego, o tym, że samemu chciało się być tym Zielińskim – „Zanim przyjdzie kryska, to się jeszcze Zdzisio pobawi!" – i potem to najgorsze – syfilis wysiudajka. I znów czekał, czy Rączyn go czasem nie wyśmieje.

Nie śmiał się! Czy można tak gorące czyjeś serce odrzucić i tę chęć lepszego?

Nasunął czapkę na twarz, bo słońce prosto w oczy siekło, wyciągnął papierosa, zapalili. Dymek rozpływał się leniwie w drętwym powietrzu południa. A Rysiek ze wściekłością myślał, że tyle czekał na tę rozmowę o lepszym życiu, a gdy już przyszło co do czego, słowa nie składają się jakoś, bezkrwiste i zimne, chociaż je sercem biedaczyna przepychał przez ściśniętą gardziel.

– Cholera cię wie – rzekł Janek z namysłem. – Młody jesteś, sam nie bardzo wiesz, czego byś chciał. Partia – mówisz – i lepsze życie, ale sam nie wiesz, jak to wygląda. Z jednej strony toś ty już chłop, z drugiej – tylko ci jaja ogolić i do dzieci puścić...

– Bez śmiechów! – przerwał warknięciem. – Bez śmiechów! Ja z sercem tu przyszedłem, z sercem!

Przypomniał sobie, jak do Zielińskiego mówił: – „Ja z serca panie Zdzisiu, z serca!". Rozpacz go zdławiła na obojętność Janka – czyżby i tym razem miało nic z tego nie wyjść?

– To dobrze, że z sercem – odparł Janek. – Tylko przestań o tym mówić, bo ja się i tak w tobie nie zakocham. Za chudy jesteś jak na mój gust. Ja lubię blondynki, ale takie, że wiesz, ech!

A Rysiek znów na krawędzi noża życie swoje oparł – „Mnie na życiu nie zależy. Jak mam tak dalej żyć, to wolę wcale. Ja, ja... ja...".

Nic nie odpowiedział. Zaciął się i czekał w zimnym milczeniu, obserwując spod oka Rączyna. Boże, czy to tak mało znaczy dla wszystkich, że ktoś chce dobrze żyć! Czy to nikogo już nie obchodzi? Modlić się zaczął w duchu – „Boże, niech mnie przyjmą do partii, Boże, daj zostać komunistą, pozwól, dopomóż!”. A u spowiedzi dwa lata już nie był łobuz! Ale to nic! Jak go tylko przyjmą – pójdzie i nawet rugać się nie będzie na tę intencję! Więc Boże – Ty to, a ja to…

– No cóż – powiedział w końcu tamten – odrzucić cię nie można, diabli to wiedzą…

Wstał, przeciągnął się szeroko. Komuś od chudzielców przygaduje, a sam – pożal się Boże – skóra i ości, tyczka do chmielu!

– Powiedzieć – „Na życiu mi nie zależy” – głupie, wypluj! Patrz, ja ze swoją gruźlicą zas… za żadne inne bym go nie oddał!

– A dla partii też nie? – ukąsił Rysiek.

– Ty, ty! Bez cudów, bez bohaterstwa! O mnie się nie bój, ale ty? A jak tak kopną w nery, zęby wysypią i mordę trzeba by trzymać krótko, ani du-du, czy ty masz siłę do tego? A z drugiej strony wolność, słoneczko świeci, e?

Zaśpiewał:

– Dzień za dniem się wlecze monotonnie,
Prócz klawicha nikt nie zajrzy do mnie,
Bez wolności i radości,
W opuszczeniu i rozterce pozostaje ciągle sam…

– Skąd pan to zna? – zapytał urażony Rysiek. – Przecież to Zielińszczaka piosenka… Nie pasuje wam chyba.

– E tam, nie pasuje! Co to ja głosu nie mam? Mógłbym ciągnąć bracie za Kiepurą[125] – wózek z nutami… No ale czekaj: jak będzie w końcu? – Położył mu rękę na ramieniu, spoważniał: – Ja ci powiem. Ty jeszcze jesteś bezbronny, same kułaki to fiume. Słyszałeś?

---

125 Jan Kiepura (1902–1966) – popularny śpiewak i aktor.

– Słyszałem. T a m.

– Widzisz! Ale masz rację, najważniejsza rzecz to serce. Ty je masz. A broń – my ci damy, to nasza rzecz. Więcej nie będziem mówić na ten temat.

– Przyjmiecie?

– Przyjmiemy. Mógł być Botwin[126] – może być i Lewandowski. Starczy miejsca pod Cytadelą, nie?

– Pewnie! – odrzekł głosem drżącym z radości. – Więc mogę już od dziś, od zaraz, teraz, mówić: towarzyszu?

Rączyn chciał coś odpowiedzieć, spojrzał na niego, uśmiechnął się.

– Tylko cicho!

– Taaak? Cicho? A ja bym się właśnie darł…

– Poczekaj, będziesz się i drzeć.

Lewandowski spojrzał przed siebie. Wisłę zobaczył, białą wieżyczkę kościoła ojców marianów[127] na tle gęstej zieleni bielańskich drzew i, kątem oka, Marymont rozkraczony, koślawy.

– Wiesz pan co…?

Chciał powiedzieć: – „W tym miejscu na nowo, na lepsze zaczynam życie. Niech będzie ono krótkie, ale, ludzie, szlachetne!".

Wstrzymał się. Po co? Może pomyśleć, że dziecinada. Dokończył:

–…straszny gorąc dzisiaj.

Ale milczeć też nie umiał, nie chciał – przecież tyle lat się czekało, marzyło, więc teraz nikomu nie powiedzieć? Powiedział i zaraz pożałował. Bo Rączyn na to:

---

126 Izaak Naftali Botwin (1905–1925) – polski działacz ruchu robotniczego, skazany na śmierć za zabójstwo polityczne w wieku zaledwie dwudziestu lat.

127 Kościół ojców marianów – Parafia Matki Bożej Królowej Polski w Warszawie, parafia rzymskokatolicka przy ulicy Gdańskiej 6a.

– Pięknie! Pewnie w tym miejscu pomnik kiedyś postawią. A teraz chodźcie towarzyszu…

– Dokąd?

– Chodźcie. Mam czterdziestkę w domu, napijem się pod to bohaterstwo. Niech mnie kosztuje – i tak na kredyt wziełem. A może nie chcesz, może to nie po bohatersku? No i co się tak odąłeś? Karawaniarzy[128] nie potrzeba, chodź…

Na ulicy – zwyczajnie. Tak zwyczajnie, jak zwyczajny był czyjś głód, czyjś wściekły krzyk, rozpacz, szaleństwo, poniżenie czy nóż w czyimś gardle. Domy były zwyczajne, koślawość cała, błoto z roku na rok coraz bardziej grząskie, nigdy już niewysychające.

W święta wielkanocne przyszło na Marymont paru łobuzów z Burakowa. Masołowska sprzedała im wódkę, zaraz potem poleciała się spowiadać z grzechu – handluje, czyli praca w święto, a łobuzy poszły na Marymont. Potem nawet w gazecie opisali: „Krwawa niedziela na Marymoncie!”.

Zaraz po świętach ktoś wypędził z domu żonę, nocą, posiniaczoną i sponiewieraną. Nieco dalej, za wałem[129], drugi ktoś zarąbał siekierą teściową staruszkę. Jakiś pijaczyna sam swoje życie zakończył, poderżnąwszy sobie żyły szkłem z ostatniej na tym świecie butelki. Gdy przyjechała po niego karetka, bronił się, wyjąc opętańczo:

– Na co, naaaa coooo?

I doktora nawet pogryzł.

A patrząc na to wszystko, na życie skłębione, skulfonione, potworne nie do wypowiedzenia, złe, brzydkie życie, widział je Lewandowski na nowo i zupełnie inaczej. Przestało go dziwić, przestało upadlać, wstydzić: rozumiał teraz śmierć Zielińskie-

128 Karawaniarz – woźnica powożący karawanem, żałobnik.
129 Wał wiślany wzdłuż ulic Kamedułów i Wybrzeże Gdyńskie.

go, szaleństwo Jędraszczaka, obłędne pijaństwo ojca, jeśli można tak rzec – zrozumiał całą przyczynę tej ostatniej granicy.

W parę lat potem pomyślał jednak, że wszystko tamto nie było jeszcze ostatnią granicą człowieczego życia. Że sam człowiek potrafi się jeszcze bardziej upodlić. Że głód, kobieta na rogu, złodziej, który krok za krokiem brnie do swojej kryski, i czyjaś radość życia zamknięta w jednej zaledwie butelce – dwa złote dziesięć groszy – to jeszcze nie wszystko najgorsze, co może spotkać człowieka, co potrafi przeżyć. To kiedyś ojciec tak powiedział, człowiek nie przestaje jeszcze żyć za życia. Tu jednak była czyjaś miłość, szczera rozpacz, szaleńcza odwaga, był bunt, w końcu walczyli ludzie tam...

Ale tam, to dopiero w parę lat później...

Widział tedy to życie obnażone, straszliwe, na nowo je zobaczył oczyma pełnymi gniewu i pięści z bezsiły, wściekłości zaciskał. Każdy dzień bez czynu budził w nim rozpacz, gniew, nienawiść coraz silniejszą, nienawiść żrącą serce, rozpalającą się z godziny na godzinę.

– Kiedy? – pytał Rączyna. – Kiedy nareszcie, do ciężkiej cholery...?

Trzeba było czekać. Czekać, aż gdzieś tam zbiorą się, naradzą, zatwierdzą, złączą razem z nim swój gniew, nienawiść i walkę. Aż popchną, wyznaczą do czego: każą robić, zginąć, może zabić...?

Ale to czekanie było gorsze od wszystkiego. Teraz ogarniał go straszliwy strach i bojaźń przed każdą zmarnowaną bez walki minutą, godziną czy dniem życia. Ogarniał myślą te swoje kilkanaście lat, ogarniał, nie widząc w nich nic dobrego, i znów rozpacz nabrzmiewała w nim, gryzł się, na gębie wychudł z tęsknoty, czyż nie przyszedł już czas na lepsze życie?

– Janek – mówił do Rączyna – może ty bujasz, może tylko tak powiedziałeś...? Janek, nie odrzucajcie mnie! – Szarpał go za ręce. – Janek, jak wy mnie odrzucicie...

W oczach mu ciemniało.

– Zabiję się! – wył. – Zabiiiiijęę! Nie chcę, nie mogę tak dłużej...!

– Cierpliwości trzeba się uczyć – pouczał go flegmatycznie Rączyn. – Jak trzeba czekać, to trzeba...

– Nie chcę czekać! Nie chcę! Ja chcę już, teraz, od razu! Zrozumże mnie. Czy ja mało czekałem? Daj mi coś do roboty, powiedz tylko, co zrobić... Makowskiego sukinsyna zabiję! Zabiję, bo ty mi nie wierzysz...!

Makowskiego nie zabił, ale rozwścieczony, zgorączkowany, zaczaił się w nocy na Kosiorka. Wiedział, że szpicel wraca późno, zapijaczony w sztok. Za torami pętli tramwajowej się zaczaił, z żelazną sztabą w ręku.

Noc była ślepa, wiosenna, nisko szedł księżyc nad ciemnym światem. Pachniały drzewa, wilgocią jeszcze ciągnęło od ziemi, trzęsło nim – swetra przecież nie miał, nic... Po trzech godzinach czekania, kiedy łysy przepłynął już z Cygańskich Bud nad rudery głodnej Pelcowizny, nadtoczył się Kosiorek. I kiedy już chwiejnie, stękając, przelazł przez tramwajowe tory (trzy razy się przy tym potknął), kiedy doszedł tam, gdzie nie sięgało już światło latarni, w mroku najgęstszym Rysiek przywitał go strasznym ciosem żelaznej sztaby w usta. Upadł, krwią jeszcze zdążył bluznąć na podarte buty Ryśka. Szeroko, szeroko rozszedł się jego krzyk. Potem, pod masakrującymi ciosami żelaza i obcasów, umilkł.

Ale twarde życie miał szpicel Bronisław Kosiorek. Jak kot po prostu: bij, łam – nie wypędzisz. I po długim czasie Kosiorek wrócił ze szpitala, wprawdzie bez zębów, z mordą zmasakrowaną, ręką w gipsie, ale przecież wrócił.

Nikomu rzecz jasna słowa o tym nie powiedział, nawet Rączynowi, który musiał się domyślać, bo przygadywał i patrzył podejrzliwym wzrokiem. Lewandowskiemu było to potrzebne, nienawiść aż przepalała go, coraz silniej i goręcej, aż do histerii. Nie ugasił, ale uspokoił. Trzeba dodać, iż myślał, że Kosiorek ma broń, będzie strzelał, walczył... Ale Kosiorek jak łachman walnął się na ziemię, szlochając i kwicząc. Było to tak wstrętne, cuchnące wprost – po nogach przecież całował – że litości zabrakło. Pobił go doprawdy do rozpaczy, wciąż szarpiąc się myślą: – „Zginę – a nie chcę tak dalej żyć!".

I wciąż łaził, biegał jak płomień po krzywych uliczkach, rozdrażniony, wściekły na każdego, czekając, ciągle czekając, bo tamci się jeszcze nie zebrali.

Janek, widząc to wszystko, słuchając jego skarg i wycia, zaczął go namawiać do czytania. Ale była to ciężka sprawa: oprócz przygód Kena Maynarda, zeszycików z bajdami nic nigdy nie przeczytał.

– Ja chcę walczyć, nie czytać – gorączkował się – i nie rozumiem, i po co? Tu stoją takie rzeczy napisane, że nie na mój globus...

Zezłościło to Rączyna: zwymyślał go od durniów.

– To potem, potem... – odpowiedział Lewandowski. – Na razie walka...!

– Cholera ciężka! Musisz!

– Nie zrozumiem...

Ale Rączyn wziął go za łeb, zaciągnął w krzaki nad Wisłą, siłą po prostu wetknął gazetę w ręce.

– Masz, czytaj... Czego nie kapujesz – pytaj się...

– Gdzie?

– Byle gdzie. Jazda!

Więc zaczął od pierwszej strony.

A na pierwszej stronie był nekrolog. Jacyś towarzysze zginęli skatowani na śmierć. Nazwiska, pseuda, daty urodzenia i słowa: „Zginął w walce...”.

– Rozumiesz...? – zapytał Rączyn.

– Rozumiem... – odparł Lewandowski.

Odtąd zaczął. Nie przypuszczał nigdy, że przeglądając numery „Czerwonego Sztandaru”, „Towarzysza” czy „Więźnia”[130], dozna wzruszeń najgłębszych i najserdeczniejszych. Na wygląd – to sobie gazeta zwyczajna. Ale następny numer był już innego formatu, innymi bity czcionkami. Brał w ręce z drżeniem: gdzie też go drukowali? Kto? Gdzie pracowali nocą, zdenerwowani, zacięci, gotowi na wsypę lub więzienie, aby nieść tylko ludziom lepszą prawdę, aby zagrzać ich do walki.

Bujną fantazję miał Lewandowszczak: oczy przymykał i widział tych towarzyszy kujących broń, zgiętych nad maszyną, poprzez szumiące pluskotanie Wisły słyszał jednostajny, klekoczący stuk pedału. Co przeżywali tamci...? I brał te numery ostrożnie, niby czyjeś serce gorące, nadzieje życia czyjegoś...

Wzruszały go te słowa oschłe na pozór, zwyczajne – takie same przecież jak i w innej gazecie, ale czy można nie zaznać bicia serca, czytając taką na przykład kolumnę: *Składki*. I czyta się, że chłopi z jakiejś wsi w Rzeszowskiem posyłają na więźniów politycznych sześć złotych. Albo dwa złote, cztery, złotówkę – wdowa po kolejarzu z czworgiem dzieci.

Długie godziny przesiadywał w gęstych zaroślach na skarpie Wisły, tam gdzie płynęła coraz szerzej i silniej na Łomianki, Mło-

130 „Czerwony Sztandar”, „Towarzysz”, „Więzień” – podziemne gazety komunistyczne.

ciny, w kraj skuty i głodny. Od rana do późnego wieczora przesiadywał, aż matka nie mogła się nadziwić, gdzie on łazi i po jakiego czorta? Przeczytał kilka numerów z ostatnich tygodni i poprosił Janka o więcej. Rączyn przyniósł mu skądeś cały plik.

Wiosna była na dworze, pachniały kwitnące bzy i te akacje – „kocha, nie kocha", szybowały niebem gołębie – lubili je ludzie marymonccy – a on, leżąc całymi godzinami z głową wspartą na kułakach, czytał, wyszczerzając zęby, to przeklinając potwornie, to hamując łzy. A świat teraz otworzył się przed nim inny, szerszy i – mimo wszystkich rzeczy strasznych i potwornych – jaśniejszy. To już nie fatum jakieś pchało go w przepaść, nie ręka czyjaś strącała ludzi, tylko po prostu jedni ludzie drugim życie zmienili w koszmar bez sensu i celu. A tych ludzi można było przecież zabić. Tak po prostu zabić, zdeptać jak gadziny, jak Kosiorka...

Czytając, czuł, że budzi się w nim zimne, jak ostrze brzytwy zimne okrucieństwo. Dygotał, łzy go piekły, żeby za chwilę znów zacząć kląć, łapy zaciskać aż do bólu. „Strzelajcie towarzysze! – krzyczał do plutonu egzekucyjnego człowiek pod Cytadelą. – Niech wam ręka nie drży! Będziecie strzelać do naszych wrogów". „Będziecie strzelać" – powtarzał sobie w duchu jak zaklęcie. Tamten człowiek przed śmiertelnym krzykiem podał mu swoją nadzieję.

Towarzysz Julian Nowicki[131] z Torunia. Zamordowany w czasie demonstracji przez szpicla policyjnego. Poniesiony na barkach przez innych demonstrantów. Tyle było i czarny nekrolog, wiele, wiele tych nekrologów, blado, niewyraźnie nieraz wydrukowanych: „Zamordowany...", „Skatowany...", „Zabity...", „Zginął w walce o wyzwolenie człowieka...".

131 Julian Nowicki (1912–1936) – polski komunista, członek KPP, zamordowany w czasie marszu robotników.

Myślał sobie o nim – „Nie, nie zginąłeś…”. Był przy nim ten Nowicki, teraz nad Wisłą, razem pochylali się nad szeregiem niewyraźnych literek, razem czytali, cierpieli, czuł jego rękę na ramieniu, bicie jego serca, oddech, nawet uśmiech tego towarzysza. W życiu wypełnionym walką o szczęście dla innych ludzi nie ma miejsca na własną śmierć. Kochał człowieka, który zginął z pieśnią na ustach w walce, w walce, w walce…! I widział życie tamtego, gdzieś w dzielnicy, wśród domków zapadłych i rynsztoków, gdzie słowo „szczęście” jest tak samo dziwne jak pies o szesnastu nogach. Uczuł się złączony z nim w jedną nierozerwalną całość. A ilu było takich Nowickich, pragnień, cierpień…?

Gdzie indziej – słowo gorsze od hańby, od rynsztoka bardziej cuchnące – Bereza Kartuska. Specjaliści od nerek, od serca, od krzyża – jednym uderzeniem w te nerki zagłodzone czy serce gorejące zabijali człowieka. Wrzucali do dołów kloacznych, „gimnastykowali”, żądając złożenia przysięgi lojalności. „Pełnej amnestii dla politycznych!” – krzyczał ten Nowicki z Torunia.

W Sieradzu skatowali komunę, szesnastu zginęło. Znów nekrologi – „Polegli w walce”. Rawicz, Wronki, Łomża, Centralniak, Święty Krzyż, Mokotów, Zamek Lubelski[132]… słowa pierwszy raz przeczytane: „pacyfikacja”, „zagadnienia narodowościowe”… Chwilę człowiek nie rozumie, potem następne nekrologi i znów wszystko jaśnieje. Tylko na Wołyniu czy innych „kresach” ziemia jest ciemna od krwi, nawilgła. I znów krótkie słowa o tych, co zginęli, znów nekrologii, nekrologi, nekrologi… I znów świat bardziej obłędny od ulicy marymonckiej, świat otoczony kolczastym drutem, świat zduszony stryczkiem, porżnięty kratami:

132 Rawicz, Wronki, Łomża, Centralniak (Areszt Centralny przy ulicy Daniłowiczowskiej), Mokotów (Areszt Śledczy przy ulicy Rakowieckiej 37), Zamek Lubelski (więzienie w zamku w Lublinie) – przedwojenne więzienia polityczne.

świat nahajki, mordu i zwierząt, które wyspecjalizowały się zabijać jednym kopnięciem w żołądek. Nekrologi, nekrologi, nekrologi... Nazwiska tych, którzy odeszli.

Ale on już wiedział, że właśnie nie odeszli. Siłę brał z tego, miłość i piękno. Sam o sobie myślał, że urósł. Brał z ich ręki sztandar, aby ponieść go przez wszystkie głodne ziemie. I rozpierało go pragnienie walki.

To straszliwe pragnienie walki zrodziło się w nim równocześnie z pragnieniem kobiety. Rzecz jasna, że od dawien dawna, od szczeniaczka, wiedział o wszystkim, dobrze wiedział, bo ludzie z wrzaskiem wynosili na ulice wszystkie swoje sprawy i spraweczki – choćbyś nie chciał, to i tak usłyszysz! W każdą sobotę kobiety wychodziły pod Blaszankę, aby ciągnąć nad łachę pijanych. Widział nieraz, jak żona z prostytutką wydzierały sobie z rąk do rąk mężczyznę, walącego sprawiedliwie: raz żonę, raz dziwkę. Wyśpiewywał o tym Zieliński, wyganiał w napadzie szału swoje kochanki nocą, przeważnie bez niczego, tak żeby ludzie mieli chociaż trochę do śmiechu. Jako mały chłopiec biegał z innymi pod okna sutereny na Marii Kazimiery, przesiadując w kucki całymi godzinami. Przychodzili tam żołnierze, męty rozmaitego rodzaju i zarostu, potem potężni piaskarze, którzy bili wszystkich i rozbijali wszystko dla samej przyjemności popracowania potężnymi ramionami. Potem dopiero przychodził pijany alfons Roman, elegancki, wystrzyżony, ze szczurzą, ostrą mordą, który bił i ciągał za włosy po ziemi bez jednego słóweczka, dyskretnie, dopóki nie odebrał wszystkich pieniążków, co do jednego grosza. Pewnego razu, zaciskając wąskie jak nitka usta, bił po głowie krzesłem kobietę, która ukryła przed nim pieniądze.

– Roman, nie odbieraj! – krzyczała, całując szpiczaste lakierki. – Roman, Romuś, Romucha...

– Bij ją – krzyczały, nachylając się do okienka, kobiety z podwórza. – Bij tę cholerę…!

Nie trzeba by o tym wszystkim opowiadać – nie są to rzeczy nowe, nikomu nieznane – gdyby nie fakt, że w parę lat później, myśląc o słowach „ostatnia granica", zrozumiał, że kobieta potrafi się jeszcze bardziej zeszmacić, że potrafi pozostać tylko ciałem, w przeciwieństwie do tych, które umiały chociaż zdobyć się na jakiś odruch ludzkiej godności: „Nie, panie władzo, nic z tego, nie pójdziem…". Był taki wypadek – policjant zastrzelił tę kobietę. I dlatego wspominamy, że fakt musi być powiązany z faktem.

Teraz rosło w nim to pragnienie, z dnia na dzień silniejsze i gorętsze. Długo w noc nie mógł zasnąć, przewracając się wściekle z boku na bok, w końcu przychodził sen – ciężki, pełen niejasnych zjaw, rozłomotany i duszący, taki jak się miewa wiosną życia. Potem człowiek wiosenny otwierał oczy i doznawał bicia serca, kiedy – najgorsza to chwila – stwierdzał, że jest jednak sam, na barłogu, przykryty kożuchem ojca, który już od rana po chamsku wymyśla matce. Wtedy – może po raz pierwszy – spojrzał na swoją brzydką, steraną matkę, w której przez całe życie nikt nie uszanował ni kobiety, ni matki. I wtedy – jak to zwykle bywa, gdy w rzeczy opatrzonej, codziennej, odkrywamy nagle coś nowego, coś niezauważonego przez całe lata – przeraziło go to, przepełniło bólem dogłębnym, skurczem serca.

Zeskoczył z barłogu. Chciał narąbać drzewa, podnieść coś lub przynieść, wyrwać z rąk dygoczących, wyręczyć…

– Mamo – mówił najcieplej i najczulej, jak tylko umiał, wstydząc się nawet przed sobą własnej tkliwości. – Mamuśku, Mamuniu, Matczynko…

Jak grzeczny chłopiec z elementarza, jak ta durna Ala, która ma psa i łazi z nim do sadu. Ale mamusia Ali w elementarzu była ładna jak aniołek, oczy miała chabrowe i uśmiech jak pół kilo landrynek.

– Mamo, a może ja posprzątam? Mamo, ja skoczę do Masołowskiej, przyniese coś! Mamo... może... pocerować? No mamo, jak Boga kocham...! No mamuchna.

Długo, długo powtarzał, dobierał najczulsze słowa, niezgrabnie wyrywał z rąk łysawą miotłę, robił najniedorzeczniejsze propozycje, zanim zrozumiał, że to już wszystko za późno – matka tego i tak nigdy nie zrozumie, że w tej czterdziestoletniej staruszce wygasła już kobieta, strzęp sam został, przeżarty głodem i chorobami, nieludzko, bydlęco zaharowany...

Może właśnie to – nagłe zrozumienie własnej matki – przytłumiło w nim męskie pragnienia. Patrzył na pokolorowany ślubny portret nad łóżkiem – jedyne jasne wspomnienie matki, które zżerała, zamazywała już wilgoć. Potem znów na matkę spojrzał i zrozumiał, że to dwie obce kobiety, dwie obce twarze, oczy. Że jedna z tych kobiet już na zawsze odeszła, umarła, a wspomnienie jest gorzkie, zgoła niekolorowe, ciężej jest z nim żyć.

Wiele było kobiet, dziewcząt, matek na ulicy. Patrząc na nie, czuł się jakby nagle przez kogoś oszukany. Przedtem nigdy nie kojarzył pojęcia kobiety z osobą własnej matki. Nie myśli się o własnej matce jak o kobiecie, matka to jest matka – na tym koniec. Tylko znaczenie jest rozmaite: może być mamusia – ta ze szkolnego elementarza, która prowadzi za rączkę do sadu, do kościoła, która szykuje śniadanie do szkolnego tornistra, którą się kocha za jasne słowa i uśmiechy, za dobre bajki – a może być także po prostu matka, ta matka, która nic innego nie potrafi dać oprócz własnego serca, chropowato podanego serca, ta matka, którą się przeklina za to, że życie człowiekowi dała.

Czuł się więc oszukany, bo gdzie do diabła są te piękne kobiety, dobre, oddane kobiety? Te zjawy nocne, te wszystkie bohaterskie miss, które w ostatnim akcie rzucają się Maynardowi na męską pierś? Rozumiał, że film to lipa, nie wracał już do dziecinnych marzeń, ale czy nie można spotkać kobiety? Ładnej, szlachetnej kobiety? Czy była tu kiedyś w ogóle jedna ładna kobieta? Była – żona Budziejewskiego. I guzik z marzeń o kobiecie.

„Jak to jest – rozmyślał, leżąc nad rzeką – że w jednym świecie, jedno słowo nabiera rozmaitego, dwojakiego znaczenia? Że u nas wszystko jest brzydsze, nie takie, jakie chciałoby się widzieć?".

Pożądanie kobiety zamieniło się w nim na stokroć silniejszą miłość do własnej biednej i brzydkiej matki. Oddał się tej miłości cały, z bólem – cóż z tego, kiedy matka patrzyła zdziwiona, nic zgoła nie rozumiejąc („Przyznaj się Rysiu – ukradłeś, boisz się ojca...?"), krzyczała już z przyzwyczajenia – bez złości i bez serca. Drażniące, rozmarzone sny odeszły w diabły. Została świadomość, że tylko walką można przywrócić tysiącom matek ich uśmiech do własnego dziecka, że wtedy oczy ich stracą spojrzenie zaszczutego zwierzęcia.

Straszne było życie kobiet na krzywej ulicy. Bili – prawie wszyscy. Jeden tylko Budziejewski nie... Bił alfons Roman, bił ojciec, nie było litości w obu Zielińskich, okradali prostytutki bracia Michalszczaki, w miłość nikt nie wierzył, z tym określeniem spotykał się życiowo Lewandowski tylko w piosence o hrabinie i smutnym Loluszce, który na wojnie był, medalu się dosłużył, papiery miał i przepadł z kretesem, z przekleństwem, bo niczego doprosić się nie mógł.

Rysiek zaś nie chciał prosić, chciał zmienić to życie. I znów z pasją ustokrotnioną czytał literka po literce nekrologi, aby całą nienawiść i rozpacz, wszystkie cierpienia poległych komunistów przelać w swoje serce, jak gąbka nasycić się nienawiścią.

Kiedyś poprosił Rączyna:

– Opowiedz mi coś o Hausmanie[133]...

– Dlaczego?

– Opowiedz, proszę cię... Jak on to – „Przeżyć to jeszcze mało, trzeba je pięknie przeżyć...". Tak?

Rączyn kiepsko opowiadał, mieszał fakty, zdarzenia, wybiegał naprzód i znów powracał – „Zaraz, zaraz, bo jeszcze przedtem to było tak!" – ale dla Lewandowskiego brzmiało to piękniej od pieśni, sycił się nią, bojąc uronić każdego słowa. W końcu Rączyn umilkł.

– Tu nie ma nic do opowiadania – rzekł zniechęcony. – On właśnie życie przeżył...

– Pięknie?

– Przeżył! – uciął Rączyn. – Przeżył i koniec.

Podrapał się pod czapką, rzekł, spoglądając przed siebie daleko, daleko, tam gdzie zachodzące słońce pławiło się w Wiśle tysiącem rozedrganych kolorów:

– Podług mnie to jeśli już życie, jeśli naprawdę ludzkie życie, to samo przez się jest piękne...

Ta chwila upamiętniała się w życiu Lewandowskiego: zachód słońca nad Wisłą, płynie od brzegu piaskarska krypa, potężne chłopy ciężko robią gruntsztyftami[134], daleko na Piachach kumka już żabi, skłócony chór, spokój, cisza idąca od wody i słowa Rączyna o piękności życia, Rączyna, co już wypluł jedno płuco: jego gorące, rozmarzone oczy, którymi patrzył przez wszystkie brudne, cuchnące dzielnice, widząc jakby to życie, które kiedyś przyjdzie...

---

133 Stanisław Kassjusz, pseud. Hausman (1868–1904) – działacz socjalistyczny.
134 Gruntsztyft – maszyna służąca do wygładzania terenu.

Wtedy pięści zacisnął – umierający prawie człowiek, który ze spokojem i uśmiechem mówi o tym, że kiedyś inni będą żyć szczęśliwie – zacisnął, bo kiedy wreszcie jemu powiedzą – „Za wszystkie gruźlice na świecie, za każda matkę bez uśmiechu, za ludzi, którzy nie potrafią marzyć – naprzód, towarzyszu Lewandowski!".

Historia, o której ludzie marymonccy mówili potem długo i szeroko, miała swoje bohaterskie podłoże w spodniach Lewandowskiego, a raczej – w zdecydowanym braku takowych.

Rzeczywiście, królem mody anno domini 1938 wiosna nikt by go nie wybrał, nawet związek ociemniałych. Nosił pięknie zasznurowane cholewki od kamaszy (li tylko cholewki!), koszulę jakąś pociarachaną – nie warto nawet silić się na opis, dosyć powiedzieć, że biblijny Łazarz wyglądałby przy nim jak lalka.

Wszystko zaczęło się od tego, że spodnie spadły mu z końcowej partii grzbietu i ta właśnic zaczęła przebłyskiwać radośnie, pomimo wszystkich wysiłków matki, mających na celu uniknięcie obrazy boskiej. Obraza była jednak wyraźna, bo mężczyźni oglądali się za nim z uśmieszkiem drwiąco-współczującym, stare baby spluwały i temu tylko zawdzięczał dużą liczbę spojrzeń kobiecych.

Ale on, rozpalony teraz jak nigdy, nawet gdyby mu przyszło z listkiem figowym paradować, też by swoich wycieczek w krzaki nad Wisłę nie poniechał. Cóż tam znaczy jeden goły zadek?

Ale była to droga przez mękę…

Przemykał się boczkiem, boczkiem, pod opłotkami, gdy kogoś spotkał – cofał się tyłem jak rak, dopóki nie usłyszał kroków z przeciwnej strony, wtedy błyskawicznym piruetem zmieniał pozycję, kłaniał się, udawał, że sznuruje but (li tylko cholewki!), za drwinę drwiną odpowiadał, uśmieszkiem, przeklinając jednocześnie w duchu i posyłając tamtego (tamtą) do wszystkich diabłów na świecie tudzież poza światem.

W końcu Rączyn powiedział:

– Co ty, wariata z siebie robisz? Włóżże inne spodnie, bo ludzie się za tobą oglądają! Do czegóż to podobne towarzyszu gołodupiec?

I następnego dnia przyniósł mu swoje spodnie.

– Masz. Na razie lato w tych przechodzisz, a do zimy wygrasz na loterii…

Poważnie to wyrzekł, Rysiek w pierwszej chwili oszołomiony spodniami nie zrozumiał.

– Przecież ja nie gram!

– Nie szkodzi! Nie sztuka mieć los i wygrać! – oznajmił pouczająco Janek. – A jak nie wygrasz, to cię za młodą Radziwiłłównę wydamy i we fraku będziesz chodził, na zawiasach…

Spodnie były robocze, drelichowe, wyszmelcowane trochę, wyglądał w nich na montera czy coś w tym rodzaju, fachowo w każdym razie wyglądał i stąd ta cała pomyłka.

Wracał sobie Rysiek z krzaczków nad Wisłą, pochylony wracał, z wzrokiem wbitym w ziemie, bo przecież tylko cholewki, więc musiał uważać, aby nie wdepnąć w jakieś szkło rozbite czy coś w tym rodzaju. Człowiek, który nie ma całych butów na nogach, nie ma także po co spoglądać w gwiazdy – taki z tego wniosek.

Ale Rysiek nadepnął na coś znacznie gorszego…

Przeszedł już koło muru Blaszanki, patrząc w zamyśleniu na pożółkłą trawkę, co konała żałośnie pod murem, i wtedy ktoś zaskrzeczał mu nad uchem:

– Pozwól pan ognia, panie młody…

– Proszę – mruknął, podając machinalnie i nie patrząc.

Tamten bardzo długo przypalał, chuchał, dmuchał, potem papierośnicę wyciągnął i Ryśkowi podsunął.

– Częstuj się pan!

– Dziękuję. Przed chwilą rzuciłem.

– Bierz pan, bierz pan. Ze mną bez krępacji. Ja jestem szczery człowiek: mam – to daję, nie mam – innych proszę…

– Od innych – burknął niegrzecznie Lewandowski – można dostać, ale po szyi.

– He, he, he.

I w dalszą drogę poszli już razem – przygodny człowiek z przygodnym człowiekiem…

Ryśkowi to nie w smak było, bo pod koszulą taszczył plik gazet, towar – jakby powiedział Zielińszczak – tryfny, i to mocno tryfny. „Też się jakaś zołza dopętała przy piątku" – pomyślał ze złością o kroczącym obok.

A facet był niski, przysadzisty, gadatliwy, ale nie tą często bezmyślną gadatliwością ludzi niekiedy i dobrych, którzy muszą mówić dla samej potrzeby słyszenia swego głosu. Tu czuło się, że to tylko jakaś pokrywka, że coś zaraz wyskoczy i być może – trzaśnie po głowie.

Wyskoczyło, trzasnęło. Przysadzisty zapytał:

– A kawaler tutejszy, znaczy się?

– Tutejszy… Z Marymontu znaczy się – przedrzeźnił go Rysiek.

Przysadzisty nie zauważył. Pytał dalej:

– W Blaszance kawaler robi?

– A dlaczego?

– Nie no, tak się pytam… Ja jestem taki człowiek, że od razu do każdego z sercem…

– A ja znów jestem taki, że nie do każdego – warknął, chcąc go się pozbyć.

– Pewnie, pewnie – potwierdził tamten, drepcząc szybko, bo Rysiek miał nogi jak bocian i nie każdy mógł za nim nadążyć. – Jak się ktoś raz sparzy, to potem i na zimne dmucha...

Chłopak zrozumiał nagle, że tamten uparcie idący koło niego musi mieć jakiś cel w swojej niby to nijakiej gadce. Ciągle pytał o Blaszankę, o ludzi z Marymontu... „Co za cholera?" – zastanawiał się Lewandowski.

Powiedział niby do siebie, niby do nikogo, ale ryba chwyciła od razu:

– Zna pan majstra?

– Waszego? Z Blaszanki?

– Tak, tak naszego...

– A bo co?

– Nic no... Taka cholera, nie człowiek.

– To kawaler z Blaszanki – nastawała ryba.

– No pewnie, że nie z cyrku – zełgał Rysiek. Westchnął: – Niech ją szlag trafi, tę Blaszankę... Zarobić nie idzie, gdzie indziej roboty też nie znajdziesz...

Łgał, obserwując spod oka tamtego. Szedł w milczeniu. Potem odezwał się ostrożnie:

– No, strajk przecież był, zawsze coś się polepszyło... Taak... A Rączyna na przykład kawaler zna?

„Bury" – zrozumiał Rysiek. „Pewno Janka chce zakapować... No poczekaj, dobrze trafiłeś bracie".

– No jak to – powiedział pewnie. – Kto by go nie znał.

– Jasne, czerwony, da się ludziom poznać... A z forsą, kawaler mówi – marnie?

– A komu dobrze jest? Pokaż pan takiego.

Bury westchnął współczująco.

– Eeee – powiedział przeciągle – jak nie frajer, to zawsze zarobi...

– Gadasz pan! Powiedz mnie pan tylko gdzie – zaraz pierwszy lecę.

Mówił, mówił, aby tylko zyskać na zwłoce, zrozumieć, do czego tamten zdąża. Tajnym z policji nie mógł być, bo po co by ta gadka – od razu by Rączyna aresztował. A zresztą tajniak nie będzie rozmawiał z pierwszym lepszym na ulicy. Od tego jest Kosiorek i inni. Więc Rączynowi doraźne niebezpieczeństwo nie zagraża.

Już chciał mu przyrżnąć, żeby popamiętał na całe życie, ale opanował się z trudem: po co? Lepiej wysłuchać drania do końca, a potem powiedzieć Jankowi co i jak – niech się ma na baczności. A tak można by tylko zaszkodzić.

Robiąc dobrą minę do złej gry, powiedział marzycielsko:

– Taaak, przydałoby się parę groszy... Żeby tak była jaka okazja...

– Okazja to jest – wtrącił tamten z krótkim błyskiem oczu – tylko że to trzeba by tak... delikatnie. A kawaler mi na idiotę nie wygląda, można by pomyśleć, jakby chęć była...

– Któż by tej chęci nie miał – odparł Rysiek z cwaną miną.

Już teraz miał pewność, że tamten zaproponuje mu jakiś interes, niekoniecznie zbyt czysty... „Czekaj – pomyślał – potkniesz ty się braciszku na mnie, że cię nikt potem nie podniesie..."

Nie czekał długo, bo tamten od razu:

– Co tu będziem dużo cacy-cacy... Chcesz zarobić?

– Nie, nie chcę – prychnął Rysiek.

– No to już! Pójdziem do Turalskiego, porozmawiamy...

Pociągnął go za ramię. Poszli. W drodze Rysiek zapytał poważnie:

– Skąd pan poznał, że ja z Blaszanki…

– He, he, he – zaśmiał się nieprzyjemnie tamten. – Człowieku, ja mam oko! Tylko raz spojrzę i od razu widzę, z kim mówię! Jeszcze się taki nie znalazł na tym świecie, co by mnie naciął…

Knajpa Turalskiego Przy Potoku – jak ją ludzie nazywali – nie należała nigdy do lokali luksusowych lub zbyt efektownych: trzy stoliki, bufet ze słojem kiszonych ogórków, muchy na lepach i właściciel w kitlu niepranym od czasów pierwszych chrześcijan. A w oknie wisiała właśnie tabliczka: „Lokal chrześcijański".

Gospodarz podszedł, machnął im ścierką przed nosem.

– Czego? – zapytał uprzejmie, wolną ręką dłubiąc w nosie. Przyjął zamówienie i poszedł dziwnie rozkołysanym krokiem. Za chwilę powrócił, przyniósł wódkę i zakąski. Postawił.

– Płatne z góry – oznajmił filozoficznym tonem. – Goście są różne. Jeden zapłaci, drugi zje, wypije i nawet nie powie: – „Pocałuj mnie w dupę!".

Przysadzisty zapłacił, nalał, trącił się z Ryśkiem.

– No, to najlepszego!

– Brzdęk!

Wypili.

Wieczorem Rysiek mówił do Janka Rączyna:

– Z początku myślałem, że to tajniak albo jakaś inna menda z policji. Chciałem go nawet wiesz – pobierzmować, ale potem myślę sobie – nie, zaczekam. U Turalskiego on mi mówi, żeby mu tylko pokazać naszych z Blaszanki, jak będą wychodzić po robocie, a on już ze swoja ferajną zdrowie niby nam odbierze… Dwie dychy ma mi za to dać, taki hojniak. „Bić żydokomunę – mówi. Bić, bić i jeszcze raz bić…". „A policja" – ja mówię. To on się śmieje. „Policja – mówi – to dla głupich ludzi. A mądrych jeszcze pogłaska. Nic się nie bój, już nam włosek z głowy nie spadnie, sprawa załatwiona…”. Oni gdzieś na Pradze mają swoją melinę, ta cała Falanga[135] zakichana…

– Żebyś wiedział, że to melina… To mówisz, że Falanga nam zdrowie odbierze… No, dobra! Czekaj Rysiu, przepraszam – czekajcie towarzyszu Lewandowski, już my im damy do wiwatu… Więc jutro, tak?

– Jutro. No bo jutro Matki Boskiej Pieniężnej, sobota, po robocie będziecie razem wychodzić, a ja mam tylko dać cynk, pokazać na was. On mówi: – „Pokażesz mi tych łobuzów, co w strajku zamieszali…”.

– No i dobra. Pokażesz mu.

Lewandowski aż podskoczył.

– Coś ty, Janek?

– Poważnie. – Iskierki zamigotały w oczach Rączyna. – Prosił, abyś mu pokazał tych, co zamieszali. Nie wypada człowiekowi odmawiać, jeszcze jak mówisz, że cię tak grzecznie prosił! A te dwadzieścia złociaków weź od niego, przydadzą się innym…

– Ale za Boga! Ja mam pokazać? Nigdy!

Janek uśmiechnął się, mrugnął.

– Przecież on powiedział, że na tych, co zamieszali w strajku. No więc? Ty jeszcze nie rozumiesz ciemniaku? No na tych, co chcieli złamać, co karykatury wywieszali… Ech Boże, co za ciężki pomyślunek!

Rysiek zrozumiał, ryknęli śmiechem z Jankiem. Rączyn zatarł ręce, rumieńce uderzyły mu na bladą twarz.

---

135 Falanga – Ruch Narodowo-Radykalny Falanga – nielegalna organizacja faszystowska, działająca w czasach II RP.

– To będzie, proszę ciebie, lekcja gramatyki... Na drugi raz facet nauczy się dokładnie wysławiać, już my mu w tym dopomożemy... Ja już od dziecka miałem wybitne zdolności pedagogiczne. No, czekajcie wy...

Lewandowski wielkimi krokami chodził przed fabryką. Wiosennie było, ciepło, świergotliwie. Na Wiśle kołysała się ciężka barka piaskarzy, z wału widać było ich opalone na brąz torsy, dolatywały leniwe pokrzykiwania, nisko biły o wodę skrzydłami szare rzeczne mewy: pisk ptaków wiercił w uszach i dziwnie denerwował Lewandowskiego.

Lada chwila mieli wyjść, syrena na koniec dnia pracy dawno już przebrzmiała. Zza muru dochodził przytłumiony gwar: to ludzie, tłocząc się przy kasie, pobierali pieniądze. Zawsze, chociaż to tylko śmiechu warte marne parę groszy, ale nastrój na fabryce jest inny, gorętszy – złudzeń zawsze jest więcej od pieniędzy...

Denerwował się – a może tamci nie wyjdą, tak jak to sobie z Jankiem i innymi uplanowali? Może osobno, może jakoś inaczej wypadło? Tymczasem Falanga czekała na rogu Tczewskiej; ośmiu chłopa i ten przysadzisty: z pałami, szpadrynami[136] i butelkami.

Rysiek też w kieszeni piastował kawałek rurki z lanego żelaza, solidny, trzeba przyznać, kawałek. Ręce go świerzbiły, swędziały, popluwał co i raz, zerkając na jajowatą głowę tego przysadzistego. W duchu zauważył, że rurka powinna pasować, że łeb tamtego ma szansę na zmianę kształtu. I to mu osładzało ciężkie, wlokące się jak na śmierć czekanie.

W końcu, kiedy już powtórzył wszystkie zasłyszane w życiu przekleństwa, zaczęli ludziska wychodzić, małymi i większymi grupkami...

136 Szpadryna – dawniej: kastet.

W każdą wypłatę majster Uklejski szedł na wódkę ze swoimi pieskami na Bielany lub do Turalskiego, przy potoku. Wychodzili nadęci i ważni, jakby nie do knajpy szli, a na podbój świata. Więc majster z pieskami do knajpy, a inni, biedota, z butelką, śledziem w gazecie i pragnieniem – na trawkę w krzaczki nad łachą. Był to zwyczaj pradawny, uświęcany w każdą sobotę od wielu, wielu lat. I ta sobota – to było wszystko najlepsze w życiu biednego człowieka.

Rysiek stał. W tej chwili wyszedł Rączyn z dużą grupką ludzi. Mrugnęli na siebie, Janek wskazał nieznacznie palcem: – „Tam będziemy czekać, pod Wałem…". Rysio nie mógł powstrzymać uśmiechu, skinął głową. Gwar rozmów wychodzących dobiegł do Tczewskiej i Falanga poruszyła się żywo…

Rączyn ze swoimi rozłożył się wygodnie na trawce. Wyciągnęli jakaś flaszkę, niby to popijając sobie, hałasując na całego. Rysiek wiedział, że za krzaczkiem, pod którym leżą, spoczywa wiązka kijów, wiedział – bo sam je przez pół dnia w lesie wycinał, wybierając co najlepsze i najgrubsze sztuki.

– Więc pijany, więc pijany, więc pijany… – śpiewał Janek ze swoimi chłopakami.

W końcu przed bramę wyszedł pan majster Uklejski ze swoimi pieskami…

Majster wyszedł pierwszy o pół brzucha przed innymi, tłumaczył coś swoim, a pieski dreptały wiernie o pół kroku za nim. Było ich coś sześciu czy siedmiu, na środku ulicy zatrzymali się, naradzając głośno – dokąd pójść: do Turalskiego czy do Bochenka? To była dla Lewandowskiego chwila największej emocji: bo jeśli pójdą do Bochenka, przez Bielański Las – wszystko na nic, chociaż Falandze byłoby to jeszcze bardziej na rękę – w lesie już nikt by ich nie zobaczył. Ale wtedy…

Wtedy nie byłoby tej słynnej hecy z Falangą.

– No! – zabrał w końcu decydujący głos pan majster. – To pójdziem chyba do Turalszczaka…

I poszli.

Nie zauważyli tylko, że Lewandowski przeszedł z drugiej strony ulicy i podążał teraz przed nimi, jakieś piętnaście kroków przodem… Za końcem muru fabrycznego czyhała zaczajona Falanga… Przechodząc, mrugnął znacząco i wskazał kciukiem tył.

– Ci… – szepnął.

I niby to nieznacznie, od niechcenia, znów przeszedł na środek, a potem na drugą stronę ulicy…

Wrzask uderzył aż pod niebo. W jednej jedynej sekundzie wszyscy stłoczyli się, stłamsili, potoczyli w jeden bezładny kłąb drapiący, bijący, gryzący i wymyślający.

– To za strajk!!! – ryczała Falanga, okładając Uklejskiego i jego pieski pięściami, lagami i czym tam jeszcze. – Ach wy s…syny!!! Grubego bić, to on tam był tym całym draniem!! A-a-aaa!!! U-u-uuu!!! Jezus Maria!!! Pod obcasy go, pod obcasy…!!!

Zawył jakiś zraniony nożem głosem strasznym, psim, aż Lewandowskiego ciarki przeszyły… Ktoś drugi, obłapiając skrwawiony łeb rękami, uciekał na oślep przed siebie, szlochając i łkając, aż wpadł na pasącą się spokojnie zdumioną krowinę i ta rozwścieczona poniosła go dalej na rogach… Charczenie. Zgrzyt. Ktoś miauczy… Innego pieska obcasami tratują. A majstra dwóch złapało za klapy i tłukło jego łbem o mur fabryczny. Huczało jakby dzwony na Wielkanoc.

– A masz! A masz!!! – powtarzali, bijąc głową z szybkością tysiąca dwustu uderzeń na minutę. – Za strajk, za strajk, ty…!!! Ty…!!! Pachołku!!! Za tamto, za tamto…

– E-uuu!!! A-a-a-a-aaa!!! O Jezuuu!!! W nerki!!!

Dwóch – jakiś piesek i falangista – potoczyło się na środek, w rozjeżdżony piach ulicy. Huczały odgłosy pięści, okładali się bez miłosierdzia. Klątwy. Czyjś wściekły ryk. I znowu wycie... Ktoś leżał pod murem jak kupa łachmanów – to pan majster Uklejski. Ktoś uciekał na czworakach, wlokąc przetrąconą nogę. W końcu wszystkie pieski zwiały. Cały pogrom nie trwał nawet pięciu minut...

Teraz Falanga dała sygnał do odwrotu:

– Choda...!!!

I już biegli w Bielański Las. A pod krzakiem Janek z piętnastoma chłopakami, za krzakiem zaś – kije! Rysio pobiegł z tyłu, za Falangą.

I on pierwszy uderzył, tego przysadzistego. Upadł. Teraz uderzyła Blaszanka. Huczały kije. I znów wycie. Klątwy. Ryk pod niebo.

Tamci, zdezorientowani zupełnie, zgłupieli do cna. Stłoczyli się jak barany otoczeni przez chłopaków z Blaszanki. Bili gęsto i celnie. Zęby fruwały w powietrzu.

– Co!!! – ryczała teraz Blaszanka. – Naszego majstra kochanego pobiliśta!! Łobuzy!!! Ach wy sukinsyny!!! – I tylko drzazgi z kijów latały wokoło.

W końcu tamci zwiali na wpół obłąkani z przerażenia. Pognali za nimi. Jeden tylko głowę stracił i zamiast w Bielański Las, jak reszta, pognał wtem nad Wisłę. Za nimi Lewandowski, Janek i jeszcze jakichś dwóch z Blaszanki starszych już ludzi.

Falangista zrozumiał, że nie uratuje się tędy i zawrócił. Ale na wał wbiegał już Janek z resztą, sapiąc i wymachując pięściami:

– Czekaj sukinsynu! My ci tu...!!!

Widzieli rozpacz i strach na twarzy tamtego. Rysiek pierwszy wskoczył na wał i złapał go za marynarkę. Falangista na widok rurki w jego ręku wyrwał się nagle z nadspodziewaną siłą, a potem wspaniałym skokiem – do Wisły! Wpław przez rzekę chciał ratować parszywą skórę, tylko mu kapota wzdęła...

Przystanęli, zaklęli, pogrozili pięściami:

– Czeeeekaj! Już my cię na drugi raz...! Nogi z tyłka powyrywamy i damy do zabawy...!

Trzydzieści metrów od brzegu pracowali piaskarze. Podciągnęli teraz barkę bliżej, tam gdzie łacha piachu prześwitywała żółtą łysiną przez zielonkawą wodę. Chłopy potężne, sześćdziesiąt kilo waży kosior z ładunkiem, opór wody doliczyć – drugie tyle, a w tych rękach – tylko migiem to szło, pot błyszczał na nich słoneczną, brązową polewą.

Do nich to właśnie płynął falangista, prychając i kwicząc, o ile mu tylko woda pozwalała:

– R-r-ratunkuu...!

Piaskarze, nie wiedząc, o co chodzi, podali mu trzon kosiora i wciągnęli na krypę.

Wtedy z brzegu jeden z dwóch starszych, brodaty, krzyknął:

– Piaskarze, ludzie! Kogo wy ratujeta, kogo! Faszystę, takiego nie takiego syna! Przecież on tu bić swoich przyszedł, kogo...!

– Kto? – odkrzyknięto z barki.

– Przecież to faszysta sukinsyn! A ty mu kosior podajesz...! Przez łeb trzeba go było...!

Wtedy największy z piaskarzy – chłop jak kolumna Zygmunta – krzyknął do skulonego falangisty:

– Toś ty taki! Skacz!!!

– A-u-u-uuu!!!

– Skacz! Ach, żebym ja wiedział, n-n-nooo!

Ponieważ nie chciał, uczepił się rozpaczliwie burty, piaskarz chwycił go za kark jak szczeniaka i rzucił w wodę z szerokim pluśnięciem. Uśmiechnęli się wszyscy, fajne chłopy ci piaskarze z muskułami jak liny stalowe!

A falangista resztkami sił dopłynął do brzegu. Stał przed nimi, żałośnie drżąc, ociekający wodą jak samo nieszczęście.

– No i co? – zapytali. – Mamy cię, co? I co z tobą teraz zrobić, hę?

– P-p-p-puśćcie...

– Taaak? A po coś tu przyszedł bohaterze, po kiego czorta... Skąd ty jesteś? No nie stój jak chuj na weselu, gadaj.

– Ludzie, ja niewinny jestem. – Zapłakał nagle tamten. – Ja z CWS-u, z Sokoła[137] jestem...

– Ahaaa, pucybut Dziadzia. A diabeł ci kazał tam się zapisać do nich?

– Kazali. U mnie w domu matka chora, ja za ucznia robię, powiedzieli, że jak się nie zapiszę – zdejmą z roboty...

– Milcz. Nie u ciebie jednego w domu bida.

– Zrozumcie, ja bez sił...

I łzy mu spływały razem z wodą. Dopiero teraz w twarz jego spojrzeli i zobaczyli, że to mizerota, blady i wynędzniały, płucniak chyba – zrozumieli, że chłopak nie kłamie – nie na jednej fabryce werbowali do Sokoła, w razie odmowy grożąc wyrzuceniem. I ręce im opadły.

– Puśćcie mnie ludzie – zapłakiwał się. – Zrozumcie, że mamę mam w domu...

– Jazda – machnął któryś ręką, bo patrzeć nie można było. – No już!

I od razu skrzydła im opadły, cała radość ze zwycięstwa nad Falangą w diabły uleciała... Krok za krokiem włócząc, jak po po-

---

137 Sokół – Polskie Towarzystwo Gimnastyczne „Sokół", założona w 1919 roku organizacja wychowania fizycznego. Jej celem było propagowanie sportu i patriotycznych wartości obywatelskich.

grzebie, wracali w milczeniu na Marymont. Bo i jakże to –bida bidę bije, nędza przeciw jeszcze gorszej nędzy?

Późnym wieczorkiem garbaty sąsiad Kotras zapukał cichutko do mieszkania Lewandowskich.

– Wyjdź no Rysiu – poprosił nieśmiało – mam do ciebie prośbę...

Zafrapowany był jakiś, niespokojny, trochę uroczysty jakby... Rysiek wciągnął spodnie i wyszedł. Na dworze Kotras rzekł do niego:

– Mógłbyś wywołać Rączyna?

– Mogę. Ale... na co panu Janek?

Kotras pokazał spod kapoty szyjkę butelki.

– Mam – wyznał wstydliwie – czterdziestę. Chcę się z nim panie tego... Tylko broń Boże nie mów mojej kobicie.

Siedzieli potem we trójkę – Lewandowski, Janek i Kotras nad samym brzegiem Wisły. Ciemność rozpostarła się szeroko, wokół cicho było tą miękką cichością wiosenną, tylko ptaki nocne żałośnie popłakiwały w zaroślach i gwiazdy płynęły w rzece, z kołyszącym szumem płynęły, malutkie, złote punkciki... Księżyc szedł znad Pelcowizny, wysoki, jaśniejący dojrzałą pełnią księżyc. Wył pies, gdzieś zza opłotka odpowiedział mu drugi, wiatr marszczył lustro wody, a Bielański Las wtopił się w jedno z ciemnym niebem.

Palili papierosy i żarzące punkciki wyławiały na chwilę z mroku ich chude twarze – trzy chude twarze – jakby się ktoś zmówił. Od czasu do czasu któryś rzucał słówko, któryś odpowiadał i znów milkli, dając się kołysać ciemności i marzeniom. Dobrze było na duszy, cicho, cichusieńko i spokojnie, tylko żaby wtrącały swój pomieszany chór i nocna rosa lśniła księżycową poświatą.

– Życie moje – mówił Kotras swoim śpiewnym głosem, a łysy płynął nad Cygańskimi Budami – było smutne i ciemne jak tamten brzeg... Matka mnie wcześnie odumarła, ojciec jeszcze prędzej, po prawdzie mówiąc – nikogo nie miałem... Sam... Stary już ze mnie człowiek, a nie wiesz nawet Jasiu, ile bym dał, żeby mnie tak ktoś... żeby tak ktoś, ot tylko tak sobie, z serca... pogłaskał... Po głowie. Czy ty rozumiesz, co to jest, jak ci jest tak ciężko i źle na duszy, a nagle czujesz – czyjąś rękę...

Umilkł i raczej domyślili się, jak widzieli – bo ciemność wessała ich bez reszty – jego bladą, chudą twarz, smutną twarz samotnego, biednego człowieka, nad którym życie i inni ludzie nie mieli litości: usta z goryczką przyczajoną w kącikach, zapadłe policzki i posiwiałe skronie. Tylko oczy jego błyszczały poprzez mrok silnym blaskiem, jasne, ogromne oczy dziecka, które nigdy nie zaznało i ciągle tęskni za czymś dobrym. I był ten człowiek, stał się, może teraz, właśnie w tej chwili – szczególnie bliski Lewandowskiemu. Ta chwila także została mu w życiu na zawsze: nie zapomina się chwili, w której odnajdujemy siebie w innym człowieku, kiedy czujemy że serca nasze biją razem, że wspólne są nasze myśli i marzenia.

Janek objął ich obu ramionami, przyciągnął gorąco do siebie.

– Będzie Ignac nowe życie... Tam... – Wskazał ręką poprzez ciemność za Żerań i głodem poszarpany brzeg Pelcowizny. – Będą nowe, jasne domy, wspaniałe fabryki, takie fabryki, które ludzie będą kochać, w których będą śpiewać przy robocie...

– Nie doczekam... – szepnął smutnie Kotras.

– Eech, Ignac! – westchnął Rączyn. – Cóż to znaczy jeden Kotras czy jakiś tam Janek Rączyn z Marymontu wobec tego, że ludzie będą kiedyś tak żyli, jak my teraz gadamy... Ja już widzę to życie, ja muszę je widzieć...

Płynął w ciemności jego gorący szept razem z wiatrem jak małe dzieci. Skrzyły się gwiazdy na ogromnej płachcie nieba, głucho szumiała rzeka.

– I ludzie będą inni… Piękniejsi, lepsi, bez złości… Dziewczyny będą piękne, Ignac, i chłopaki – głos zadrżał mu nagle – też będą piękni… zdrowi, silni… Będą się kochać, marzyć, a dzieci – nigdy nie uwierzą, że kiedyś ludzie żyli na Piachach. I wtedy już za żadnym oknem nie będzie mieszkać zwątpienie, tylko radość, szczęście… Będzie wtedy święto na każdej ulicy, powiedz Ignac, czy nie warto oddać życia swojego za takie święto?

– Warto? – rąbnął Rysiek.

– Warto… – szepnął Kotras. – Ja… za takie życie… oddałbym te swoje, kiepskie… garbate…

Przyszedł dzień, w którym zawaliło się wszystko, skończyło wszystko dobre i znów pozostał sam, bezsilny, na ostatniej granicy życia, sam w czasach pogardy, które nadeszły…

A był wtedy dzień wiosenny i rozpachniony, jeden z tych dni, kiedy wiosna dojrzewa już w lato, wieczór, zachodzące słońce wlewało się w rzekę, dogasało niebo i cykał pierwszy konik. Przyszedł Janek Rączyn, spojrzał tylko na niego i od raz targnęło nim złe przeczucie. Janek wyglądał jak człowiek umierający: blady do przestrachu, ręce mu drżały, wargi, głos, bruzdy pogłębiły mu się nagle, oczy zapadły, wygasły.

O czym potem mówili – Lewandowski nie mógł zapamiętać ni zrozumieć. Sło[wa] odskakiwały od jego świadomości jak gumowe piłeczki. I tylko w powstałą, [stras]zliwą pustkę wdzierała się jedna myśl: nie ma już partii, nie ma już nic. Partia rozwiązana[138],

138 Formalnie KPP rozwiązano 16 sierpnia 1938 roku, jednak rozkazy o zaprzestaniu działalności wydawano od maja.

koniec, znów go okrutnie walki pozbawiono, skoro partię rozwiązano, koniec – znów go okrutnie oszukano, zadrwiono, zdeptano w nim to, co najlepsze. Chciał coś powiedzieć, nie mógł, w bezmyślnym zdumieniu patrzył na własne, ciurkiem wypływające łzy. Trudno jest być mężczyzną, trudno jest być twardym, jeśli się w życiu nic jeszcze nie zaczęło, a wszystko skończyło.

Słyszał przez grubą watę głos Rączyna:

– To nie jest Rysiu klęska ani koniec walki. Zawsze gdzie tylko żyć będą ludzie, komuniści, zawsze będą marzyć o lepszym życiu i bić się o nie... Będzie po co żyć i umierać...

Ale chłopak nic nie rozumiał. Jednak myśl w nim tylko była, w sercu sponiewieranym i wydrwionym: że oto znów pozostał sam, naprzeciw wszystkiemu złemu, dniom zgubionym i nocom bez poranków.

Zerwał się nagle i pobiegł w dół, na koślawy Marymont, w biegu ocierając łzy, ogarnięty jednym, nieprzytomnym pragnieniem, aby o tym wszystkim zapomnieć, strząsnąć to z siebie jak zły, koszmarny sen. „Koniec – krzyczało coś w środku – koniec..."

Na Potockiej złapał za klapy jakiegoś przechodnia. Musiał wyglądać strasznie, bo tamten aż przysiadł, oczami zamrugał z przestrachu.

– Piątaka – wyrzęził. – No bo jak nożem...

Pobiegł do sklepiku Masołowskiej, kupił flaszkę wódki. Wywołał ojca z domu:

– Chodź ojciec, mam butelkę...

Uwalili się w opłotkach, pijąc nieprzytomnie – raz po raz. Żeby, tak jak kiedyś Kotras powiedział: „Raz na cały żywot!". Żeby nie myśleć, nie kochać, nie patrzyć, zagubić się, zatracić, a potem to już wszystko jedno – kryska, nie kryska!

– Śpiewaj ojciec! – krzyknął rozpaczliwie.

Ojciec wybałuszył oczy, ryknął dziko:

– Graj łysy, graj,
Taka twoja mać...!

Ludzie przystawali za płotkiem, patrząc, co to za święto dzisiaj u Lewandowskich. Musiało się któremuś z nich poszczęścić w życiu, skoro i litr na trawie stoi i furman śpiewa jedyną znaną w życiu pioseneczkę. Zazdrość brała patrzeć, jak tak leżą obaj, pijani, wymyślając przechodzącym kobietom.

– Graj, łysy, graj
Taka twoja mać...!

Potem pobiegł na Marymont. Widział, jak ludzie rozstępują się przed nim na boki, odskakują z przestrachem.

– Kuuuuurwyyy! – ryczał. – Oszukaliście mnie wszyscy...

Resztką trzeźwej samotności pragnął upodlić się do końca, zniszczyć tak jak złodziejaszek Zieliński, co też jakoś lepiej chciał i odtrącono go jak skatinę[139] – może wtedy da się zapomnieć. Przewrócił jakieś zapłocie, walnął kułakiem w czyjąś twarz rozdartą krzykiem, biegł dalej, słysząc przez mgłę ludzkie głosy, że młody Lewandowski dostał białej gorączki.

Wwalił się z pijackim szlochem do suteren na Marii Kazimiery. Zobaczył w kącie jakiś podrygujący kłąb, złapał za kark i zrzucił na podłogę – młodszy Kosiorek.

– Woooon!!!

Wyrzucił go na ulicę, z trzaskiem, z łomotem, klątwami i biciem w pysk. Wirowała dziko ulica, domy, drzewa – waliło się wszystko.

Po wielu godzinach czarnego zamroczenia ocknął się, czu-

139 Skatina – z ros. bydlak.

jąc na twarzy poranną rosę. Cała noc przeleżał – okazuje się – w zaroślach nad Wisłą.

Dniało. Wstał, poszedł. Woda drzemała w porannej jasności, dopiero nad Żoliborzem drżał różowawy blask. Patrzył dokoła, ogarniając wszystko nic nierozumiejącym spojrzeniem: to Marymont, to te Henkowe jasne domy – Żoliborz, brudnoczerwony, przysadzisty komin to Blaszanka, w której...

Wtedy przypomniał sobie wszystko. Chciał splunąć, nie mógł, śliny zabrakło w przepalonym, wyschłym gardle, zaklął tylko obcym, schrypłym głosem.

Do domu nie wrócił. Cały dzień przeleżał samotnie w Bielańskim Lesie, płacząc, milcząc, wyjąc i przeklinając na przemian. I nie można opowiedzieć o jego myślach, bo gubiły się, rwały, goniły, bez sensu, bez celu – tak jak wyglądać będzie przyszłe życie. Dwa razy zdejmował pasek od spodni, patrzył w górę na gałęzie, żegnał się i znów – klął, płakał, walił łbem o ziemię.

A potem wrócił na swoją ulicę...

Od razu zauważył, że dzieje się coś niedobrego na – jakże to – Zatoce Szczęśliwej Przygody (deszczyk spadł i dzieci łódki puszczały w kałużach). Ludzie stali przed opłotkami, w milczeniu, tępo, bezmyślnie patrząc.

Janek Rączyn szedł pomiędzy Makowskim a jakimś tajniakiem. Ręce miał skute.

– Prędzej. – Popychał go kułakiem Makowski. – Prędzej...!

Cisza była – na cóż słowa i kto je może powiedzieć? Tylko szept czyjś strwożony płynął:

– Za druty chłopaka wezmą, nie wytrzyma...

Nagle ktoś jęknął, z takim bólem, z taką rozpaczą, że wszyscy – nawet tamci z Jankiem – odwrócili się.

Bielsza niż papier, bielsza niż płótno była twarz Kotrasa. Wisiał u sztachet, wychylony naprzód, trzymając się tak silnie, że aż mu ręce w przegubach zsiniały, aż wysuszona deska trzeszczała.

– Jasiu… Jasiu…

Rączyn szarpnął głowę do tyłu, uśmiechnął się blado. Chciał coś odpowiedzieć, ale tajniak uderzył go w twarz. Zobaczyli krew.

Nikt nie rozumiał tchórzliwego Kotrasa, kiedy tak wisiał u sztachet, całym kalekim ciałem podany do przodu. Widać było, że nie ma siły oderwać się od tych sztachet, że trzymają go ponad te mizerne siły – ptak spętany. I tylko jeden Lewandowski zrozumiał, że nie ze sztachetami mocuje się Kotras, nie z drzewem, tylko z życiem swoim, z prawdą inną, lepszą i – „Ja bym za takie życie oddał to swoje… kiepskie… garbate…”.

– Jasiu!!!

Szarpał się oszalały u sztachet. Ale kiedy tajniacy drugi raz uderzyli i trzeci, puścił nagle parkan, złapał z ziemi kamień i schylony, z trudem, ciężko oddychając, pobiegł za nimi.

– Uciekaj…! – krzyknął Rączynowi.

Zamachnął się, uderzył ze straszną jak u takiego człowieka siłą. Drugi kamień złapał. Tajniak jęknął, przysiadł, Rączyn skoczył, w bok, w opłotki – jedna sekunda i uciekł. Strzelili za nim raz, drugi.

– Stój!

Na ulicy został garbaty człowiek z wyciągniętą w górę ręką. Tajniak odwrócił się, zobaczyli zwierzęcą, rozwścieczoną mordę, zobaczyli języczek płomienia u wylotu lufy.

Posłowie

Historia *Wilka* sięga 1953 roku. Dziewiętnastoletni wówczas Marek Hłasko ukończył właśnie *Sonatę marymoncką* i – niezadowolony z ostatecznego efektu – postanowił przenieść opowieść o Ryśku Lewandowskim w realia przedwojennej Warszawy. Utwór powstawał przez niemal trzy lata i w zamyśle autora miał być wielką sagą marymoncką dorównującą kunsztem i rozmachem *Pamiątce z Celulozy* Igora Newerlego. Do wydania *Wilka* nigdy jednak nie doszło. Być może wpłynęła na to gomułkowska odwilż, być może prace nad nowymi opowiadaniami zaangażowały młodego pisarza o wiele bardziej. Przyczyny porzucenia powieści marymonckiej pozostają w sferze hipotez.

W dorobku literackim Marka Hłaski *Wilk* stanowi pozycję niezwykłą. To jedyny utwór napisany z takim rozmachem kreacyjnym, raczej odtwarzający pewną rzeczywistość niż budujący świat „na podobieństwo" realnego. Pisarz nie mógł znać przedwojennego Marymontu, a krajobraz, który przemierzał w latach pięćdziesiątych przypominał jedynie cień minionej epoki. Zniszczone przez wojnę zabudowania ulegały postępującej dość szybko degradacji, a ulice, pozbawione domostw, stawały się ścieżkami porośniętymi dziką roślinnością. Za materiał do książki posłużyły rozmowy z mieszkańcami pamiętającymi czasy sanacji, stare gazety oraz pisma i sprawozdania KPP. Należy zaznaczyć, że dokumentacyjna praca nad tekstem była wyjątkiem w praktyce pisarskiej Hłaski, znanego z przetwarzania sytuacji codziennych, dostrzegania niezwykłości w rzeczywistości doskonale sobie znanej.

Opowieść o Ryśku Lewandowskim nawiązuje formą do wzorców dwudziestolecia międzywojennego. W stylu, jakim napisana jest powieść, dostrzec można ślady Żeromskiego i Uniłowskiego, ze szczególnym uwzględnieniem *Dwudziestu lat życia*. Pomysł fabularny Hłaski, dzieje chłopca pochodzącego z ubogiej warszawskiej dzielnicy, bardzo przypomina neonaturalistycznie opisane losy Kamila Kuranta. Oczywiście aranżacje koncepcji są diametralnie różne, natomiast warto zwrócić uwagę na zakorzenienie *Wilka* w tradycji dwudziestolecia, szczególnie w popularnym w latach trzydziestych gatunku biografii lat dziecięcych, często realizowanym w formie powieści środowiskowej.

Równie silne związki wiążą utwór z literaturą rosyjską. Legenda Hłaski mówi o uwielbieniu, jakim młody pisarz obdarzał twórczość Fiodora Dostojewskiego. Ponoć potrafił cytować całe ustępy *Biesów*. Ślady popularnych anegdot odnaleźć można w mrocznej kreacji swojskiego Marymontu. Fragmenty *Wilka* opisujące obskurne, mroczne, nieprzyjazne rodzinne okolice Ryśka Lewandowskiego przypominają krajobrazy carskich przedmieść malowane przez Dostojewskiego. Również atmosfera ciągłego niepokoju i tkwiącego w ludziach zła stanowi nić łączącą oba utwory.

Z kolei polityczne aspekty *Wilka* są dziedzictwem poetyki socrealistycznej. Z pierwowzorem realizacji wyznaczników metody twórczej – powieścią Mikołaja Ostrowskiego *Jak hartowała się stal* – wspólna jest niezłomność w dążeniu do lepszego życia. Pozostałe elementy, czy raczej fabrykaty, zaczerpnął Hłasko z bogatej palety klisz produkowanych przez pokolenie pryszczatych: Witolda Zalewskiego, Witolda Wirpszę, Andrzeja Mandaliana i innych. Obecne są zatem: antagonizm klasowy, walka między nowym i starym, praca kolektywu, determinizm losu bohaterów, wróg klasowy, nomenklatura wojskowa i kult fizyczności. Wszystkie te elementy poddano jednak pewnemu „wygładzeniu", toteż rzeczywistość powieści nie jest czarno-biała. Największej rewizji uległ obraz bohatera pozytywnego.

Kreacja Ryśka jest bardzo wyrazista, konkretna i konsekwentna. Czytelnik śledzi nie tylko losy postaci, ale także jego myśli i ewolucję, jakiej ulega psychika Lewandowskiego. Umożliwia to pełne zrozumienie decyzji i wyborów, których dokonuje. Obrana przez bohatera ścieżka rozwoju daleka jest od pozytywnych prototypów proponowanych przez literaturę socrealistyczną. Wszystkich brudnych czynów dokonuje Rysiek z makiawelicznym przekonaniem o słuszności środków obranych na drodze do lepszego życia. Jakkolwiek wartość moralna racji Lewandowskiego może być wątpliwa, największą niewiadomą pozostaje świadomość ideologiczna postaci. Bohater podejmuje walkę nie ze względów ideowych, lecz praktycznych. Do samego końca bój toczy się o lepsze życie, nie zaś o obalenie klasy rządzącej. Sama ideologia ograniczona jest w powieści do wymiaru niemej nieobecności.

I właśnie dlatego czytanie *Wilka* przez pryzmat ideologicznych pierwiastków wypaczyć może ogólne znaczenie dzieła. Wprowadzenie wspomnianych elementów stanowiło warunek publikacji w pierwszej połowie lat pięćdziesiątych, lecz ich proporcja względem pozostałych treści jest tak wyważona, by nie przyćmiewały one literackiego znaczenia utworu. Przez całe dziesięciolecia krytyczne odczytania utworów socrealistycznych wykreowały kompromitujący dyskurs twórczości zindoktrynowanej. Odgórne skazywanie tekstów literackich na potępienie jedynie dlatego, że zaangażowane są w popularyzowanie metody twórczej, jest krzywdzące, by nie powiedzieć – ograniczające. Toteż miast koncentrować uwagę na elementach postszczecińskich, dużo pożyteczniej dostrzegać walory rzeczy pozostałych. A tych *Wilkowi* nie brakuje.

Mając na uwadze, że powieść w swym pierwszym kształcie napisana została przez dziewiętnastolatka, docenić należy ryzyko, jakie podjął Hłasko, wybierając tak surową stylistykę utworu. Wrażenie żywej mowy, języka ulicy, autentycznego idiolektu lumpenproletariackiego niesamowicie dynamizuje akcję *Wilka*. Nawet przydługie opisy krajobrazów czy przemyśleń głównego bohatera przekazane są w sposób wartki, barwny i niezwykle bogaty – zwłaszcza gdy obfitują w wulgaryzmy. I choć narracja bywa momentami zmanierowana, naiwna i nieskładna, nie przeszkadza to w odbiorze powieści. W swym ogólnym kształcie *Wilk* jest utworem bardzo dobrym. Nie wybitnym, lecz z pewnością godnym uwagi.

Najsilniejszą stroną dzieła jest odtworzenie realiów przedwojennego Marymontu. Zachowanie języka mieszkańców oraz bardzo dokładne rozrysowanie przestrzeni miasta, którego już nie ma stanowi o bezcennej wartości powieści Hłaski. Dziś obszar, na którym toczy się akcja utworu to w przeważającej części blokowisko, toteż *Wilka* traktować można niemal jako mapę pamięci, która zasługuje na stałe miejsce w historii polskiej literatury.

Określenie właściwego podejścia do lektury powieści jest trudnym zadaniem. Z jednej strony, sam Hłasko nie zdecydował się na publikację utworu, z drugiej zaś, stanowi on ważne, być może najważniejsze z juweniliów pisarza. Politycznych wątków tekstu z pewnością nie należy identyfikować z przekonaniami samego autora, o czym świadczy celowa reinterpretacja wyznaczników socrealistycznych. Warto zatem odczytywać

Wilka jako młodzieńczą próbę zmierzenia się Hłaski z materiałem powieściowym. Próbę udaną, niedorównującą jednak kunsztowi twórczości późniejszej, której granicznym symbolem jest wydanie *Pierwszego kroku w chmurach*.

***

Niniejsza edycja stanowi wypełnienie umowy, jaką Hłasko zawarł z Iskrami w 1954 roku. Wówczas pobrał z wydawnictwa zaliczkę, lecz utworu nie dostarczył. Publikacja tekstu po ponad sześćdziesięciu latach jest zatem symboliczną realizacją podjętych przez pisarza zobowiązań. Podstawą wydania były trzy maszynopisy powieści, toteż jej ostateczny kształt respektuje niemal trzyletnią pracę Hłaski nad *Wilkiem*. Liczne objaśnienia, choć dla warszawian wydawać się mogą nadgorliwe, skierowane są do szerokiego grona odbiorców. Powieść bardzo silnie osadzona jest w realiach stolicy, w związku z czym konieczne było rozwinięcie licznych nazw własnych. Celem tego zabiegu jest możliwość identyfikacji miejsc akcji z przestrzenią współczesnej Warszawy. Pisownię i interpunkcję uwspółcześniono, wszelkie miejsca w tekście, które z perspektywy nowoczesnej normy językowej wydawać się mogą niepoprawne zostały celowo niezmienione, dla zachowania osobniczego charakteru przedwojennej marymonckiej ulicy.

Radosław Młynarczyk

Druk i oprawa:
Drukarnia Wydawnicza im. W.L. Anczyca SA
ul. Nad Drwiną 10, 30-741 Kraków